EIN TOTER IM INN

Doris Fürk-Hochradl wurde 1981 in Braunau am Inn geboren. Bis heute ist sie dem Innviertel treu geblieben und lebt mit ihrer Familie im beschaulichen Feldkirchen bei Mattighofen. Hauptberuflich unterrichtet sie an einer Volksschule.

DORIS FÜRK-HOCHRADL

EIN TOTER IM INN

Kriminalroman

emons:

Bibliografische Information der Deutschen Nationalbibliothek
Die Deutsche Nationalbibliothek verzeichnet diese Publikation in der Deutschen Nationalbibliografie; detaillierte bibliografische Daten sind im Internet über http://dnb.d-nb.de abrufbar.

FSC www.fsc.org
MIX
Papier | Fördert gute Waldnutzung
FSC® C083411

Umschlagmotiv: Martine Wolf/photocase.de
Umschlaggestaltung: nach einem Konzept von Leonardo Magrelli und Nina Schäfer
Umsetzung: Tobias Doetsch
Gestaltung Innenteil: DÜDE Satz und Grafik, Odenthal
Lektorat: Christiane Geldmacher, Textsyndikat Bremberg
Druck und Bindung: CPI – Clausen & Bosse, Leck
Printed in Germany 2023
ISBN 978-3-7408-1655-1
Originalausgabe

Für dich!
Es freut mich, dass du zu diesem Buch greifst,
und ich wünsche dir eine spannende Schmunzelkrimizeit
mit der Kräuterrosi.

Hochzeitswirbel

Rosis Tee-Tipp bei übermäßigem Schwitzen
1 Teelöffel Salbei mit 250 ml heißem Wasser übergießen, abkühlen lassen und während der heißen Sommerzeit täglich trinken.

Huberts Gelächter schallt durch die brütend heiße Luft. Meine Ohren dröhnen. Eine betagte Frau ist eben nicht für jeden Wirbel geschaffen, auch wenn es sich diesmal um meinen selbst gemachten Radau handelt. Ich spähe zu meinem Freund und Nachbarn hinüber und muss schmunzeln. Es ist lustig, dass den meisten Spaß an einer Hochzeit nur selten die Brautleute selbst haben, sondern die Gäste. Auch bei Sepp und mir scheint sich das zu bewahrheiten. Wir sind seit gerade einmal drei Stunden verheiratet und erst vor Kurzem im Wirtshaus angekommen, schon stiehlt uns der pensionierte Direktor der Dorfschule die Show. Dass sich der alte Haudegen nicht schämt, auf Danielas und meiner Doppelhochzeit so einen Radau zu schlagen? Ich suche meine ebenfalls frisch vermählte Tochter Dani in der Menschenmenge, kann sie aber nicht entdecken. Schon brüllt Wimmer abermals und zieht meine Aufmerksamkeit erneut auf sich. Ich schüttle den Kopf und beobachte weiter, wie der Wimmer, stockbetrunken wie ein angesoffener Badeschwamm, seine Frau Herta zur Seite schiebt und auf die anscheinend ebenso gut beschwipste Tierärztin Maria Schreiner zuwankt. Mit einem beherzten Griff an ihren prallen Hintern fordert er sie lallend auf, die Tanzfläche zu eröffnen. »Wenn die jungen Brautleit und die Rosi mitn SSSSepp net tonzn, donn pockn mia zwoa Hübschn dessss! Spüüttts auf, Musssikantn!«, schreit er. Die Tierärztin gluckst und kichert vergnügt. Dann macht sie doch tatsächlich Anstalten, der ungeschickten Aufforderung Folge zu leisten. Anscheinend hat es die gute Frau Doktor aus der Stadt nicht zufällig aufs feuchtfröhliche Land verschlagen. Sie zeigt sich weder dem Alkohol noch dem Wimmer gegenüber abgeneigt. Ich verstehe bis heute nicht, weshalb ein aufgedunsener, bierbäuchiger, in die Jahre gekommener

Kerl wie Hubert eine derartige Wirkung auf Frauen hat. Ja, als junger Mann war er einmal ganz ansehnlich gewesen, aber heute? Vor einem halben Jahrhundert hatte er mir einen heimlichen Kuss abgeluchst, und seither ist weder sein Aussehen noch sein Ruf besser geworden. Als er gut dreißig Jahre später meiner Tochter Daniela das Herz gebrochen hat, waren wir sogar einige Zeit nicht gut aufeinander zu sprechen. Aber das hat sich gelegt. Hubert hat auch seine guten Seiten. Er meint es nie böse und kann sein Verhalten in etwa so gut einschätzen wie ein speckiges Kleinkind. Jetzt knutscht er gerade die Tierärztin ab. Herta, seine Frau, steht seelenruhig daneben und lächelt selig. Die beiden Wimmersleut haben schon eine eigenartige Beziehung. Vorigen Winter, während eines Tantraseminars, haben der Hubert und die Herta sogar die Trainerin unter sich zum Stöhnen gebracht. Bis heute will mir das nicht einleuchten. Am erstaunlichsten aber finde ich die Tatsache, dass Hubert doch glatt in unserem beschaulichen Ort einen Swingerclub eröffnet hat. Und das Lokal verzeichnet regen Zulauf aus der Dorfbevölkerung und dem näheren Umkreis unseres Örtchens. Es stört mich nicht, dass er in seiner Rente gemeinsam mit seiner Gattin Herta die freie Liebe samt lukrativer Geschäftsidee für sich entdeckt hat … Immerhin war bis vor zwei Jahren mein frisch angetrauter Ehemann Sepp der Bordellbetreiber der Gegend, und mein Sohn Raphael hat das Herzkasterl von ihm übernommen … Aber dass der Wimmer nun Daniela, ihrem frischgebackenen Ehemann Kurt, Sepp und mir den Brautwalzer stehlen will, geht gar nicht. Immerhin haben meine Tochter und ich heute Hochzeit. Niemand außer den Brautpaaren eröffnet in unserer Gegend die Tanzfläche. Als Nächstes macht er sich aufgrund einer Fressattacke noch über unsere Torte her und schneidet das erste Stück ab. Ehe ich einschreiten kann, steht die Schreiner in Tanzstellung bereit, und Hubert legt seine Wurstfinger deutlich zu tief um ihre Mitte.

Heiliger Zorn steigt wie Kohlensäurebläschen in einer Cola in mir hoch. Ich will mit meinen siebenundsechzig Jahren einer Amazone gleich auf die Tanzfläche stürmen, um dem schrecklichen Treiben ein Ende zu setzen, als ich sanft eine Hand auf der Schulter spüre.

»Rosi, ich glaub, unser zügiges Einschreiten ist gefragt!«, meint Sepp hinter mir und lächelt dabei so zärtlich, dass meine Wut so schnell verraucht, wie sie entstanden ist. Einen Meter hinter ihm sind auch Daniela und Kurt. Meine wunderschöne Tochter strahlt in ihrem cremeweißen Brautkleid wie eine frisch aus dem Meer heraufgetauchte Perle, und auch Kurt steht stramm, stolz und geschniegelt neben seiner Frau. Er ist Polizist und seit dem letzten Fall, den wir gemeinsam gelöst haben, sogar zum Leiter der Mordabteilung aufgestiegen. Mit jeder Faser seines bulligen, aber muskulösen Körpers strahlt er Autorität, aber auch Geborgenheit und Sicherheit aus. Unbeschreiblich liebevoll blickt er meine Tochter an. Mir wird warm ums Herz. Viel zu lange hat es gedauert, meine Dani glücklich zu sehen. Nach der fürchterlichen Totgeburt ihrer Zwillinge, bei der sie selbst fast gestorben wäre, hat sie dank einer Leihmutter nicht nur das Liebesglück mit Kurt, sondern auch die Freude der Mutterschaft für sich errungen. Und ausgerechnet der Wimmer ist es damals gewesen, der die Idee mit der Leihmutter hatte. Er war Daniela eine echte Stütze, als selbst ich ratlos war. Wahrscheinlich hat der alte Schwerenöter tatsächlich ebenso viele gute wie schlechte Seiten in seinem liebestrunkenen Herzen. Leise Dankbarkeit durchströmt mich, und ich wende mich wieder der Tanzfläche zu. »Spüüüts schon!«, plärrt in diesem Moment Hubert erneut den schockerstarrten Musikern zu. Ich revidiere meine eben gefasste gnädige Meinung über den Wimmer und seufze. Schnell nicke ich dann meinen Lieben auffordernd zu, um Daniela und Kurt den Vortritt zu lassen. Mit ausladend bestimmtem Schritt zieht Kurt Daniela auf die Tanzfläche und drängt den verdutzten Wimmer zur Seite. Dieser blinzelt einen Augenblick verwirrt, lacht dann aber gleich wieder und dreht sich seiner um gut zwanzig Jahre jüngeren Auserwählten zu, um sie mit einem weiteren feuchten Kuss ein paar Meter zurückzuschieben. Auch Herta hat sich, mit drei Sektflöten bewaffnet, wieder zu ihrem Mann gesellt und reicht ihm wie auch Maria ein Glas. Sepp und ich betreten die Mitte der großen gepflasterten Terrasse. Schon drängen sich die anderen Gäste um uns und schließen den Kreis. Sepp gibt den Musikern ein Zeichen, und langsame Walzerklänge schallen durch die Luft. Ich beginne mich zu wiegen und Sepps Druck gegen meine Taille Folge zu leisten. Ich drehe mich im Takt der Musik, in den Armen meines Mannes, und die alte Burg Frauenstein dreht sich um mich. Ich spüre, wie Freude und Dankbarkeit in mir aufwallen und all die schlimmen Zeiten der Vergangenheit beiseitewischen. Auch eine alte Burgjungfer kann hier ihr Glück finden. Ich, die Kräuterrosi, seit Langem verwitwet, habe endlich das Gefühl, wieder vollständig zu sein. Viel zu lange habe ich Liebe und Fürsorge all jenen geschenkt, die meine Hilfe brauchten, aber selbst zu wenig davon bekommen.

Seit mein Horst damals so plötzlich aus dem Leben gerissen wurde, hat mir ein Teil gefehlt. Als Sepp dann hilfesuchend bei mir im Bauernhaus aufgetaucht und geblieben ist, wurde dieser fehlende Teil etwas kleiner. Noch immer stiehlt sich bei der Erinnerung an damals ein Lächeln auf meine Lippen. Es war herzzerreißend mitanzuhören, wie Sepp mir sein Leid über den nicht mehr seinen Mann stehenden kleinen Seppel geklagt hat. Wie durch ein Wunder war die Heilung des Problems keines meiner Kräuterchen, sondern ich in Person. Ganz warm wird mir bei den Gedanken vor Liebe, und ich schmiege mich enger an Sepp. Erst jetzt, da ich in der Kirche Gottes Segen für diese zweite Partnerschaft meines Lebens erhalten habe und auch meine Tochter unter der Haube ist, bin ich wieder ganz. Der fehlende Teil ist auf die Größe einer Nähnadelspitze zusammengeschrumpft und sticht mich nur noch, wenn ich direkt an meinen verstorbenen Mann denke.

Ich schließe die Augen und lege meine Wange auf Sepps Schulter. Wie aus weiter Ferne höre ich die laute Stimme des Keyboardspielers rufen: »Die Tanzfläche ist eröffnet!«

Die Wärme fremder Körper schließt sich um Sepp und mich,

doch wir tanzen weiter. Ich schwebe beinahe, so leicht ist mir ums Herz. Ich schwitze vor Anstrengung. Der Schweiß rinnt mir in dünnen Sturzbächen den Nacken und die Schultern hinab, bis er im Mieder meines Hochzeitsdirndls versickert. Ich bin froh, dass ich mich für ein naturfarbenes Trachtenkleid entschieden habe, bei dem sich nicht jeder Fleck abzeichnet. Daniela würde in ihrem Hochzeitskleid bei so einer Hitzewallung, wie sie mich gerade überfällt, bereits aussehen wie eine Braut in einer Batik-Tunika aus den wilden siebziger Jahren.

Keuchend wische ich mir über die Stirn und versuche erneut mein Glück mit dem vermaledeiten Geschenk vor mir. Sepp lacht laut. Wer gedacht hat, eine Hochzeit im fortgeschrittenen Alter auf dem idyllischen Lande wäre eine beschauliche und ruhige Angelegenheit, der war noch nie auf einer richtigen Dorfhochzeit. Ein Programmpunkt jagt den nächsten. Kaum dass der Braten im Magen gelandet ist, muss man schon zum Brautwalzer antreten, dann die Torte anschneiden und schließlich die Geschenke entgegennehmen, bevor man als frisch getraute Ehefrau entführt wird. Schlussendlich landet man nach dem Brautdiebstahl-Besäufnis wieder am anfänglichen Programmpunkt und nimmt die nächsten kulinarischen Schmankerln zu sich. Wenn man Glück hat, ist man im Morgengrauen dann fertig mit der Feierlichkeit und fällt hundemüde ins Bett. An eine echte Hochzeitsnacht ist meist nicht zu denken. Darum ist es nur gut, dass Sepp und ich diesen Punkt der Vermählung bereits vorab heute Früh erledigt haben. Da war noch Zeit und Muße für die Liebe. Jetzt aber befinde ich mich gerade bei Programmpunkt vier und quäle mich weiter mit dem Verschluss eines ominösen Metallkoffers ab, den mir Kurts Kollegin Andrea in Vertretung für die gesamte Polizeibelegschaft als Geschenk überreicht hat. Sie grinst über beide Ohren. Hilfesuchend werfe ich einen Blick in Richtung meiner Tochter, die selig lächelnd ein Kuvert nach dem anderen entgegennimmt. Nicht ein Tropfen glänzt trotz sommerlicher Hitze auf ihrer Stirn.

Nun bereue ich meinen Entschluss, auf den Hinweis verzichtet zu haben, dass am liebsten Geldgeschenke angenommen werden. Anstandshalber wollte ich den Menschen in meinem Bekannten- und Familienkreis die Möglichkeit geben, einfach einen Blumenstrauß, etwas zum Naschen oder Handtücher zu verschenken. Mit dem Auswuchs derartiger Kreativität bei den Geschenken hatte ich jedoch nicht gerechnet. Die Dorfbäuerinnen haben Sepp und mir zwei riesige, mit Dessous und Liebesspielzeug bestückte Germ-Männchen gebacken, die Sepp und mich darstellen sollen. Von den Mitarbeiterinnen des Herzkasterls gab es eine große Kiste voller Aphrodisiaka und Spielsachen, die kein Kind in die Finger bekommen sollte. Selbst der Bürgermeister und die Gemeindebediensteten haben es sich nicht nehmen lassen, mir ein mit Bildern aus dem Kamasutra verziertes Regal voller indischer Heilkräuter zu schenken. Die Kräuter kann ich gut gebrauchen, aber das Regal dient im besten Falle meinem Kachelofen daheim als Futter. Und während mein Sepp seelenruhig ein zur Fortpflanzung nicht unwesentliches Stück des Sepp-Germ-Männchens abbricht und neben mir verzehrt, mühe ich mich mit angstvollem Blick auf die noch kommenden Schenkenden mit dem verzwickten Verschluss des Koffers ab.

Wenn die bisherigen, mir gut bekannten Gratulanten schon mit so eindeutigen Geschenken aufwarten, was werden dann erst Sepps ehemalige Milieukollegen oder sein Ziehbruder Ferdl schenken? Warum nur musste mein Mann auch jahrzehntelang der Puffvater der Provinz sein? Und weshalb zum Kuckuck musste ich mich ausgerechnet in ihn verlieben? Ein normaler gestandener Bauer aus der Umgebung war wohl keine ausreichende Herausforderung für mein verhärtetes Herz gewesen. Ein Fluch liegt mir auf den Lippen, aber ich behalte ihn mühsam für mich.

»Probiere doch mal den Schlüssel aus«, meint da Andrea und deutet verschmitzt auf die Seite des Koffers. Mit Tesafilm angeklebt und unter dem Henkel verborgen, entdecke ich einen winzigen, flachen Schlüssel.

»Na, Rosi, knackst du den Koffer heute noch, oder muss ich dir helfen?«, meint Sepp überflüssigerweise. Ich bombardiere ihn mit einem messerscharfen Blick, worauf er schnell entschuldigend die Hände nach oben reißt.

»Lass uns mit dem ersten Ehestreit bis zur Bettgehzeit warten. Ja, mein Röschen?«, meint er versöhnlich.

Ich zische leise und nehme dann wieder konzentriert die Aktion »Knack den Koffer« in Angriff. Nun, da der winzige Schlüssel mit im Spiel ist, lässt sich die Schnalle auch ganz einfach öffnen. Ich klappe den Deckel hoch und luge gemeinsam mit Sepp ins Innere des Koffers. Sepp lacht und fischt mit zwei Fingern ein hautfarbenes Unterhemd hervor. Es plumpst schwer klatschend zurück in den Koffer. Erstaunt verzieht Sepp den Mund und greift erneut, aber diesmal mit ganzer Hand nach dem Wäschestück. »Ihr hättet euch besser mit den Bauersfrauen absprechen sollen. Dessous haben wir schon. Und zwar welche, die nicht so schwer in der Hand liegen wie das Teil hier! Da brech ich mir ja die Finger, wenn ich Rosi auspacken will!«, scherzt er und hält das Hemd demonstrativ keuchend in die Luft.

Andrea schüttelt den Kopf. »Banause, das ist keine Reizwäsche, sondern Arbeitsbekleidung für unsre Rosi und für dich. Schuss- und stichsichere Unterwäsche und eine kleine professionelle Grundausstattung für Privatdetektive. Außerdem ein Gutschein für einen Ausbildungskurs in der Detektivakademie. Ihr zwei sollt uns noch länger bei der Polizeiarbeit stützend unter die Arme greifen, und da braucht man schon eine bestimmte Ausrüstung.«

Interessiert beuge ich mich über den Koffer. Tatsächlich, neben der besagten Schutzbekleidung finde ich auch Pfefferspray, Fingerabdruckpulver, ein ledernes Notizbuch und zwei ordentliche Schweizer Taschenmesser im Inneren. Das erste Mal empfinde ich so etwas wie Freude über ein Geschenk. Ganz unten im Koffer liegt der Kursgutschein. Dass ich in meinem Alter noch einmal die Schulbank drücken soll, erscheint mir nicht einleuchtend. Ist Erfahrung nicht besser als jede

Schule? Immerhin habe ich Kurt und seine Kollegen bereits bei vier Fällen tatkräftig unterstützt. Andrea bemerkt meine Skepsis. »Wenn ihr eine Ausbildung habt, könnt ihr uns auch eine Rechnung schreiben«, erklärt sie schulterzuckend. »Es ist nur ein Angebot.«

»Danke, meine Lieben«, sage ich herzlich, während Sepp nur stirnrunzelnd den Kopf zum Dankeschön neigt. Offenbar sind ihm essbare Anziehpuppen lieber. Andrea dreht sich, zufriedengestellt durch meine späte Begeisterung über das Geschenk, um.

Nun stehen mein Sohn Raphael samt seiner Frau Kalina und seiner kleinen Tochter vor mir. Kalina trägt Danis schlafenden kleinen Sohn Joachim am Arm. Sie hat sich bereit erklärt, auf das Baby zu achten, während Daniela und Kurt in aller Pracht Hochzeit feiern. Ich streiche dem Winzling sacht über den flaumbedeckten Schädel. Bald schon wird er die letzten flauschigen Haare verloren haben, ebenso wie seinen Säuglingsduft. Am liebsten würde ich Joachim an mich drücken und abbusseln. Doch heute muss ich meine Omagefühle im Zaum halten und würdig die Geschenke entgegennehmen. Genau solch eines in Form eines blau-rosa gestreiften Kuverts schwebt plötzlich nur knapp über der Tischplatte vor mir. Mariella streckt sich, so gut sie kann, und hält den Umschlag mit ihren kleinen Speckfingern verkrampft fest.

»Für dich, Mama, und natürlich für Sepp. Vielleicht macht ihr euch ein paar schöne Tage. Ihr habt es euch verdient«, sagt mein Sohn. Ich ziehe das Kuvert aus Mariellas Faust.

»Eise … scheine«, brabbelt Mariella vergnügt und breitet die Arme aus, um wie ein Flugzeug einmal um uns herumzusausen.

»Danke«, sag ich nur und frag mich verwundert, wie mein Sohn auf die Idee kommt, dass es mich in die Ferne ziehen könnte.

Die drei machen kehrt, und als Nächstes gratulieren uns zwei unheimliche Gestalten, die Sepp von früher kennt. Ich schaue in die Reihe. Die Dorfbewohner und Familienmitglieder waren alle schon bei uns am Tisch. Nun ist Sepps Bekanntenkreis dran. Ich schlucke die leise Beklommenheit, die sich als golfballgroßer Knödel in meiner Kehle geformt hat, hinunter. Die großteils männliche Schar an Glückwünschenden wirkt wie frisch aus dem Fernsehen. Alle scheinen Darsteller vom Tatort zu sein und dort nicht auf der Seite der Guten zu stehen. Vorhin, als sie sich noch unters Volk der Feier gemischt haben, ist mir gar nicht aufgefallen, wie bedrohlich einige wirken. Nicht jeder Bordellbetreiber sieht aus wie mein harmloser, stets makellos gekleideter Sepp. Doch der Kasten von einem Mann vor mir schlägt alle Rekorde der Feier. Fast zwei Meter groß, mit Schultern wie ein ausgewachsener Stier und dem Gesichtsausdruck einer hungrigen Bulldogge, baut sich der Großbordellbetreiber Maximilian Kovanic vor uns auf. Er lächelt verkniffen. Doch auch diese Mimik würde sogar einem gestandenen Mannsbild wie meinem Schwiegersohn Kurt Angst einjagen. Mich jedenfalls überkommt ein Schauer.

»Max, mein Freund!«, sagt Sepp nur, und die beiden Männer fallen in eine schulterklopfende Umarmung. Nun zeigt Maximilian seine goldbeschlagenen Vorderzähne.

»Sepp, du alter Haudegen! Du hast recht. Aufgehört mit Arbeit zu richtiges Zeit. Ruhestand und wahre Liebe, mit viel Herz!«, sagt Kovanic im tiefen Bariton und mit unverkennbarem Akzent. Er hört sich freundlicher an, als er aussieht, und ich schnappe erstaunt nach Luft, als er plötzlich auch mich packt und mit verblüffend sanfter Bestimmtheit an seine russische Brust drückt.

»Es freut mich sehr, dass Sepp dich gefunden. Was wünscht Mann sich mehr als gute Frau und wahre Liebe!«, sagt er und gibt mir ein Kuvert in die Hand.

Ich nehme es verdutzt entgegen und stammle unverständliche Dankesworte. Nun klopft mir noch der zweite Mann, dessen Aussehen an einen Dobermann erinnert, freundschaftlich auf die Schulter.

Schon ist der Russe mit seinem Begleiter wieder in der Menge verschwunden.

Sepp dreht sich mir zu. »Keine Sorge, mein Herz. Das sind alles anständige Puffväter. Sie wissen, wie sie sich bei einer Hochzeit zu benehmen haben. Ich hab nur diejenigen eingeladen, mit denen ich jahrzehntelang bestes Einvernehmen hatte. Hier sind keine schwarzen Schafe auf der Feier.«

»In Ordnung«, sage ich tonlos und wende mich dem nächsten Gratulanten zu.

Feiern wie die Rittersleut

Rosis Zwiebelsaft gegen Reizhusten
Zwei Zwiebeln und eine hauchdünne Scheibe Ingwer schälen und sehr fein hacken, in eine Tasse geben. 3 Löffel Honig darübergeben und zugedeckt mehrere Stunden stehen lassen. Es entsteht ein natürlicher Hustensaft. 3 x tgl. 1 TL.

Es ist Ferdinand, der nun vor mir steht und mich schief angrinst. Der magere, fast zur Gänze glatzköpfige Endfünfziger ist mir beinahe ebenso neu wie Sepps andere Ex-Kollegen. Es gibt jedoch einen gravierenden Unterschied. Ferdinand ist der einzige Mensch auf dieser Welt, den Sepp noch als Familie bezeichnet. Der schlaksige Mann arbeitet nicht nur in derselben Branche, in der Sepp tätig war, er ist auch mit ihm aufgewachsen. Sepp war der einzige leibliche Sohn seiner verstorbenen Eltern. Doch er hatte insgesamt vier Ziehgeschwister, von denen nur noch Ferdl übrig geblieben ist. Aus diesem Grund stehe ich dem Mann vor mir anders gegenüber als dem Rest der anwesenden Puffbetreiber. Wenn Sepp Ferdl ansieht, dann leuchten seine Augen, und wenn die beiden miteinander reden, dann keimen freudige Erinnerungen an eine zwar nicht unbeschwerte, aber dennoch vergnügte Kindheit auf.

Die zwei haben als Jungs alles miteinander geteilt. Die Kleidung, die wenigen Spielsachen, das Essen, die schlechten Noten in der Schule und schließlich den Beruf. Doch während Sepp auf dem Land geblieben ist und in relativ einfachen Lebensumständen seinen Betrieb geführt hat, ist Ferdl in die Stadt gezogen und hat dort mit »Ferdis Haus der Freuden« groß Geld verdient. Sepp und ich wohnen in einem beschaulichen Bauernhaus im Ibmer Moor. Ferdl aber residiert in einer Villa direkt im Nobelviertel Aigen in Salzburg. Auch meine alte Citroën-Ente oder Sepps nicht mehr taufrischer Audi sehen neben Ferdls nagelneuem Tesla arm aus. Und dennoch würde ich nicht mit Ferdl tauschen wollen.

Glücklicher und gesünder strahlen sowohl mein Sepp als auch ich. Nun steht Ferdl in einem maßgeschneiderten Anzug, mit teuren Schuhen und mit Goldschmuck behangen vor uns und hält uns ein Kuvert entgegen. Der Umschlag sieht denen von Maximilian und Raphael verdächtig ähnlich, und eine böse Vorahnung beschleicht mich. Hat Sepp etwa unsere Abmachung gebrochen und all seine Bekannten darauf eingeschworen, uns Reisegutscheine zu schenken? Seit meinem ersten Flug, den ich nur Daniela zuliebe unternommen habe, um die Leihmutter mitzuorganisieren, liegt mir Sepp dauernd mit seiner Reiselust in den Ohren. Und ja, er hat meine heimliche Sehnsucht erkannt. Natürlich zieht es mich an die mir aus Bildbänden und Dokumentationen bekannten fernen Ziele, aber meine Flugangst und die Zweifel, ob ich mich so weit weg von zu Hause überhaupt wohlfühlen kann, überwiegen. Zu Kurztrips in die nahe gelegenen Thermen, Städte und Naturparks lasse ich mich aber gern überreden. Ich strecke meine Hand aus, um Ferdls Geschenk anzunehmen, als dieser einen gewaltigen Hustenanfall bekommt und das Kuvert einfach auf den Tisch fallen lässt, um sich die Hand vorzuhalten. Er ringt nach Luft und keucht wie ein Walross. Eindeutig die Folgen jahrzehntelanger Glimmstängelsucht, denke ich mir. Auch seine gelbliche Gesichtsfarbe und die rot unterlaufenen Augen zeugen von einem ungesunden Lebensstil. Mit einem letzten dröhnenden Huster fängt Ferdl sich schließlich wieder und rafft die Schultern.

»Geht es?«, fragt Sepp besorgt. Ferdl nickt. »Alles nur erdenklich Gute euch beiden«, krächzt er heiser. Ich möchte ihm gerade noch gesundheitliche Tipps geben, wie er sich das Rauchen leichter abgewöhnen und die Reizlunge in den Griff bekommen könnte, als aus seiner Hosentasche ein vibrierendes Summen ertönt. Ohne sich weiter um uns zu kümmern, fischt er sein Handy hervor, öffnet die Nachricht und erstarrt einen Moment lang. Dann macht er wortlos kehrt und stapft schnellen Schrittes davon.

»Seltsam«, meine ich zu Sepp, doch dieser zuckt nur die Schultern und beginnt schon das nächste Gespräch.

Ein Gesicht nach dem anderen erscheint, und Briefumschlag um Briefumschlag landet auf dem Haufen. Ich verliere den Überblick, wer schon da war und wie die Person heißt. Müdigkeit macht sich in meinem Kopf breit, und ich lasse gedanklich die Hochzeit in der wunderschönen, am Hügel gelegenen Kirche von Eggelsberg Revue passieren. Ich liebe die Gotteshäuser in unserer Gegend. Viele sind auf Anhöhen gebaut, aber die Kirche in Eggelsberg ist eine der ersten, die am Morgen von den Sonnenstrahlen geküsst und in goldenes Licht getaucht wird. Manchmal im Herbst ist es rundherum nebelig, doch wie ein goldener Monolith strahlt im Glücksfall die Kirchturmspitze von Weitem und weist einem den Weg. Eine tiefe, aber ungewöhnlich resche Stimme lässt mich aus meinen Gedanken hochfahren. Schnell blicke ich mich um. Daniela und Kurt sind nicht mehr neben uns. Nur der mit Briefumschlägen prall gefüllte Korb auf Danielas Sessel zeugt davon, dass sie bis eben noch hier gewesen sind.

Ich drehe mich nach vorne. Diesmal ist es eine Frau, die uns die Hand zur Gratulation reicht. Ich erkenne sie auf Anhieb und reiße erstaunt die Augenbrauen hoch. Während der Messe war sie gewiss noch nicht anwesend. Als eine der wenigen weiblichen Luxusbordellbesitzerinnen ist La Donna Ludmilla eine wahre Ikone im Rotlichtgewerbe. Sie fällt auf, wo sie auch auf die Bühne tritt. Ihre amazonenhafte Gestalt und die extravagante Kleidung der gut vierzigjährigen ehemaligen Darstellerin eindeutiger Filmchen machen sie zum Liebling der Presse. Immer wieder ist sie der funkelnde Star auf dem roten Teppich, und ich bin mir sicher, dass sie das Einkommen aus ihrem Lustschloss schon lange nicht mehr nötig hat. Sepp schwatzt angeregt mit ihr. Es wundert mich immer wieder, welche Menschen er zu seinem Bekanntenkreis zählt. Anscheinend kann eine Bumshütte noch so klein und unbedeutend sein, dennoch kennt man sich in dieser Gesellschaft untereinander.

Mein Blick sucht die Menge nach Raphael ab. Als ich ihn endlich entdecke, steht er zusammen mit seiner Familie schwatzend unten auf dem Platz der Naturbühne und plaudert mit den Wimmersleuten. Auch Dani und Kurt quatschen vergnügt mit. Der kleine Joachim hat seinen rechtmäßigen Platz in Danielas Armen wiederergattert, und ich sehe die Sabberflecken auf der cremefarbenen Seide schon vor mir. Es zieht mich magisch nach unten zu meinen Kindern und Enkeln, und ich vergewissere mich, dass außer Ludmilla niemand mehr ansteht. Mit einem Deut in Richtung meiner Liebsten gebe ich Sepp Bescheid, dass ich mich von dannen mache. Beherzt greife ich nach dem Brautstrauß, der nicht gestohlen werden darf, und mache mich auf den Weg nach unten.

Mit jedem Schritt, den ich mich von der Terrasse entferne, wird es etwas kühler. Die feuchte Luft des Inns weht mir entgegen, und ich atme auf. Noch ist der Abend nicht vorüber, und wenn es die Feiernden ernst meinen, dann wird mich wohl demnächst jemand aus den Reihen der Gäste stehlen und in ein nahe gelegenes Wirtshaus verschleppen. Dort muss Sepp dann allerlei halbdämliche Aufgaben erfüllen, um sich meiner würdig zu erweisen und mich bei meinen Entführern auszulösen. Erinnerungen an meine erste Hochzeit schieben sich wie durchsichtiges Seidenpapier über meine Sinneseindrücke. Ich höre Horsts Stimme aus der Ferne schallen, sein warmes Lachen, spüre seinen Kuss auf meiner Wange, als er mich nur durch das Abtasten der Wade inmitten der anderen Mädchen wiedererkannt hat. Ob Sepp meine Beine genauso gut kennt, wie es mein erster Mann getan hat? Schritt für Schritt nähere ich mich meinen Kindern. Sie sind mir von meiner ersten Liebe auf dieser Erde geblieben. In Raphaels gurgelndem Gelächter, in seinem Kinngrübchen, in Danielas weichen Augen, ihren für eine Frau etwas zu kantigen Wangenknochen und ihren wilden Haaren lebt er weiter. Ja sogar in den weichen Zügen meiner Enkelkinder entdecke ich zarte Anzeichen seiner Präsenz. Er ist noch immer hier. Und ich spüre, dass er es gutheißt, mich wieder glücklich und vollständig zu sehen. Ich will gerade etwas zu Raphael sagen, als plötzlich von links vom alten Burgtor her ohrenbetäubendes Gebrüll erschallt.

Es zieht mir eine Gänsehaut auf, und Angst kribbelt in

meinem Bauch wie eine böse Vorahnung. Kurt, ganz und gar Polizist, strafft seine Schultern und meint: »Also, dass es einfach keine Heirat hier ohne Schlägerei gibt! Dabei steht der Hubert doch vor mir.« Hubert lacht laut und hebt den Bierkrug wie zum Beweis, dass er lieber säuft, als sich zu prügeln. Wieder dröhnt ein Schrei. Kurt schüttelt den Kopf. Schwungvoll eilt er davon. Ich folge ihm.

»Hört auf!«, brüllt Kurt schon zwei Meter, bevor wir die beiden Prügelknaben wirklich erreicht haben. Ich hechte einen Schritt zur Seite, um besser sehen zu können, welche beiden Kerle so lauthals herumschreien. Verdutzt halte ich inne, und vor Schreck fällt mir sogar der Brautstrauß aus der Hand und landet mit einem unwirklich lauten, in meinen Ohren schmatzenden Platsch auf dem Boden. In überfordernden Situationen filtert das Gehirn die Eindrücke anders. Während die Geräusche um mich herum viel zu laut wirken, kann ich die Bilder kaum verarbeiten. Ich blinzle. Dann erkenne ich die beiden Männer endlich. Maximilian drückt Ferdl gerade gegen die alten Steine des Torturms.

»Das lass ich mir von dir nicht sagen! Du räudige Köter, du!«, brüllt er auf Ferdl ein und verpasst ihm einen Faustschlag mitten auf die Stirn.

Ferdls Augenbraue platzt auf. Blut tropft ihm über die Wange. Doch der magere Kerl macht keine Anstalten, sich zu entwinden. Stattdessen rotzt er einen grünen Schleimpfropfen hoch und spuckt ihn dem viermal so bulligen Kovanic ins Gesicht.

»Du wirst tun, was wir wollen. Sonst machen wir eingelegten Russen im Glas aus dir!«, droht er heiser. Maximilian holt gerade zu einem neuerlichen Schlag aus, als Ferdl sich blitzschnell unter Kovanic wegduckt, sich befreit und ein Messer aus der Hosentasche zieht. Mit einer flinken Bewegung steht der schmächtige Kerl plötzlich hinter dem Riesen und legt diesem das Messer an die Kehle. »Wenn du mich noch einmal schlägst, wirst du es bereuen«, zischt er böse.

»Aufhören! Hier wimmelt es von meinen Kollegen, und ich

scheue nicht davor zurück, auf meiner eigenen Trauungsfeier Leute festzunehmen«, schreit Kurt.

»Ferdl, bitte. Es ist auch meine Hochzeit! Bruder, lass es!«, höre ich Sepp hinter mir.

Ich fühle mich von der ganzen Situation so überrumpelt, dass ich bisher zur Salzsäule erstarrt dagestanden bin und nur dem unrealistischen Treiben zugesehen habe.

Doch auch Ferdl und Maximilian wird offenbar jetzt erst bewusst, dass sie nicht länger nur unter sich sind. Ferdl nimmt vorsichtig das Messer von Kovanics Kehle und macht einen Schritt zurück. Maximilian aber dreht sich schwungvoll um und erhebt drohend die Faust. »Nur dass eines klar ist: Man schüchtert einen Maximilian Kovanic nicht ein. Man spuckt nicht an! Und erst recht nicht so Blasphemie auf Heirat von sein eigene Bruders. Du weniger als Köter! Du toter Mann! Ferdinand! Toter Mann! Kapiert?«

Ferdinand steckt unbeeindruckt sein Klappmesser zurück in die Tasche. Dann zuckt sein Kopf hoch, und er fixiert Maximilian, einem zum Angriff bereiten Raubtier gleich. »Wer als Erster von uns beiden stirbt, wird die nächste Zukunft zeigen. Deine Stunden sind gezählt, Rystar Maksim. Ich meine es nur gut mit dir, wenn ich dir rate, umzukehren und das Richtige zu tun. Noch atmest du!«, sagt er kalt, wischt mit seinem Zeigefinger über seine blutige Augenbraue und malt im Vorübergehen ein kleines rotes Kreuz auf Kovanics Hemd. Dann schreitet er durchs Tor hinaus in Richtung des Parkplatzes.

»Halt!«, rufe ich. »Jetzt kommt doch gleich das Brautstehlen dran!«

Noch während ich es sage, merke ich, wie idiotisch meine Bemerkung ist. Als würde es Ferdinand irgendetwas bedeuten, dass sich die Leute bei lustigen Spielen einen Schnaps nach dem anderen in die Kehle kippen. Er hat offensichtlich andere Probleme, die ihn beschäftigen. Probleme, von denen ich gar nichts wissen will.

Doch auch Sepp kann es nicht wesentlich besser als ich. »Ferdl, warte! Bleib hier! Wo willst du denn jetzt noch hin?«, ruft er ihm nach und macht dann Anstalten, seinem Bruder zu folgen.

Ich halte ihn zurück. »Sepp, nein. Bitte, nicht heute. Die Feier soll doch ohne weitere Vorkommnisse ablaufen, oder?«

Sepp sieht mich hilfesuchend an. Dann stößt er einen lautlosen Fluch aus und richtet sein Wort an Maximilian. »Was ist denn los zwischen euch beiden? Die Stadt müsste doch groß genug sein, um zwei große Betriebe gut am Laufen zu halten. Und außerdem, müsst ihr wirklich eure Arbeitsangelegenheiten auf meiner Hochzeit regeln?«

Sepp klingt so wütend und gekränkt, wie ich ihn nur selten gehört habe.

Doch Kovanic zuckt nur die Achseln. »Das verstehst du nicht. Du nie einer von uns. Du nie unsere Sorgen. Ich brauch einen Wodka, und dann fahre ich. Ferdinand hat nur gewartet, dass mein Freund Milan weggefahren ist. Ferdl ist ein feiger Schweinehund.«

»Aber«, wirft Sepp ein, verstummt jedoch, als Maximilian entschuldigend die Hände hebt.

»Hätte ich nicht kommen sollen? Wollte dir eine Freude machen. Aber war Fehler. Hier ich falsch am Platz. Zeit zu gehen!«, meint Maximilian und stapft in Richtung Terrasse.

Daniela und Kurt marschieren ebenfalls zurück zum Fest. Ich aber kann mich noch nicht wieder ins Getümmel stürzen. Auch Sepp bleibt im Schatten des alten Turms stehen und schüttelt stumm den Kopf.

Erschöpft lasse ich mich mit dem Rücken gegen die Turmmauer sinken und balle die Hände. Was hab ich nur an mir, dass sich um mich herum stets Unwetter zusammenbrauen? Zornig klopfe ich mit den Fäusten gegen die Steine hinter mir.

Es kracht. Mein Herz macht vor Schreck einen Extraschlag, und ich verschlucke mich. Schon hält Sepp mich fest und zieht mich einen Schritt aus dem Torbogen hervor. Eine heftige Windböe erfasst mich und drückt mich an ihn. Ich blicke nach oben. Wo eben noch weiße Wolken am blauen Sommerhimmel harmlos ihre Bahnen zogen, türmt sich nun ein schwarzes Ungetüm zusammen. Schon flattern zusammengeknüllte Papierservietten durch die Luft. Verdattert atme ich tief ein.

»Jetzt kommt das befürchtete Unwetter wohl doch in unsere Gegend«, bemerkt Sepp.

»So schnell?«, rufe ich gegen den Wind an.

»Deine Entführung muss wohl warten«, sagt Sepp und deutet mit dem Kinn in Richtung der umhertaumelnden Gäste. Lautes, hektisches Rufen kommt in abgehackten Tönen durch die Luft geflogen.

»Alle rein!«, vernehme ich zwischen dem Gekreische Kurt. Ich raffe meinen Rock und drücke mich noch fester gegen Sepp. Schon peitscht der Regen auf uns herab. Wir können uns kaum halten. Mein Brautstrauß liegt zerdrückt auf dem Boden, und ich schaffe es nicht einmal, mich zu bücken und ihn vor dem Unwetter zu retten, so zerrt Sepp mich in Richtung der Burgschänke. Als wir die Tür erreichen, sind alle Gäste, die noch nicht abgereist sind, bereits drinnen. Die Sirenen heulen los. Schnell schließt Sepp die Tür hinter uns. Wir sind im Trockenen. In Sicherheit. Draußen bricht gerade die Hölle los.

So heiß der Spätnachmittag auch war, so kalt und gewaltig donnern nun Wassermassen vom Himmel und kühlen die Luft innerhalb von Minuten ab. Selbst im Inneren des gemütlichen Wirtshauses meine ich zu spüren, wie die Kälte in meine Knochen vordringt. Am schlimmsten aber ist die plötzlich einsetzende Finsternis, die das Land verschlingt. Orkanartige Böen fegen über die Terrasse. Die Wirtsleute und Angestellten haben keine Zeit gehabt, die Stühle, Hussen und Tische in Sicherheit zu bringen. Nun wirbeln Stoffbahnen in der Luft, Tische kippen um, und Stühle poltern durcheinander.

»Der Weltuntergang kann nicht schlimmer aussehen«, meint Daniela neben mir. Auch sie starrt gebannt nach draußen. Ich schüttle fassungslos den Kopf. Sirenengeheul zerschneidet die Luft und übertönt zeitweise das Toben des Unwetters. »Jetzt fällt gleich der Strom aus«, prophezeit Sepp auf meiner anderen Seite. Schon flackert das Deckenlicht.

Ich schaue Sepp böse an. »Musst du immer den Teufel an die Wand malen?«, frage ich.

Er zuckt die Schultern. Das Licht erlischt. Nun stehen wir im Dunkeln.

»Na bravo«, höre ich den Wimmer jammern. »Jetzt sitzen wir hier fest, und weder der Sepp noch der Kurt müssen Scheitlknien!«

»Dafür ist es kuschelig«, antwortet Herta ihrem Mann und fügt lachend »Genau, komm und schenk mir ein Busserl« hinzu.

Ich drehe mich um, weil ich die Stimme zuerst nicht zuordnen kann. Es ist so schrecklich dunkel. Ich verenge angestrengt die Augen zu Schlitzen. Endlich kommt wie ein rettender Engel der Wirt mit ein paar brennenden Kerzen in die Stube. Hinter ihm gehen seine Frau und die Kellnerin. Sie haben Wein und Krüge mitgebracht. Weit kommen die drei aber nicht. Hubert hält sie auf. »Das Flascherl nehm ich gleich mal an mich«, meint er erstaunlich nüchtern, »meine beiden Herzensdamen brauchen etwas zur Beruhigung in diesen stürmischen Zeiten.«

Bereitwillig überlässt die Wirtin ihm das Geforderte und marschiert weiter in unsere Richtung. Der Gastwirt stellt Kerzen auf jeden Tisch. Nun erkenne ich auch die zweite Frau an Wimmers Seite. Es ist die Tierärztin. Eng aneinandergekuschelt sitzen sie da und schauen nicht halb so unglücklich aus, wie ich mich gerade fühle.

»Schlimm ist es dieses Jahr mit den Gewittern«, sagt die Wirtin und überreicht Sepp die Flasche. »Mei, es tut mir so leid, dass eure Hochzeit in dem Sturm untergeht. Aber ich bring dann gleich mal die Gulaschsuppe und das Brot in die Stubn. Des is eh alles schon schön heiß. Verhungern und verdursten muss mir hier keina! Und fürs Brautstehlen könnts a gern ins Nebenzimmer gehen. Zwoa Holzscheitln find ma hier gwiss für die Mannsbüder zum Niedaknian«, sagt sie fröhlich zwinkernd.

»Danke. Vielleicht beruhigt sich das Wetter ja schnell wieder«, erwidere ich hoffnungsvoll.

Sie zuckt lapidar die Schultern. »Beim letzten Mal hots drei Tog dauert, bis alles zusammengeräumt war und des Kraftwerk wieder in Normalbetrieb gegangen is. Aber hoffn kann man ja«, meint sie und geht zum nächsten Tisch.

Sepp öffnet die Weinflasche und schenkt uns allen ein. »Setzen wir uns doch. Vom Herumstehen wird die Sonne auch nicht schneller wiederkehren«, schlägt er vor.

Ein letztes Mal gucke ich nach draußen. Ein Ast, dick und lang wie ein kleiner Obstbaum, fegt gerade über die Terrasse und reißt einen Mistkübel mit sich. Papier und Unrat flattern durch die Luft. Es scheint sogar noch dunkler zu werden, so dicht türmen sich die pechschwarzen Gewitterwolken am Himmel. Ich gebe mich geschlagen und setze mich mit meinen Lieben an einen Tisch.

Wenn es nicht derart abscheulich donnern und blitzen würde, dann wäre es im Kerzenschein mit Rotwein, Schusterlaibchen und Gulaschsuppe beinahe romantisch. Aber immer wenn ich gerade beginne, mich etwas zu entspannen, und in die Unterhaltung mit Kurt und Dani eintauche, tut es vor dem Haus wieder einen gewaltigen Knall.

Dieses Mal zuckt sogar Sepp zusammen. »Hoffentlich ist Ferdl nicht in das Unwetter hineingefahren. Hat es nicht vor drei Wochen eine Frau aus der Gegend im Auto eingeklemmt, als ein Ast runterfiel?«, fragt er bang.

Ich nicke. So schlimm wie diesen Sommer habe ich keinen meiner bisher erlebten in Erinnerung. Auch in meiner Kindheit gab es Sommergewitter, und wir haben uns in der Stube rund um eine schwarze Gewitterkerze aus Altötting versammelt und das Vaterunser gebetet ... Doch dieses Jahr bricht alle Rekorde. Selbst die gestandenen Feuerwehrmänner unserer Ortschaft kämpfen seit dem letzten Sturm mit der Verzweiflung, weil weder genug Pumpen für die überfluteten Keller noch genügend Sandsäcke für das Bauen von Wasserbarrieren oder Planen für die zerhagelten und abgedeckten Dächer zur Verfügung stehen. Es fehlt an Mann und Material.

Sanft berühre ich Sepp am Arm. »Ruf ihn doch noch mal

an. Es ist nun schon egal, ob er vier oder fünf verpasste Anrufe auf der Mobilbox hat«, schlag ich vor.

In der letzten Stunde hat er es einige Male probiert, und zuletzt hatte die Verbindung aufgegeben.

Sepp brummt zustimmend und fischt sein Handy hervor. Zum Glück hat er wieder ein funktionierendes Netz, und es läutet diesmal in der Leitung. Hoffnungsvoll springt er auf und lässt sich dann wieder deprimiert auf den Stuhl sinken. »Ferdl, es wettert wirklich schlimm draußen. Melde dich bitte. Ich bin in Sorge«, sagt er ins Handy und legt dann auf.

»Er ruft zurück«, tröste ich ihn.

Sepp presst die Lippen zu einem schiefen Strich und atmet schwer durch die Nase aus. »Ferdl war immer schon ein Hitzkopf und Sturschädel. Wahrscheinlich muss er seinen Zorn erst irgendwo abreagieren und gibt dann Bescheid, dass es ihm gut geht«, sagt er schließlich und nimmt einen großen Schluck Wein aus dem Glas.

»Ist das jetzt a Hochzeit oder a Beerdigung?«, ruft Wimmer durch den Raum, gerade in dem Moment, in dem ich Sepp antworten möchte.

»Eine Hochzeit!«, schreit Daniela zurück und hebt ihr Glas.

Schon beginnen alle Gäste sich zuzuprosten, und Hubert stimmt ein eindeutig zweideutiges Gstanzl an, worauf alle mitjohlen. Stimmung machen kann er, der Hubert, denke ich mir und falle in das allgemeine Geschrei mit ein.

Zwei Strophen später zupft Herta mich am Ärmel. »Kommt mit. Zeit, deinen Sepp und den Kurt zu prüfen, ob sie eurer auch wert sind«, sagt Huberts Frau.

Daniela nickt begeistert, und auch in mir steigt eine leise Freude auf. Bei dem Gedanken, Sepp auf dem Holzscheit knien und diverse Aufgaben lösen zu sehen, muss ich grinsen. Es wird bestimmt lustig. Ich lasse mich von Herta mitziehen. Still und heimlich stehlen wir uns davon. Ich weiß, was mich erwartet. Schon einmal war ich die entführte Braut. Schon einmal hat ein verkleideter und bis über beide Ohren verliebter Mann mich zurückerobert. Doch eines weiß ich mit Bestimmtheit. Sepp wird jeden Spaß mitmachen, und ich werde es diesmal in vollen Zügen genießen. Bei meiner ersten Heirat war ich zu nervös und zu jung. Dieses Mal werde ich es krachen lassen. Genauso laut wie der Donner vor dem Haus.

Die Nacht verlief anders als geplant. Nachdem weit nach Mitternacht der Sturm endlich abgezogen war, konnte kein Gast mehr vom Gelände weg. Die Straße war gesperrt. Und so verbrachten alle verbliebenen Gäste die Nacht auf der Burg. Glücklicherweise gab es für Dani, Kurt und den kleinen Joachim ein eigenes Zimmer. Auch Sepp und ich sind zusammen untergekommen. Doch die Feiernden, die kein Zimmer ergattern konnten, zechten zum Teil die Nacht lautstark durch, zum Teil schliefen sie die Stunden bis zum Morgengrauen in ihren Autos.

Müde und verkatert richte ich mich im Bett auf und blicke nach draußen. Blau und friedlich spannt sich der Himmel über uns.

»Schon wach?«, fragt Sepp heiser neben mir.

Ich wende mich ihm zu und drücke meine Lippen auf seine. Der Geschmack von altem Wein und Zigarren hängt auf seinem Mund. Er stöhnt leise und greift sich an den Kopf. Anscheinend war das gestrige Brautstehlen etwas zu viel für seinen Körper. »Es ist sonnig und ruhig draußen. Die Leute werden sich bald auf den Weg nach Hause machen, und dann sind wir alleine auf der Burg«, sag ich und deute mit dem Kinn zum Fenster.

Er grinst schief. »Soll das heißen, du forderst mich dazu heraus, mein Eheversprechen einzulösen?«

»Eher nicht. Die Hochzeitsnacht hab ich mir zwar anders vorgestellt, aber jetzt knurrt mir vor allem der Magen, und ich wollte dich dazu anstiften, mir schnell etwas zum Essen zu besorgen. Ich möchte zumindest ein paar meiner Gäste persönlich verabschieden, und wenn ich groß frühstücken gehe, dann sind die meisten schon weggefahren.«

Sepp brummt und schwingt seine Beine vors Bett. Wieder

entfleucht ihm ein leises Seufzen, und er verzieht das Gesicht zu einer schmerzerfüllten Grimasse. »Gute Idee«, sagt er leise, »vielleicht finde ich auch einen guten Burggeist, der eine Aspirin für mich hat.«

Sepp greift sich seine Hose und das Jackett. Mit fahrigen Bewegungen zieht er sich an. Ich muss kichern. Fragend dreht er sich um. »Tut mir leid. Ich dachte, ich würde schon alle Seiten von dir kennen. Doch verkatert hab ich dich noch nie erlebt«, entschuldige ich mich.

Er ruckt nur das Kinn hoch. »Wenn du alles von mir wüsstest, würde das eine sehr langweilige Ehe werden, mein Röschen. Bis gleich. Ich bring dir dein Frühstück.«

Ich winke ihm zu, und er eilt nach draußen. Schnell stehe nun auch ich auf und zwänge mich wieder in mein Dirndl. Dann öffne ich das Fenster und lehne mich nach draußen. Schon jetzt schlägt mir warme Luft entgegen. Das wird wieder ein heißer Sommertag. Hoffentlich braut sich nicht erneut ein Unwetter zusammen. Die Verwüstung der letzten Nacht ist unverkennbar. Überall liegen Äste, Blätter und Unrat herum.

»Guten Morgen, Frau Rosi«, schreit mir die Wirtin von unten entgegen. Sie schultert bereits einen gut gefüllten schwarzen Müllsack.

»Guten Morgen. Viel aufzuräumen!«, rufe ich zurück.

»Macht nichts. Solang die Schindeln am Dach bleiben und uns kein Baum trifft, ist alles halb so schlimm. Das Kraftwerk ist auch heil geblieben! Es ist sogar viel harmloser als beim vorigen Unwetter. Wir sind alle heil davongekommen«, plärrt sie fröhlich.

Ich nicke. Es ist mir unbegreiflich, wie ein Mensch nach so einer Nacht derart froh gestimmt und ausgeruht aussehen kann. Die gute Frau muss einen Jungbrunnen besitzen. Schwungvoll befördert sie eine zerfetzte Zeitung in ihren Sack und stellt im nächsten Moment einen umgefallenen Blumentopf auf. Ich schnüre mir angestrengt das Mieder, als Sepp zur Tür hereinschneit. Auf einem Tablett balanciert er eine Kanne Kaffee, etwas Hochzeitstorte, Schwarzbrot und Butter. Auch ein Stückchen Hartwurst und Bergkäse kann ich erkennen. Mir läuft das Wasser im Mund zusammen. Es ist eine Eigenart von mir, dass ich nach alkoholgetränkten Abenden am nächsten Morgen einen Bärenhunger habe.

»Hier, mein Schatz«, sagt Sepp und stellt die Köstlichkeiten auf den kleinen Tisch. »Ich hab unten Donna Ludmilla getroffen. Sie und meine ehemaligen Kollegen haben es eilig und können nicht auf dich warten. Sie brechen bereits auf. Aber die Wimmers hab ich dazu überredet, mit uns noch einen Spaziergang zum Staudamm zu unternehmen. Man hört das Tosen des Wassers bis zur Haustür rein!« Sepp beißt beim Schwarzbrotscherzl ab.

»Das ist gut. Vielleicht wollen uns Dani und Kurt begleiten?« Ich nehme mir auch ein Brot.

Die Sonnenstrahlen fallen warm durchs Fenster. Ich seufze zufrieden. Wenigstens der Morgen verspricht mir eine sonnige Ehe mit Sepp.

Wir stehen unten auf dem Parkplatz und winken dem Bauern Hias in seinem verrosteten BMW hinterher. Die Straße nach oben ins Dorf ist wieder freigeräumt, und die Leute haben sich allesamt zügig auf den Weg nach Hause gemacht.

»Bibim, bibim«, schallt es aus Sepps Hosentasche. »Geschafft. Fast alle sind weg«, sagt er und zieht sein Handy heraus. Mit einem Wisch öffnet er WhatsApp und stößt sogleich einen erleichterten Seufzer aus. »Ferdl geht es gut. Er ist in Salzburg und entschuldigt sich für sein Benehmen.«

Ich brumme misslaunig. »Hauptsache, ihm ist nichts geschehen. Aber nimm es mir nicht übel. Ich will ihn am nächsten Sonntag nicht bei mir am Mittagstisch sitzen und Bratl essen sehen. So ein Verhalten, wie er es an den Tag gelegt hat, gehört sich einfach nicht.«

Sepp nickt. »Apropos Verhalten. Schau mal, wer da wieder in ehelicher Zweisamkeit unschuldig herumspaziert.«

Er deutet in Richtung des Flusses. Tatsächlich. Händchenhaltend schlendern Hubert und Herta zum Kraftwerk hinunter. Von Dr. Schreiner fehlt jede Spur. »Ich will auch nachschauen, wie der Inn wütet«, sage ich und ziehe Sepp mit mir. Dieser wehrt sich nicht und ergreift willig meine Hand.

Etliche umgeknickte Bäume säumen unseren Weg hinüber zur Staudammbrücke. Ich schlucke, als ich die Wassermassen nach oben preschen sehe. Es sieht beängstigend aus. Obwohl die Feuerwehr die Straße durch das Wäldchen gesperrt hat, stehen hier keine Warnschilder. Herta und Hubert haben ein paar Schritte vor der Mauer, die gleichzeitig eine Brücke hinüber nach Deutschland ist, haltgemacht.

»Ziemlich grausig.« Ich zeige auf die meterhohen Wellen, die aus den Turbinen rauschen. Das Wasser schnalzt mit unglaublicher Wucht gegen die Mauer.

»Lasst uns rübergehen, bevor die Feuerwehr oder die Kraftwerkbetreiber die Brücke sperren«, meint der Wimmer und greift damit meinen Gedanken von vorhin auf.

Herta schüttelt den Kopf. Sie ist ganz grün im Gesicht, und auch mir schnürt es die Kehle zu. Hubert aber schnappt einfach seine Frau am Ellenbogen und schleppt sie mit sich. Herta trottet mit.

»Willst du auch?«, fragt Sepp mich.

Ich zucke mit den Schultern. Es ist reizvoll, über den Damm zu wandern. Es fühlt sich an wie Gefahr, obwohl es eigentlich keine ist. Das Unwetter ist längst vorbei und der Höchststand erreicht. Die Flut kann nur mehr zurückgehen, und wenn die Brücke unsicher wäre, dann hätte man sie abgeriegelt. Andererseits hat man die Zufahrt zur Burg und zum Kraftwerk weiter oben gesperrt. Nur wir, die wir bereits am Fluss waren, sind noch hier.

Da dreht Herta sich um und winkt uns, nachzukommen.

»Was soll schon geschehen?«, sag ich und setze den Fuß auf die Mauer.

Das Donnern und Dröhnen ist so laut, dass ich außer den Wassermassen nichts mehr hören kann. Doch mit jedem Meter, den wir uns weiter nach vorne wagen, schrumpft auch meine Angst. Das Kribbeln im Magen lässt nach, und ich greife fest

Sepps Hand. Dankbar schaue ich ihn an. Alle Liebe lege ich in meinen Händedruck, und ich hoffe, er spürt, wie froh ich bin, jemanden wie ihn an meiner Seite zu haben. Mit Sepp kann ich mich jeder Gefahr stellen und jeden noch so Furcht einflößenden Pfad bewandern. Doch statt meinen warmen Druck zu erwidern, zieht er plötzlich an meinem Arm. »Spinnt der total?«, glaube ich ihn rufen zu hören. Ich sehe zu den anderen und verstehe sofort, warum Sepp es auf einmal so eilig hat. Am Ende der Brücke lehnt sich der Wimmer bedenklich weit nach vorne und gestikuliert wild herum. Herta wirft zwei Schritte hinter ihrem Mann die Arme in die Luft und krümmt sich plötzlich. Dann fällt sie auf die Knie und beginnt zu würgen. Sepp lässt mich los und rennt. Ich haste ihm nach. Sepp greift nach Wimmer und reißt ihn zurück. Ich komme vor Herta zu stehen und weiche mit einem kleinen Schritt gerade noch rechtzeitig zur Seite. Sie erbricht einen gewaltigen Schwall gelb-roter Schleimbrühe vor meine Füße. Als sie ihren Mageninhalt los ist, blickt sie verzweifelt zu mir hoch. Was ist passiert?, probiere ich mit Gesten zu sagen. Herta deutet zum Wasser.

Ich wende mich um und erblicke nun Sepp, der sich wie eben zuvor der Wimmer über die Brüstung beugt und ins Wasser starrt. Hubert hockt am Boden. Ich trete zu Sepp und berühre sacht seine Schulter, um ihn nicht zu erschrecken. Er dreht sich um, und ich lese in seinem gischtnassen Gesicht Verwunderung und Grauen. »Kurt«, formen seine Lippen. Ich schüttle ahnungslos den Kopf und beuge mich nun ebenfalls nach vorne. Sepp hält mich fest. Ich blinzle und brauche etliche Sekunden, um zu erfassen, welch abstruses Bild sich mir darbietet. Zum Glück weiß ich aus meiner Erinnerung, was ich eigentlich hier sehen sollte. Eine Fischtreppe. Sanftes, seichtes Wasser und Steinstufen, über die sich die Tiere vor dem todbringenden Kraftwerk retten können. Doch unter mir ist nur tosendes Wasser, und dort, wo eigentlich der Rettungsgang für die Forellen und Huchen sein sollte, blitzt etwas silbern auf. Zuerst halte ich es für eine Ansammlung von Blech, doch dann setzt sich das Puzzle zusammen. Eine Ritterrüstung. Eine fast vollständige Ritterrüstung. Ich lehne mich noch etwas weiter vor und presse die Lider gegen den Sprühregen zusammen. Wurde etwa die Ritterrüstung, die eigentlich an der Burgmauer lehnt, vom Wind weggeweht und in den Inn geschleudert? Verbissen versuche ich mich zu erinnern, ob die Rüstung noch an der Wand stand, als ich vorhin daran vorbeigegangen bin. Doch es fällt mir nicht ein. Ich habe schlicht nicht darauf geachtet.

Ein Schwall feiner Wassertropfen landet auf meinem Gesicht. Schnell wische ich mir die Augen trocken und blinzle gegen den Gischtnebel. Da! Ein Arm der Rüstung fehlt, und stattdessen meine ich, die zerfetzte Hand eines Menschen zu sehen. Eine Leiche? Sicher bin ich mir nicht. Viel zu schnell schwappt das Wasser, obwohl es hier am Rand weniger schlimm ist als mitten auf dem Damm. Meine Gedanken kreisen. Ich habe bereits Schlimmes gesehen und schrecklich zugerichtete Leichen vor Augen gehabt. Doch irgendwie bin ich mir sicher, dass die silberne Rüstung am Rand der Flut einen grausigen Inhalt birgt. Und offenbar sind die Wimmers derselben Meinung, sonst hätten sie nie so stark auf den Ritter im Inn reagiert. Ich lasse mich zurückfallen.

»Kurt«, sage nun auch ich, obwohl ich weiß, dass mich niemand hören kann. Sepp hat recht. Mein Schwiegersohn samt Bergungsmannschaft und Kollegenteam ist gefragt. Wir brauchen Kurt. Und das so kurz nach seiner Hochzeit. Ich wende mich Hubert und Herta zu und versuche, den beiden mit Armen und Beinen begreiflich zu machen, dass wir schnellstmöglich zurück zur anderen Seite müssen. Doch die beiden Wimmersleute hocken nur wie erstarrt am Boden und starren ins Leere. Ich schnappe mir Helga und Sepp sich den Hubert. Mit vereinten Kräften schleifen wir die zwei zurück.

A schene Leich

Rosis Entwässerungstee
1 Tasse mit jungen Brennnesseln, jungen Löwenzahnblättern und Petersilie füllen, mit 500 ml heißem Wasser übergießen und 4 Minuten ziehen lassen. Kräuter abseihen. Kann auch kalt mit Zitrone, Honig oder Kandiszucker getrunken werden.

Kurt ist nicht zu beneiden. Tropfnass von der Bergung und vom Schweiß steht er vor der aufgebrachten Gerichtsmedizinerin. »Ihr habt mit eurem rüpelhaften Vorgehen bestimmt alle Beweise ruiniert, die das Wasser noch übrig gelassen hat. Welcher Idiot ist nur auf die Idee gekommen, die Leiche mit Hilfe der Holzzange eines Baggers rauszuholen? Ihr habt ihn zerquetscht, verdammt noch mal!«, keift Frau Dr. Rötel und wird dabei so rot im Gesicht, wie ihr Name sagt.

»Wir sind froh, dass wir ihn überhaupt an Land haben, Frau Doktor. Sehen Sie sich mal um. Ich riskier sicher nicht das Leben meiner Mitarbeiter, um vielleicht nur eine Requisite aus dem Wasser zu ziehen. Keiner konnte bis vor der Bergung fix beschwören, dass es sich um eine Leiche handelt.«

»Aber euer Baggerfahrer war kein Profi. So wie er die Rüstung gepackt und zermalmt hat. Das könnte mein vierjähriger Neffe besser, der nur am Spielplatz mit dem Sandkastenbagger übt!«, blafft sie weiter.

»Jetzt ist es eh zu spät. Wir sind froh, dass unsere Kollegin Ute mit ihrem Bagger nicht mitgerissen wurde. Die verdammte Ritterrüstung war mit einer Kette am Untergrund befestigt. Wir vermuten, dass am Ende eine Kanonenkugel oder etwas Ähnliches hing, das sich in der Fischtreppe verkeilt hatte. Die Kette ist zum Glück abgerissen, und wir haben den Toten freibekommen. Ansonsten hätten die Wassermassen ihn total aufgearbeitet. Der Pegel könnte immerhin noch steigen, wenn das Wasser von den Gebirgen erst hier ankommt oder es erneut ein Unwetter gibt. Bei der derzeitigen Wetterlage weiß man nie …«

Die Rötel hebt die Hände wie zur Abwehr. Mehr als diese Geste der Versöhnung schafft die gute Frau nicht. »Gut, dann will ich mir die schöne Leiche mal ansehen. Aber nicht, dass es im Nachhinein dann heißt, ich hätte nicht sachgemäß gearbeitet. Das hier ist auf eurem Mist gewachsen«, meint sie und vollführt dabei eine ausladende Handbewegung. Endlich lässt sie von Kurt ab und geht zur ziemlich zerbeulten Rüstung.

Kurt verdreht die Augen.

»Mach dir nichts draus«, tröste ich ihn. »Es hätte keine andere Möglichkeit gegeben, den Toten aus dem Wasser zu bekommen.«

»Auf jeden Fall nicht in der Kürze der Zeit«, antwortet er und zuckt mit dem Kinn hinauf, wo Frau Rötel bereits damit begonnen hat, um die Leiche herumzustapfen. »Wie sehr ich unsere alte, marillenkrapfensüchtige Pathologin vermisse. Schade, dass man mir so einen Drachen wie die Rötel vorgesetzt hat. Jede Besprechung in der Rechtsmedizin ist ein wahrer Spießrutenlauf. Aber leider Gottes ist sie gut. Hören wir uns an, was sie zu sagen hat.«

»Außerdem will ich wissen, wer hinter dem Visier steckt. Im Weissagen aus der Hand bin ich nämlich ziemlich schlecht«, scherze ich halb. Kurt grinst schief. Er sieht mitgenommen aus. Letzte Nacht war er noch als tanzender und freudestrahlender Bräutigam auf dem Parkett gestanden, doch dieser Morgen hat ihm das frische Eheleben versaut. Als sich herauskristallisierte, dass es sich bei der im Wasser treibenden Rüstung tatsächlich um einen Toten handeln könnte, ist Kurt schnell entschlossen ans Werk gegangen. Er hat verschiedene Optionen durchdacht, wie die Leiche zu bergen wäre. Einzig der Bagger ist als realisierbar übrig geblieben. Dass die Baggerzange das Brustschild der Rüstung eingedrückt hat, war den widrigen Arbeitsbedingungen geschuldet. Alle im Team haben ihr Bestes gegeben. Und nun liegt oben am Weg hinter der Böschung eine Rüstung samt unappetitlichem Inhalt.

Schweigend steigen Kurt und ich hoch. Wie abgemacht halte ich mich im Hintergrund, als wäre ich Kurts Schatten. Eigentlich dürfen Außenstehende nicht bei so einer Aktion dabei sein. Doch nach all den Dingen, die Kurt mit mir oder, besser gesagt, durch mich schon erlebt hat, hat sich die Situation gewandelt. Ich bin kriminalistische Beraterin. Unbezahlt, aber vom Team anerkannt. Und während Sepp und die Wimmersleute am anderen Ende der Brücke von Kurts Kollegen einvernommen werden, darf ich dabei sein, wenn die Ärztin das Visier lüftet.

»Pfft«, keucht Dr. Rötel und stemmt sich mit aller Kraft gegen den Helm. »Helfen Sie schon mit!«, fordert sie barsch.

Kurt zieht die Augenbrauen hoch. Noch bevor er sich nach unten beugt, bin ich zur Stelle und halte die Seiten des Helms fest. Es gestaltet sich als Herausforderung, mit Latexhandschuhen das glatte Metall zu fixieren. Ich nicke der Frau Doktor zu. Rötel ruckt kräftig am Visier, und endlich klappt es hoch. »Frauenpower«, meint sie und neigt den Kopf tief über die freigelegte Augenpartie. »Ja, was haben wir denn da für eine schöne Leiche?«, sagt sie und zieht dem Toten die verquollenen Lider hoch. Der starre, leblose Blick des Verstorbenen trifft mich, und ich weiß sofort, wer hier vor mir liegt.

»Kovanic«, keuche ich.

Rötel legt den Kopf schief und fragt trocken: »Ist er ein alter Bekannter von Ihnen, Rosi?«

»Eher eine neue, unangenehme Bekanntschaft. Er hatte auf meiner Hochzeit einen handfesten Streit mit …« Ich halte inne und würge den harten Kloß in meinem Hals hinunter. Als wäre es gerade eben passiert, kommt die Erinnerung an Ferdl und Maximilian hoch. Die Auseinandersetzung war alles andere als harmlos, und es sind Drohungen gefallen, die die Leiche vor mir und den vom Fest geflüchteten Ferdl in ein schlechtes Licht rücken.

»Seit wann ist er tot?«, will Kurt hinter mir wissen.

»Ich muss den Helm runternehmen, um mehr sagen zu können, und im Obduktionssaal erkunde ich dann das Innere der Konservenbüchse«, meint Rötel trocken.

Noch ehe sie mich auffordern kann, gehe ich in die richtige Position und halte die Schultern von Maximilian fest. Rötel kämpft mit dem Helm. Endlich löst sich das Metall, und der Kopf kommt frei. Anklagend, bleich und aufgedunsen liegt das leblose Gesicht des Puffvaters auf dem Boden. Schuldgefühle kriechen wie Spinnen an meinem Brustkorb hoch und rauben mir den Atem. Auf meiner Hochzeitsfeier ist ein Mensch gestorben. Tausend Gedanken wirbeln durch meinen Kopf. Wie konnte das nur geschehen? Ist Kovanic nicht gleich nach dem Streit und einem Glas Wodka von dannen gezogen? Verzweifelt versuche ich mich zu erinnern, ob ich sein Auto gesehen habe, als er davonfuhr. War er noch mit uns im Dunkeln des Gasthauses gewesen? Wann ist er mir zuletzt begegnet? Doch mir fehlt jegliches Bild von ihm. Vielleicht hat er sich auf der Feier noch derart angesoffen, dass er es als witzig empfand, sich in die Rüstung zu quetschen und draußen im Sturm herumzuspazieren. Betrunkene Männer kommen auf die absurdesten Gedanken. Und auch ein russischer Bordellbetreiber ist nichts anderes als ein Mann mit einer Vorliebe für scharfe Getränke. Aber dennoch! Wieso hätte Kovanic sich dann als Ritter verkleidet bei dem Sauwetter gestern Nacht zum Fluss begeben sollen? Egal, wie alkoholgetränkt ein Mensch auch war, so dumm konnte doch keiner sein. Meine Erinnerung ist nur lückenhaft. Es ist, als hätte der Sturm alle Details der Nacht weggeweht und unter Alkohol, Tanz, Gulaschsuppe und Scheitlknien tief begraben. Ich wende mich zu Kurt um, in der Hoffnung, dass er mir etwas von seinen Gedanken verrät. Doch auch in seinem Antlitz spiegelt sich nur betrübte Ahnungslosigkeit.

»... im Wasser gefunden, keine offensichtliche Verletzung am Schädel, kein Hinweis auf Würgemale am Hals ...«, brabbelt Rötel vor sich hin und zieht dadurch meine Aufmerksamkeit wieder auf sich.

Mit geschickten Fingern öffnet sie Kovanics Mund und hält plötzlich inne. »Zange«, mault sie und hält die Hand fordernd in meine Richtung. Ich sehe mich hektisch um und entdecke ihren Arztkoffer. Tatsächlich leuchtet mir eine grüne Kombizange entgegen, die ich schnell ergreife und ihr gebe. Rechtsmediziner haben anscheinend neben den üblichen medizinischen Utensilien auch einen halben Werkzeugladen mit dabei.

»Na, so etwas ... Da rechnet man mit einem klassischen

Ertrinkungsopfer, und dann ist es wahrscheinlich ein Bolustod«, sagt sie und fischt etwas aus Kovanics Rachen. Sie hält eine kleine Rolle gegen das Licht und dreht sie von der einen auf die andere Seite.

»Ein was?«

Sie zeigt mir die Rolle. »Ein Bolustod. Das heißt normalerweise, dass jemand an etwas Essbarem oder einer Gebissprothese erstickt ist. Kovanic hat sich aber ziemlich sicher an einem Ritter mit schlechter Karte verschluckt«, gluckst sie über ihren eigenen Schmäh. Ich atme schwer aus, worauf sie nur die Schultern zuckt. »Genau kann ich es freilich erst nach der Obduktion sagen«, meint sie.

»Eine Tarotkarte«, flüstere ich.

»Der Gehängte, gewickelt um einen Playmobilritter«, ergänzt Rötel, »wenn das mal keine Aussagekraft hat.«

»Auf jeden Fall gibt es uns einen deutlichen Hinweis darauf, wer hinter dem Verbrechen steckt«, sagt Kurt und zückt sein Handy. Neugierig stelle ich mich an seine Seite und lausche. »Andrea, wir haben es vermutlich mit der Rotlichtmafia zu tun. Der Tote ist Kovanic. Finde heraus, wo Rasputin im Moment gerade steckt. Außerdem gebt eine Fahndung raus. Ferdinand Sturmair. Er hat gestern eine Morddrohung gegen Kovanic ausgesprochen. Donna Ludmilla macht auch ausfindig. Ich will mit ihr reden.«

In knappen Worten erzählt er ihr von der Karte und legt dann auf.

»Rasputin«, hake ich nach. Kurt brummt und tippt auf seinem Handy herum. Dann zeigt er es mir. Ein riesiger, bärtiger, stämmiger Mann mit blitzblauen Augen, schweren Goldketten um den Hals und in einen roten Pelzmantel gehüllt leuchtet mir vom Display entgegen. Und neben ihm strahlt übers ganze Gesicht Donna Ludmilla. In leuchtenden Buchstaben steht darunter: »Porno trifft Puff – Rotlichtgröße Russen-Rolof (in der Szene bekannt als Rasputin) und ehemaliger Pornostar Love-Luder-Ludmilla (heutiger Name Donna Ludmilla) eröffnen in Berlin die größte Erotikmesse Venus.«

»Warum nennen die Leute ihn Rasputin? Dieser Fettwanst hat doch keinerlei Ähnlichkeit mit dem Wahrsager der ermordeten Zarin«, frage ich Kurt.

»Du guckst zu wenig Schundfernsehen, Rosi«, beklagt er sich. »Erstens ist Rolof Russe, und zweitens steht er auf Wahrsagerei. Er umgibt sich vornehmlich mit esoterischem Krimskrams. Er schwört darauf, seine Bordellstandorte auszupendeln, und stellt seine Mädchen nach Horoskop ein. Rasputin und Ludmilla sind derart extravagant, dass kein Boulevardblatt an ihnen vorbeikommt. Doch hinter der Eso-Fassade verbirgt Rolof einen beinharten und grausamen Geschäftssinn. Mehr als zwanzig Morde gehen unserer Meinung nach auf seine Kappe. Aber er ist zu geschickt. Wir konnten ihm bisher nichts nachweisen.«

Ich zeige auf den toten Kovanic. »Aber wie passt er da ins Bild?«

»Die Tarotkarte und die Rüstung. Rasputin liebt große Auftritte. Er steht auf historischen Kram und eben auch auf Kartenlegen. Man hat bisher bei etlichen Toten aus dem Rotlichtmilieu entweder Tarotkarten oder alte Kostümierungen gefunden. Manchmal waren sie auch an geschichtlich interessanten Plätzen drapiert. Alles sehr speziell«, erklärt Kurt.

»Dann ist das nicht die Rüstung von der Burg?«, frage ich.

Kurt schüttelt den Kopf. »Die steht weiter sicher und fest in ihrer Nische. Diese Konservenbüchse wurde extra für Kovanic hierhergebracht. Es ist Mord, Rosi. Auch wenn das noch inoffiziell ist, aber Maximilian wurde so sicher wie das Amen in der Kirche ermordet.«

Das alles ist noch tragischer, als ich bislang vermutet habe. Irgendjemand hat meine Hochzeit dafür verwendet, einen Menschen geplant umzubringen.

»Ich bin hier fertig. Die restliche Rüstung würde ich lieber in der Rechtsmedizin entfernen. Ihr könnt jedenfalls von einem Verbrechen ausgehen und alle Schritte in Gang setzen«, unterbricht Rötel Kurts Ausführungen.

»Bereits geschehen. Dann lassen wir ihn wegbringen«,

meint Kurt und winkt seine Kollegen herbei. Mir schwirrt der Kopf.

Sepp stützt sich schwer auf meinen massiven Tisch. »Aber der Ferdl hat bestimmt nichts mit Maximilians Tod zu tun. Wir haben doch gesehen, wie er nach dem Streit auf und davon ist«, sagt er und lässt sich mit einem Plumps auf die hölzerne Bank nieder. Ich schiebe ihm die Kaffeekanne und die Reste des Germ-Seppls hinüber. »Rosi, sag doch etwas dazu«, meint er und blickt in die versammelte Runde.

Daniela, meine beste Freundin Gitti, Hubert und Herta haben sich bei mir in der Stube eingefunden. Doch anstatt Geschenke zu sortieren und über die unglaubliche Anzahl an Reisegutscheinen zu schwatzen, dominiert der tote Ritter unsere Gesprächsrunde.

»Ich habe euch alles erzählt. Wir können jetzt wild herumspekulieren oder Kurt seine Arbeit machen lassen. Dann erfahren wir mehr«, sage ich und kippe mir eine weitere Portion schwarzes Gold in meine Tasse. Obwohl mein Herz bereits schneller pocht als gewöhnlich, will mich der dunkle Sud nicht wie sonst in den Wachzustand rütteln. Irgendwie fühlt sich die ganze Situation derart unecht an, dass ich mir wie in einem Traum gefangen vorkomme.

Daniela gibt der Babywippe neben sich einen kleinen Schubs, weil Joachim unruhig zu quengeln beginnt. »So ein Mist aber auch. Ich hab mich ehrlich auf ein paar Tage in Kärnten gefreut. Das Babyhotel hat so einen guten Ruf, und Kurt und ich hätten uns wirklich ein paar Stunden zu zweit verdient«, seufzt sie.

»Tja, vielleicht musst du deine Ehe noch mal überdenken, Liebes. Wenn Kurt eine Leiche in Konservendose seiner frisch angetrauten Frau vorzieht, dann spricht das nicht gerade für ihn«, stichelt Gitti.

»Du weißt, dass er keine andere Wahl hat. Er ist der Einzige, der es mit so einer Tat aufnehmen kann. Außerdem ist er erst seit Kurzem Leiter der Mordabteilung. Da kann er sich nicht einfach so vor dem ersten großen Fall drücken«, verteidigt Dani prompt ihren Kurt.

»Wir überlassen euch gern ein paar Gutscheine, und wenn Kurts Arbeit getan ist, könnt ihr länger auf Urlaub fahren«, biete ich an.

Sepp verpasst mir einen Stoß. »Röschen, über die Gutscheine wollte ich eigentlich zu einem besseren Zeitpunkt reden. Aber –«

»Hast du Rosi nichts von deinem Weltreiseplan erzählt?«, fällt Gitti ihm entsetzt ins Wort.

Ich verschlucke mich am heißen Kaffee und huste, dass die Tropfen nur so spritzen.

Herta wischt sich unbeeindruckt über ihr feuchtes Gesicht. »Gitti, musst du immer so mit der Tür ins Haus fallen? Merkst du denn nicht, dass wir alle noch unter Schock stehen? Und dann verpasst du Rosi gleich den nächsten Schrecken«, meint sie.

»Weltreise?«, stammle ich nur und sehe Sepp entgeistert an.

»Ich dachte mir nur, es wäre schön, in unserem Alter noch etwas von der Kultur anderer Völker zu erkunden. Ich hab da so einen Plan entwickelt, bei dem wir nie länger als fünf bis neun Wochen unterwegs sind und dazwischen Pausen in Ibm machen. Dabei würden wir aber alle Kontinen–«

Ich springe auf und werfe dabei meine Tasse um. Doch es ist mir egal. »Halt! Ich kann das jetzt nicht verarbeiten. Ich brauch frische Luft«, sage ich und stapfe nach draußen.

Die Luft ist nicht frisch, sondern brütend heiß. Dennoch fühle ich mich freier und mache mich auf den Weg zu meinen Hühnern. Egal, wie hektisch und aufreibend die Situation auch sein mag, im Schatten unter den Obstbäumen herrschen immer Frieden und Beschaulichkeit. Die Hennen graben in der bereits wieder trockenen Erde nach Würmern. Die Bienen surren vom Bienenstock herüber zu den Blüten der Sommerwiese, und der Duft des Moores und des Waldes schlägt mir entgegen. Ich lehne mich gegen den Stamm des alten Zwetschenbaumes und schließe die Augen. Die älteste und fetteste der Hennen streicht mit ihrem Gefieder an meinen Beinen entlang, als wollte sie mich trösten. Ich hole Luft und halte den Atem an. Dann lasse ich ihn wieder los und öffne die Augen, weil ich Schritte höre. Es ist Gitti. Ihre derzeit grün schimmernden Locken wippen auf ihrem Kopf auf und ab. Sie presst die neueste Bastelerrungenschaft ihrer Enkelin an ihre Brust. Ebenfalls im Grünton und mit rosa Herzen verziert, wirkt die Filztasche wie der klägliche Versuch, auf Gittis Haarpracht abgestimmt zu sein.

»Rosi. Tut mir leid«, keucht sie leise. Ihr fällt es im Sommer immer schwer, über die Wiesen zu gehen. Durch die Hitze sammelt sich Wasser in ihren Beinen.

»Du solltest etwas Entwässerndes essen und trinken, sonst kommst du bald gar nicht mehr vom Fleck, wenn es warm ist«, rate ich und zeige in Richtung ihrer aufgequollenen Füße. Ich verstehe nicht, wieso meine Freundin sogar bei einem nichtigen Anlass wie einem Kaffeetreffen unter lauter guten Bekannten ihren Zehen die hohen grünen Lederpumps antut, aber so war Gitti schon immer. Alles Ton in Ton und bei allem Bemühen doch knapp verfehlt. Gitti sieht aus wie ein Camouflage-Krokodil mit Lockenkopf.

»Hör dir Sepps Idee doch einfach mal an. Er will nur euer Bestes. Ich wäre ja so glücklich, wenn sich mein Alfons nur ein einziges Mal derartige Mühe geben würde. Aber er war ja nicht einmal gestern dazu zu bewegen, auf deine Hochzeit zu kommen. Ganz allein war ich …«

Ich lache lauthals. »Also, soweit ich mich erinnere, hattest du gestern einen Heidenspaß. Niemand hat mehr getanzt als du. Und mit mehr Männern geflirtet hat auch keine.«

»Darum geht es nicht. Hör dir bitte Sepps Vorschlag an, ja?«, bittet Gitti erneut.

»Mach ich. Aber nicht heute. Das alles war mir zu viel.«

Wie bestellt eilt nun Herta herbei. In der Hand hält sie mein Smartphone.

»Kurt«, brüllt sie und stolpert über einen Maulwurfshügel. Der Länge nach knallt die Wimmer auf die Wiese. Das Handy fliegt im hohen Bogen direkt vor meine Füße. Gitti eilt Herta zu Hilfe. Ich greife nach dem Telefon, ohne den Blick von meinen beiden Freundinnen zu lassen. Herta rappelt sich bereits wieder hoch. Sie hat sich nicht verletzt. Ich halte das Handy an mein Ohr. »Kurt, was gibt es Neues?«, frage ich.

»Nichts Gutes. Maximilian ist tatsächlich elendig erstickt, und zwar langsam, wie Frau Dr. Rötel bei ihrer Obduktion nachgewiesen hat. Er hat etliche Verletzungen in Mund, Rachen und entlang der Luftröhre. Wie es aussieht, ist es dem guten Kovanic ein paarmal gelungen, den Playmobilritter wieder hochzuwürgen. Rötel geht davon aus, dass man schlussendlich seinen Mund samt Nase mit Gewalt zugehalten hat. Dabei ist jemand auf ihm gesessen und hat ihm das Schlüsselbein gebrochen.«

»Kann das nicht von der Baggerschaufel sein?«, werfe ich ein, während ich mir den Tathergang in Gedanken ausmale.

»Nein, die Zange hat die Rüstung ziemlich zerdeppert, und dadurch kann man genau feststellen, wo sie den Körper verletzt hat. Zwei untere Rippen sind durch unsere Schuld gebrochen, und einen Riss im Beckenknochen haben wir auch verursacht. Die Verletzungen weiter oben sind aber alle vor dem Todeszeitpunkt entstanden. Maximilian hat sich ordentlich gewehrt, und dank der Rüstung haben wir unter den Fingernägeln der vorhandenen Hand sogar noch menschliches Gewebe gefunden.«

»Wie geht es jetzt weiter?«, frage ich neugierig.

Kurt schweigt. Die Stille wird richtig unangenehm, und ich halte es nicht länger aus.

»Kurt, was ist?«

»Ehrlich gesagt ist Ferdl unser Hauptverdächtiger. Wir haben bereits etwas über ihn recherchiert, und anscheinend hat er seinen Puff unter Rasputins Herrschaft gestellt. Wir glauben, er arbeitet für den Russen, und der Streit, den wir alle mitbekommen haben, hatte auch irgendetwas mit Rasputin zu tun.«

Wieder folgt eine Pause, doch diesmal halte ich still. »Wir müssen Ferdl finden, aber er ist wie vom Erdboden verschluckt. Wenn Sepp eine Idee hat, dann …«

»Aber Ferdl ist doch vor Maximilian weggefahren. Außerdem ist er im Gegensatz zu Kovanic nur Haut und Knochen. Wie sollte er denn einen derartigen Bären von Mann überwältigen oder gar ersticken?«, werfe ich schnell ein.

»Er muss es ja nicht alleine getan haben. Von Kovanics angeblichem Bodyguard fehlt auch jede Spur. Vielleicht stecken Ferdl und er unter einer Decke und haben Kovanic gemeinsam überwältigt. Außerdem waren einige kräftige Kerle auf der Feier, die in Zusammenhang mit Rasputin stehen. Denk nur an Ludmillas Gefolge. Es gibt so viele mögliche Optionen, Rosi.«

»Gott«, stöhne ich und greife mir an die glühend heiße Stirn. »Das wird Sepp gar nicht gefallen. Wenn Ferdl wirklich etwas mit dem Mord zu tun hat, dann betrifft dieser Fall uns persönlich. Das ist dann nichts, über das ich einfach so gestolpert bin. Es ist eine Familienangelegenheit.«

Kurt lacht am anderen Ende der Leitung verächtlich auf. »Übertreib nicht, liebe Rosi. Ferdinand mag vielleicht Sepps Ziehbruder gewesen sein, aber der Rest dieser Gesellschaft hat mit Sepp und dir so viel zu tun wie der Kilimandscharo mit Australien. Für die Abwege einzelner Familienmitglieder kann man nichts.«

»Und außerdem steht noch gar nicht fest, ob es wirklich so ist, wie ihr euch auf der Wache denkt. Es kann auch noch immer einen anderen Hintergrund zu dem Mordfall geben«, sage ich energisch.

»Hoffen darfst du, Rosi. Aber sei dennoch so gut und frag Sepp nach Ferdls möglichen Aufenthaltsorten.«

»Mach ich«, verspreche ich und lege auf. Ich lege meinen Kopf in den Nacken und blicke zur gleißenden Sonne empor. Ich schließe die Lider und lasse die warmen Strahlen durch mich durchfließen. Doch lange schaffe ich es nicht, in der prallen Hitze zu stehen. Wieder befinde ich mich in einer brenzligen Situation. Ich muss mit Sepp reden. Als ich wieder die Augen öffne, sehe ich Gittis und Hertas erwartungsvolle Gesichter.

»Kommt, meine Damen, gehen wir rein«, sage ich und setze mich in Bewegung.

»Niemals«, sagt Sepp im kräftigen Brustton, »mein Ferdl doch nicht. Er verabscheut diese Mafiosi.«

Ich zucke mit den Schultern. »Ich kann dir nur berichten, was Kurt mir erzählt hat. Also, wo könnte er stecken?«

Sepp hüllt sich in Schweigen, doch auf seiner Stirn arbeitet es. Falten bilden sich, und plötzlich durchfährt ihn ein Geistesblitz.

»Zu Hause«, sagt er, als wäre dies eine Selbstverständlichkeit.

»Er ist nicht in seiner Prachtunterkunft und auch nicht im Bordell«, erkläre ich leicht genervt zum zweiten Mal.

Sepp lächelt und schüttelt den Kopf. »Nicht bei sich daheim in Salzburg. Ich meinte in unserem Zuhause. Wo wir groß geworden sind.«

Ich reiße die Brauen hoch. »Du hast mir vor langer Zeit erzählt, dass das alte Sacherl nach dem Tod deiner Mutter versteigert worden ist. Du und Ferdl habt nur ein paar tausend Schilling bekommen, und der Rest ist für die Schuldentilgung draufgegangen«, merke ich verwundert an.

»Ja genau. Ein Glück, dass ich damals schon mein Herzkasterl hatte«, sinniert Sepp.

»Also?«, holt Herta ihn aus seinen Erinnerungen. Wie gebannt haben all meine Besucher meinem Bericht gelauscht und sind weiter in meiner Stube sitzen geblieben, obwohl sich draußen der strahlende Nachmittag bereits in einen lauschig warmen Abend verwandelt.

Sepp fährt hoch. »Ferdl hat die alte Hütte vor ein paar Monaten zurückgekauft. Aus Nostalgie. Er hat mir sogar ein paar Fotos auf WhatsApp geschickt, wie seine Sanierungsarbeiten voranschreiten. Eigentlich wollte ich die nächsten Tage mit ihm dort vorbeischauen und auch etwas Hand anlegen.« Sepp seufzt und zieht sein Handy hervor. Mit ein paar Wischen öffnet er WhatsApp und zeigt uns die Bilder eines urigen Sacherls, bei dem der Dachstuhl über dem Stall bereits bedrohliche Löcher und Knicke aufweist.

»Wo steht es genau? Wir müssen es Kurt weiterleiten«, sage ich.

»Müssen wir wohl. In Mettmach, direkt am Wald, neben der Straße, die zur alten Disco raufführt. Nummer 8.«

Ich drehe mich um und marschiere raus auf den Gang. Kurt hebt beim ersten Klingeln ab. Dankbar nimmt er den Tipp zur Kenntnis.

Ich lege auf und gehe zurück zu den anderen. Mein Magen knurrt laut. Wegen der Aufregung habe ich ihn total vernachlässigt. Den anderen geht es anscheinend nicht besser.

»Heut tut sich bestimmt nicht mehr viel, Hubert«, meint Herta. »Lass uns nach Hause gehen. Ich hab Hunger.«

Auch die anderen schicken sich und stehen auf. Im Handumdrehen sind Sepp und ich allein.

»Wenn du magst, werfe ich ein paar Würste auf den Grill. Brot und Kuchen ist noch genug im Haus«, schlägt Sepp mir vor. Ich höre in seiner Stimme den Unterton der Zerrissenheit.

»Du würdest lieber auch zum Sacherl fahren«, stelle ich fest. Sepp verzieht die Lippen zu einem traurigen Lächeln. »Würde ich. Aber es bringt nichts. Kurt wird Ferdl festnehmen, wenn er dort ist. Dann ist es leider egal, ob ich dabei bin oder nicht. Aber bei der Vernehmung stellt sich gewiss Ferdls Unschuld heraus.«

Ich streiche ihm sanft über die Schulter. »Ganz bestimmt«, bekräftige ich ihn.

»Also. Grillwürstel und Brot?«, fragt er übertrieben fröhlich. Ich nicke. Sepp stapft hinaus, und ich blicke ihm nach. Kaum aus der Tür, sackt er etwas zusammen. Die Angelegenheit macht ihm zu schaffen, und ich spüre seine Angst richtig in meinem Herzen. Er fürchtet sich davor, unrecht zu haben. Und ja. Mir geht es ähnlich. Stumm schicke ich ein Bittgebet gen Himmel. Lass Ferdl so unschuldig sein, wie Sepp es sich wünscht.

Mafia, Mafiosi

Tipps bei Sodbrennen
Heilerde: entweder in Kapselform oder als Pulver.
Mandeln: ein paar Mandeln naschen, gut kauen.
Leinsamen: am besten geschrotet oder gemahlen, einweichen, essen.

»Wir wissen, dass Sie für Rasputin arbeiten. Also rücken Sie mit der Sprache raus!«, schreit Andrea Ferdl an.

Weit über den Tisch im Verhörraum gebeugt, spritzen winzige Speicheltropfen durch die Luft direkt in Ferdls Gesicht. Er kneift angeekelt die Augen zusammen und wischt sich behelfsmäßig mit den Ellenbogen die Spucke ab. Durch seine mit Handschellen gefesselten Hände sieht die Bewegung eher wie eine spastische Verrenkung aus. Ich lege meine Hand an die verspiegelte Glasscheibe. Ferdinand schaut noch schlechter und kränker aus als auf der Hochzeit. Eigentlich müsste er mir leidtun, aber irgendetwas spießt sich in mir.

»So geht das schon seit gestern Abend. Er spricht kein Wort. Hat nur einen Anruf gemacht und sonst geschwiegen wie ein Stein«, seufzt Kurt und sieht mich hilfesuchend an.

Als in aller Herrgottsfrüh das Handy geklingelt und Kurt mich darum gebeten hat, in die Polizeistation zu kommen, war mir sofort klar, dass sie mit Ferdinands Einvernahme nicht weitergekommen sind. Den ganzen gestrigen Abend hatten Sepp und ich angespannt auf Neuigkeiten gewartet. Aber außer einer kurzen Textnachricht mit den Worten »Erfolgreich festgenommen. Laptop, Handy und so weiter sichergestellt« hatte Kurt nichts mehr von sich hören lassen. Also war Sepp die halbe Nacht wie ein unruhiger Wolf durchs Haus gestreift und hatte damit auch mir den Schlaf geraubt. Durch das nächste Sommergewitter mitten in der Nacht habe auch ich keine Stunde Nachtruhe abbekommen. Die Müdigkeit steckt mir in den Knochen und dämpft meinen Elan. Bei Sepp hat der Schlafentzug offensichtlich die gegenteilige Wirkung. Er war bereits die ganze Nacht aufgekratzt gewesen. Auch jetzt ist er nervöser als sonst. Am liebsten hätte ich ihn zu Hause gelassen, aber Sepp hatte sich durch nichts davon abbringen lassen, mich zur Wache zu begleiten. Und nun steht er neben mir und steckt mich mit seiner Nervosität an.

»Ihr habt nichts gegen Ferdinand in der Hand. Das weiß mein Bruder bestimmt. Außerdem ist er unschuldig«, sagt Sepp mit Nachdruck in der Stimme zu Kurt.

Kurt zuckt die Schultern. »Wir haben Indizien, und außerdem habe ich persönlich mitangehört, wie Ferdinand Maximilian bedroht hat.«

»Sie haben gestritten, verdammt. Da sagt man Dinge, die man nicht so meint«, blafft Sepp.

Ich streiche sanft über seinen Oberarm. »Beruhige dich, mein Lieber. Es ist klar, dass du an die Unschuld deines Bruders glaubst. Kurt muss aber den Spuren folgen. Alles wird sich aufklären.«

»Pfft«, zischt Sepp und schüttelt den Kopf. »Ich kenne ihn. Ich kenne ihn, seit er ein Baby war. Klar ist er hitzköpfig und aufbrausend. Aber er ist kein Mörder. Nicht Ferdi.«

»Er hat Maximilian ›Rystar‹ genannt. Das ist russisch und bedeutet Ritter. Ich hab gegoogelt. Kovanic ist in einer Ritterrüstung gestorben. Und diese Rüstung wurde extra herbeigeschafft. Außerdem ist der Mord nahe einer Burg geschehen. Ist das alles nur Zufall?«, fragt Kurt ernst.

Sepp streicht sich fahrig über den Kopf und lässt die Schultern hängen. Erneut blickt er durch die Glasscheibe auf seinen schweigenden Bruder.

»Soll ich –«, setzt er zu einer Frage an.

»Auf keinen Fall«, unterbreche ich ihn, wohl wissend, welchen Vorschlag er Kurt unterbreiten will. »Wenn jemand mit Ferdinand spricht, dann bin ich das. Ihr beide habt eine viel zu emotionale Verbindung zueinander.«

Sepp funkelt mich an.

»Rosi hat recht, Sepp. Du darfst nur hier sein, weil sie mich so darum gebeten hat. Eigentlich wollte ich nur Rosi hier haben. Vielleicht kann sie etwas aus Ferdinand herauskitzeln.

Es wäre nicht das erste Mal, dass sie einen Weg zu einem Verdächtigen findet, wo wir mit unserer Verhörkunst gescheitert sind.«

Eigentlich stört es mich, dass Kurt von mir spricht, als wäre ich gar nicht anwesend, aber ich bemerke seine Anspannung. Daher vergesse ich meinen Ärger. »Am besten geh ich mal rein und unterstütze Andrea«, schlage ich vor.

Beide Männer nicken.

Ich richte mich auf und schreite mit strammem Schritt zur Tür.

»Er war es nicht«, höre ich Sepp noch hinter mir murmeln. Dann drücke ich die Klinke und trete ein. Andrea fährt herum. Ihre Wangen glühen rot vor Anstrengung. Auch Ferdl blickt auf, und ein kurzer Schatten der Verwunderung huscht über seine faltige Stirn. Doch sogleich hat er sich wieder im Griff. Wortlos ziehe ich die Tür hinter mir ins Schloss und gehe zum Verhörtisch. Andrea tritt zurück, und ich nehme auf dem wackeligen Plastikstuhl Platz, der Ferdl gegenübersteht.

Scheinbar gelassen starre ich ihn einfach an und warte. Auch Andrea bleibt stumm. Sie ist zurück zur Wand gegangen und lehnt nun lässig dagegen.

Das Ticken der Uhr ist das einzige Geräusch im Raum. Und mein Herz, das mir bis zum Halse schlägt, poltert nur einen Hauch zeitversetzt zu dem stetigen Ticktack dahin.

»Ist Sepp auch da?«, bricht Ferdl das Schweigen und nickt in Richtung des Spiegels.

»Ja«, sage ich.

»Er hat ihnen verraten, wo ich war, oder?«, fragt Ferdl weiter. Sein Blick verdunkelt sich.

»Das nenn ich mal einen liebenden Bruder«, brüllt er plötzlich wutentbrannt in Sepps Richtung. Er schlägt mit beiden gefesselten Fäusten auf den Tisch. Dann verraucht sein Zorn so schnell, wie er aufgeflammt ist. Ich schlucke. Mein Magen hat sich durch seinen Gefühlsausbruch verknotet. Die Säure kommt mir hoch, obwohl ich sonst nie Probleme mit dem Aufstoßen habe. Doch die Anspannung macht eben nicht vor mir halt und hat sich auf den empfindsamen Magen geschlagen. Ich schlucke krampfhaft und lächle.

»Sepp liebt dich wirklich. Er hat den Standort eures alten Zuhauses nur verraten, weil er sich deiner Unschuld absolut sicher ist.«

»Ich hab auch nichts getan. Du hast selbst gesehen, wie ich nach dem Streit mit Kovanic davon...«

Die Tür geht auf, und ein akkurat gekleideter Mann tritt ein. Allein seine aufrechte Haltung, der maßgeschneiderte Anzug und der herablassende Blick im kantigen Gesicht des Mannes schreien mir laut »Achtung, Anwalt!« entgegen. Außerdem hält er seine Aktentasche, als wäre sie angewachsen. Sogleich bestätigt sich meine Vermutung.

»Breitmann. Julius Breitmann. Ich vertrete Herrn Sturmair«, stellt der Anwalt sich kühl vor. Dann deutet er auf Ferdinands Hände. »Soweit ich im Bilde bin, haben Sie keinerlei Beweise gegen meinen Mandanten vorliegen. Also nehmen Sie ihm die Fesseln ab, und wir verlassen diesen Ort.«

»Wir haben aussagekräftige Indizien, dass Herr Sturmair für Rolof arbeitet und etwas mit dem Tod von Maximilian Kovanic zu tun hat. Außerdem wurde von mehreren glaubwürdigen Zeugen gehört, wie er den Verstorbenen bedroht hat.« Andrea verschränkt demonstrativ die Arme vor der Brust.

»Alles nur Vermutungen und Verleumdungen. Wenn Sie nichts Besseres gegen meinen Mandanten vorlegen können, nehme ich ihn jetzt mit.«

Er nickt Ferdinand zu, und dieser erhebt sich.

»Nicht so schnell«, höre ich Kurt. Nun steht auch er im Raum. »Herr Sturmair ist seit seiner Festnahme gestern Abend noch keine vierundzwanzig Stunden in unserem Gewahrsam. Er bleibt.«

»Gut, wenn Sie unbedingt meinen. Unter diesen Umständen will ich nun mit ihm unter vier Augen sprechen«, sagt Breitmann und grinst dabei derart süffisant, dass mich die Hand juckt. Ich kann arrogante Menschen nicht ausstehen.

»In Ordnung. Andrea, Rosi, mitkommen«, befiehlt Kurt. Ich gehe zur Tür. Als ich einen Blick über die Schulter zurückwerfe, läuft mir ein Schauer den Rücken hinab. So siegessicher und unbeeindruckt, wie Ferdinand wieder auf seinem Stuhl hockt, wird er freikommen. Und im Gegensatz zu Sepp bin ich alles andere als von seiner Unschuld überzeugt. Ich weiß zwar nicht, wieso, aber der Gedanke, dass Ferdinand etwas mit Kovanics Tod zu tun hat, scheint mir logischer als seine Unbescholtenheit.

»Verdammte Scheiße!«, keift Andrea. »Breitmann, ausgerechnet Breitmann. Allein sein Auftauchen beweist doch, dass Ferdinand für Rolof arbeitet. Der aalglatte Typ rührt doch nur und ausschließlich seine schmierigen Finger für Rasputin und Konsorten.« Andrea zieht krächzend Schleim aus ihrer Kehle hoch und spuckt ihn auf den Asphalt.

»Ruhig Blut, meine Liebe. Du bekommst noch einen Herzinfarkt«, sage ich.

»Ist doch wahr. Breitmann ist der Mafiaanwalt schlechthin. Er muss in aller Herrgottsfrüh von Wien hierhergerast sein. Das sagt mehr über die Verbindung von Ferdinand zum Russen-Rolof aus als jeder Handychat.«

»Und wenn schon. Ferdinand ist unschuldig. Wenn das dieser Anwalt beweisen kann, soll es mir recht sein«, murrt Sepp neben mir.

Ich lege meinen Arm um seine Schultern. »Aber seltsam ist es schon, oder?«, frage ich vorsichtig.

»Tsst«, zischt Sepp.

»Hoffentlich finden sie am Handy oder am Laptop einen Beweis«, sinniert Andrea weiter und stapft langsam zum kleinen Lokal gegenüber der Polizeistation.

»Kurt macht bestimmt Druck, wo er kann, und eure Leute sind gut. Wenn es etwas zu finden gibt, dann finden sie es«, meine ich beruhigend.

Andrea nickt.

»Lasst uns etwas essen gehen, während Kurt seine Arbeit

macht. Nur weil er hungert, müssen nicht auch wir leiden«, füge ich hinzu.

Sepp und auch Andrea lächeln. Sepp drückt die schwere Holztür auf. Auch wenn der Vormittag schon etwas fortgeschritten ist, bietet das »Zur Kiberei« noch ein Frühstück an. Mein Magen knurrt beim Duft von frisch gebrühtem Kaffee und aufgebackenen Semmeln. Viel zu eilig bin ich in der Früh ins Auto gestiegen und hierhergefahren. Kein Wunder, dass mein Bauch rebelliert und mir ein Kloß in der Kehle steckt. Viel schlimmer als mein beleidigter Magen ist jedoch die Tatsache, dass mein Auftauchen rein gar nichts bewirkt hat. Genau in dem Moment, als Ferdinand zu reden begonnen hatte, war dieser Breitmann aufgetaucht. Momentan kann ich also gar nichts dazu beitragen, Ferdls Schuld oder seine Unschuld zutage zu fördern. Das ärgert mich.

Schwer lasse ich mich auf die lederne Bank fallen. Ich fühle mich müde. Hoffentlich richtet mich das dunkle Gebräu wieder auf. Denn egal, in welche Richtung die Ermittlung führt, Sepp wird meine Unterstützung brauchen. Ihm macht die Sache mit seinem Bruder viel mehr zu schaffen als mir.

Der Kellner erscheint. Ich bestelle das große Frühstück für zwei. Wie gesagt, hungern muss wirklich nicht sein. Wenn der Stress über einen kommt, ist eine ordentliche Mahlzeit oft das Einzige, das hilft, den Tag zu überstehen.

Das Rad des Schicksals

Zwei Tipps für Schlaf in angespannten Zeiten
Um in stressigen Zeiten genug Schlaf zu finden, hilft der Duft von Lavendel. Einfach getrocknete Lavendelblüten in ein Stoffbeutelchen geben und unter das Kopfkissen legen.
Ebenso entspannt ein Gläschen gelöschter Wein am Abend. Laut Hildegard von Bingen bringt man 125 ml Rotwein zum Kochen und leert dann ein Schnapsglas kaltes Wasser hinein. Warm trinken und ab ins Bett.

Kurt steht wie aus dem Nichts vor mir und wirft verzweifelt die Hände in die Luft. »Wir müssen los!«, brüllt er uns an. Ich will gerade in meine Marmeladensemmel beißen, doch er packt meine Hand und zerrt mich von der Bank hoch. Die Semmel klatscht auf die Tischplatte. Wütend reiße ich mich von meinem Schwiegersohn los.

»Was ist denn in Gottes Namen passiert?« Ich wische mir die Brösel von der Bluse.

»Augenscheinlich Mord. Schon wieder ein Puffvater. Der bärtige Bruno liegt in Braunau tot auf der Kriechbaumstiege. Wir müssen los. Andrea, komm in die Gänge!« Kurt packt erneut meinen Ellenbogen.

»Aber Ferdinand sitzt doch bei euch im Verhörzimmer. Mein Bruder kann demnach nichts mit diesem Toten zu tun haben«, brummt Sepp zufrieden.

Kurt starrt ihn an. »Du bleibst hier, Sepp. Ich will dich nicht dabeihaben. Und ihr beide …!«

»Ich komm ja schon!«, sage ich schnell, um ja mit dabei zu sein. Nicht, dass Kurt es sich noch anders überlegt und mich hier zurücklässt. Ich greife in Windeseile nach der halben Semmel und renne zum Ausgang. Kurt überholt mich. Im Laufen schlinge ich mein spätes Frühstück hinunter. Wer weiß, wann ich den nächsten Bissen zwischen die Zähne bekomme. So wie sich die Ereignisse gerade überschlagen, muss ich wohl einiges in Kauf nehmen, bis ein ruhigeres Stündchen mich durchatmen lässt. Ich komme keuchend bei Kurts

Dienstwagen an. Schnell schlüpfe ich auf die Rückbank. Andrea setzt sich auf die Beifahrerseite, und Kurt lässt den Motor an, ehe er sich angeschnallt hat. Schon brausen wir los. Die grob gekaute Semmel drückt gegen mein Inneres wie ein Hinkelstein, und ich halte mir den Bauch. Hoffentlich macht sich das kleine Stück Nahrung nicht wieder auf den Weg nach oben.

Kurt ist ein katastrophaler Autofahrer. Bei Gott, er baut keine Unfälle oder verliert die Kontrolle über den Wagen. Aber er reizt die Grenzen der Physik bis zum Äußersten aus. Weder Tempolimits noch rote Ampeln oder scharfe Kurven können ihn bremsen. Er ist schnell, rasend schnell. Doch der Preis, den seine Mitfahrer dafür zahlen müssen, ist hoch. Ich sehe mich bereits meine blauen Flecken mit Arnikasalbe behandeln. Mit aller Kraft richte ich mich auf und atme durch. Dann löse ich meine Hand vom Bauch und halte mich stattdessen an dem Griff über der Autotür fest.

»Was ist passiert?«, japse ich.

Andrea wirft einen Blick zurück. Während ich mit meinem Körper gekämpft und darum gerungen habe, nicht zu erbrechen, hat Andrea es geschafft, auf einem Tablet irgendwelche Dinge zu lesen. Nun hält sie mir den Bildschirm entgegen.

»So wie es scheint, gibt es tatsächlich ein neues Opfer.«

Ich blinzle. Vor mir wackelt das Bild einer seltsam verdrehten Gestalt. Sie liegt mit dem Bauch am Boden. Das Gesicht kann ich nicht erkennen. Neben den merkwürdigen Winkeln, in denen ihre Arme und Beine abstehen, sticht mir aber die Kleidung ins Auge. An irgendetwas erinnert sie mich. Da liegt eine kübelförmige Kappe, und die Hose schaut komisch aus. Ich versuche, den Gedanken zu Ende zu bringen, doch ich komme auf kein Ergebnis. Dann betrachte ich den Hintergrund. Ich erkenne die grauen Stufen mit den unverwechselbaren steilen Schienen für die Kinderwagen. Es ist tatsächlich die Kriechbaumstiege. Immer wieder ärgere ich mich über diese Bodenschienen, wenn ich mit Mariella von der Stadt nach unten zum Motorikpark wandere. Diese halsbrecherischen

Metallleisten sind für Kinder unwiderstehlich. Auch meine Enkelin probiert es jedes Mal aufs Neue, auf den Dingern nach unten zu schlittern. Einmal ist sie dabei mit dem Gesicht am Boden aufgekommen. Zum Glück hat das Nasenbluten aber aufgehört. Ich konnte mit ihr planmäßig zum Spielplatz und musste nicht ins Krankenhaus.

Andrea nimmt das Tablet wieder nach vorne und wischt darauf herum.

»Es würde mich aber nicht wundern, wenn der Mann einfach über die Kinderwagenschiene gestolpert ist«, bemerke ich.

»Nein«, blafft Kurt, »so wie es mir meine Kollegen geschildert haben, ist der Schauplatz gestellt. Der bärtige Bruno hat einen fast zwei Meter langen Bart ...« Kurt reißt das Lenkrad herum, und es drückt mich gegen die Innenverkleidung.

»Warum holt man uns erst jetzt?«, fragt Andrea. »Hat man ihn nicht früher gefunden? Dort unten laufen doch dauernd Leute herum, radeln, joggen oder gehen zum Motorikpark.«

»Der Inn führt Hochwasser. Das Wassertor, Teile des Radwegs und die Au sind gesperrt. Die Stiege ist zwar offen, aber unten steht das Wasser. Da hat sich bis vor zwei Stunden keiner runtergetraut. Frau Winter war wohl die Erste auf der Stiege. Sie hat ihn entdeckt und die Kollegen verständigt.«

»In diesem Fall hätte man uns vor zwei Stunden rufen müssen«, meint Andrea.

»Es hat eben gedauert, bis die Kollegen den Konnex zum toten Ritter hergestellt haben. Es denkt halt nicht jeder gleich zweimal ums Eck. Wahrscheinlich haben sie zuerst auch vermutet, dass der Kerl einfach gestolpert ist.«

»Der Bart, die Kleidung ... Rolof hat den Steininger nachgestellt«, sage ich gedankenversunken.

»Genau. In zehn Minuten sind wir da. Dann können wir uns ein eigenes Bild machen. Aber Unfall ist das gewiss keiner. Mal sehen, ob Frau Dr. Rötel wieder eine Karte zutage fördert.«

»Ist sie schon auf dem Weg?«, fragt Andrea angespannt.

»Sie ist die Beste. Auch wenn sie anstrengend ist«, sagt Kurt.

»Anstrengend?«, erwidert Andrea und stößt pfeifend den Atem aus. »Sie ist ein Miststück!«

»Andrea!«, schimpft Kurt, doch diese zuckt nur gelassen die Schultern und zieht einen Schmollmund.

Meine Nase kribbelt. Wenn da nicht mehr hinter Andreas Abneigung steckt als reine Antipathie, dann will ich nicht länger Kräuterrosi heißen. Solch eine Wortwahl passt einfach nicht zu Andrea. Sie scheint von Rötels Art nicht nur beruflich, sondern persönlich angegriffen zu sein.

Ich lehne mich zurück und blicke aus dem Fenster. Das Ortsschild von Braunau saust an mir vorbei.

Mein Magen hat sich wieder beruhigt, und ich bin gespannt, was mich in den nächsten Stunden erwartet. Eines aber beruhigt mich ungemein. Der bärtige Bruno war nicht unter unseren Hochzeitsgästen, obwohl auch er ein landesbekannter Puffvater war. Aber er war kein persönlicher Bekannter von Sepp. Vielmehr hat Sepp immer über den extravaganten Bruno gelästert, wenn er ihn in einer Illustrierten gesehen hat. Und abgelichtet wurde Bruno gern. Sein außergewöhnlich langer Bart war sein Markenzeichen, um das sich eine Geschichte rankte, die er gern zum Besten gab.

Anscheinend war seine erste große Liebe so von seinem üppigen Bart begeistert, dass er ihr geschworen hat, ihn wachsen zu lassen, wenn sie ihn nur heiraten würde. Das hat Bruno dann auch getan, aber kurz vor der Hochzeit hat die Liebste plötzlich einen Rückzieher gemacht und ihn sitzen lassen. Bruno aber ließ seine Gesichtsbehaarung weitersprießen, bis sie zum Boden reichte.

Ich schüttle den Kopf. Wenn Bruno nun ebenfalls wie in einem Historienspiel getötet wurde, dann steckt wohl wirklich die Rotlichtmafia hinter dem Ganzen, und Kovanic wurde nur zufällig während unserer Feier ermordet. Irgendjemand wusste, dass er dort sein würde, und hat die Gelegenheit und den speziellen Ort für seine Tat genutzt. Sepp und ich spielen keine Rolle in diesem Todesspiel. Ob aber Ferdinand Kovanic verraten hat, ist noch offen. Ich kaue nachdenklich an meiner

Unterlippe. Nach allem, was ich die letzten Jahre schon erlebt habe, ist das eine gute Nachricht. Es ist beruhigend, unbeteiligt und einfach nur als Ratgeberin und Ermittlungshelferin mit von der Partie zu sein.

Kurt stellt das Blaulicht ab. Auf dem Kirchenplatz wimmelt es von Polizisten, Absperrbändern, Polizeiautos und den unvermeidbaren Schaulustigen. Kurt hat seinen Wagen einfach in der schmalen Gasse zum Stadtplatz abgestellt, und wir eilen zu Fuß über den Kirchenplatz bis zum Durchgang der Stiege. Zwischen den spätgotischen Häusern führt die Treppe hinunter zum Fluss Inn, zum Inn- und Tauernradweg und zur Au. Oben steht ein junger Polizist Wache. Als er den uniformierten Kurt, Andrea und mich sieht, tritt er einen Schritt zur Seite. Kurt mustert den schlaksigen Blonden kurz.

»Wie ist die Lage, Kollege?«, fragt er streng.

Der junge Mann verschluckt sich am eigenen Speichel und räuspert sich hektisch. »Unten ist die Rötel. Und meine Kollegin. Der Tote hat ein gebrochenes Genick, wie der Steininger. Ähm, und er hat auch so ein Kostüm an. Echt schräg. Und das in Braunau. In meiner ersten Woche im Dienst. Ich, ich, ich …«, stottert der Polizist und schüttelt dann den Kopf. »Ich kann es gar nicht fassen. Ein Mord. Hier. In Braunau.«

Kurt klopft dem Polizisten ermutigend auf die Schultern. »Keine Sorge, Kollege. Den Hauptteil deiner Zeit wirst du Verkehrsstrafen austeilen, Raufereien schlichten und vielleicht mal einen vermissten Köter suchen. So was …«, Kurt macht eine ausladende Handbewegung, »… kommt hier normalerweise nicht vor.«

Ich bin mir nicht sicher, ob der junge Polizist nun erleichtert oder enttäuscht aussieht.

Da nickt Kurt uns zu, und wir stapfen die Treppe nach unten. Jeder Schritt weckt in mir die Erinnerung an meine kleine Enkelin. Mariella gluckst stets fröhlich wie ein kleines Küken, wenn wir diese Treppe nach unten gehen. Jeder Meter bringt sie dem heiß geliebten Spielplatz und mich meinem ebenso geliebten Kaffee vom Minigolfstüberl näher. Doch heute erwarten mich am Fuße der Stiege kein fröhliches Kinderlachen und kein aufgeregtes Am-Ärmel-Ziehen. Niemand wird mich die letzten Meter schier über den Sandweg und die Brücke schleifen, um endlich auf der Drachenseilschaukel oder der Ritterburg spielen zu dürfen. Stattdessen erwarten mich der Tod, Polizisten und die Ärztin.

Frau Dr. Rötel hockt bereits vor der Leiche. Als sie uns hört, steht sie auf. »Auch schon da? Wird aber auch Zeit, dass ich endlich mit meiner Arbeit loslegen kann, bevor die Hitze die Leiche noch verflüssigt.«

Andrea drängt sich an mir vorbei. »Hier sind wir ja schon, Renate«, sagt sie unerwartet barsch.

Rötels Lider flackern kurz, und der Anflug eines Lächelns stiehlt sich in ihr Gesicht. Nun ist es sonnenklar. Die beiden verbindet mehr als nur ein normales Arbeitsverhältnis. Was genau es ist, lässt sich nicht sagen. Ich wende mich dem Leichnam zu und betrachte die groteske Gestalt am Boden. Wenn der Gestank des Toten nicht schon die Luft verpesten würde, könnte man denken, dass hier am Boden einfach eine völlig verdrehte Schaufensterpuppe in historischen Gewändern liegt. Auf den Fotos war die Absurdität dieses Schauplatzes nicht im vollen Ausmaß ersichtlich. Die Farben leuchten nun anders als auf dem Display. Die über den Knien endende Pumphose besteht aus zwei verschiedenen Stoffen. Sie ist sattgrün und weiß. Die Beinlinge hingegen haben einen fast schmutzigen Grünton, der bereits ins Braune geht, und das lange Hemd ist naturweiß, fast schon beige. Allein sein Anblick verschafft mir ein juckendes Gefühl. Um den Oberkörper geschlungen trägt der Tote ein etwas zu großes rotes Wams und ein langes Tuch. Ich versuche mich zu erinnern, welche Farben die Steininger-Abbildung am Rathaus trug, aber es fällt mir nicht ein. Irgendetwas ist anders, aber im Großen und Ganzen passt die Kostümierung des Toten erschreckend gut. Dann betrachte ich die Leiche genauer. Der Körper liegt derart unwirklich geknickt am Grund der Treppe, dass er durch die falschen Winkel und Positionen der abstehenden Extremitäten unecht aussieht. Ob der bärtige Bruno auch über seinen eigenen Bart gestolpert ist wie um 1567 der alte Stadthauptmann? Man erzählt sich, dass dieser seinen Bart immer zusammengerollt in einer Tasche mit sich herumgetragen hat. Doch als ein Feuer ausbrach, wurde ihm sein edler Anhang zum Fallstrick.

Ob der bärtige Bruno ebenfalls so eitel und selbstverliebt war, wie man es dem Steininger nachsagt? Auf jeden Fall hat sich jemand etwas dabei gedacht, den Verstorbenen so herzurichten. »Verrückt«, sage ich mehr zu mir selbst.

»Da geb ich Ihnen recht«, meint Rötel.

Kurt umrundet vorsichtig die Leiche. »An der Position wurde nichts verändert?«, fragt er in Richtung einer umherstehenden Polizistin.

»Nichts. Auch Frau Winter hat nichts angefasst, sondern gleich uns verständigt. Als uns klar geworden ist, dass diese Inszenierung zu dem toten Ritter passen könnte, haben wir euch gleich informiert.«

Kurt brummt zufrieden und fixiert dann Rötel mit kaltem Blick.

»Ich hab selbstverständlich auch nichts angefasst. Aber ich würde gerne. Der Kerl muss umgedreht werden, damit ich sehen kann, wie er gestorben ist. Der Genickbruch ist offensichtlich, aber da kann noch mehr sein …«, sagt sie und zeigt auf den abgeknickten Nacken des Toten.

»Gut, dann wollen wir mal. Handschuhe. Mit anpacken«, befiehlt Kurt im Stakkato.

Andrea, Rötel und auch die Braunauer Polizistin streifen sich Latexhandschuhe über und machen sich bereit.

Ich gehe aus dem Weg und beobachte alles aus zwei Metern Entfernung.

»Eins, zwei, drei, hau ruck!«, brüllt Kurt.

»Oh mein Gott«, sag ich und starre wie gebannt auf den ellenlangen Bart des Toten.

Grau, mit eingewebten Perlen und erstaunlich dicht hängt ihm der Bart tatsächlich fast bis zu den Knöcheln. Doch auch seine Augen sind eindrucksvoll. Obwohl sie sich bereits durch die Verwesungsprozesse trüben, leuchten hinter der milchigen Hornhaut zwei grasgrüne Pupillen. Ausdruckslos blickt Bruno ins Leere. Der Tod hat ihm das Leuchten aus den Augen gestohlen, und doch wirkt sein ganzer Gesichtsausdruck wie eine einzige Anklage. Seine Qual muss unermesslich gewesen sein.

»Legen wir los!«, unterbricht Rötel meine Gedanken.

Sie beginnt mit der Untersuchung. Langsam und gründlich geht sie vor. Leuchtet Bruno mit einer kleinen Lampe in die Ohren, Augen, in den Mund … dreht vorsichtig seinen Kopf, schaut unter das Hemd und in die Ärmel. Sie keucht leise. Dann wendet sie sich schließlich dem Bart zu. Noch während sie die Haare abtastet, erkenne ich die Verdickung. Schon zieht Rötel eine Tarotkarte hervor. Fein zusammengerollt, wie ein dünner Strohhalm, liegt sie in ihrer Hand.

»Kollegin«, sagt sie und hält die Karte Andrea entgegen. Andrea nimmt sie und rollt sie vorsichtig auf.

»Das Rad des Schicksals«, sage ich heiser.

Kurt hebt das Kinn. »Was weißt du von dieser Karte?«, fragt er mich. Ich zucke die Schultern.

»Nicht viel. Mit solch esoterischem Kram habe ich mich nie beschäftigt. Ich kann nur mit banalem Wissen aus der Bunten oder aus der Brigitte aufwarten. Soweit ich mich erinnere, geht es bei dieser Karte um das Spiel mit dem Schicksal, um Karma und so weiter.«

»Egal, auf was man im Leben baut oder vertraut, sei es Religion, die Familie, die Arbeit, das Rad des Schicksals dreht sich weiter. Also entweder du drehst dich mit, oder du kommst unter die Räder und gehst zu Bruch«, erklärt Andrea und erntet sowohl von mir als auch von Kurt erstaunte Blicke.

Nur Rötel ist nicht verblüfft. »Da hast du recht, Andi. Aber in seinem Fall ist er wohl eher zwischen oder besser gesagt in die Räder gekommen. Ich würde der esoterischen Deutung der Karte weniger Beachtung schenken als der naheliegenden.«

»Was?«, frage ich, während mich ein übelkeiterregender Verdacht überkommt.

Rötel nickt. »Bestätigen kann ich es freilich erst nach eingehender Obduktion, aber ihr solltet nach einem großen Wagenrad Ausschau halten. Aller Wahrscheinlichkeit nach wurde dem armen Kerl nicht bloß das Genick gebrochen. Er wurde gerädert. Wie im Mittelalter. Beachtet nur seine Gliedmaßen. Das sind keine normalen Knochenbrüche.« Sie beugt sich hinab und schiebt einen Hemdsärmel weiter hoch. Schwarzblau ist die Haut unterlaufen. »Seht ihr? Der Kerl war auf jeden Fall noch lange genug am Leben, um zu bluten, als man ihm die Arme gebrochen hat. Tote bluten nicht und bekommen keine blauen Flecken.« Rötel verdeckt die Verletzungen wieder mit dem Hemdstoff und reibt ihre Hände aneinander, als würde sie auf diese Weise den Schmutz des Mordes loswerden.

»Er hatte große Schmerzen bis zum erlösenden Genickbruch. Jemand wollte ihn leiden sehen«, sagt Andrea.

Rötel nickt und kommt ächzend wieder hoch.

Mir ist schlecht. Nur zu gern würde ich mich an Kurt festhalten und etwas von seiner Stärke aufsaugen. Aber ich reiße mich zusammen. Stattdessen richte ich mich auf und schließe einen Moment lang die Augen. Als ich sie wieder öffne, geht es mir etwas besser. Ein sanfter Windstoß weht etwas Kühle vom Inn her und streicht meine Wangen. Ich atme tief ein.

»Er wurde also in ein Rad geflochten. So hat man früher nur Mörder oder Räuber bestraft. Es war eines der härtesten und aufsehenerregendsten Todesurteile. Es war den schlimmsten Verbrechern vorbehalten und ein Spektakel der Genugtuung für die Bevölkerung«, sage ich und ernte als Nächste ein anerkennendes Pfeifen von Kurt.

»Du interessierst dich fürs Mittelalter, Rosi?«, fragt er.

»Nein«, bekenne ich frei, »aber das letzte Universum History im Fernsehen hat Todesstrafen behandelt. Ich konnte vorigen Donnerstag nicht schlafen. Hochzeitsbammel, Gedankenkarussell, du weißt schon …«

Kurt nickt. »Dann können wir annehmen, dass diese Karte mehr als nur einen Hinweis verbirgt. Wahrscheinlich bedeutet sie dem Täter und auch dem Toten mehr, als wir ahnen. Maximilian war als Ritter des Bordellgeschäftes bekannt. Trotz dieses Gewerbes ist er stets ritterlich den Damen und auch den Herren gegenüber aufgetreten. Er vertrat eine Art Ehrenkodex, hat keine Zwangsprostituierten oder Minderjährigen in seinem Geschäft akzeptiert und wollte nun auch in aller Ehre und Klarheit aussteigen. Das war wohl sein Todesurteil. Aber was hat der bärtige Bruno getan, dass er Rasputins Zorn auf sich gezogen hat? Er stand unseren Recherchen nach voll im Erwerbsleben. Aufhören wollte er sicher nicht …«, sinniert Kurt.

»In diesem Fall sollte man herausfinden, wen er umgebracht oder bestohlen hat. So würde die Radstrafe passen«, merke ich an.

Andrea und Renate tuscheln miteinander. »Gut, nach Dienstschluss«, flüstert Andrea und streicht wie aus Versehen den Oberarm der Ärztin. Die beiden bemerken, dass ich sie beobachte. Schnell strafft Rötel ihren Rücken und geht auf Abstand zu Andrea.

»Wenn ihr nichts mehr mit ihm vorhabt, würde ich ihn gerne auf meinem Tisch weiter untersuchen. Hier wird der Geruch langsam unerträglich, und wenn erst die Fliegen kommen …«

»Danke, verstanden«, sagt Kurt. »Dann ab mit ihm in Ihre kühle Leichenkammer, Frau Doktor.«

Zurück in der Polizeistation fühle ich mich wie gerädert. Die ganze Fahrt über hat mich meine ausgeprägte Vorstellungskraft gequält. Nur zu gut kann ich die Schmerzen, die Bruno erlitten haben muss, nachempfinden. Ersticken ist schon schrecklich. Maximilian hat gegen den Tod angekämpft, bis ihm die Kraft fehlte. Doch Bruno hat gelitten wie ein Hund. Kein Mensch, egal, was er auch verbrochen hat, hat diesen Tod verdient.

Offenbar soll auch ich heute noch etwas leiden. Stumm und starr stehe ich da und kann gar nicht fassen, dass die nächste Hiobsbotschaft über mich hereinbricht.

Andrea schüttelt entgeistert den Kopf.

Viel zu eng und zu stickig ist es in Kurts kleinem Büro. Doch nur hier kann man ungestört reden. Ich bin erst zehn Minuten vom Tatort zurück, schon hat Kurt mich derart geschockt, dass ich mich wie ein nach Luft ringender Fisch an Land fühle.

Nur ganz langsam sickern Kurts Neuigkeiten in mein Bewusstsein. Die Übelkeit von vorhin kommt mit ungeahnter Wucht zurück. Hektisch schlucke ich die Magensäure hinunter. Ich muss stark sein und meine Meinung darlegen.

»Kurz zusammengefasst heißt das, dass Sepp und ich nun Ferdls Babysitter spielen sollen, weil ihr es nicht schafft, sein Handy zu knacken?«, frage ich bissig.

Kurt verzieht den Mund. »Verdammt, Rosi. Ferdl war in unserer Zelle, als Bruno hingerichtet wurde. Wir müssen ihn freilassen, solange wir keine Tatsachen gegen ihn haben!«

»Aber das beweist nicht, dass Ferdl unschuldig ist. Vielleicht hat er im Hintergrund agiert, oder er weiß zumindest mehr über Rasputin und seine Machenschaften. Er ist unser einziger wirklicher Zeuge!«, fällt Andrea Kurt energisch ins Wort, bevor ich etwas erwidern kann.

Kurt wirft die Hände hoch. Er ist ganz grau im Gesicht. Ihm missfällt die Situation ebenso wie mir. »Wir können bisher nur vermuten, dass Rasputin und Ferdinand miteinander in Kontakt stehen. Weder WhatsApp noch die Mails oder Telegram lassen sich in der Kürze der Zeit wiederherstellen. Ferdinand hat sein Handy leer geräumt, bevor wir es in die Finger bekommen haben. Außerdem lassen sich etliche Nummern nicht zuordnen. Ein Mann wie Rasputin hat nicht nur eine SIM-Karte. Er kann sich diverse Handys mit unterschiedlichen Nummern aus verschiedenen Staaten zulegen. Die Beweislage ist zu dünn. Und nun hat er für den zweiten Todesfall auch noch ein wasserdichtes Alibi. Sein Anwalt verarbeitet uns zu Hackfleisch, wenn wir ihn länger festhalten. Und dann können wir Ferdinand als Zeugen gar nicht mehr verwenden.«

»Breitmann, das Aas!«, zischt Andrea wütend und stemmt

die Hände in die Hüften. Mich plagen ganz andere Sorgen als der überhebliche Anwaltsfuzzi.

»Aber wieso muss er ausgerechnet bei uns wohnen?«, japse ich und ignoriere dabei geflissentlich Sepps grantigen Blick in meine Richtung.

Kurt seufzt. Mit einem Mal ist seine Stimme weich und tröstend.

»Es tut mir leid, Rosi. Das war die einzige Idee, die uns auf die Schnelle gekommen ist. Ich konnte Richterin Santner dazu bringen, gewisse Auflagen für Ferdinands Freilassung zu erteilen. Breitmann ist auch damit einverstanden.«

Ich würge erneut schwer den Knödel in meiner Kehle hinunter.

Sepp klatscht in die Hände. »Aber das ist doch gut, Rosi«, meint er fröhlich. »Du wirst sehen, dass mein Bruder nichts mit den Morden zu tun hat. Außerdem können er und ich dann gemeinsam unser altes Daheim in Schuss bringen. Ich brauche eine Beschäftigung. Vor allem, wenn du nicht mit mir auf Reisen gehen willst.«

Ich rolle die Augen. »Wenn du meinst. Ich bin jedenfalls nicht so von seiner Unschuld überzeugt, wie du es bist, Sepp«, gebe ich mich schließlich geschlagen.

Sepp wischt mit einer Handbewegung meine Bemerkung beiseite.

»So soll es sein, Rosi«, sagt Kurt mit ruhiger Stimme. »Wir verlassen uns auf dich. Wenn Ferdinand Dreck am Stecken hat, dann findest du es heraus. Außerdem bin ich ja quasi vor deiner Haustür. Du kannst mich jederzeit holen.«

»Du bist meistens hier. Daniela ist mit dem Kleinen daheim. Soll ich dann etwa Joachim und Dani als Verstärkung rufen?« Ich lasse die Schultern sinken. »Ich hoffe nur, du weißt, was du tust, Kurt, und bringst uns nicht in Gefahr. Dieses Mal hab ich nämlich rein gar nichts mit den Opfern oder Tätern zu tun.«

Kurt beugt sich zu mir herüber und nimmt meine Hände in seine. Sanft drückt er sie. Ich spüre die klamme Kühle seiner Haut.

»Es ist die einzige Chance, die ich sehe, um Ferdinand unter Beobachtung zu halten«, bekennt er.

Kurt lässt mich los und redet mit Andrea. Schon steht Sepp neben mir und tätschelt meine Schulter.

»Ich kenne Ferdl. Du hast nichts zu befürchten, Rosi. Er ist mein Bruder, und er ist ein guter Kerl. Vertrau mir.«

In Sepps Stimme schwingen so viel Liebe und Vertrauen, dass es mir schwerfällt, weiter an Ferdinands Unschuld zu zweifeln. Schon spielt sich in meinem Inneren der Film ab, wie Sepp und Ferdinand in alter Brüderlichkeit zusammenhocken, von früheren Geschäften reden und Pläne für das alte Sacherl schmieden. Eigentlich müsste es mich freuen, wenn Sepp Kontakt zu seiner Vergangenheit aufbaut und seinem Ziehbruder wieder näherkommt. Familie ist wichtig. Ich weiß das besser als jede andere. Ohne meine Kinder hätte ich den Tod meines Mannes niemals überstanden. Und doch rumoren Unbehagen und Eifersucht in meinem Inneren. Ich kenne Ferdinand nicht. Aber sein Verhalten Kovanic gegenüber hat mich vorsichtig gemacht. Es mag sein, dass er die meiste Zeit seines Lebens ein netter Kerl ist, aber in ihm schlummert auch etwas Dunkles und Gefährliches. Sepp kann damit umgehen, weil er ihn seit Kindertagen kennt und weiß, wie man seine Finsternis in den Griff bekommt. Aber ich kann das nicht. Ein kühler Schauer läuft mir zwischen den Schulterblättern langsam den Rücken hinab. Ferdinand ist vielleicht nicht Maximilians Mörder. Bruno hat er auf keinen Fall ermordet. Aber eine blütenweiße Weste hat er gewiss auch nicht vorzuweisen.

»Also gut«, sage ich leise, »Ferdinand kann bei uns einziehen. Vorübergehend, wohlgemerkt. Und keine Rotlichtgeschichten, während er bei uns ist, verstanden?«

Ein ganzer Steinhaufen fällt sichtlich von Sepps Schultern. Er grinst zufrieden.

»Natürlich, mein Röschen. Er bleibt nur, bis seine Unschuld erwiesen ist. Das wird auch gewiss nicht lange dauern«, sagt er streng in Kurts Richtung.

Ich ringe mir ein Lächeln ab, und schon kommt Ferdinand samt Anwalt zur Tür herein.

Sepp lässt mich los und umarmt schwungvoll seinen Bruder. »Rosi und ich freuen uns, dass du bei uns wohnst.«

Ferdinand zieht die Augenbrauen hoch. »Von dir glaub ich das, Bruderherz. Bei deiner Angetrauten bin ich froh und dankbar, wenn sie meine Anwesenheit duldet.«

Sepp löst sich von Ferdinand und tritt wieder an meine Seite.

Breitmann, der sich bisher im Hintergrund gehalten hat, sagt in tiefem Ton: »Nun gut, Herr Sturmair. Sie wissen, was Sie zu tun haben. Sprechen Sie nur in meiner Anwesenheit mit der Polizei und deren …«, er hustet gekünstelt, »… inoffiziellen Organen.« Dass Breitmann eindeutig mich damit meint, steht außer Frage. Ich grinse den schmierigen Anzugheini an.

»Auf Wiedersehen.«

Einzig Ferdinand reicht er die Hand zum Abschiedsgruß. Der Rest von uns wird mit einem verächtlichen Kopfzucken abgefertigt. Es kommt selten vor, dass ich einen Menschen partout nicht ausstehen kann. Doch Breitmann erfüllt alle Voraussetzungen dafür, in die Kategorie »Kotzbrocken ohne Besserungstendenz« aufgenommen zu werden. Als er endlich Kurts Büro verlassen hat, wird die Luft gleich besser im Raum.

»Dann wollen wir mal ab nach Hause. Dieser Tag dauert mir schon zu lange, und ich habe zu viel Schreckliches gesehen. Ich will in mein sicheres Häuschen am Waldrand und etwas kühle, ruhige Frischluft atmen«, fordere ich Sepp und Ferdl auf.

»Außerdem braucht mein Bruder noch etwas Kleidung aus seiner Wohnung. Da machen wir uns lieber gleich auf den Weg, bevor der Abend hereinbricht. Draußen ist es schon wieder derart drückend heiß, dass uns wahrscheinlich das nächste Gewitter bevorsteht«, bekräftigt Sepp.

Wir verabschieden uns und eilen hinaus auf den Parkplatz. Ein Glück, dass ich mich heute Morgen dazu entschieden habe, Sepp mit seinem Audi den Chauffeur machen zu lassen. Allein die Vorstellung, mit zwei erwachsenen Männern in meiner alten Ente ohne Klimaanlage durch halb Salzburg und dann auch noch nach Hause zu fahren, lässt mir den Schweiß ausbrechen. Doch Sepps Wagen bietet jeden Komfort, den man sich wünschen kann. Mit einem leisen Ächzen lasse ich mich auf den Ledersitz plumpsen. Sepp macht den Motor an. Ferdinand sitzt hinter mir, und ich spüre unangenehm seinen Atem im Nacken. Schnell drehe ich die Klimaanlage auf Hochtouren.

Jeder muss zahlen

Rosis kühler Sommertee
Mischung: 1 Teil Pfefferminzblätter, 1 Teil Zitronenmelisse, 1 Teil Hibiskus (wer es süß mag, kann Süßholzwurzeln beigeben).
Dieser kühlende Tee kann gern 10–20 Minuten ziehen. Dann abseihen, abkühlen lassen und kalt (mit Eiswürfeln) genießen.

Ich reiße das Fenster weit auf und lasse die Morgenkühle herein. Es ist mir zu eng. Seit Ferdinand bei uns wohnt, fühle ich mich eingesperrt und in meinem eigenen Haus ins Eck gedrängt. Auch die seltsame Routine, die sich in den letzten drei Tagen zwischen uns breitgemacht hat, kann mein Herz nicht beruhigen. Ferdinand ist nett, höflich, zuvorkommend, und er gibt sich redlich Mühe, so wenig wie möglich im Weg zu sein. Ich habe ihm die kleine Kammer gegeben, die früher das Kinderzimmer von Raphael gewesen war. Sie befindet sich im ersten Stock am anderen Ende des Flurs und ist am weitesten von unserem Schlafzimmer entfernt. Außerdem liegt daneben ein eigenes Klo mit einem Waschbecken. Doch obwohl ich wirklich alles tue, um mich mit der neuen Situation zu arrangieren, fühle ich mich so unwohl wie nie zuvor.

Draußen geht gerade die Sonne auf. Nur eine einzige Stunde trennt die Kühle des Morgens von der schwülen Hitze des kommenden Tages. Kein Sommer bisher war derart drückend heiß und gewittergeladen wie dieser. Es ist beängstigend, wie viel unbändige Energie in der Atmosphäre schwebt. Kaum dass ein Unwetter vorbeigezogen ist, braut sich schon das nächste mit flirrendem Zischen am Horizont zusammen.

Das Wetter spielt verrückt. Ebenso verrückt wie mein Leben. Jeder Morgen ist von Schlagzeilen der Puffmorde überschattet. Schon am Frühstückstisch muss ich in der Tageszeitung von geräderten, langbärtigen Bordellpromis und ertränkten Puffrittern lesen. Die Presse spekuliert wild umher, veröffentlicht vermeintliche Hintergrundinfos über Rasputin, Maximilian, Ludmilla und Bruno und trägt durch ihre abstrusen Geschichten zur allgemeinen Verwirrung bei. Mir ist nur noch speiübel bei dem Thema. Jeden Morgen wache ich mit der klammen Angst auf, dass jemand die Verbindung von den Morden zu Ferdinand herstellt und uns in die Geschichte mit hineinzieht. Doch welche Vermutungen die Medien auch veröffentlichen, Ferdinand haben sie bislang noch nicht entdeckt. Das heißt, Kurt und seine Kollegen sind verschwiegen, und auch Rasputin, sofern er wirklich mit Ferdinand in Kontakt steht, hat ihn nicht verraten. Vielleicht, so hoffe ich leise, ist Sepps Bruder so lauter, wie Sepp es glaubt.

Sepp wälzt sich im Bett herum. Gähnend richtet er sich auf und reibt sich die Augen. »Du bist schon wach? Wie spät ist es?«, fragt er schlaftrunken.

»Kurz vor fünf. Schlaf weiter, Sepp. Du bist gestern spät ins Bett gekommen«, sage ich sanft.

»Dafür haben wir den ganzen Stall aufgeräumt und auch die zerbrochenen Fenster geflickt. Du musst dir nun bald ansehen, wo wir früher gewohnt haben. Langsam, aber sicher wird das Sacherl wieder herzeigbar. Ferdl hat von seinem handwerklichen Geschick nichts eingebüßt.«

»Das freut mich für euch. Ich werde es mir demnächst ansehen. Aber jetzt schlaf. Du wirst sicher nach Ferdinands Polizeitermin am frühen Nachmittag wieder weiterbasteln wollen. Und dann wird es erneut Mitternacht, bis du in die Federn kommst.«

»Tut mir leid, Röschen«, entschuldigt sich Sepp. »Ich versteh aber auch nicht, warum Ferdinand jeden einzelnen Tag zur Polizei tingeln muss, wo Kurt doch nebenan wohnt und sich problemlos vergewissern kann, dass er nicht abhaut.«

»Das sind nun einmal die Auflagen«, antworte ich und drehe mich wieder dem offenen Fenster zu.

»Dumm ist das. Die Polizei soll sich lieber darauf konzentrieren, die wahren Verbrecher zu fassen, anstatt uns das Leben schwer zu machen.«

Ich schweige und starre in das Morgenrot. Es macht keinen Sinn, mit Sepp darüber zu diskutieren. Sowohl Kurt als auch ich haben alle vernünftigen Argumente vorgebracht, die rechtfertigen, dass Ferdinand sich täglich melden muss. Aber Sepp ist taub und blind, wenn es um seinen Bruder geht. Es ist beinahe so, als hätte er das verlorene Schaf wiedergefunden, das er Jahrzehnte gesucht hat. Lange hat er seinen Bruder unerreichbar geglaubt, weil die Beziehung erkaltet war. Doch nun, da er ihn wiederhat, will er nichts Schlechtes über ihn kommen lassen.

Sepp kuschelt sich zurück ins Bett. Keine Minute später ertönt sein leises Schnarchen. Wie gern würde ich auch zurücksinken in das Vergessen der Träume, aber ich kann nicht. Draußen ruft ein Käuzchen. Die Sonne steigt über den Wald, und der Himmel leuchtet orange. Ein neuer Tag beginnt. Ein Tag, der gewiss wieder mit neuen Schlagzeilen und Vermutungen aufwartet. Auf jeden Fall aber ist Ferdinand weiter in meinem Haus.

Der Vormittag verläuft ereignislos. Daniela holt sich zwischendurch mal ein paar Eier und ein Glas selbst gemachte Marillenmarmelade, aber sonst ist es ruhig. Auch Ferdinand ist nur während des Frühstücks kurz anwesend und dann in seinem Zimmer. Im Gegensatz zu mir ist er sehr technikverliebt. Schon am ersten Tag bei uns hat ein Eilzusteller ein Handy geliefert. Und immer wenn er in seinem Zimmer hockt, höre ich entweder das Brüllen des Handylautsprechers, weil er sich irgendetwas ansieht, oder sein leises Tuscheln, weil er telefoniert. Mehr als einmal hat mich Kurt schon danach gefragt, ob ich etwas vom Inhalt seiner Gespräche oder Nachrichten mitbekommen habe. Aber Ferdl ist verflixt geschickt und diskret. Ich habe sogar sein neues Handy nur gesehen, als er es aus dem Karton genommen hat.

Umso erstaunter drehe ich mich um, als Ferdinand nun plötzlich laut telefonierend zur Stubentür hereinkommt.

»Gut, dann liefern Sie heute die Schindeln gegen drei. Perfekt. Wir werden da sein. Danke!« Er legt auf und grinst mich an. »Wo ist Sepp? Das Lagerhaus kommt doch heute schon mit einem Laster Dachschindeln. Wir können dann gleich damit loslegen, die alte Hütte neu zu decken!«, ruft er begeistert.

Mein Bauch grummelt. Verflixt, denke ich, während mich Ferdinands Aufenthalt auszehrt und grantig macht, blüht er geradezu auf. Um Meilen besser als an meinem Hochzeitstag sieht er jetzt aus. Ich gucke abwechselnd zum Herd und zu Ferdl. Nachdrücklich stemme ich die Hände in die Hüften. So weit kommt es noch, dass ich mir die Stimmung von meinem unerwünschten Kurzzeitgast verderben lasse. Ich bin die Rosi, und wenn ich koche, dann haben alle im Haus am Tisch zu sitzen und zu essen. Kochen ist eine Kunst.

»Zum Mittagessen bleibt ihr schon noch. Die Knödel sind fertig und der Rostbraten auch jeden Moment«, erwidere ich mit scharfer Stimme.

Ferdinand bemerkt meinen Tonfall nicht. Er nickt einfach nur und sieht sich suchend um. »Wo ist er nun? Sepp, meine ich«, fragt er.

»Er müsste gleich da sein. Ich hab ihn nur schnell nach draußen geschickt, Petersilie holen.«

Wie bestellt schneit Sepp zur Tür rein und wedelt mit einem dicken Bund grüner Petersilie. Ferdinand will Sepp gleich die gute Nachricht übermitteln, aber ich rede dazwischen.

»Das könnt ihr gleich am Tisch besprechen. Essen ist fertig. Deckt bitte das Besteck auf, Jungs!«, sage ich und zwinkere Sepp zu.

Er weiß, wie wichtig es mir ist, dass wir alle gemeinsam in Ruhe essen. Folgsam machen sich die beiden Männer an die Küchenschränke, holen Teller, Besteck und Gläser und stellen alles bereit. Ich zupfe derweil die Petersilie und hacke sie für die Knödelgarnierung klein. Im Nu steht das dampfende Essen auf dem Tisch und erfüllt den Raum mit seinem Duft.

Als wir alle sitzen und zu essen beginnen, erzählt Ferdinand Sepp von den Schindeln. »Dann machen wir uns gleich nach Mittag auf zur Polizei und richten danach die Einfahrt her. So haben die Schindeln gut Platz, und wir können loslegen.« Sepp strahlt dabei wie ein kleiner Junge.

Wären die Umstände andere, dann könnte ich mich über seinen Enthusiasmus freuen. Viel zu lange hat die Begeisterung in seinem Leben gefehlt. Während ich mich in verschiedenste polizeiliche Ermittlungen hineingeschafft habe, hat Sepp immer nur wie eine brave Hilfskraft an meiner Seite mitgearbeitet. Der zündende Funke der Schnüffelei ist nie auf ihn übergesprungen. Nun, da ich seine Freude am Handwerken sehe, weiß ich auch, warum. Er muss etwas mit seinen Händen tun. Etwas Fassbares, Sichtbares, Beständiges. Meine Gedankenspiele und Detektivgeschichten sind nicht sein Metier. Dennoch überschatten die Morde die geschwisterliche Einigkeit.

Ich zwinge mich aber dazu, mich für Sepp zu freuen, und lächle ihn an. »Wunderbar. Dann komm ich am Abend mit ein paar Pizzen vorbei und betrachte euer Werk«, verspreche ich. Sepps Augen leuchten, und auch Ferdinand schmunzelt zufrieden. Ich betrachte die Tageszeitung. »Der bärtige Bruno: Hatte er mit Rasputins langjähriger Gespielin Donna Ludmilla eine Affäre? Ein Insider berichtet, was Bruno vielleicht das Genick gebrochen hat«, steht als Schlagzeile darauf. Darunter ist Rasputin Arm in Arm mit Ludmilla abgelichtet. Ein Riss trennt die beiden, und am unteren Ende ist Bruno zu sehen, wie er Ludmilla anschmachtet und ihr mit eindeutiger Geste an den Hintern greift.

Mit halbem Ohr widme ich mich Sepps Erläuterungen, wie man am besten ein altes Dach deckt. Doch der Zeitungsartikel geht mir nicht aus dem Kopf. Wenn Bruno tatsächlich eine Affäre mit Ludmilla hatte und Ludmilla eigentlich eine Beziehung mit Rasputin hat … dann würde die Radstrafe doch irgendwie passen, oder? Bruno hat Rasputin die Partnerin geraubt. Er hat die Liebe der beiden quasi getötet und ist der Mörder der Beziehung. Räuber und unzüchtige Männer wurden auch gerädert. Außerdem muss Rasputin Brunos Verhalten doch wie ein Aufbegehren gegen das Schicksal empfunden haben. Er ist der König, der Kaiser der Unterwelt. Ludmilla ist sein Besitz, und Bruno war sein Untertan, sein Arbeiter, sein Knecht.

»Rosi!«, unterbricht Ferdinand meine Gedankengänge. »Mit Salami und Pfefferoni!«

»Wie bitte?«, frag ich verdattert nach.

»Meine Pizza! Wir fahren jetzt. Danke fürs Essen. Es war wirklich vorzüglich!«

Sepp steht neben mir und haucht mir einen Kuss auf die Wange.

»Bis später, mein Herz«, sagt er.

»Ja natürlich. Ich bin gegen acht bei euch!«, antworte ich.

Die beiden Männer eilen hinaus, und ich sitze noch einige Minuten gedankenversunken vor meinem Braten. Der Hunger ist verschwunden. Stattdessen rumoren Vermutungen und Spekulationen durch meinen Kopf. Schließlich räume ich die halb gegessene Bratenscheibe zurück auf die Anrichte und beginne mit dem Saubermachen. Es macht einfach keinen Sinn, weiter über Dinge nachzugrübeln, die vielleicht keinerlei Wahrheitsgehalt haben. Viel gescheiter ist es, wenn ich mit Kurt darüber spreche.

Mein Entschluss steht fest. Wenn Sepp sich beim Herrichten eines alten Bauernhäuschens austobt, dann kann ich mich ja meiner Leidenschaft hingeben und zur Polizei fahren. Sollte Kurt kein Interesse an meinen Überlegungen haben, wende ich mich einfach an Andrea. Von meiner eigenen Entscheidung beflügelt, räume ich in Windeseile die Teller und Gläser in den Spüler und mache mich auf den Weg nach draußen.

Ich will gerade den Motor meiner alten Ente Donald anlassen, als ich erschrocken zusammenzucke.

»Willst du mir einen Herzinfarkt verpassen, Raphael? Du kannst dich doch nicht derart gegen mein armes altes Auto werfen!«, schimpfe ich durchs offene Fenster. Doch mein Sohn starrt mich nur kreidebleich an. Schon bereue ich meinen Gefühlsausbruch und steige schnell aus. Raphael hält sich wankend an Donald fest. Ich lege meinen Arm um seine Schultern.

»Gott, Junge, was ist denn passiert?«, frage ich.

»Ich höre auf. Ich verkaufe wieder Versicherungen. Die, die …«

»Was denn, Raphael? So rede doch«, sag ich und schüttle ihn.

»Diese Mafiosi haben mich auf ihrer Abschussliste! Sie drohen mir. Entweder ich zahle Schutzgeld und stelle Mädchen von ihnen ein, oder sie werden … Sie sagen, dass sie wissen, woher meine Frau eigentlich kommt und dass man dieses Gewerbe nicht verlernt.«

»Nein!«, keuche ich und schüttle den Kopf.

Ein Gedankenwirbel fegt durch mein Gehirn, und ich höre das Rauschen des Blutes in meinen Ohren. Raphael hat Kalina vor Jahren bei einem Betriebsausflug kennen- und lieben gelernt. Weil die junge Frau aber von gewalttätigen Zuhältern zur Prostitution gezwungen worden war, musste Raphael sie erst freikaufen. Als ich dann ausgerechnet meine große Liebe in Sepp, unserem Provinzzuhälter, fand und dieser Raphael sein Herzkasterl vermacht hat, war Kalina wenig begeistert. Erst als sie erkannte, dass hier bei uns die Dinge anders laufen, als sie es gewohnt war, war sie beruhigt. Und eigentlich hat die Leitung des Herzkasterls meinem Sohn bislang gutgetan. Als Versicherungsvertreter war er ein windiger Kerl gewesen, der jedem Polizzen aufschwatzte. Immer wieder hat er die Grenze zur Betrügerei überschritten und arme, gutgläubige Kunden um ihr hart erspartes Geld gebracht. Schuld war natürlich die gesamte Firmenhierarchie gewesen. Raphael war nur ein kleines, unbedeutendes Rad im Getriebe einer geldgierigen Maschinerie gewesen. Doch er konnte dennoch nicht aussteigen, bis ihm das Schicksal Kalina beschert hat. Durch einen handfesten Skandal innerhalb der Versicherung hatte er der Firma den Rücken gekehrt und war Sepps Nachfolger geworden. So seltsam es vielleicht in den Ohren von Unwissenden klingen mag, aber die Führung eines Landbordells ist nicht anders, als Besitzer eines Pubs zu sein. Nur dass neben diversem Hochprozentigem auch Zeit zu zweit verkauft wird. Das Herzkasterl hat einen derart guten Ruf, dass die Belegschaft des Clubs seit Jahren dieselbe ist. Einige der Damen zähle ich sogar zu meinen Freundinnen. Ich muss an Domina Silvana denken. Die Gute ist fast in meinem Alter und hat erst als Spätberufene nach einem hässlichen Scheidungskrieg zu

Peitsche, Fesseln und Handschellen gegriffen. Im Herzkasterl arbeitet sie seit über fünfzehn Jahren. Und seit dem Bestehen des Lokals gab es nie irgendwelche Verbindungen zur Rotlichtmafia oder zu anderen kriminellen Machenschaften. Sepp hat seinen Laden mit viel Verstand und noch mehr Anstand geführt, und Raphael ist in die Fußstapfen meines Mannes gestiegen.

Der kleine Puff liegt zudem derart unscheinbar an einer Landstraße neben dem Wald, dass man ihn schon suchen muss, wenn man nicht weiß, wo er steht.

»Weiß Kalina von der Drohung?«, stelle ich Raphael die erste Frage, die mir in den Kopf schießt.

»Gott sei Dank nicht. Aber es war ein glücklicher Zufall, dass sie nicht im Herzkasterl war. Wenn die beiden Kerle auch nur eine halbe Stunde später aufgetaucht wären, dann wäre Kalina ihnen direkt in die Arme gelaufen.«

»Es waren also zwei Männer?«

Raphael nickt.

»Kennst du sie? Hast du sie vielleicht auf unserer Hochzeit gesehen?«

»Nein. Ich habe schon all meine Erinnerungen durchforstet, aber die beiden sind mir gänzlich unbekannt. Der eine schaut aus wie der jüngere Thomas Gottschalk, nur mit Muskeln und noch längerer Nase, und der andere hat Ähnlichkeit mit Klitschko. Zum Fürchten …« Er schüttelt sich.

Ich reibe mir über die Stirn. »Komm mit hinein. Wir müssen das genauer besprechen. Ich brauche einen Kaffee. Einen wirklich starken, schwarzen, bitteren Kaffee. Und danach fahren wir gemeinsam zu Kurt. Ich war ohnehin gerade im Begriff, das zu tun.«

Raphael stelle ich einen großen Milchkaffee und mir einen Kopi Luwak auf den Tisch. Eigentlich wäre diese Situation wie für einen Schnaps gemacht, aber mit Marillenbrandfahne vor Kurt und Andrea aufzutauchen kommt wahrscheinlich nicht so gut an.

»Also, mein Schatz. Erzähl der Reihe nach!«

»Ich war gerade dabei, die Abrechnung für diese Woche zu schreiben. Zu Mittag ist es immer so schön still im Herzkasterl. Die Damen sind entweder ausgeflogen oder in ihren Zimmern, und auch sonst stört niemand. Als es dann um kurz vor zwölf geklopft hat, hab ich mich gewundert, dass Kalina schon mit dem Mittagessen da ist. Aber ich hab aufgemacht und bin erschrocken, als diese beiden Gorillas dastanden. Die haben mich auch gleich zur Seite gedrängt und mich auf meinen Bürostuhl geschleudert.«

»Und dann?«, frage ich, weil Raphael stockt und ins Leere starrt.

Er zuckt die Schultern. »Ich hab sie gefragt, was sie wollen, und herumgeschimpft. Da hat dieser Gottschalk-Typ das hier auf den Schreibtisch geknallt und mir einen schönen Gruß von Leuten, die wirklich etwas vom Geschäft verstehen, ausgerichtet.« Raphael zieht zitternd einen kleinen, platten elfenbeinfarbenen Stein aus der Tasche.

Ich drehe ihn im Licht. »Soll das ein R sein?«, frage ich und betrachte das seltsame Schriftzeichen auf dem Stein.

Raphael hält mir bereits sein Handy entgegen. »Ich wusste es auch nicht und musste es erst googeln«, sagt er. »Es ist die Raidho. Sie steht dafür, dass ein neuer Lebensweg beginnt, aber auch für kosmische Ordnung.« Raphael wischt über das Display. »Hier steht, dass Rolof alias Rasputin dieses Symbol auch auf seiner Visitenkarte verwendet.«

Der erste Buchstabe des Namens auf der Karte ist tatsächlich wie die Rune in meiner Hand geschrieben.

»Wer diese Rune bekommt, hat quasi eine nicht ausschlagbare Einladung in Rasputins Netzwerk erhalten. Wer verweigert, wird zerstört.« Wieder scrollt Raphael weiter, bis die abgebrannte Ruine eines Stadthauses erscheint. »Das war ein Puff in Niederösterreich. Die Besitzerin hat sich laut Zeitungsartikel geweigert, ihr Lokal zu einer von Rolofs Filialen zu machen.«

»Pffft!«, zische ich und lege den Stein auf die Tischplatte.

Raphael lehnt sich zurück. »Ich hab natürlich gesagt, dass

ich bisher keine Unterstützung von wahren Könnern gebraucht habe und das auch so bleibt. Mein Herzkasterl ist ein Familienbetrieb. Dann hab ich sie aufgefordert zu gehen, worauf sie mir mit Kalina gedroht haben.«

»Meine Güte …«

»Ich hab ihnen gesagt, dass ich die Polizei verständige. Da haben sie gelacht und gemeint, in zehn Tagen kommen sie mit zwei neuen Mädchen. Da wären dann zehntausend Euro fällig. Für die, wie sie es nannten, Edelnutten und das erste Quartal Schutzgebühr. Wenn ich nicht zahle, würde Kalina wohl demnächst das Geld für die Familie verdienen müssen. Und dabei haben sie eindeutige Bewegungen gemacht. Ich bin aufgesprungen und wollte dem Klitschko an die Gurgel gehen. Aber der hat mich nur nach hinten gestoßen. Danach sind die beiden abgehauen.«

»Und weiter?«, frage ich atemlos.

»Kalina ist mit Mariella und dem versprochenen Gulasch gekommen. Ich hab so getan, als wäre alles in Ordnung, und hab die Zeit abgesessen. Und jetzt bin ich hier.« Sein Kehlkopf hüpft aufgeregt auf und ab. Endlich nimmt er einen Schluck Kaffee und schließt beim Trinken die Augen. »Also, Mama, wo ist der Bastard von einem Stiefonkel oder was auch immer Ferdl für mich ist.«

Ich verschlucke mich an meinem Getränk. Offenbar war ich bisher blind. Bis gerade eben habe ich die Tatsache verdrängt, dass es nur eine logische Erklärung für das plötzliche Auftauchen von Rasputins Handlangern gibt. Ferdinand! Nur durch ihn kann der Rotlichtchef auf das Herzkasterl und auf Raphael aufmerksam geworden sein. Und nun, da Ferdinands Bruder Sepp nicht länger der Besitzer des Puffs ist, sondern Raphael, war es wohl ein Leichtes für Ferdl, das Herzkasterl zu verraten. Zorn kocht in mir hoch. Ich spüre, wie er brodelnd das Fass zum Überlaufen bringt.

»Im Sacherl mit Sepp«, presse ich zwischen zusammengebissenen Zähnen hervor.

»Dann schnapp ich ihn mir!«, brüllt Raphael und lässt die

Faust auf den Tisch knallen. Beigebraune Tropfen spritzen aus seiner Tasse. Es ist, als hätte jemand die Zeitlupentaste gedrückt. Ich höre sogar das dumpfe »Platsch« des versprühten Milchkaffees.

Meine Gedanken sind wie eine Achterbahn. Die wildesten Szenarien spielen sich hinter meiner Stirn ab. Ferdl flippt aus, es kommt zu Handgreiflichkeiten, und Sepp stellt sich auf die Seite seines Bruders und gegen meinen Sohn.

»Nein«, sage ich bestimmt und lege meine Hand auf Raphaels verkrampfte Faust. »Wir müssen stattdessen auf dem schnellsten Weg zu Kurt. Ferdinand mit den Anschuldigungen zu konfrontieren und keine Beweise zu haben, dass er tatsächlich dahintersteckt, ist die blödeste Idee von allen.«

»Aber Mama …«

»Pscht! Hör zu. Die Polizei bemüht sich schon seit Tagen darum, eine stichhaltige Verbindung zwischen Ferdinand und Rasputin nachzuweisen. Dass nun plötzlich Rasputins Männer bei dir vor der Tür stehen und dich erpressen, ist nur ein weiteres Indiz für diese Verbindung. Du kannst die Männer identifizieren. Kurt braucht deine Beschreibung und deine Aussage. Dann bekommt er auch Ferdinand dran. Er ist nicht der Saubermann, für den er sich ausgibt. Ihn jetzt aber vorzuwarnen und auf ihn loszugehen, würde ihn dazu veranlassen, vorsichtiger zu sein und jeden Hinweis aus dem Weg zu räumen.«

Raphael nickt betroffen. Wenn Unglück ein Gesicht hat, dann sieht es aus wie mein Sohn. Ein leises Seufzen entfleucht seinen Lippen. Ich verstehe ihn nur zu gut. Auch ich würde am liebsten auf der Stelle nach Mettmach fahren und Ferdinand die Hölle heißmachen. Aber die Vernunft muss siegen.

»Komm«, fordere ich Raphael auf und halte ihm meine Hand entgegen. Gemeinsam machen wir uns auf den Weg.

Kurt beugt sich vor. Schweißperlen glänzen auf seiner Stirn. »Wir sind so knapp davor, alle Nachrichten auf seinem Handy wiederherzustellen.«

»Aber die beiden Kerle! Und die Rune. Kurt, die Dinge liegen doch derart eindeutig vor uns ausgebreitet, dass ihr Ferdinand einfach verhören müsst!«, fährt Raphael dazwischen.

»Es tut mir wirklich leid, Raphael. Natürlich gehen wir der Sache nach. Ich zeige dir gleich einige Fotos, auf denen du hoffentlich die beiden Kriminellen erkennen wirst. Ich habe schon einen Verdacht, wer sie gewesen sein könnten. Was du erlebt hast, ist schlimm. Doch im Fall des Falles stünde Aussage gegen Aussage. Außer der Rune und deinem Wort haben wir nichts in der Hand. Wenn wir es aber richtig anstellen, schließt sich die Schlinge um den Hals einer ganzen Bande. Dann rollt auch Rasputins Kopf. Wir müssen Prioritäten setzen. Es geht um Mord. Ferdinand steht hundertprozentig in Verbindung mit Rasputin. Und er ist auch unser Weg zu ihm. Wenn wir ihn festnehmen, weil er dein Geschäft an die Geldeintreiber Rasputins verpfiffen hat, dann verlieren wir ihn für unseren Mordfall. Bei dir geht es um eine einfache Drohung …«

»Einfache Drohung! Du spinnst wohl. Hier geht es um meine Frau, um meine Familie. Ich häng lieber auf der Stelle das Lokal an den Nagel, als dass ich sie gefährde«, brüllt Raphael und geht dabei hektisch in Kurts Büro auf und ab. »Kalina, Mariella, ich muss sie doch beschützen. Ich muss sie in Sicherheit bringen!«

Als er das sagt, fällt mir der rettende Gedanke anscheinend gleichzeitig mit Kurt zu.

»Genau, das macht ihr!«, sagen wir wie aus einem Munde. Ich bin schneller und wedle aufgeregt mit den Händen.

»Ihr fahrt auf Urlaub. Richtig schön lange. Zwei oder drei Wochen. Ich besitze doch einen ganzen Koffer voller Reisegutscheine. So ein Kinderhotel gibt es nicht nur in Österreich.«

»Nein, in Spanien oder Kroatien sind sehr gute«, meint auch Kurt begeistert.

»Ihr fliegt weg, und Sepp soll den Puff zwischenzeitlich wieder führen. Er hat die nötige Erfahrung«, füge ich schnell hinzu, bevor Raphael seine Gegenargumente auf uns losschmettern kann.

Raphael starrt mich mit großen Augen an. »Ich soll einfach abhauen?«, fragt er schockiert.

»Ihr sollt einen schönen Familienurlaub antreten. Möglichst weit weg. Den Rest erledigen wir hier. Mal sehen, ob Ferdinand nicht wieder zu Rasputin Kontakt aufnimmt und die ganze Sache abgeblasen wird, weil plötzlich sein Bruderherz wieder hinter dem Schreibtisch sitzt«, erkläre ich.

Raphael lässt sich auf einen Stuhl fallen. »Und wie erkläre ich unseren plötzlichen Aufbruch Kalina und den Damen im Herzkasterl?«

»Kalina sagst du die Wahrheit, und deine Angestellten informieren wir im Nachhinein. Besser gesagt darf Sepp das übernehmen.«

»Wird er das?«, will Raphael wissen.

»Er muss! Entweder er versteht die Dringlichkeit der Situation, nachdem ich sie ihm erklärt habe ... oder ich schmeiße Ferdl hochkant aus meinem Haus. Ich bin die Herrin meines Heims!« Anscheinend war mein Tonfall derart überzeugend, dass Raphael keine Widerrede mehr einfällt.

»Warte, Schwager, ich hab hier sogar noch einen ganz altmodischen Blätterkatalog von den Familienhotels«, meint Kurt und öffnet seine Schreibtischschublade. Sogleich hält er ihm einen dicken bunten Prospekt entgegen, auf dessen Hochglanzcover eine glückliche Familie mit der Sonne um die Wette grinst.

»Geld spielt keine Rolle. Nimm ein Hotel, das euch gefällt, weit weg liegt und in den nächsten drei Tagen freie Kapazitäten für einige Wochen hat«, kommentiere ich streng.

»In Ordnung.« Wirklich Gefallen findet Raphael an der Wendung der Situation nicht. Aber er gibt sich geschlagen.

Auch Kurt wirkt etwas gelassener. »Glaubt mir: Es wird sich nur noch um Stunden, maximal einen Tag drehen, dann haben wir das Handy geknackt. Und wenn wir erst die Verbindung zwischen Ferdinand und Rasputin nachgewiesen haben, geht es ganz schnell. In kürzester Zeit ist dann der Fall gelöst.«

»*Wenn*«, sage ich und blicke Kurt direkt in die Augen. »Und falls nicht? Es kann doch auch sein, dass tatsächlich keine Verbindung zwischen Ferdinand und Rasputin besteht.«

»Niemals«, meint Kurt.

»Ihr müsst auch in anderer Richtung suchen. Nehmt euch Ludmilla vor!«, sage ich.

Kurt runzelt die Stirn. »Wir haben sie nach der Hochzeit vernommen, aber nichts Verdächtiges herausgefunden.«

»Das hat sich mit dem Tod des bärtigen Bruno vielleicht verändert!«, sage ich und erkläre in aller Eile meine Vermutungen.

Kurt ruft auf seinem Computer die Onlineausgabe der Tageszeitung auf. In gleichmäßigem Takt trommelt er mit den Fingerspitzen auf die Tischplatte.

»Ich glaube, du hast recht, Rosi. Ich setze sofort Andrea auf Ludmilla an«, verspricht er.

»Gut«, sage ich und nehme meine Handtasche. »Dann sind wir hier fertig. Ich muss am Abend Sepp und Ferdl Pizzen bringen. Wenn ich nicht rechtzeitig auftauche, dann erwecke ich ihr Misstrauen. Und du, Raphael, musst schleunigst heim und Urlaub buchen. Der Rest wird sich in den nächsten Stunden ergeben.«

Raphael klemmt sich den Katalog unter die Achsel und reicht Kurt die Hand zum Abschied. »Klär die Scheiße auf, Kurt!«, sagt er erneut ungewöhnlich derb. Kurt nickt. Ich winke nur halb und eile zur Tür hinaus.

Die Heimfahrt verläuft bis zum Ortsschild unseres Dorfes schweigsam. Raphael hängt seinen Gedanken nach und ich meinen. Ganz allmählich setzt sich ein Plan in meinem Kopf zusammen, wie ich mich die nächsten Stunden verhalten werde. Zum einen darf ich auf keinen Fall den Argwohn von Ferdinand erwecken, und zum anderen muss ich Sepp darüber aufklären, dass er kurzzeitig zurück ins Erwerbsleben muss. Ich hoffe nur, dass ich die Fassade aufrechterhalten kann, bis Ferdl in seinem Zimmer ist und ich mit Sepp allein bin. Vorher kann ich ihn nicht informieren, ohne das Risiko einzugehen, dass er unabsichtlich Ferdinand ins Bild setzt.

»Machst du dir auch Sorgen?«, fragt mich Raphael.

»Es wird bestimmt alles gut gehen. Kümmere dich nur darum, schnell mit deinen Lieben aus der Schussbahn zu kommen. Ich habe so ein ungutes Gefühl in meinem Bauch.« Mich plagen tatsächlich auch düstere Vorahnungen.

»Mir geht es ähnlich. Ich glaube, diese Typen und die ganze Lage sind gefährlich. Kurt unterschätzt die Drohung. Und ihr geratet nun durch meine Flucht in deren Netz. Ich will nicht, dass dir und Sepp etwas geschieht, Mama.«

»Lieber uns als euch!«, sage ich und starre aus dem Fenster. Der Himmel ist zwar noch blau, doch ganz hinten kann ich bereits die Vorzeichen des nächsten Gewitters erahnen.

»Kurt müsste die Sache ernster nehmen. Ich will nicht schuld sein, wenn dir oder Sepp etwas zustößt!«

»Quatsch! Hör auf, so dummes Zeug zu reden. Noch ist niemand in Gefahr, und wahrscheinlich ist Kurt tatsächlich nur eine Haaresbreite davon entfernt, belastendes Material gegen Ferdl in der Hand zu halten. Und dann klicken bestimmt gleich die Handschellen für Rasputin und seine Mannschaft. Also lass uns nun nicht weiter in der Zukunft herumspekulieren, sondern das tun, was wir jetzt tun können. Du packst die Koffer und weihst Kalina ein. Ich bestelle Pizzen und spiele normales Leben für Sepp und Ferdl. Alles wird gut, mein Junge. Kopf hoch!«

»Wenn du meinst, Mama«, sagt Raphael und stoppt den Wagen.

Ich steige aus und winke ihm nach. Er braust die letzten paar Meter zu seinem Haus. Rechts steht Raphaels Haus und ein paar Meter weiter Danielas und Kurts neues Fertigteilhaus. Noch liegen diverse Baumaterialien auf ihrem Grundstück herum, und der Rasen ist nicht wirklich angelegt. Stattdessen wuchern Unkraut, Klee und stumpfblättriger Ampfer wild durcheinander. Dennoch leben die drei bereits seit drei Monaten in dem Haus. Und ich stehe mit meinem Sacherl am

Anfang der kleinen, neu entstandenen Siedlung mitten im Nirgendwo.

Ich blicke mich um, und eine tiefe Erleichterung macht sich breit. Hierher verirren sich Rasputins Männer nicht so schnell. Und zur Sicherheit werde ich meinen nächsten Nachbarn, Bauer Hias, der einen halben Kilometer weiter oben an der Weggabelung wohnt, darum bitten, mich zu informieren, wenn ein fremdes Auto seinen Hof passiert. Die Straße führt nämlich direkt durch sein Gehöft.

Jetzt packt mich die Eile. Ich muss schnell handeln, um noch rechtzeitig um acht in Mettmach zu sein.

Ein paar Minuten später sitze ich erneut im Auto. Doch diesmal ist es nicht Raphaels vollautomatisch klimatisierter Neuwagen, sondern meine alte, brütend heiße Ente. So kommen die bestellten Pizzen wenigstens knackig warm an, denke ich mir und brause weiter auf der Straße nach Mattighofen, um die besagten Teigfladen abzuholen. Ich liege knapp in der Zeit. Aber es ist zu schaffen.

Schließlich erreiche ich kurz nach zwanzig Uhr mit drei vollen Pappschachteln bewaffnet das alte Bauernhäuschen in Mettmach. Sepp und Ferdinand erwarten mich bereits. Sie haben sich erstaunlich viel Mühe gegeben. Drei unterschiedliche, aber noch standfeste Klappstühle stehen um einen aus Dachschindeln und einer Holzplatte improvisierten Tisch in der Einfahrt. Sogar eine karierte Tischdecke haben sie über das Konstrukt ausgebreitet. Sepp eilt mir entgegen und strahlt dabei.

»Na, mein Herz, was sagst du? Wir haben schon ein Viertel des Daches neu eingedeckt!«, sagt er und macht eine ausladende Handbewegung. Ich beuge mich vor und küsse ihn sanft.

»Toll! Und ich habe für meine beiden Handwerkerkönige genau die richtige Stärkung. Lasst uns zuerst essen, und dann zeigst du mir den Fortschritt. Es sieht auf jeden Fall schon viel besser aus als auf dem Foto, das du mir vor ein paar Tagen gezeigt hast«, schwärme ich.

Sepp nickt und holt bereitwillig die Pizzen aus dem Auto. Ich setze mich auf den am stabilsten aussehenden Klappsessel.

»Grüß dich, Schwägerin! Willst du auch etwas Wein?«, begrüßt mich Ferdinand und hält einladend eine Flasche Rotwein hoch.

Ein kleiner Schluck Alkohol kann meinem angespannten Inneren nur dienlich sein. Ich brauche etwas, das mich lockert. So verkrampft, wie ich mich nun fühle, kann ich den Abend nicht überstehen. Dankbar nehme ich das mir angebotene Glas entgegen und trinke gleich einen großen Schluck, während Sepp die Schachteln verteilt. Er setzt sich ebenfalls, und wir beginnen zu essen.

Nach kurzer Zeit fällt die Anspannung etwas von mir ab. Die beiden Männer sind damit beschäftigt, mir genau zu erzählen, wie sie die Schindeln aufs Dach bekommen und den ganzen Unrat bereits entsorgt haben. Ich nicke interessiert und stoße hin und wieder ein »Aha«, »Ach so« oder »Mhm« aus. Das reicht, um die Unterhaltung am Laufen zu halten. Zudem nimmt der Verzehr der Pizzen den Rest der Aufmerksamkeit in Anspruch. Ohne Besteck die geschnittenen Teile zu essen und dabei nicht wie ein Schwein auszusehen, ist eine gewisse Herausforderung. Andererseits schmeckt Pizza aus der Schachtel einfach am allerbesten. Es ist fast so, als würden der Teigfladen, der Belag, der Käse und der Karton eine geheimnisvolle Beziehung miteinander eingehen. Nach dem Essen holt Ferdinand einen Stapel Spielkarten aus der Hosentasche und beginnt zu mischen. Während Sepp begeistert nickt, stockt mir der Atem. Die Karten holen mich zurück in die grausame Realität. Wie weggewischt ist alle Entspannung. Während ich hier gemütlich sitze, Pizza esse und Karten spiele, sterben Menschen in meiner Nähe. Ja sogar meine Familie wird bedroht. Ja, ich muss die Karten in die Hand nehmen. Nicht nur in diesem Spiel, sondern in diesem Fall.

Im Auge des Schicksals

Arnikatee nach Rosis Spezialrezept
Arnikatee wird nur äußerlich angewendet!
Arnikablüten und Schafgarbe zu gleichen Teilen mischen, 10 Minuten ziehen lassen, abkühlen lassen und mit einer feuchten Kompresse auf die verletzte Stelle geben.

»Gott, Rosi! Wieso nur musst du unbedingt meinen Bruder verdächtigen? Es kann doch wirklich Zufall sein, dass diese beiden Schläger im Herzkasterl aufgetaucht sind! Außerdem hat Ferdinand ein wasserdichtes Alibi für den Mord an diesem Bruno. Er hat rein gar nichts mit der Sache zu tun, verdammt!«, empört sich Sepp zum zehnten Mal.

Es ist zum Haareraufen. Langsam, aber sicher treibt mich der Mann in die Verzweiflung. Er ist doch sonst kein blinder Dummkopf, der die Augen vor der Realität verschließt. Seit wir daheim im Schlafzimmer hinter verschlossener Tür sind, geht es in diesem Tonfall dahin. Während der Heimfahrt habe ich Sepp die Geschehnisse des Tages berichtet. Glücklicherweise wollte Ferdl noch länger am Haus arbeiten und später mit Sepps Auto nach Hause kommen. So ist Sepp mit mir gefahren, und ich konnte ihm alles erzählen. Dass er von den neuesten Entwicklungen nicht begeistert sein würde, war mir klar. Doch sein Verhalten grenzt an kleinkindlichen Trotz.

»Es ist aber so. Kurt sieht es ähnlich wie ich. Ferdinand steckt in dieser Sache drin. Wie weit, wissen wir nicht. Aber das wird sich zeigen«, erläutere ich erneut.

Sepp steht vom Bett auf und geht zum Fenster. Er öffnet es und lehnt sich hinaus, als würde er dadurch einen kühlen Kopf erhalten. Doch die Nacht ist warm wie sonst nur in Italien. Er schnaubt und dreht sich um. »Ferdl ist mein Bruder. Ich kenne ihn.«

Wie durch einen unsichtbaren Befehl herbeigezaubert, vernehme ich von draußen die Motorengeräusche von Sepps Wagen. Gleich darauf knallt die Autotür. Der besagte Bruder ist heimgekehrt. Wenn ich nicht will, dass Ferdinand von unserer

Diskussion Wind bekommt, muss ich das Gespräch schnell zu einem guten Ende bringen. Denn egal, wie leise man in einem alten Bauernhaus auch spricht, man ist nie davor gefeit, dass dennoch Wortfetzen durch die Holzwände dringen. Holz lebt. Es bildet Risse und verschiebt sich. Wie in unserer Gegend üblich sind nur Teile des Erdgeschosses, der Stall, die Stube und die Waschküche aus Stein gebaut. Das ganze Obergeschoss besteht aus dicken Holzbalken. Die Außenwände sind dicht und bieten Schutz vor Hitze, Kälte und Lärm, doch die Zwischenwände sind mit Spalten durchzogen. Behutsam greife ich Sepps Hände und drücke sie.

»Ist gut, mein Schatz. Ich bitte dich nur darum, Stillschweigen gegenüber Ferdinand zu bewahren. Und bitte, übernimm die geschäftliche Leitung des Herzkasterls, während Raphael mit seiner Familie auf Urlaub ist. In Ordnung?«

Die Haustür knarrt, und Ferdl tritt mit schwerem Schritt ein. Nicht mehr lange und er wird hier sein. Ich versuche, den unschuldigsten und herzerwärmendsten Blick aufzusetzen, den ich draufhabe. Erneut drücke ich Sepps Hände und stoße ein leises »Hmmmm« aus. Sepp knirscht mit den Zähnen.

»Ja«, gibt er sich schließlich geschlagen, »aber ich finde sowohl Raphaels Flucht in die Ferien als auch Kurts Verfolgungsjagd total übertrieben.«

»Danke«, sage ich nur und hoffe, dass damit das leidige Thema beendet ist.

»Lass uns ins Bett gehen und etwas schlafen«, meint Sepp.

Ich nicke erleichtert.

Es ist ein Mann. Eindeutig. Zuerst habe ich gedacht, es wäre eine Frau. Die weiten Gewänder, die um den sich drehenden Körper fliegen und ihn wie einen bunten Kreisel auf zwei Beinen aussehen lassen. Etwas fliegt auf mich zu. Ich kann mich gerade noch rechtzeitig ducken. Nur ein Windhauch streift meine Wange. Doch hinter mir schreit jemand. Ich drehe mich um. Raphael steht vor mir. Er wankt. Blut strömt schwallartig aus seinem Mund. »Mein Junge, was ist?«, frage ich und stolpere auf ihn zu. Er kippt nach hinten und zeigt im Fall zur Seite. Ich erblicke einen Leichenberg. Der Bart von Bruno hängt zwischen Ritterrüstungen und Gliedmaßen heraus. Ein gewaltiges Wagenrad liegt obenauf.

»Mama«, keucht Raphael. Ich gehe in die Knie, nehme seinen Kopf auf meinen Schoß. Da sehe ich, was an mir vorbeigezischt ist. Eine Karte. Sie steckt in Raphaels Kehle. Darum das Blut. Er keucht.

»Hilfe«, will ich rufen, aber bekomme kein Wort heraus. Stattdessen höre ich vor mir ein gleichmäßiges, lautes Pochen. Ich hebe den Blick. Rasputin. Der Tänzer mit den Todes-Tarotkarten kommt auf mich zu. Er grinst. »Bezahl! Bezahl!«, zischt er zwischen fauligen Zähnen hervor. Ich schüttle den Kopf … verstehe nicht, was vor sich geht. Rasputins Schritte poltern. Auf zwei Holzbeinen stapft er mir entgegen und schwingt plötzlich eine riesige Tarotkarte. Sie hat Kanten aus Stahl. Ich schreie. Endlich habe ich eine Stimme. Rasputin gerät ins Stolpern. Das gleichmäßige Poch-Poch seiner Schritte wird unregelmäßig, heftig, laut. Die Karte saust auf mich zu. Er will mich köpfen.

»Rosi, Rosi! Wach auf. Irgendjemand hämmert wie verrückt an unsere Tür.«

Verdattert richte ich mich auf. Mondschein fällt durchs Fenster. Ich starre Sepp aus großen Augen an.

»Wo bin ich? Was ist los?«, frage ich heiser, aber Sepp hört mich nicht. Er schläft seelenruhig weiter.

Noch halb im Nachtmahr gefangen, knipse ich das Licht an und sehe mich um.

Das Poltern von unten wird noch vehementer. Das war also das Geräusch aus meinem Traum! Schnell ziehe ich mich an und schlurfe in Pantoffeln nach unten.

Ich öffne die Tür und traue meinen Augen kaum.

»Hubert?«, frage ich verdutzt. Er hebt den gesenkten Blick und zeigt ein frisch geschwollenes Auge. »Ach du meine Güte. Eine Schlägerei? In deinem Alter? Hätte dir Herta nicht einfach ein kaltes Steak oder eine Packung gefrorene Erbsen geben können?«, frage ich perplex.

»Die, die … wollen mich umbringen!«, keucht Wimmer und fällt mir weinend um den Hals.

Reflexartig schließe ich tröstend die Arme um den alten Kerl. Er schluchzt wie ein Baby. Gott im Himmel, kann die Welt denn noch verrückter werden, als sie es momentan ist? Mordopfer in historischen Gewändern, Drohung und Erpressung in der Familie, ein Krimineller unter dem eigenen Dach … Ich stoße ein beruhigendes Pssst-Pssst aus und tätschle Hubert sanft. Noch immer kann ich es kaum glauben, dass ein über sechzigjähriger Mann weinend und bibbernd in meinen Armen liegt und das alles real sein soll. Rosi, denke ich mir, absurder geht kaum. Wimmer hängt wie ein nasser Waschlappen an mir.

»So«, sage ich streng und befreie mich aus seinem Schlinggriff. »Jetzt reicht es aber auch wieder, Hubert! Komm erst einmal rein und erzähl, was passiert ist.«

Ich marschiere zielstrebig hinein ins Haus bis in die Stube. Hinter mir höre ich Huberts schlurfende Schritte. Ich bedeute ihm, Platz zu nehmen, und hole eine Packung Sauerkraut aus der Küche. Manchmal haben die neuen Verpackungen auch ihre Vorteile. Während ich früher bei der Krämer-Christl das Sauerkraut einfach immer direkt aus dem Fass in eine meiner Schüsseln gepackt habe, kaufe ich nun gern die Folienpackungen. Hubert hat Glück, denn ich habe diesmal die gekühlte Variante besorgt. Ich schlage das Kraut in ein Geschirrtuch und reiche es Hubert. »Halt dir das aufs Auge. Ich mach dir gleich noch einen Tee aus Arnikablüten. Der hilft, dein blaues Auge zu heilen.«

»A Schnaps wäre mir lieber«, krächzt Hubert.

Ich schüttle den Kopf. »Nichts da, mein Lieber. Trinken kannst du ein Wasser. Der Tee kommt aufs Auge.«

Noch während ich es sage, stelle ich Hubert ein Glas Wasser hin. Angewidert verzieht er den Mund.

»Tu, was ich dir anschaffe. Halte dir die Packung aufs Auge und trink Wasser. Alkohol schadet dem Heilungsprozess nur.

Es ist schon schlimm genug, dass du dein Veilchen nicht gleich gekühlt hast. Morgen bekommst du wahrscheinlich das Lid gar nicht mehr auf.«

Hubert zuckt die Schultern und drückt sich folgsam die kühle Packung aufs Auge. Ich stelle den Teekessel auf die Platte. Dann setze ich mich an den Tisch. Hubert schweigt. Anscheinend hat es ihm nach seinem Gefühlsausbruch die Sprache verschlagen.

»Und?«, frage ich und zeige auf seine Verletzung.

»Ich hatte keine Schlägerei. So jung und dumm bin ich nicht mehr«, sagt er heiser. Einäugig schaut er mich an. Ich runzle die Stirn. »Ach, Rosi. Ich war noch in unserem Saunaclub, um aufzuräumen. Die anderen Gäste waren schon ... auch die Herta. Ich wollte gerade zusperren, als plötzlich hinter mir zwei maskierte Typen standen und mich gegen die Eingangstür gepresst haben.«

Der Kessel pfeift. Hubert unterbricht sich und starrt stattdessen den aufsteigenden Dampf an. Ich stehe auf und gieße das heiße Wasser in die Schüssel. Dann gebe ich einen Löffel Arnika und Schafgarbe in den Gazebeutel und hänge ihn hinein.

Schon bin ich fertig und setze mich wieder zu Hubert. Das hat zwar nur eine Minute gedauert, aber Wimmers Redeschwall ist abermals unterbrochen. Langsam mache ich mir Sorgen, dass mein alter Freund nicht nur ein blaues Auge abbekommen hat. Vielleicht leidet er unter einem Schock. So wie er ins Leere stiert und regungslos dasitzt, wirkt er geradezu geistig abwesend. Behutsam strecke ich meine Hand aus und lege sie auf seine. »Was ist passiert?«, hake ich vorsichtig nach. Seine Unterlippe zittert. Er zieht die Hand unter meiner weg und steckt sie in die Hosentasche. Einen Moment später fischt er ein zerrissenes Stück Papier heraus. Ich schlucke, als ich erkenne, was es ist.

»Nein!«, keuche ich nur. Wimmer nickt.

»Ich habe doch nichts mit der ganzen Rotlichtsache am Hut. Mein Saunaclub ist doch nur für Privatleute, die Spaß haben wollen und sich austauschen. Ein Platz für Swinger halt. Was hab ich mit den ganzen Puffvätern zu tun? Dass die deinen Raphael erpressen, okay. Aber mich? Mit einem banalen Swingerclub?«

Die zerknitterte Tarotkarte liegt wie ein Symbol des Schreckens auf der dunklen Tischplatte. Der Raum dreht sich um mich. Bilder aus meinem Alptraum vermischen sich mit der Wirklichkeit. Schnell presse ich die Hände an die Schläfen und schließe die Augen. Ich muss mich im Griff haben, um die Situation klar erfassen zu können. Tief und langsam atme ich ein und aus. Woher zum Kuckuck weiß Wimmer davon, dass Raphael erpresst wird? Panik macht sich in mir breit. Hubert, der das Sauerkraut weggelegt hat, blinzelt mich an. Er zieht schniefend die Nase hoch. Ich richte meine Aufmerksamkeit wieder auf die Karte. Irgendetwas ist seltsam. Ganz eindeutig stammt sie aus demselben Kartensatz, der auch bei Maximilian und Bruno verwendet wurde. Sie ist schmutzig, zerknittert und sogar schwarz an den Rändern. Und doch …

»Hubert, wir nehmen nun doch einen Marillenschnaps, und dann erzählst du mir haarklein, was geschehen ist«, bestimme ich und mache mich gleich daran, die Schnapsgläser aus der Vitrine zu holen. Noch bevor ich Hubert ein Stamperl gebe, kippe ich eines vorab in meine Kehle. Warm und beruhigend rinnt das flüssige Gold meinen Hals hinunter und füllt meinen Bauch mit wohliger Behaglichkeit. Man kann sagen, was man will. In manchen Lebenslagen hilft nur noch der Griff zum Hochprozentigen. Etwas entspannter drehe ich mich um und gebe Hubert sein Stamperl. Dankbar stürzt auch er die Flüssigkeit in einem Zug hinab.

Ich schenke nach und setze mich wieder.

Hubert brummt. »Also gut. Wie ich schon sagte. Ich dreh gerade den Schlüssel um, da überfallen mich zwei maskierte Männer.«

»Sie waren maskiert?«, frage ich sofort nach.

Hubert nickt. »Mit so Strickdingern, wie man sie beim Skifahren aufhat.«

»Skihauben«, sage ich.

»Genau. Auf jeden Fall pressen die mich gegen die Tür und halten mir diese Karte vors Gesicht. Schönen Gruß vom Big Boss, haben sie gesagt und mir die Karte in die Hand gedrückt. Ich habe natürlich sofort an die Ermordeten gedacht und an Raphael. Im ganzen Dorf erzählt man sich schon, dass er erpresst wird.«

»Gott, woher wissen die Leute denn das schon wieder?«

Hubert hebt die Schultern. »Na ja. Kalina hat anscheinend am Abend noch die Krämer-Christl angerufen, dass sie ihr Geschäft kurz aufsperren soll, weil sie noch Windeln und diesen speziellen Ökobrei braucht für Mariella. Den bestellt die Christl doch immer extra. Und Kalina hatte wohl Angst, den Brei nirgendwo mehr auftreiben zu können … weil sie ja morgen ganz zeitig in der Früh schon zum Flughafen aufbrechen müssen, wegen dem Spontanurlaub …«

»Oh Gott. So viel zur Geheimhaltung. Hat sie verraten, wohin die Reise geht?«

Hubert schüttelt den Kopf. »Die Christl hat im Club nichts von einem bekannten Ziel gesagt, und ich nehme an, sie hätte etwas ausgeplaudert, wenn sie es wüsste. Du kennst sie ja.«

»Die Christl ist auch Gast im Swingerclub?«, frage ich verdattert.

»Freilich. Aber meistens sieht sie nur zu. Sie ist trotz ihres flotten Mundwerks erstaunlicherweise ziemlich gschamig. Und dann tut ihr immer das Kreuz weh … Da traut sich doch niemand, so richtig zu pimpern, oder?«

»Meine Güte, das will ich gar nicht so genau wissen.« Aber es ist bereits zu spät. Die Bilder, wie die wohlgenährte und zu Hexenschüssen neigende Krämerin andere Gäste dabei beobachtet, wie diese Akrobatik betreiben, die sie mit ihrer Arthritis nicht mehr vollführen kann, beschwört Übelkeit in mir hervor. Ein Schauer läuft mir den Rücken hinab und lässt mich trotz der warmen Temperaturen erzittern. Es ist zum Haareraufen. Ein kleines Dorf, wie unseres eines ist, benötigt wahrlich keine Tageszeitung. Ein unbedachtes Wort, ein schnell gesprochener Satz, und die Gerüchteküche kocht.

Doch es ist zu spät, um die Neuigkeiten aufzuhalten. Alle Welt weiß nun von Raphaels Sorgen und dem Urlaub. Das lässt sich nicht mehr rückgängig machen.

»Also, die beiden Maskierten haben dir die Karte in die Hände gedrückt«, hole ich nun auch Hubert zurück ins Jetzt.

»Stimmt. Und dann meinten sie, dass ich bis nächstes Wochenende dreißigtausend Euro zahlen muss, wenn mein Laden nicht durch einen kleinen Unfall dem Erdboden gleichgemacht werden soll. Danach haben sie die Karte in meiner Hand angezündet. Ich hab sie gleich fallen lassen und die Flamme ausgetreten. Die beiden haben sich vor Lachen geschüttelt. Weißt du, Rosi, ich kann das Geld nicht besorgen. Das hab ich auch den beiden gesagt, und daraufhin hat mir der Dickere in den Magen geschlagen und dann aufs Auge. Der andere hat mich angespuckt und gemeint, entweder ich zahle oder ich soll den Laden schließen. Mein Club sei sowieso nur eine Drecksgrube für untreues Gesindel. Wer Sex braucht, soll in einen ordentlichen Puff gehen.«

Huberts Bericht beschwört Bilder in meinem Kopf herauf, die mir nicht gefallen. Woher in Gottes Namen kann Rasputin überhaupt von Wimmers Club wissen, wenn nicht von Ferdinand? Und wieso verpetzt Ferdl so kleine Läden wie den Swingerclub von Wimmer? Meine Gedanken rasen. Hat er vielleicht irgendeinen Vorteil, wenn Rasputin seine Hand bis ins beschauliche Innviertel ausstreckt? Was passiert, wenn die Drohungen und Erpressungen weitergehen? Raphael wird gewiss aussteigen und sein Geld anderweitig verdienen. Und der Wimmer ist auf den kleinen Gewinn, den sein Etablissement abwirft, auch nicht angewiesen. Er war jahrzehntelang Schuldirektor und beamtet. Sein Rentenbezug läuft automatisch weiter. Für ihn sind die körperlichen Freuden vorrangig. Er und auch seine Frau Herta lieben die Liebe und die Abwechslung. Wenn aber plötzlich die Mafia vor der Tür steht, dann wird Hubert sein Lokal hundertprozentig schließen. Wer hätte demnach einen Vorteil davon, wenn das Herzkasterl und der Swingerclub zumachen? Plötzlich schiebt sich das Bild von heute Abend vor meine Gedanken. Ferdinand und Sepp in trauter Brüderlichkeit bei der Arbeit am Sacherl. Mir wird übel. Geht es hier vielleicht gar nicht um das Rotlichtgeschäft, sondern vielmehr um eine familiäre Sache? Geht es gar um Sepp? Sepp hing immer sehr am Herzkasterl und konnte sich nur lösen, weil Raphael es in seinem Sinne weitergeführt hat. Wenn Raphael aber das Handtuch wirft, dann ... Es bestünde die realistische Möglichkeit, dass Sepp das Herzkasterl wieder übernehmen würde. Kann es sein, dass Ferdinand sich mehr Nähe zu seinem Bruder wünscht und ihn deshalb wieder im Gewerbe sehen will? Benutzt Ferdinand gar seinen Kontakt zu Rasputin, um alle anderen potenziellen Bordellbetreiber in der Gegend zu vernichten? Mir schwirrt der Kopf. Ein Blick auf Hubert reicht, um zu erkennen, dass ich von ihm keine weiteren Informationen erhalten werde. Ich muss mit Kurt oder Andrea über meine Hirngespinste reden. Die beiden können wahrscheinlich Klarheit in den Nebel meiner Vermutungen bringen. Schwungvoller, als ich mich fühle, erhebe ich mich und stoße mit Sepp zusammen, der plötzlich hinter mir steht.

»Was ist los? Ich hab Geräusche gehört und mich gewundert, wer da mitten in der Nacht bei uns auftaucht und Radau schlägt«, fragt er verdutzt und deutet auf Wimmer. Ich stemme die Hände in die Hüften.

»Das frag mal lieber deinen sauberen Bruder. Hubert wird nun auch von Rasputin erpresst«, antworte ich barsch.

Sepp runzelt die Stirn und bleibt einfach wie erstarrt am Platz stehen. Ich dränge mich an ihm vorbei. Er greift nach mir und erwischt nur den Ärmel meines Morgenmantels.

»Rosi, wo willst du hin?«

»Ich hole Kurt! Die Uhrzeit ist mir egal, und auch, ob er eigentlich eine dickere Fährte zu Rasputin verfolgt. Dein sauberer Bruder muss hier verschwinden. Ich will, dass Kurt ihn verhaftet und vernimmt.«

»Nein«, keucht Sepp und schüttelt den Kopf. »Ferdinand ist unschuldig!«, wiederholt er sich zum hundertsten Mal.

Ich reiße mich los. »Das muss er erst beweisen. Auf einmal wimmelt es hier von Rasputins Männern. In einem Ort, wo Fuchs und Henne sich Gute Nacht sagen. Das liegt an deinem Bruder.«

»Niemals«, beteuert Sepp.

»Aber sicher. So viele Zufälle kann es gar nicht geben. Er hat Raphael und Hubert ans Messer geliefert.«

Sepp wirft die Hände hoch. »Aber warum?«, fragt er.

Ich kann mich in letzter Sekunde zusammenreißen und presse die Lippen aufeinander. Dann drehe ich mich um und eile hinaus. Auf dem Weg durchs Vorhaus ist mir, als würde ich einen kühlen Luftzug spüren. Geradeso, als stehle sich jemand durch die Hintertür und den Stall nach draußen. Doch es ist nur ein Hauch. Kurz halte ich vor der Haustür inne und horche in die Nacht. Doch ich kann keine ungewöhnlichen Geräusche vernehmen. Ich blicke mich nach den Autos um und bemerke erleichtert, dass sowohl Sepps Audi als auch Ferdls Tesla vor der Scheune stehen.

Es tut mir zwar leid, Daniela und Kurt aus dem Bett werfen zu müssen, aber ich sehe keine andere Möglichkeit. Die ganze Situation wird mir zu brenzlig.

Kurt ist nicht erfreut über meine nächtliche Störung. Seit Tagen hat er endlich wieder einmal in Ruhe zu Hause schlafen können, und nun reiße ich ihn aus seinem wohlverdienten Schlaf. Doch als er meine aufgeregte Schilderung hört, schwingt er sich kurzerhand in seine Uniform und fordert sogar Verstärkung an. Ich merke, wie mir die Anspannung von den Schultern fällt.

Gemeinsam eilen wir hinüber zu meinem Häuschen. Erleichtert stelle ich fest, dass kein Auto fehlt. Kurt bedeutet mir, beim Stall Wache zu halten.

»Man weiß ja nie, ob Sepp seinen Bruder nicht vorwarnt und dieser das Weite sucht«, meint er und drückt damit meine eigene Befürchtung aus. Ich bin froh, dass Kurt mich ernst nimmt und die Drohungen nicht länger als lapidaren kleinen

Zwischenfall in seinen Mordermittlungen ansieht. Schnell eile ich ums Eck und beziehe meine Position. Obwohl es noch immer bacherlwarm draußen ist, schlinge ich die Arme um meinen Oberkörper. Ich fröstle. Aber das Frieren ist ein Zeichen meiner Aufregung und kein Kälteempfinden. Niemals hätte ich vermutet, dass ich wegen Sepp und seiner Verwandtschaft Nerven wie Drahtseile brauchen würde. Sonst stolpere ich immer in diverse Kriminalfälle, doch diesmal ist Sepp der Schuldige an der Misere. Besser gesagt, sein feiner Bruder ist das kriminalistische Problem. Ich höre das Brummen der Motoren. Verstärkung ist im Anmarsch. Ein Käuzchen kreischt aufgeregt durch die Dunkelheit, als die Scheinwerfer der Autos die Nacht zerschneiden.

Keine zwei Minuten später steht Andrea neben mir und klopft mir ermunternd auf die Schulter.

»Wir gehen jetzt gemeinsam rein. Du und ich von hinten und Kurt und Kollege Roland von vorne. Es wird keine große Sache sein, Ferdinand mitzunehmen«, verspricht sie mir.

Nun steigt auch meine Zuversicht. Ich will die ganze unangenehme Sache endlich hinter mich bringen und ein ruhiges Eheleben mit Sepp führen. Hoffentlich hat mein Misstrauen Ferdinand gegenüber unsere frische Liebesbeziehung nicht gefährdet. Ich liebe Sepp und möchte ihm nicht wehtun. Im Nachhinein ärgere ich mich gewaltig darüber, dass ich nicht konsequent Nein gesagt habe, als die Polizei uns zu Ferdls Babysitter gemacht hat.

Andrea legt ihre Hand an das Halfter. Sie zieht die Waffe aber nicht, sondern geht sicheren Schrittes durch den Hintereingang und den alten Stall ins Haus. Ich folge ihr. Wir kommen an der offenen Tür der Stube vorbei. Ich spähe hinein und erkenne, dass Hubert und Sepp gemeinsam bereits die erste Flasche Schnaps geleert haben. Sepp ist gerade dabei, eine zweite zu öffnen. Andrea presst ihren Zeigefinger an die Lippen und zischt ein leises Pssst zu mir herüber. Dann eilt sie schon weiter nach vorne zur Treppe, wo Kurt und Roland bereits warten. Ich bleibe einen Moment lang vor der Stube stehen. Sepps verächtlicher Blick trifft mich wie ein Messer ins Herz. Ich hebe hilflos die Hände.

»Was soll ich sonst tun?«, wispere ich.

Tiefe Traurigkeit zeichnet sich auf seinem Gesicht ab.

»Er ist mein Bruder«, brummt er leise und setzt ein frisch gefülltes Schnapsglas an die Lippen. Ich zucke abermals die Schultern und mache mich auf den Weg nach oben. Noch nicht einmal ganz oben angelangt, vernehme ich aufgeregtes Poltern und Rufen.

»Verdammte Scheiße«, brüllt Kurt.

»Durchsuchen!«, ruft Andrea.

Roland, groß und blond wie Siegfried der Drachentöter, stürmt an mir vorbei und wirft mich beinahe rückwärts die Stufen hinunter. Er ist noch jung und stark wie ein Bär. Seit Kurt die leitende Funktion innehat, ist er als Unterstützung zum Team dazugestoßen. In letzter Sekunde kann ich mich am Treppengeländer festhalten, als nun auch Andrea an mir vorbeidrängt. Oben höre ich Kurts laute Stimme. »Fahndung, flüchtiger Mann, hellhäutig, Aussehen zwischen sechzig und siebzig, weißhaarig, schlank, meist gut gekleidet, steht im dringenden Tatverdacht in Bezug auf die Tarot-Morde, Erpressung und Drohung. Name Ferdinand Sturmair. Fluchtfahrzeug unbekannt. Eventuell zu Fuß unterwegs.«

Die Wortfetzen dringen in mein Bewusstsein, und mir wird klar, dass Ferdinand verschwunden ist. Der Luftzug, den ich beim Verlassen des Hauses gespürt habe, fällt mir wieder ein. Ferdinand muss uns belauscht und rechtzeitig das Weite gesucht haben. Aber wie ist er geflohen? Sein Wagen steht noch in der Einfahrt.

»Donald«, keuche ich und mache auf der Stufe kehrt. In Windeseile sause ich nach draußen. Schweiß rinnt mir in kleinen, klebrigen Bächen den Rücken hinab. Ich renne zur Scheune und öffne die Tür. Leer. Meine alte Citroën-Ente ist weg.

»Er ist mit Donald geflüchtet!«, schreie ich Roland zu. Der junge Polizist starrt mich begriffsstutzig an.

»Mein Auto. Eine alte Ente. Gebt das weiter!«, erkläre ich. Roland kommt endlich in die Gänge. Er läuft wieder ins Haus. Mir ist plötzlich flau im Bauch. Ich lehne mich gegen das Scheunentor. Alles hat so gut ausgesehen vor einem halben Jahr. Ich war glücklich. Ich war verliebt. Ich war voller Freude auf mein Ehedasein.

Da stehen wir nun, Sepp, Hubert und ich, und starren auf die Polizeihorden, die mein schönes Häuschen auf den Kopf stellen. Alles ist ein einziges Durcheinander, und ich möchte mich am liebsten in den eigenen Hintern beißen, dass ich nicht auf mein Gefühl gehört habe. Von Anfang an hatte ich Ferdl in Verdacht. Als ich dann den Luftzug im Vorhaus gespürt habe, haben sich meine Nackenhaare aufgestellt. Doch ich bin der Täuschung erlegen. Die parkenden Autos und die vermeintliche Stille wurden mein Verhängnis. Jetzt ist Ferdl auf und davon.

Kurt kommt auf uns zugeeilt. Seine Miene lässt nichts Gutes ahnen. »Hubert, du kommst mit zur Wache und machst deine Aussage. Rosi, Sepp, in zwanzig Minuten sind wir mit dem Haus fertig. Dann könnt ihr wieder rein.«

»Habt ihr etwas gefunden?«, frage ich.

Kurt schüttelt den Kopf. »Wir nehmen natürlich auch noch Ferdinands Wagen mit, aber bisher …« Er runzelt die Stirn.

»So ein Mist«, schimpfe ich.

Sepp legt seinen Arm um mich. »Mach dir keine Vorwürfe«, sagt er. Ich drehe mich wütend aus seiner Umarmung.

»Natürlich mache ich mir die! Aber noch mehr mach ich sie dir! Ich hab es von Beginn an geahnt, aber ich musste ja auf dich hören!«

»Rosi«, seufzt Sepp.

Ich wende mich zornig ab. Ich will nicht weinen, egal, wie verfahren die Situation auch ist.

»Hauptsache, wir greifen ihn schnell auf. Es ist ja ein Glücksfall, dass er dein Auto genommen hat, Rosi. Die Ente fällt auf, und wir haben im Umkreis von fünfzig Kilometern vermehrt Streifen auf der Straße. Wahrscheinlich finden wir ihn schnell«, meint Kurt.

»Hoffentlich«, sag ich nur.

Ein Trupp Polizisten kommt aus dem Haus.

»Fertig«, meint Roland im Vorbeigehen.

Kurt bedeutet Hubert, ihm zu folgen. Ich gehe zurück in mein Sacherl. Sepp trottet mir nach. Sogar an seinem Schlurfen kann ich erkennen, dass ihn mein Aufbrausen getroffen hat. Er kennt mich nicht wütend. Normalerweise habe ich meine Gefühle im Griff, aber im Moment nimmt das Chaos überhand. An der Haustür drehe ich mich um. Scheinwerfer blenden mich, Motoren heulen auf. Auch Ferdinands Wagen braust davon.

»Lass uns reingehen und einen Kaffee trinken. Wir können auch gleich frühstücken. Schlafen wird wohl niemand mehr«, sage ich zu Sepp.

Es soll versöhnlich klingen, aber selbst in meinen Ohren vernehme ich die Traurigkeit.

Morgengrauen

Rosis Heublumenbad bei Kreuzschmerzen
Ist ein Wirbel eingeklemmt oder die Muskulatur verspannt, hilft ein Vollbad mit Heublumen. Dazu ca. 25 g Heublumen in einem Liter Wasser aufkochen und 20 Minuten ziehen lassen. Den Sud in die Wanne geben.

Schleichend wird es heller. Ein richtiges Gespräch zwischen Sepp und mir ist nicht mehr entstanden. Stattdessen hat sich Raphael gemeldet und gesagt, dass sie bereits am Flughafen sind und auf den Flieger warten. Ich habe ihm verschwiegen, welche Ereignisse die Nacht gebracht hat. Stattdessen habe ich ihnen einen schönen Urlaub gewünscht. »Mach dir keine Sorgen, Schatz. Sepp und ich haben alles im Griff. Wenn ihr wieder daheim seid, hat sich die Lage beruhigt, und du kannst ganz normal weitermachen. So als wären Rasputins Schläger nie aufgetaucht«, hab ich ihm zugesagt und die Übelkeit hinuntergewürgt, die diese Worte hervorriefen.

»Und jetzt?«, fragt Sepp. Ich zucke die Schultern. »Wollen wir zum Sacherl fahren und nachsehen, ob Ferdinand dort ist?«

»Bringt das was? Die Polizei hat bestimmt als Erstes dort nachgesehen«, antworte ich, überlege es mir aber sogleich anders. »Aber gut. Es ist besser, als hier herumzusitzen.«

Sepp stößt erleichtert die Luft aus und macht eine galante Handbewegung, um mir den Vortritt zu lassen. Ich muss schmunzeln, und mit einem Mal mischt sich in meine Traurigkeit auch das Gefühl der Liebe und der Sehnsucht. Ja, es kriselt zwischen uns, aber dennoch liebe ich Sepp. Ich will ihn nicht verlieren, jetzt, da ich ihn endlich gefunden und ganz in mein Leben hineingelassen habe. Für ihn ist die Situation mindestens so unerträglich wie für mich. Auf der einen Seite ist da sein Bruder und mit ihm die einzige Verbindung zu seiner Vergangenheit, und auf der anderen Seite … da bin ich. Ich hoffe, dass ich seine Zukunft bin.

Obwohl es über Nacht nicht merklich abgekühlt hat, überkommt mich ein Frösteln. Ich schlinge die Arme um mich. Sepps Audi blinkt, und die Zentralverriegelung klickt. Schnell steige ich auf der Beifahrerseite ein und drücke den Knopf der Sitzheizung. Ich drehe mich um und schaue nach, ob vielleicht eine meiner Westen auf der Rückbank liegt. Aber nichts. Statt einer warmen Jacke erblicke ich jedoch ein Kärtchen, das nur zum Teil aus dem Schlitz der Rückbank herauslugt. Ich strecke mich und halte schließlich eine Visitenkarte in den Fingern. Instinktiv weiß ich, dass dieses kleine Stück Karton wichtig ist.

»Stell den Wagen ab!«, sage ich zu Sepp. Sepp tut, was ich fordere. Der Motor verstummt. Im rötlichen Licht der Morgensonne halte ich nun den untrüglichen Beweis dafür in der Hand, dass Ferdinand in engem Kontakt mit Rolof steht. Es ist die gleiche dunkelrote Farbe und dasselbe Zeichen wie auf der Internetseite. Die Rune Raidho prangt in fetten Strichen darauf, doch darunter sind Ferdinands Name und »Recruiting Manager« gedruckt und seine Telefonnummer. Ich halte Sepp die Karte vors Gesicht.

»Hier, schau. Mein Englisch ist zwar nicht das beste, aber da steht doch, dass Ferdl Mitarbeiter für Rasputin sucht.«

Sepp starrt auf die Buchstaben, als könnte er sie rein mit seinem Blick auslöschen. Als würde ein Bauwerk in sich zusammenbrechen, sinkt alles an ihm ein. Seine Schultern, sein Rücken, selbst seine Hände und sein Gesicht verlieren jede Spannung. Wie ein gekrümmtes Häufchen Elend hängt er nun hinter dem Lenkrad, und Tränen glänzen in seinen starren Augen. Ich lege meine Arme um ihn. Unerwartet stark greift er nach mir und hält sich an mir fest.

»Ich will es einfach nicht glauben. Rosi, hilf mir doch«, stöhnt er, und zu meinem Entsetzen beginnt er zu weinen. Für mein Empfinden dauert es eine halbe Ewigkeit, bis Sepp sich wieder so im Griff hat, dass ich meine tröstende Umarmung lösen kann.

»Und nun?«, fragt er heiser. Ich ziehe mein Handy hervor. Gerade als ich über das Display wische, um die Bildschirmsperre aufzuheben, klingelt es. Ich gehe ran und stelle sogleich auf laut.

»Kurt, ich wollte dich gerade anrufen!«, sage ich schnell. »Habt ihr Ferdl? Wir haben nämlich eine Visitenkarte gefunden, die Ferdinand als Mitarbeiter von Rasputin ausweist. Jetzt hast du deinen Beweis!«

»Wir haben dein Auto in Braunau auf dem Parkplatz eines Supermarktes gefunden und den Computer wie auch Ferdinands Handy geknackt. Er steckt bis zur Nasenspitze mit drin in Rolofs Bande. Aber deswegen rufe ich nicht an. Kannst du herkommen und Andrea begleiten? Sie meinte, du könntest vielleicht eine große Hilfe sein.«

»Wobei? Ich weiß auch nicht, wo Ferdl steckt«, antworte ich skeptisch.

»Nein, nein. Da bleib ich selbst dran. Aber wir haben Ludmillas Handy geortet, und sie befindet sich wahrscheinlich in einem ihrer kleinen Bordelle. In der Lustburg. Diese Spur verfolgen wir ja auch. Andrea meinte, du könntest sie bestimmt leichter über ihre Liebesbeziehungen zum Reden bringen, als sie es vermag. Weil du in Ludmillas Alter bist und daher –«

»Stopp, ich will gar nicht hören, welche Hintergedanken ihr hegt. Natürlich komme ich. Wir sitzen ohnehin schon im Wagen. Und wir bringen die Visitenkarte mit.«

»Gut. Beeilt euch. Andrea möchte schnell aufbrechen, um die gute Puffmutter auch sicher anzutreffen.«

»Machen wir«, verspreche ich und lege auf.

»Dann ab in die Polizeistation«, meint Sepp. Er sieht wieder besser aus. Ich lächle ihm zu. Schweigend lässt er den Motor an und legt den Gang ein. Wir brausen los.

Es herrschen Aufregung und Hektik in der Polizeistation. Von dem Wirrwarr überwältigt, halte ich mich an Sepp fest. Es wirkt so, als würden alle Polizisten der Umgebung gerade zur Tür hinausstürmen wollen. Nur Sepp und ich wollen in das Gebäude. Gemeinsam drängen wir uns an die Wand des

Ganges, um den Heerscharen Platz zu machen. Endlich erhasche ich einen Blick auf Kurt, der sich gerade in die Jacke zwängt.

»Los, Leute. Wir müssen sie kriegen!«, schreit er und schiebt sich nun ebenfalls hinaus ins Freie.

»Kurt! Kurt!«

Meine Stimme geht in der Lautstärke des Gewühls unter. Kurt bemerkt mich nicht. Stattdessen steht Roland plötzlich wie aus dem Nichts vor mir.

»Er hat keine Zeit. Ferdinand ist von zwei Zeugen gesichtet worden. Er und ein weiterer polizeibekannter Mitarbeiter von Rasputin. Dieser Dennis Malic, den alle nur den Schläger-Gottschalk nennen. Die beiden flüchten gerade stadtauswärts. Kurt will sie unbedingt kriegen. Aber Andrea wartet oben auf dich.«

Er will mich in Richtung Treppe schieben, aber ich bleibe stehen. Sepp jedoch folgt Roland ohne Verzögerung.

Ich drehe den Kopf noch einmal in die Richtung des Ausgangs. Zu gern hätte ich mit Kurt geredet und ihm die Visitenkarte gegeben.

»Kommst du, Rosi?«, höre ich Sepp.

Im Büro erwartet mich Andrea. Einen Moment lang starrt sie unschlüssig auf Sepp.

»Hier, die Visitenkarte«, sagt dieser schnell und hält zum Beweis das schwarz-rote Kärtchen in die Höhe.

Andrea nickt. »Gut, das kann Roland mit dir besprechen, während ich mich mit Rosi auf zur Lustburg mache. Vielleicht fallen dir doch noch ein paar Orte ein, an denen Ferdinand sich aufhalten könnte. Plätze eurer Jugend, Arbeitsorte oder Ähnliches.«

Sepp strafft die Schultern. »Ich werde alles sagen, was weiterhelfen kann«, meint er. Ich höre an seiner Stimme, dass es ihm leidtut, bisher derart auf Ferdinands Unschuld beharrt zu haben.

»Gut, dann wollen wir mal!«, sagt Andrea und drückt mir ein Tablet in die Hand. »Ich hab allerhand Informationen über Ludmilla im Netz gefunden. Vielleicht hilft dir etwas davon, wenn wir sie vernehmen. Guck es dir während der Autofahrt durch, Rosi«, sagt sie und marschiert zur Tür hinaus.

Ich eile ihr nach. Es ist heiß. Die Büros sind nicht klimatisiert. Nur große Ventilatoren blasen die warme Luft von einer Seite des Gebäudes zur anderen. Wieder geht es ins Treppenhaus, diesmal nach unten. Als wir endlich bei Andreas Wagen ankommen, bin ich schweißgebadet. Mit einem schweren Keuchen lasse ich mich auf dem Beifahrersitz nieder.

Andrea fährt los. »Wir fahren nicht lange. Vielleicht eine halbe Stunde.«

Sie lässt den Polizeifunk laufen. Ich scrolle durch die gespeicherten Websites auf dem Tablet, aber ich kann nichts wirklich Interessantes über Ludmilla herausfinden. Ursprünglich ist sie in Tschechien auf einem kleinen Bauernhof aufgewachsen und von dem bekannten Porno-Regisseur Udo Spitz entdeckt worden. Sie wurde durch ihre freche und unverfrorene Art schnell zum Star der Szene. Mit Mitte dreißig ist sie aus der Filmbranche ausgestiegen und hat sich mit exklusiven Bordellen selbstständig gemacht. Lange Zeit hat sie ein eher zurückgezogenes Leben geführt. Bis vor sieben Jahren war sie sogar verheiratet gewesen. Mit dem Stellmacher Siegmund Klammer hat sie bis zu dessen Tod in der Nähe von Altheim zusammengelebt und vom Land aus die Geschäfte geführt. Erst danach ist sie wieder ins Rampenlicht zurückgekehrt.

Ich schüttle den Kopf. Nichts davon scheint mir wichtig zu sein. Es bleibt nur zu hoffen, dass ich spontan eine Verbindung zu ihr aufbauen kann.

»Fahrzeug vor Obi-Markt gefunden. Wurde anscheinend wieder getauscht«, knarrt es im Funk.

»Scheiße«, flucht Andrea und wirft mir einen verzweifelten Blick zu.

Ich ziehe die Stirn in Falten. Ich kann nicht gleichzeitig auf den Funk hören und Infos auf dem Tablet lesen. Multitasking ist meiner Meinung nach nur eine Erfindung von hyperaktiven Arbeitstieren, die verlernt haben, sich auf eine Sache zu konzentrieren.

»Offenbar ist Ferdinands Spur verloren gegangen«, klärt mich Andrea auf.

»Mist«, sage ich. »Was habt ihr jetzt eigentlich über ihn herausgefunden?«, frage ich nach.

Andrea beschleunigt auf der fahrzeugfreien Geraden. »Ferdinand ist Rasputins rechte Hand bei der Mitarbeiter-Rekrutierung. Er ist dafür zuständig, neue Betriebe zu finden und zu eruieren, ob sie gewinnbringend wären. Rasputin arbeitet ähnlich wie McDonald's oder andere Franchise-Unternehmen. Er bietet den kleinen Betrieben gegen einen gewissen Geldbetrag verschiedene Services an. Er sorgt für die Vermittlung und den Austausch der Mädchen, nutzt seine Medienpräsenz, um Werbung für die Puffs zu machen, verschafft günstige Konditionen bei der Beschaffung von Verbrauchsmaterial und Alkoholika und so weiter. Wenn man Teil von Rasputins Betrieb ist und brav seinen Anteil zahlt, dann kann man sich auch sicher sein, über kurze Zeit das regionale Monopol zu erlangen.«

»Das heißt auf Deutsch, Rasputin drängt mit Gewalt alle Konkurrenten vom Markt, und Ferdinand war dafür zuständig, herauszufinden, wer es verdient hat, weiter zu bestehen.«

»Vorausgesetzt, derjenige zahlt auch seine Schutzgelder und tut, ohne groß nachzudenken, alles, was der Boss von ihm verlangt.«

Ich nicke. Andreas Enthüllungen decken sich mit meinen Vermutungen.

»Hat Ferdinand nun auch etwas mit der Ermordung von Maximilian und Bruno zu tun?«

Andrea schneidet gefährlich die enge Kurve. »Das ist schwer zu sagen. Bei Maximilian deutet alles darauf hin, dass Ferdinand zumindest eine Mitschuld an dessen Tod trägt. Wir haben eine Nachricht gefunden, in der wortgemäß steht: ›Ein dreieinhalb Mille schwerer Rystar kann sich absetzen, Boss.‹ Das sagt schon viel.«

»Rystar. Ritter«, murmle ich gedankenverloren.

»Mhm«, brummt Andrea. »Viel interessanter ist aber die Antwort darauf. Der Kontakt, bei dem wir davon ausgehen, dass es sich um Rolof handelt, schrieb: ›Absetzen und aussteigen ist nicht, Ferdl. Ich bestimme die Art des Abtauchens.‹ Verstehst du, Rosi?«

Ich nicke. Klar wie auf einem Foto sehe ich Kovanic in seiner Ritterrüstung vor mir. Abgetaucht in den Fluten des Inns.

»Wollte Maximilian also aussteigen?«, hake ich nach.

»Ja. Er hatte genug beiseitegelegt, um in Ruhe in Rente gehen zu können. Es geht das Gerücht um, dass Kovanic mit der Art der Damenrekrutierung nicht einverstanden war. Rasputin hat offenbar in letzter Zeit vermehrt auf sehr junge Mädchen aus dem ehemaligen Ostblock gesetzt, die mittels falscher Versprechungen hierhergelockt und zur Prostitution gezwungen worden sind. Wir haben Beweise auf einer versteckten Festplatte in Kovanics Haus gefunden. Er hat Aussagen von einigen Frauen aufgenommen und gespeichert. Dieses Material hat er laut unseren Ermittlungen gegen Rasputin verwendet, weil er wusste, dass dieser niemanden einfach so gehen lässt. Er wird gewiss noch irgendwo eine Kopie der Festplatte gelagert haben. Vielleicht taucht die noch auf und wir erfahren von dem Verwahrer der Daten noch mehr Details. Aber eigentlich reichen die Materialien schon aus, um Rolof lange hinter Gitter zu bringen.«

»Leider hat Maximilian seine Versicherung nichts gebracht. Er wurde trotzdem ermordet«, bemerke ich heiser.

»Da hast du recht. Es ist wirklich traurig, dass er sterben musste. Er war auf seine Art ein guter Zuhälter. Rasputins Prostituierten hat er die Pässe zurückgegeben, sie mit Geld ausgestattet und zurück in ihre Heimat geschickt. Wir haben bereits eine der Frauen ausfindig gemacht, und sie hat es bestätigt. Maximilian war ein ehrenhafter Mann und wollte nichts mit Zwangsprostitution zu tun haben.«

»Ritterlich«, sage ich.

»Das war sein Todesurteil. Rasputin liebt die große Inszenierung und hat die Gelegenheit auf der Burg Frauenstein genutzt. Ferdinand hat ihm höchstwahrscheinlich verraten, dass

Kovanic auf eurer Hochzeit eingeladen war. Dieser Zeitpunkt war so ziemlich der letzte, an dem Kovanic gut für Rasputin zu greifen war. Wir haben ein Flugticket nach Paraguay für den Tag nach eurer Hochzeit gefunden. Nur Hinflug, kein Retourticket. Und schon vor eurer Hochzeit ist Kovanic bereits ins unauffällige Dasein eines Otto Normalbürgers abgetaucht. Er hat sich wochenlang weder in seinen Betrieben noch auf irgendwelchen Feiern blicken lassen. Doch eure Heirat war ihm anscheinend derart wichtig, dass er ein letztes Mal vor seiner Flucht aus der Deckung gekrochen ist.«

Mein Hals ist plötzlich ganz trocken. Erinnerungen an unsere Hochzeitsvorbereitungen flackern hoch. Ich sehe Ferdinand vor mir, wie er die Gästeliste studiert und beiläufig fragt, ob alle Gäste zugesagt hätten, auch die Puffprominenz. Sepp lachte darauf. Ja, hat er geantwortet, sogar die Rotlichtkönigin, der Edelmann und natürlich er selbst würden fix kommen. Sepp war wahnsinnig stolz darauf, dass die beiden Größen zu seinen Freunden aus der Vergangenheit zählten, obwohl er selbst nie im großen Teich mitgeschwommen ist. Ferdinand hat ihm auf die Schulter geklopft und ihm Lob zugeredet.

Damals hab ich das Gespräch lustig empfunden, aber nun wird mir klar, dass Sepp dadurch Kovanic unwissentlich ans Messer geliefert hat.

Endlich taucht vor uns eine rosa Burg auf. Sie steht allein auf einer Wiese an einem kleinen See. Ein fast zwei Meter hoher Gusseisenzaun schützt das trutzige Bauwerk vor ungebetenen Gästen.

»Das ist es?«, frage ich verdutzt.

»Ja, die Lustburg. Prominenz von München über Kitzbühel bis Wien kommt hierher, um zu feiern und zu fi…« Andrea bricht gerade noch rechtzeitig ab.

Einen bösen Blick erntet sie dennoch. Egal, wie derb die Welt um mich auch sein mag, ich dulde solche Wortwahl nicht. Andrea neigt entschuldigend den Kopf zur Seite.

»Und das Handy wurde hier geortet?«, frage ich.

Sie nickt. Langsam lässt sie das Polizeiauto zum hohen, mit verschnörkelten Metallrosen verzierten Gartentor rollen. Eine Überwachungskamera folgt uns mit ihrem Glasauge. Andrea drückt den Klingelknopf und hält ihre Polizeimarke in die Linse.

»Ja bitte?«, fragt eine helle Stimme.

»Polizei. Wir müssen mit Donna Ludmilla sprechen.«

»Moment. Ich frage die Chefin.«

Stille. Unendlich langsam ziehen sich die Minuten. Andrea hämmert verärgert mit den Fingern auf dem Lenkrad herum. »Was gibt es da zu fragen? Wir sind von der Polizei«, mault sie.

Endlich öffnet sich das Tor. Automatisch und leise surrend schwingen die Metallflügel zur Seite und legen den Weg bis vor die Burg frei. Ich bin erstaunt. Gepflegt wie ein englischer Garten ist die Parkanlage rund um das neu errichtete Schlösschen. Ludmillas Laden muss einiges an Gewinn abwerfen. So einen Garten kann man sich nicht ohne Weiteres leisten.

Edle Rosen wachsen fein zurechtgestutzt in symmetrisch angelegten Beeten. Sträucher und Büsche sind zu Kugeln und sich nach oben windenden spiralförmigen Schneckenhäusern zurechtgeschnitten. Ein Marmorspringbrunnen mit einer Frauenfigur in einer Muschel bildet die Mitte und ist quasi ein Kreisverkehr. Hinter einer Hecke befinden sich die Parkflächen. Auch das Sicherheitssystem ist vom Feinsten. Obwohl ich mich nicht wirklich auskenne, entdecke ich an allen Ecken Überwachungskameras und Sensoren.

Andrea bemerkt den Luxus auch. Extrem langsam fährt sie um den Brunnen und stößt dabei einen langen Pfiff aus.

»Als hätte jemand Botticellis Venus in Stein gehauen«, sagt sie. »Wenn ich nicht wüsste, dass es ein Puff ist, würde ich meinen, ich bin in einem Themenpark oder etwas Ähnlichem.«

Die Tür des Schlosses öffnet sich, und eine Dame in Reifrock, Korsett und Mieder bedeutet uns von der Treppe aus, auf den Parkplatz zu fahren.

Andrea folgt der Anweisung. Draußen schlägt uns die Sommerhitze entgegen. Ich kann mich nicht erinnern, jemals derart viel geschwitzt zu haben. Ich brenne darauf, ins Innere des Schlosses zu gelangen. Außerdem erhoffe ich mir angenehme Kühle. Der weiße Kies knirscht unter meinen Schritten, und ich kann auch Andrea deutlich hinter mir hören. Schon biege ich um die Hecke und befinde mich wieder am Brunnen bei der Treppe. Die in Renaissancegewänder gehüllte Frau hat sich bis auf die vorletzte Stufe nach unten gewagt. Dort steht sie nun und lächelt breit, während sie sich mit einem Fächer Luft zuwedelt.

»Herzlich willkommen in Ludmillas Lustschloss. Mein Name ist Donacella Alba. Donna Ludmilla erwartet Sie bereits im Salon. Bitte folgen Sie mir!« Alba knickst und schwebt trotz horrender Stöckelschuhe wie ein Engel nach oben.

Im Inneren fallen mir vor Staunen fast die Augen heraus. Der Boden ist aus spiegelndem Marmor. Schwere Samtvorhänge verdunkeln die großen bunten Fenster, und von der Decke baumelt ein Kronleuchter so groß wie ein Mittelklassewagen. Sogar die Gemälde an der Wand wirken weder billig noch übertrieben. Stattdessen fügen sich diverse Porträts in das elfenbeinfarbene Muster der Wandtapete ein. Stuckornamente verzieren die Türen und den Plafond. Es ist, als würde ich eine andere Welt betreten. So müssen Könige und Königinnen gewohnt haben. Sprachlos stolpere ich Donacella Alba hinterher. Sie öffnet eine schwere dunkle Holztür und vollführt graziös eine einladende Handbewegung. Himmel, ich bin anscheinend tatsächlich durch Raum und Zeit gefallen und irgendwann in der prunkvollen Vergangenheit der Habsburger herausgepurzelt. Donacella Alba räuspert sich und holt mich zurück ins Hier und Jetzt. Ich straffe die Schultern.

Wir treten ein. Der riesige Raum liegt im Schummerlicht. Die Tür schließt sich leise hinter uns. Ich bleibe dicht an Andreas Seite und kann ihre Anspannung spüren. Sie hat sogar die Hand am Halfter. Langsam gewöhnen sich meine Augen an die schlechten Lichtverhältnisse. Vor uns ist eine Sitzgruppe aus großen samtenen Ohrensesseln aufgebaut, die jedoch alle mit dem Rücken zu uns stehen. Ich versuche, Ludmillas Umrisse auf einem der Sessel auszumachen, aber vergebens.

»Kommen Sie näher«, höre ich da Ludmillas Stimme. »Ich brauche einen Cognac. Wollen Sie auch?«

Endlich entdecke ich sie. Ihr bordeauxfarbenes Kleid verschmilzt schier mit der Tapete und dem Vorhang. Sie steht an einem großen dunklen Holzschrank, der wohl diverse Spirituosen beinhaltet, und gießt sich gerade ein Glas ein.

»Nein, danke. Wir sind im Dienst«, sagt Andrea.

»Mhmm«, brummt Ludmilla und dreht sich mit dem Glas in der Hand um. »Wenn das so ist, trinke ich eben allein.«

Ihr schwerer Akzent wird von der rauchigen Stimme verstärkt, und ich merke sowohl an ihrer Sprache als auch an den fahrigen Handbewegungen, dass dieses Glas nicht das erste an diesem Nachmittag ist. Doch ansonsten verströmt die walkürenhafte Frau das Flair einer Fürstin.

»Setzen wir uns«, sagt sie und legt sich langsam auf dem edlen Diwan hinter den Ohrensesseln nieder. Sie lässt die Schuhe von den Füßen gleiten und legt die Beine auf das Möbelstück. Dann trinkt sie das Glas fast leer. »Bitte«, fordert sie uns danach auf und stellt das Getränk auf den kleinen Beistelltisch.

Wir nehmen Platz.

Das weiche Kissen des Sessels gibt nach, und ich habe mit einem Mal das Gefühl, in einer festen, unnachgiebigen Umarmung zu stecken. Schnell wackle ich mit dem Hintern und rutsche etwas nach vorn. Besser.

»Wissen Sie, warum wir hier sind?«, beginnt Andrea das Gespräch.

»Weil mein Bobo tot ist«, antwortet Ludmilla und sackt in sich zusammen. Dann hebt sie den Blick. Ihre Augen schwimmen in Tränen. »Ich hab mich schon gefragt, wann die Polizei auftaucht.«

Andrea hebt das Kinn.

»Hat Rolof Ihren Bruno auf dem Gewissen? Weil er eifersüchtig auf ihn war?«

Ludmilla schweigt. Sie greift erneut zum Glas und leert sich den letzten Schluck in die Kehle. Andrea presst die Lippen fest aufeinander, doch als Ludmilla einfach weiter in Stille verharrt, fährt sie mit der Befragung fort.

»Donna Ludmilla … Sie waren unserer Recherche nach mit Rolof zumindest locker liiert. Es hat den Big Boss bestimmt gestört, dass ein weitaus kleinerer Fisch in seinem Gewässer auf Jagd gegangen ist und sich sein kleines Goldfischlein geangelt hat, oder?«, hakt sie viel zu gefühllos nach.

Auf einmal verschwindet jede Verletzlichkeit aus Ludmillas Miene. Mit einem Knall setzt sie das Cognacglas auf dem Beistelltisch ab. Dann wischt sie sich die Tränen ab und richtet sich kerzengerade auf.

»Wer behauptet das? Ich und Rolof sind Geschäftspartner. Nichts weiter. Bruno war mein Liebster. Das eine hat mit anderem nichts zu tun. Ganz unterschiedliche Gebiete!«, sagt sie streng und macht dabei eine Handbewegung, als würde sie die Luft zerschneiden wollen.

»In den Boulevardblättern schaut es aber anders aus. Da wirken Sie und Rolof auf einigen Fotos sehr innig miteinander«, wendet Andrea ein.

Ich lege meine Hand auf ihren Oberarm, um sie zu bremsen. Da hat sie mich extra mitgenommen, um mit Ludmilla zu reden, und jetzt vermasselt sie das ganze Gespräch. Ludmilla sitzt nun absprungbereit wie eine Raubkatze vor dem Angriff auf dem Sofa. Schnell versuche ich die Situation zu entspannen und lächle sie freundlich an. Mit meiner sanftesten Stimme hauche ich: »Bitte entschuldigen Sie, Ludmilla. Meine Kollegin ist etwas vorschnell mit ihren Vermutungen. Wir wollten eigentlich nur Ihre Sicht der Dinge in Erfahrung bringen. Sie möchten doch bestimmt auch, dass Brunos Mörder gefasst wird.«

Ludmilla lässt sich nur um Millimeter zurücksinken. Noch immer kann ich ihre Anspannung in jeder Faser ihres Körpers erkennen. Die trauernde Frau hat sich in ein vorsichtiges und zum Kampf bereites Wildtier verwandelt.

»Natürlich. Aber ich kann nicht helfen. Warum sind Sie eigentlich hier? Ich habe mit der ganzen Sache nichts zu tun.«

»Sie waren mit Bruno zusammen«, erwidere ich freundlich.

Ludmilla hebt die Schultern. »Zusammen, was heißt zusammen! Er war ein guter Liebhaber. Wir hatten Spaß. Wir hatten viele Gemeinsamkeiten, aber wir waren nicht verheiratet. Er war nicht mein Mann!«

»Aber Ihr Liebster«, wende ich ein.

Ein kurzer Schmerz zuckt durch ihr Gesicht. Dann greift sie nach dem Cognacglas und blickt frustriert hinein. Einen Moment lang spielt sie offensichtlich mit dem Gedanken, aufzustehen und nachzugießen. Doch sie verwirft ihn wieder und seufzt stattdessen.

»Bin ich festgenommen? Ist das eine Vernehmung? Wenn ja, dann will ich meinen Anwalt rufen«, sagt sie kühl.

Andrea will bereits zu einer Antwort ansetzen, aber ich komme ihr zuvor. »Nein, Ludmilla. Das ist nicht nötig. Wir möchten nur Ihre Meinung hören. Wer hat Ihres Erachtens Bruno derart grausam hingerichtet? Jemanden erschießen, ersticken oder erstechen ist die eine Sache. Aber jemanden derart leiden zu lassen ist eine ganz andere. Eine solche Todesstrafe, wie er sie erlitten hat, war zuletzt im Mittelalter üblich. Kein normaler Mensch tut so etwas.«

Ludmilla runzelt die Stirn. »Ich dachte, Bruno wäre erstickt? So wie Maximilian.«

Ich schüttle den Kopf. »Nein, er wurde hingerichtet, wie in finsterster Vorzeit nur Vergewaltiger, Mörder oder Nebenbuhler gestraft wurden. Außerdem hat man eine ganz besondere Tarotkarte bei ihm gefunden. Eine, die sowohl die Todesart bezeichnet als auch aufzeigt, dass er sich anscheinend einmal falsch entschieden und sich gegen seine Bestimmung gerichtet hat.«

»Ja?«, fragt Ludmilla und klingt dabei gar nicht mehr kühl, sondern ängstlich.

»Das Rad des Schicksals«, antwortet Andrea knapp.

Ich nicke. »Es ist einfach nur abscheulich. Und weil wir

eben von Rasputins Vorliebe für große historische Inszenierungen wissen, zählt er natürlich zum engsten Kreis der Verdächtigen. Und auch wenn Sie der Meinung sind, dass Sie keine Beziehung mit Rasputin hatten, so kann er es anders interpretiert haben. Ihm ist so eine Tat zuzutrauen.«

Ich mache eine Pause und beobachte, wie jede Farbe aus Ludmillas Gesicht weicht, als würde ihr alles Blut in die Beine sacken. Doch sie schweigt beharrlich.

Ich stehe auf und lege sacht meine Hand auf ihre. »Verstehen Sie, Ludmilla? Ich mache mir Sorgen um Sie. Wenn doch Rolof hinter dem Mord steckt und er aus Eifersucht den armen Bruno so gequält hat … dann …«

Ludmilla hebt die Lider und schaut mir in die Augen. »Dann?«, krächzt sie.

»Vielleicht will er nicht nur den Tod des Nebenbuhlers, sondern auch sein vermeintliches Weib strafen.«

Ludmillas Kehlkopf hüpft hektisch auf und ab.

»Ich bin nicht seine Frau!«, schreit sie schließlich und lässt sich erschöpft zurück an die Lehne fallen.

»Das sagten Sie bereits, und ich bin erleichtert darüber«, antworte ich ihr.

Sie wendet den Kopf ab. »Gehen Sie jetzt! Raus! Ich habe gar nichts mit der Sache zu tun und will auch nichts mehr darüber hören«, befiehlt sie.

»Gut, Ludmilla. Wenn Sie aber Zweifel haben, dass Sie vielleicht doch unsere Hilfe und unseren Schutz benötigen, dann melden Sie sich bitte.«

Ich lege ihr Kurts Visitenkarte auf den kleinen Beistelltisch. Zum Glück habe ich immer eine eingeschoben, auf der seine Nummer gedruckt ist und meine mit Kugelschreiber dazugeschrieben steht.

»Sowohl ich als auch mein Schwiegersohn Kurt sind für Sie da. Ich möchte nicht, dass noch einer meiner Hochzeitsgäste stirbt. Mein Sepp hält große Stücke auf Sie, Ludmilla. Er sagt immer, Sie sind die große Dame des Geschäftes. Edel, streng und ehrenhaft.«

Ludmilla würdigt mich keines Blickes mehr. Ich sehe nur, wie angespannt ihre Halsmuskeln sind, und wende mich schließlich zur Tür. Andrea folgt mir. Wir eilen durch den Vorraum, vorbei an der wie ein Engel wirkenden Alba. Draußen sauge ich die frische Luft in meine Lungen. Auch wenn es weiterhin sommerlich heiß ist, habe ich nun endlich nicht mehr das Gefühl, ersticken zu müssen. In der Burg herrschte eine Atmosphäre, die mir die Kehle zugeschnürt hat.

Beim Auto angekommen, lässt Andrea ihre Fäuste auf das Blechdach des Wagens donnern.

»Das war wohl nichts. Und es ist meine Schuld. Ich hatte mich null im Griff, verdammt! Dabei wollte ich doch dir das Reden überlassen.«

Ich lege meinen Arm um ihre Schultern. »Was war denn los mit dir? Du bist doch sonst nicht so emotional.«

Andrea lockert die Fäuste. »Ach, ich war gestern Abend, bevor Ferdinand geflohen ist, noch auf ein Getränk mit der Rötel beisammen. Sie hat mir wohl zu genau geschildert, wie Bruno umgekommen ist. Ich bekomme die Bilder einfach nicht mehr aus dem Kopf. Wusstest du, dass man das Leiden durch gezielte Knochenbrüche verlängern kann? Man hat dem armen Kerl derart professionell die Gebeine zertrümmert, dass er schließlich nur gestorben ist, weil sein Herz die Tortur nicht mehr mitgemacht hat. Renate meinte, dass er einen stundenlangen Todeskampf durchgemacht hat. Der Genickbruch ist erst post mortem erfolgt.«

»Und so etwas erzählt sie dir, wenn ihr einen gemeinsamen Abend verbringt?«, frage ich ungläubig.

Andrea hebt kurz die Schultern. »Rötel hat doch auch niemanden, mit dem sie darüber reden kann. Wir bequatschen halt unsere Fälle. Sie weiß, ich kenn mich aus, und ich weiß das Gleiche bei ihr. Nur manchmal überfordert sie meine Nerven mit ihrer Detailliebe.«

»Mhm. Ihr seid also ein Paar?«, frage ich neugierig.

Andrea lächelt. »Eher eine Schicksalsgemeinschaft. Und

eigentlich soll niemand davon erfahren. Renate hat es schon schwer genug.«

»Tut dir das schon gut, Andrea? Dr. Rötel scheint mir keine besonders herzliche Frau zu sein. Du hingegen bist ... na ja, auf deine Art sensibel und hast es verdient, dass jemand zu dir steht und dich aufrichtig liebt«, taste ich mich vorsichtig heran.

»Renate tut nur so kalt und herzlos. Eigentlich hat sie große Probleme. Sie befindet sich mitten im Scheidungskrieg. Wusstest du das? Ihr zwölfjähriger Sohn Michael lebt derzeit beim Vater, und das macht ihr sehr zu schaffen. Der Ex hetzt ziemlich gegen sie, und sogar Michael hat sie schon als Scheiß-Lesbe beschimpft. Es ist nicht leicht für sie. Sie schafft es auch noch nicht, offen zu ihrer Sexualität und zu mir zu stehen. Aber sie ist ein guter Mensch. Sie wirkt nur so schroff.«

Ich betrachte Andrea aufmerksam, und mir wird klar, dass sie sie liebt. Ihre Stimme, ihr Ausdruck im Gesicht, einfach alles deutet darauf hin. Sanft streiche ich ihr über den Rücken. »Du musst dich nicht rechtfertigen, Liebes. Manchmal braucht gut Ding Weile, und wenn du der Rötel dein Herz schenkst, dann hat sie es bestimmt verdient. Du bist ja kein junges, dummes Ding mehr. Pass einfach nur auf dich auf. Vielleicht schafft ihr es ja, die Arbeit aus eurer Beziehung herauszuhalten. Sucht euch lieber einen Therapeuten oder geht zur Supervision. Eure Jobs tun der Liebe nicht gut.«

Noch während ich meine mütterlichen Ratschläge verteile, sticht es mich in der Brust. Alles, was ich sage, trifft auch auf mich, Sepp und Raphael zu.

Als würde Andrea meine Gedanken lesen, tippt sie mich an. »Du sprichst wohl aus Erfahrung«, sagt sie und grinst dabei.

»Meine Erfahrung zeigt mir auch, dass wir besser ein Auge auf Ludmilla haben sollten. Ich denke, dass ihr unser Gespräch ziemlich zugesetzt hat.«

»Du hast recht. Ich habe den Angstschweiß riechen können. Sie ist sich gar nicht sicher, ob sie nicht die Nächste vor Rasputins Strafgericht ist. Ich spreche mit Kurt. Es wäre bestimmt gut, sie unter Beobachtung zu stellen. Die Frage ist nur, ob wir genügend Ressourcen dafür haben.«

Die ganze Fahrt über lasse ich das Gespräch mit Ludmilla Revue passieren. Da war kurz ein Entsetzen und Erkennen der Lage in ihrem Blick, der mir das Blut in den Adern gefrieren hat lassen. Ich habe irgendetwas gesagt, das ihr zugesetzt hat, doch ich weiß nicht mehr genau, was es war. Es ist, als würde ich einen losen Faden in meinen Fingern halten, der eigentlich zu einem ganzen Knäuel gehört. Aber er ist glitschig und rutschig, und ich kann ihn weder fassen noch zurückverfolgen.

Viel zu schnell sind wir bei der Polizeistation angekommen. Sepp lehnt sich gemeinsam mit Roland gegen sein Auto auf dem Parkplatz, er wartet bereits auf mich.

»Gibt es was Neues?«, frage ich Roland. Er schüttelt den Kopf.

»Ferdinand ist wie vom Erdboden verschluckt. Kurt hat alle Hebel in Bewegung gesetzt, aber nichts. Dabei ist er jetzt der beste Weg, um an Rasputin heranzukommen. Die Beweislage ist erdrückend.«

»Und Rasputin? Ist er bereits festgenommen?«, frage ich nach. Wieder ein Kopfschütteln.

»Auch von ihm keine Spur. Aber wir arbeiten dran.«

»Ist Kurt schon da?«, fragt Andrea. Roland zuckt mit dem Kinn in Richtung der Eingangstür. »Aber seine Laune ist miserabel.«

»Dagegen kann ich auch nichts unternehmen. Er wird nicht besser drauf sein, wenn ich ihm von unserem Gespräch berichte. Ich geh dann mal. Tschüss, Rosi, und danke«, sagt sie in meine Richtung.

»Bis bald«, meine ich und bedeute Sepp, auch endlich aufzubrechen. Kaum dass ich im Audi sitze, schlägt auch schon die Müdigkeit mit voller Wucht zu.

Dennoch tausche ich mich mit Sepp aus. Er erzählt mir aber nichts Neues. Alles, was er weiß, habe ich schon von Andrea gehört. Nur mit halbem Ohr horche ich zu. Die Fahrt nach Hause schläfert mich beinahe ein.

Daheim lege ich mich auf den Liegestuhl unter der großen Linde und bin innerhalb von Sekunden eingedöst. Erst als Sepp gut eineinhalb Stunden später mit einer ordentlichen Brettljause aufwartet, bin ich wieder hellwach.

Kalter Braten, Kren, Butter, Käse, Essiggurkerl und ein paar Scheiben deftiges Bauernbrot. Mein Magen zieht sich erwartungsvoll zusammen.

»Hungrig, mein Röslein?«, fragt Sepp und stellt das große Holzbrett auf den kleinen Gartentisch neben dem Liegestuhl.

»Und durstig«, sage ich, während ich mir schon ein Gurkerl greife.

»Ich komm gleich mit einem großen Krug kaltem Hollersaft«, verspricht Sepp.

Kurze Zeit später marschiert er mit dem versprochenen Getränk und zwei Krügerl in der Hand über die Wiese zu mir herüber. Sepp schenkt ein, und ich trinke gierig. Ein ausgehungerter Körper ist ein schlechter Begleiter in Tagen wie diesen. Eigentlich schau ich immer darauf, regelmäßig und ausreichend zu essen. Doch der Stress der vergangenen Stunden hat mich meine wichtigste Regel vergessen lassen. Nur wer selbst stark ist, kann auch für andere stark sein. Ich kaue, schlucke und trinke. Langsam kehren Kraft und Wärme in meine Körpermitte zurück. Auch Sepp schlägt zu und lässt es sich schmecken.

»Raphael hat sich gemeldet. Sie sind gut im Hotel angekommen«, meint Sepp schließlich. »Von Ferdinand nichts Neues. Ich habe keine Ahnung, wo er stecken kann. Rosi, ich komm mir so dumm vor.«

»Selbstvorwürfe helfen niemandem«, sage ich nachdenklich. Ich leide selbst unter dem Gefühl, nicht richtig gehandelt zu haben. Schon beim Fund von Maximilians Leiche hatte ich den starken Verdacht, dass Ferdinand in der Sache mit drinhängt. Aber ich hatte mich gegen jeden Instinkt dazu überreden lassen, ihn unter meinem Dach zu beherbergen. Mit ihm sind auch Rasputins Schergen in unser beschauliches

Landleben vorgedrungen. Und nun leiden sowohl mein Sohn als auch Wimmer unter den ungebetenen Eindringlingen.

»Können wir noch irgendetwas tun, um der Polizei zu helfen?«

»Ich wüsste nicht, was und wo«, bekenne ich leise.

Sepp steht auf und nimmt das Geschirr an sich.

»Dann mach ich mich auf und schau im Herzkasterl nach dem Rechten. Vielleicht tauchen Rasputins Männer abermals auf.«

»Und ich geh ins Haus und kümmere mich um ein paar Wehwehchen. Der Hias hat sich schon einige Male erkundigt, wann ich Zeit für seine Warze habe. Und die Tierärztin quält ein eingeklemmter Wirbel. Ich ruf die beiden an. Etwas Ablenkung tut mir gewiss gut.«

Nichts ist gesünder, als seine kreisenden Gedanken zur Ruhe zu bringen. Doch ich bezweifle, dass es mir gelingt.

Schweinerei und Heilerei

Warzenkraut
Warzenkraut/Schöllkraut frisch schneiden und 2 x täglich auf die Warze geben.
Alternativ Backpulver mit Rizinusöl mischen und täglich anwenden.

»Warzen sind ansteckend, Hias!«, sage ich kopfschüttelnd und werfe die vor Dreck strotzenden Socken in den Mülleimer hinter mir.

»Heast, Rosi, de woit i heit und morgn nu onziagn!«, beschwert sich der Schweinebauer und blickt entgeistert den beiden Schmutzfängern im Mistkübel hinterher.

»Die Frage ist vielmehr, wie viele Tage du die Dinger schon anhattest und wann du dir die Füße zum letzten Mal gewaschen hast.«

Hias krümmt schuldbewusst die Schultern.

»Hab ich es mir doch gedacht«, schimpfe ich leise weiter. Erneut erkläre ich dem alten Schweinebauern, wie wichtig es ist, die Socken regelmäßig zu wechseln, die Füße zu waschen und das Warzenkraut mehrmals täglich anzuwenden. Die Situation auf seinen Fußsohlen hat sich seit dem letzten Besuch nur verschlimmert. Statt einer Warze prangen nun drei auf dem linken Fuß, und zu allem Überfluss hat er auch den rechten angesteckt. An der Ferse erkenne ich schon die ersten Anzeichen einer bald aufblühenden, tief sitzenden Dornwarze. Ich stell dem alten Bauern ein Schaffel Wasser hin und bedeute ihm, die Füße ins lauwarme Nass zu geben. Innerhalb einer halben Minute ist das Wasser so braun wie direkt aus dem Moor. Nur dass die Kombination aus Schweinemist, Erde und Dreck gewiss keinen gesundheitsfördernden Aspekt aufweist.

Ich schütte die Suppe weg und wiederhole die Waschung. Endlich ist die Haut wieder zu erkennen. Ich trage etwas von meiner Warzentinktur auf die betroffenen Stellen auf. Dann drück ich Hias die Flasche in die Hand.

»Zweimal täglich. Wenn die Warzen nach vierzehn Tagen

nicht austrocknen und abfallen, musst du zum Arzt. Etwas Stärkeres als diesen Sud hab ich nicht.«

Hias verzieht den Mund. »Na, zum Dokta geh i net. Donn schneid i ma des Zeig selba aussa«, sagt er und lässt das Fläschchen in seinen ebenfalls schmutzigen Stoffbeutel rutschen. Dann hellt sich sein Blick auf.

»I hob freilich a wos für di mitbracht. An Honig. I hob nemli jetzt a Bienen, net nur Fackerl«, sagt er stolz und zieht ein großes Honigglas aus dem eben besagten Sack.

»Den mogst eh a, net woahr? Oda soll i da liaba späta a kleines Stückerl Speck bringen? Der is nu net fertig, weil mia erst vorgestern gschlachtet haben.«

Ich schüttle schnell den Kopf und greife nach dem Honig. Wenn Hias von einem kleinen Stückchen Speck spricht, schleppt er meistens eine halbe tote Sau an.

»Honig ist wunderbar«, sag ich schnell, weil ich in Gedanken schon Sepp sehe, der sich wieder maßlos an dem Schweinern überisst. Dann tun ihm immer sämtliche Gelenke weh, aber er kann nicht davon ablassen.

»Gut. Dank da schön, Rosi«, sagt Hias und hält nach seinen Crocs Ausschau. In weiser Voraussicht hab ich die Plastikpantoffeln ebenfalls in eine Wanne voller Seifenwasser gestellt. Ich stehe auf und hole die Schuhe. Außerdem geb ich Hias ein Paar von meinen Socken. Er zieht sie wortlos an und macht sich hinkend auf den Weg nach draußen. Die Warzen tun ihm offenbar ziemlich weh. Ich begleite ihn bis vor die Tür und winke ihm hinterher.

Kaum dass der alte Bauer meine Einfahrt hinter sich gelassen hat, braust auch schon Maria Schreiner in ihrem weißen Lieferwagen daher. Groß, grün und ineinander verschlungen sind eine Kuh, ein Hund und eine Katze in ihrem Firmenlogo auf der Seite des Autos abgebildet.

Darunter stehen ihr Name und der vielsagende Spruch: »Ich helfe Ihrem Schatz, egal, ob Pferd, Hund oder Katz.«

Der Wagen bremst und kommt direkt vorm Hauseingang zum Stehen. Schon gleitet die Fahrertür auf, und der Wimmer steigt keuchend aus. Er geht schnurstracks zur Beifahrerseite und öffnet die Tür. Herta hüpft aus dem Wagen. Ich runzle erstaunt die Stirn, als die beiden Wimmersleute wortlos, aber eilig zum Kofferraum des Kleintransporters stapfen und die beiden Flügeltüren öffnen.

»Hau ruck«, höre ich Huberts krächzenden Befehl. Ich mache ein paar Schritte zur Seite, um besser in den Kofferraum spähen zu können. Mit vereinten Kräften ziehen Herta und Hubert die adrette Veterinärin Maria Schreiner aus dem Laderaum.

»Hallo, Rosi!«, begrüßt diese mich freundlich, aber verzieht dabei kurz das Gesicht zu einer Fratze, während sie sich zur vollen Größe aufrichtet und die ersten Schritte auf mich zu macht. Im Nu hat sie sich unter Kontrolle und lächelt. Ich nicke dem seltsamen Dreiergespann zu und lasse meinen Blick über sie streifen. Maria sieht gut aus. Ihr Haar hat sie zu einem Pferdeschwanz zusammengebunden, und einige Strähnen hängen ihr lose ins Gesicht. Wenn ich nicht wüsste, dass Maria knapp über vierzig ist, würde ich sie auf Anfang dreißig schätzen. Das Landleben bekommt ihr gut. Als sie hierhergezogen ist und die Praxis des alten Tierarztes übernommen hat, waren alle der Meinung, dass die Stadtblume hier in der Wildnis nicht lange überleben würde. Dr. Simon war ein Mann von der Statur eines alternden Wikingers gewesen. Nicht wenige hatten ihn zum Spaß Doc Halvar genannt, nach dem Vater der Zeichentrickfigur Wickie. Und dann war plötzlich die Schreiner aufgetaucht und wollte statt des alten Haudegens die harte Arbeit auf den Bauernhöfen erledigen. Kaum einer hat sich darauf wetten getraut, dass die Ärztin es länger als einen Monat in unserer Wildnis aushielte. Viel zu zart, zu aufgetakelt und zu steif hat sie gewirkt. Aber sie hatte sich angepasst. Das edle Kostüm war passé. Ein Paar dunkelblaue Jeans und ein einfaches T-Shirt mit ihrem Logo zieren nun die adrette Mitvierzigerin. Bei ihrem jetzigen Anblick kann ich mir schon vorstellen, wie sie bei einer Kuh das Kalb herauszieht. Vor einem Jahr hätte ich noch gesagt, dass das

Krallenstutzen bei einem Kaninchen eine Herausforderung für die Schreiner sein könnte. Aber jetzt …

»Gut siehst du aus, Maria. Aber du hast wohl einen eingezwickten Wirbel, oder?«, frage ich.

»Ja, leider. Aber nicht unten beim Kreuz, sondern zwischen den Schultern. Ganz blöd. Ich spür jeden tieferen Atemzug und kann beim Autofahren weder nach rechts noch nach links schauen. Deshalb haben die Herta und der Hubert mich gebracht.«

Ich brumme leise und mache eine einladende Handbewegung zum Eingang hin.

»Danke, Rosi. Der Hubert hat gemeint, deine Hände wirken Wunder.« Liebevoll lächelt sie in seine Richtung.

»Ja, die Rosi ist im weiten Umkreis dafür bekannt, dass sie jedes Kreuz grad richtet«, mischt sich Herta ein und drängt sich zwischen Hubert und Maria.

Sie ergreift Marias Hand und drückt sie sanft. Ich muss mich zusammenreißen, um nichts Unpassendes zu sagen. Doch mir geht einiges durch den Kopf. Herta und Hubert haben anscheinend kein Feuer mehr in ihrem ehelichen Ofen brennen, sondern können ihre Liebe nur durch die Hitze einer dritten Person am Brennen halten. Vor einem Jahr hatten sie schon einmal eine Art Dreierbeziehung am Laufen, und sie sind wohl auf den Geschmack gekommen. Händchenhaltend wie in der Schule marschieren die drei nun gemeinsam zum Eingang.

»Es tut jedenfalls schrecklich weh, und ich bin froh über jede Hilfe«, holt Maria mich in die Realität zurück.

»Mal sehen, was ich für dich tun kann«, sag ich nur und folge ihnen. In der Stube angekommen, bitte ich Maria, sich oben frei zu machen. Und tatsächlich. Das Ausziehen des T-Shirts fällt ihr schwer. Sie quält sich ziemlich, bis sie endlich das Teil über den Kopf bekommen hat. Beim Öffnen des BHs scheitert die Arme dann völlig. Hilfesuchend schaut sie mich an.

»Normalerweise macht mir der Hubert die Häkchen auf, oder ich trag gar keinen BH.«

Sie kann die Hände nicht so weit nach hinten geben und

den BH öffnen, und auch das Nach-vorne-Schieben des Verschlusses bereitet ihr Schmerzen.

»Warte«, sag ich und greife schnell ein, bevor sie sich noch mehr verkrampft oder, schlimmer noch, Hubert zu Hilfe eilt. So aber stehen er und Herta brav an die Mauer gelehnt abseits vom Geschehen und beobachten nur, was ich tue. Dann taste ich Maria ab, lasse sie zur Seite gucken, nach vorne und nach hinten beugen, so weit es ihre Schmerzen zulassen. Viel Bewegungsfreiraum hat die Ärmste nicht. Schließlich mache ich mir ein umfassendes Bild von dem Problem und komme dadurch der Lösung gleich näher.

»Du meine Güte, der Wirbel ist ja richtig verkeilt. Na, hoffentlich bekomm ich den wieder in Position.«

»Schlimmer kann es nicht mehr werden, Rosi. Ich war auch schon beim Arzt und hab mich spritzen lassen. Nichts hilft. Tu einfach, was du kannst, bitte«, jammert sie gequält.

Zuerst lasse ich sie einen Arm hin- und herschwingen und versuche, den Wirbel mit einem sanften Ruck in die rechte Lage zu bringen. Aber das Biest rührt sich nicht. Ich schwitze schon. Dann fällt mein Entschluss.

»Tut mir leid, Maria, aber du musst auf den Tisch. Ich brauch mein ganzes Gewicht, um da etwas zu bewegen.«

Mit schnellen Handgriffen räume ich das Tischtuch und die Blumenvase vom Küchentisch und fege ein paar lose Blütenblätter zu Boden. »Wie ist denn das überhaupt passiert?«, will ich wissen.

Es scheint, als würde Maria erröten, aber dann schluckt sie schnell und lächelt. »Eine Geburt war recht schwierig. Ich musste stark am Strick ziehen. Plötzlich ist das Kalb rausgerutscht, und ich bin nach hinten geflogen. Da hab ich mich wohl verrissen.«

Hinter uns kichert Herta. Ich drehe mich um und werfe ihr einen bösen Blick zu. Herta grinst aber nur weiter, und ich richte meine Aufmerksamkeit wieder auf Marias Wirbel.

»Aha«, sag ich nur und versuche mir vorzustellen, wie sehr sie sich bei der Hilfestellung verspannt haben muss, um den Wirbel derart zu verrücken. »Rauf mit dir«, befehle ich. Maria krabbelt auf den Tisch und legt sich bäuchlings auf das blanke Holz. Ich nehme etwas Lavendelöl aus meinem Küchenschrank und beginne, die Wirbelsäule auf und ab zu streichen. Langsam entspannt die Ärztin sich. Nach einer Weile senken sich auch ihre Lider, und sie liegt ruhig atmend vor mir. Nun ist mein Moment gekommen, ich steige auf die Eckbank und schließlich auf den Tisch. Breitbeinig stelle ich mich über sie und habe ihren Rücken genau unter mir. Ich geh in die Knie und streiche noch drei Mal mit starkem Druck über die Wirbelsäule, dann verpasse ich dem verkeilten Knochen einen Ruck mit ganzer Kraft. Es knackt.

Maria stöhnt und drückt reflexartig die Schulterblätter nach hinten. Sie hebt den Kopf und lacht. »Oh Mann, das tut gut.«

Ich sinke zurück und sitze auf ihrem Po. Plötzlich tönt Applaus zu uns herüber. Ich blicke auf, und Zorn brodelt auf. »Hubert! Herta! Seid ihr zwei etwa perverse Spanner, oder was soll das?«, schimpfe ich, während ich mich aufrapple und vom Tisch rutsche.

Maria aber lacht nur, und auch Herta kichert. »Nein, nein, gar nicht«, beteuert da der Wimmer.

»Die Herta und ich wollten nur mitansehen, wie du unserer Mariandl hilfst. Aber so hart, wie du es ihr eben gegeben hast … Puh, Rosi. An dir ist eine echte Domina verloren gegangen.«

»Hubert«, rufe ich empört. Hubert aber lässt sich weder von meinem Geschrei noch von meiner drohend erhobenen Faust beeindrucken.

»Beruhig dich, Rosi. Wir sind ja heilfroh, dass du unsre Maria endlich grade rücken konntest.«

»Ja, so eine Kälbergeburt kann ganz schön gesundheitsgefährdend sein«, sage ich und wische mir den Schweiß von der Stirn.

Hubert lacht. »Ach, Rosi, nach deiner Schwerstarbeit eben hast du die Wahrheit verdient«, meint er bloß.

»Nein«, keucht Maria und schüttelt den Kopf. Doch ihr Einspruch hilft nichts.

Hubert schmunzelt. »Diese verdammte Liebesschaukel hab ich zurückgeschickt. Zuerst hat es meine Herta runtergeworfen, und dann haben sich die Stoffschlingen so verdreht, dass wir die arme Mariandl fast nicht mehr befreien konnten.«

Ich schnappe nach Luft. »Das heißt, der Wirbel wurde beim ... beim ...« Mir fehlen die Worte.

Maria, die sich wieder aufgesetzt und ganz ohne Hilfe ihr T-Shirt übergestreift hat, glüht vor Scham im Gesicht. »Tut mir leid. Es war mir peinlich.«

»Peinlich! Du brauchst dich für gar nichts zu schämen, meine Liebe. Der Fabrikant verspricht mit seiner Liebesschaukel schwindelerregende Höhen und atemberaubende Orgasmen, und alles, was wir bekommen haben, sind blaue Flecken und verrenkte Glieder«, meint Herta und stellt sich zu Maria. Sanft tätschelt sie die Hand der Ärztin. »Ja, stell dir vor, sie hat sich derart in dem Ding verwurschtelt, dass sie am Ende mit nur einem Bein in einer Schlinge von der Decke gebaumelt ist. Wir zwei ...«, sie deutet auf sich und Hubert, »haben sie dann losgemacht, aber sie ist natürlich auf den Boden geplumpst wie ein Sack Mehl. Ganz erschöpft war unsere liebe Mariandl.«

Mir wird flau im Magen, und ich drücke mir die vom Öl schmierigen Hände auf die Körpermitte.

»Ich glaube, das wollte ich gar nicht so genau wissen. Die Geschichte mit der Kuh war mir und meinem Magen sympathischer.« Herta grinst nur.

Ich wende mich Hubert zu. »Wie geht es eigentlich deinem Auge? Und hast du den Schock verdaut, den Rasputins Schergen dir versetzt haben?«, lenke ich vom Thema ab.

Nun verliert Hubert alle Farbe im Gesicht, wodurch sein Veilchen umso eindrucksvoller schimmert. »Ach«, sagt er schließlich, »mir ist das alles zu gefährlich. Wir werden schließen und uns lieber im Privaten treffen. Es sind ja ohnehin oftmals dieselben Gesichter im Club. Ich werde meinen Alterstraum aufgeben und es dafür privat krachen lassen.«

»Aber ohne Schaukeln und seltsame Stühle«, wirft Maria schnell ein.

Hubert lächelt schief. »Dafür mit dir.« Dann schaut er mich an. »Danke, Rosi. Ich wollte dich übrigens zur Sperrtag-Entleerung herzlich einladen. Wir grillen im Garten, trinken die Bar leer und lassen es uns gut gehen.«

Auf ein Zeichen hin hält mir Herta einen kleinen, selbst gedruckten Flyer entgegen.

»Wir schließen. Schließ dich uns ein letztes Mal an!«, steht darauf. Dazu ein Foto von Hubert hinter dem Tresen mit diversen Alkoholika. »Essen und Trinken frei, solange der Vorrat reicht. Nur für geladene Gäste!«

»Den Sepp darfst du natürlich gerne mitbringen«, sagt Hubert.

»In Ordnung. Aber ich denke nicht, dass ich kommen werde. Mir hat allein die Vorstellung von eurem höllischen Schlingenturnen schon gereicht.«

Hubert beginnt zu stottern.

»Der Sperrtag ist ohne … ähm … Sex. Du kannst also wirklich gerne vorbeischauen. Nicht dass du meinst, ich glaube, du hättest nicht gern, ähm … ähm … Aber halt, ach Rosi, verstehst du mich?«

Ich rolle die Augen und muss mir ein lautes Lachen verkneifen. »Du willst mir quasi sagen, dass du mir schon ein Liebesleben zutraust, aber eben nur auf die Blümchen-Art-und-Weise«, antworte ich schmunzelnd. Das Blut schießt Hubert in den Kopf und färbt seine Wangen rot wie Klatschmohn. Er nickt und hüstelt dabei.

»Spaß beiseite, Rosi, es ist bestimmt das halbe Dorf da, und wir würden uns freuen, wenn du und Sepp auch kommt«, meint nun Maria.

Sie bemüht sich hörbar darum, ernst und freundlich zu klingen, aber ich lehne dennoch dankend die Einladung ab.

»Gut, Rosi, du kannst es dir auf jeden Fall noch anders überlegen. Ich bin dir jedenfalls sehr dankbar, dass du mich wieder gerade gerichtet hast. Wenn du mal tiermedizinische

Unterstützung bei deinen Henderln brauchst, darfst du gern jederzeit kostenlos vorbeikommen.«

»Gut zu wissen«, sage ich nur und unterdrücke ein Gähnen. Der Tag bisher war reichlich anstrengend, und ich spüre, wie sich eine zähe Müdigkeit in meinem Körper breitmacht.

»Wir sind dann mal wieder weg«, meint Herta schließlich.

»Ihr findet alleine raus?«, frage ich und lasse mich auf den Stuhl zurückgleiten. Wie durch einen Nebelschleier beobachte ich das Verschwinden des Gespanns.

Der restliche Tag verläuft ruhig. Weder von Kurt noch von Raphael oder Hubert höre ich etwas. Sepp und ich verrichten die täglichen Arbeiten am Hof und besuchen kurz das Herzkasterl, um nach dem Rechten zu sehen. Aber sonst tut sich nichts. So viel Ruhe bin ich nicht mehr gewohnt, und ich ärgere mich im Stillen darüber, plötzlich auf dem Abstellgleis gestrandet zu sein. Kurt könnte den Anstand haben und sich kurz mit den neuesten Ermittlungsergebnissen bei mir melden. Aber nichts. Frustriert rufe ich schließlich bei meiner Tochter an und frage, ob sie etwas von ihrem Mann gehört hat. Doch statt einer Auskunft bekomme ich Danis Klagen über Kurts dauernde Abwesenheit und Arbeitswut zu hören. Als Sepp zum tausendsten Mal an diesem Tag sein Handy auf Nachrichten überprüft, platzt mir der Kragen. »Es ist eine Frechheit. Wenn ich gebraucht werde, dann soll ich jederzeit springen und mit Rat und Tat parat stehen. Aber sonst erfährt man nichts. Hast du etwas Neues?«, frage ich grantig.

Sepp schüttelt bedauernd den Kopf. »Auch keine Nachricht von Ferdl. Nicht einmal ein Lebenszeichen. Er muss sich doch denken, dass ich mir Sorgen mache. Auch wenn er mit einem Verbrechen in Verbindung gebracht wird, bleibt er mein Bruder.«

Seufzend lässt er sein Handy zurück in die Hosentasche gleiten. Ich streiche ihm sanft über den Rücken. Über meiner ganzen Verärgerung habe ich vergessen, dass Sepp zusätzlich Angst um seinen Bruder hat. Ferdl hat sich mit gefährlichen

Männern eingelassen. Vielleicht steht nun auch sein Leben auf dem Spiel.

»Wir müssen wohl oder übel geduldig sein.«

Sepp lacht freudlos auf. »Das kannst du ja besonders gut, Röslein«, sagt er und bringt mich dabei zum Schmunzeln.

Ich blicke nach oben. Die Abenddämmerung hat eingesetzt, und die Grillen zirpen. Unendlich friedlich und geborgen wirkt mein Zuhause.

»Was hältst du davon, wenn wir uns das Radio rausholen, etwas Rotwein und unser Abendbrot auf den Liegestühlen einnehmen?«, frage ich ihn.

Er legt seinen Arm um meine Hüfte und drückt mich an sich. »Eine gute Idee. Die Handys bimmeln, egal, wo wir uns aufhalten und was wir tun. Da können wir uns wenigstens einen schönen Abend machen.«

Eine Viertelstunde später steht alles bereit. Sepp zündet gerade ein Feuer in der Feuerschale an, und ich lege zwei warme Decken auf die Liegestühle. Noch ist es warm, geradezu schwül draußen, aber das kann sich ändern. Ich mache das Radio an, und wir beginnen, liegend wie die Römer vor Hunderten Jahren, zu essen und zu trinken.

Ich bemühe mich, weder über Rasputin noch über Ferdl zu reden, aber es fällt mir schwer. Auch Sepp fehlt es zu Beginn am Gesprächsthema.

»Sag mal, Rosi«, meint er schließlich, »kannst du dir wirklich überhaupt nicht vorstellen, die Welt zu bereisen? Ich hätte einen wirklich guten Plan gemacht.« Erwartungsvoll schaut er mich an.

»Wie wäre dein Plan?«, frage ich schließlich.

Schnell richtet er sich auf und fischt sein Handy hervor. »Guck, das wäre die erste Etappe. Europa. Von Portugal bis Schottland. Sechs Wochen. Dann drei Wochen Pause daheim …«

Er erzählt und erzählt, zeigt mir Routen und Pläne. Seine Begeisterung ist ansteckend, und mir wird warm ums Herz.

»Du wünschst dir das wirklich, oder?«, unterbreche ich ihn,

als er mir gerade erklärt, dass Australien und Neuseeland als einziges Gebiet einen Aufenthalt über drei Monate benötigen würden.

Langsam lässt er sich zurücksinken. »Doch, ja. Ich habe nicht viel von unserer Erde gesehen, und ich bin schon alt.«

»Du bist nicht alt!«, werfe ich empört ein.

Sepp winkt ab. »Als ich jung war, habe ich davon geträumt, die Berge dieser Welt zu besteigen und nicht immer nur den Geißberg, den Untersberg und den Schafberg.«

Ich muss lachen, doch Sepps ernste Miene lässt mich verstummen. »Und seit ich dich kenne, wird mir immer klarer, wie wertvoll jeder Tag ist. Ich habe in den letzten Jahren den Tod gesehen und so viel Leid erlebt. Wenn es irgendwie möglich ist, dann möchte ich mit dir, meiner großen Liebe, die nächsten Jahre nur schöne Dinge erleben.«

Mir verschlägt es die Sprache. Sepp greift nach meiner Hand und drückt sie.

»Gut«, murmle ich mit gesenktem Blick. »Wenn diese Geschichte hier vorbei ist, dann fangen wir mit Europa an. Vielleicht gefällt es mir ja besser, als ich hier zu Hause denke, wo mich die Flugangst fesselt.«

»Ja, ja!«, ruft Sepp und lässt mich los. Er nimmt die Rotweinflasche und schenkt uns nach. Wir stoßen an.

Sepp schwelgt noch etwas in Urlaubsphantasien, und ich ziehe mir die Decke über die Beine und lege den Liegestuhl um. Der Sternenhimmel leuchtet klar und glitzernd über mir. Nur halb bekomme ich mit, wie Sepp immer leiser und langsamer spricht. Schließlich münden seine Worte in leises Schnarchen. Elvis singt im Radio »Love Me Tender«, und ich fühle mich zum ersten Mal seit der Hochzeit wieder geliebt. Sepp und ich haben Pläne. Zukunftspläne. Egal, wie schlimm nun auch die Situation ist, wir sehen nach vorne. Das schweißt zusammen. Ich nehme noch einen tiefen Schluck vom Wein und lege mich dann zurück. Die Augen fallen mir zu, und ich spüre nur, wie der Wind mich sanft im Rhythmus von Elvis' Ballade streichelt. Alles wird gut, säuselt er, alles wird gut. Ich dämmere weg.

Irgendwann höre ich ein Krachen. Erschrocken fahre ich hoch und sehe mich verdattert um. Sepp hat im Schlaf den Krug vom Tisch gefegt, und nun liegt er mit abgebrochenem Henkel am Boden. Erleichtert lehne ich mich wieder zurück. Steingut und Glas habe ich zum Saufüttern genug.

Ich horche wieder auf das Radio und beginne mich erneut zu entspannen. Elvis ist verstummt, und es wird gerade geredet: »Und neben dem vom Aussterben betroffenen Beruf des Sattlers gibt es auch nur noch wenige echte Hutmacher und gar nur noch zwei Stellmacher in ganz Österreich. Auch hier fehlen offenbar die jungen Leute, die diese alten und eigentlich wieder gefragten Berufe erlernen wollen. Und das, obwohl die Pferdeliebhaber und dadurch auch die Kutschenfahrer wieder mehr werden. Wir haben bei uns im Nachtstudio den letzten Stellmachermeister Österreichs zu Gast, der verzweifelt auf der Suche nach einem Nachfolger ist ... Herr Moritz, warum, glauben Sie, will niemand mehr große Räder für Kutschen oder Holzkarosserien anfertigen? Das ist doch ein angesehener und altehrwürdiger Beruf? Sie sind nun aber bereits seit zwei Jahren auf Lehrlingssuche.«

»Jo mei. Den jungen Leit is de Orbeit körperlich zu schwer, gell. Und Maschinen, moderne Maschinen, können halt des echte Handwerk net ersetzen. I bräucht halt an gstandenen Burschen oder a kernigs Madl mit Schmalz in den Muskeln und mit Liebe zum Handwerk. Der Jugend gfallt freilich des mit die Ross und mit die Kutschen. Aber a Radl machn, ganz so wie früher, is anstrengend. Es is aber a wahnsinnig schön!«

»Ähnlich wie Ihnen geht es auch Frau Dorbaschek, der vorletzten Hutmachermeisterin. Frau Dorbaschek, was sind die ...?«

Ich fahre wieder aus meinem Halbschlaf hoch und schreie: »Räder!« Sepp schnellt nach oben, und der Liegestuhl kippt.

Er liegt im Gras und starrt mich mit angstgeweiteten Augen an. »Rosi, was ist?«, fragt er.

»Ein Stellmacher fertigt Wagenräder an. Wagenräder!«, rufe ich ihm zu.

Sepp blinzelt mich verständnislos an.

»Ich hab das nicht gewusst und mir gedacht, er macht Gestelle für Baustellen oder Maschinen. Ich kannte nur den Begriff Wagnerei für Kutschen- und Räderhersteller. Aber ein Stellmacher ist dasselbe wie ein Wagner. Es sind die Räder, Sepp. Räder!«

»Es tut mir leid, Rosi. Ich habe keine Ahnung, wovon du gerade sprichst.«

Mühsam rappelt sich Sepp auf und streckt sich mit schmerzerfülltem Stöhnen. Umständlich beginnt er sich die Kleidung abzuklopfen.

Ich werfe verzweifelt die Hände in die Luft.

»Es war gerade im Radio, Sepp. Wir müssen sofort Kurt informieren. Ludmillas verstorbener Mann hat große, alte Wagenräder hergestellt, und der bärtige Bruno …«

»… wurde gerädert!«, vervollständigt Sepp meinen Satz. Ich nicke aufgeregt.

»Kurt muss sofort zu Ludmilla fahren und sie vernehmen. Da gibt es einen Zusammenhang. Ihr muss das doch klar gewesen sein! Aber sie hat es mit keinem Wort erwähnt.«

»Stimmt!«, sagt Sepp und reicht mir sein Handy, das am kleinen Gartentisch gelegen hat.

Ich entsperre den Bildschirm und suche Kurts Nummer. Es klingelt nur ein Mal, und schon springt die Voicemail an. »Mist«, schimpfe ich, überwinde mich aber dann, ihm auf die Mailbox zu sprechen. So kurz und klar wie möglich erkläre ich ihm meine Entdeckung. Dann lege ich auf. Hilfesuchend schaue ich Sepp an.

»Andrea?«, sagt er nur und zuckt dabei mit den Schultern. »Gute Idee«, meine ich und wähle ihre Nummer. Nach dem fünften Klingeln wird abgenommen.

»Ja?«, fragt eine rauchige und irgendwie verweint klingende Frau am anderen Ende.

»Bist du das, Andrea?«, frage ich verwirrt. Die Frau räuspert sich, und als sie wieder zu reden beginnt, erkenne ich sie sofort.

»Nein, hier ist Dr. Rötel. Andrea ist nicht da. Nur ihr Handy.«

»Wo ist sie denn? Ich muss unbedingt mit ihr reden! Ich habe etwas Wichtiges herausgefunden. Es geht um Ludmilla und den toten Bruno«, plappere ich viel zu schnell.

Ein Schluchzen dringt durchs Handy. »Ich weiß es nicht. Wir hatten Streit. Wegen meinem Sohn und meinem Ex-Mann. Andrea ist einfach abgehauen und hat in ihrer Wut das Handy liegen lassen.«

»So ein Sch…«, schimpfe ich.

»Ja, es ist meine Schuld. Mein Ex hat mir ein Ultimatum gestellt. Ich halte diesen ganzen Stress nicht mehr aus. Er will mich zurück in die Ehe zwingen. Nur dann sehe ich auch meinen kleinen Michael wieder, hat er gemeint. Ich soll mit Andrea brechen und darf keine … Ich stehe vor der Entscheidung zwischen meinem Sohn und Andrea«, murmelt sie. »Ich liebe mein Kind. Mein Mann macht mich vor Gericht fertig. Das steh ich nicht durch. Als Frau in der Gerichtsmedizin ist es schon nicht einfach, aber als bekannte Lesbe … von den Freunden und der Familie ganz zu schweigen.«

»Das sind dann keine wahren Freunde, Renate«, sage ich so ruhig wie möglich.

»Aber mein Junge. Mein Michael.«

Ich atme tief ein und versuche, so freundlich ich kann, zu antworten. »Renate, er ist zwölf. In zwei oder drei Jahren schleppt dein kleiner Michael die erste Freundin oder den ersten Freund mit nach Hause. Was passiert, wenn diese Liebe deinem werten Mann nicht zu Gesicht steht? Stellt er dann seinem Sohn ebenfalls ein Ultimatum oder erpresst ihn? Was für ein Vorbild bist du dann gewesen? Wie soll sich dein Junge frei entscheiden und entwickeln können, wenn er bei seiner eigenen Mutter erlebt, dass man nur die richtigen Druckmittel braucht, um jemanden zu etwas zu zwingen?«

Renate schweigt. Ich kann ihren lauten Atem hören. »So hab ich das noch nicht gesehen. Oh Gott. Ich habe alles falsch gemacht und Andrea gesagt, dass ich mit ihr Schluss machen muss wegen … Oh nein.«

»Denk einfach über alles in Ruhe nach und rede mit Andrea. Ihr findet eine Lösung. Bestimmt.«

»Du hast recht, aber mich plagt das schlechte Gewissen, Rosi. Andrea hat extra die Ermittlungen unterbrochen, und ich habe sie hinausgetrieben.«

»Das lässt sich nun nicht mehr ändern. Du bist eine taffe Frau, Renate. Andrea kommt sicher in den nächsten Stunden zurück, und dann bekommt ihr das schon in den Griff. Auch die Scheidung und die blöden Meldungen deines Sohnes und der Umwelt packst du. Kopf hoch.«

»Danke«, sagt sie nur. Einen kurzen Moment herrscht Stille. »Warum hast du eigentlich angerufen?«, will Rötel nun mit fester Stimme wissen.

Ich erkläre es ihr in kurzen Sätzen.

»Mann, das sind neue Erkenntnisse. Ich sag es Andrea, sobald ich sie sehe.«

»In Ordnung. Alles Gute«, sage ich und lege auf. Kopfschüttelnd gebe ich Sepp das Handy zurück.

»Als Kummernummer bist du immer gut gebucht«, sagt er und lächelt schief.

»Mir ist kalt«, stöhne ich, »und ich weiß nicht, was ich nun tun soll. Niemand ist erreichbar.«

Sepp guckt auf die Uhr. »Es ist bereits halb drei Uhr früh. In gut zwei Stunden geht die Sonne auf. Wenn sich bis dahin niemand meldet, dann statten wir beide der alten Stellmacherei einen Besuch ab. Was meinst du dazu?«, sagt er schmunzelnd.

»Du kennst mich gut«, antworte ich und schlinge die Decke um mich. »Aber jetzt lass uns hineingehen und uns noch etwas aufwärmen«, schlage ich vor.

Sepp nickt. »Ich google drinnen dann auch gleich die Adresse. Das Internet hat ein langes Gedächtnis. Auch wenn der Betrieb schon einige Zeit geschlossen ist, finde ich bestimmt einen Hinweis darauf in den Weiten des Netzes.«

»Ich weiß schon, warum ich dich geheiratet habe!«, sage ich glücklich. Ja, das ist mein Sepp. Darum habe ich mich in ihn verliebt. Endlich rückt wieder etwas von dem Mann in den Vordergrund, der mir ohne Zögern bei den wildesten Ermittlungen und Schnüffelaktionen zur Seite gestanden hat. Wir marschieren los.

Die Web-Suche gestaltet sich einfach. Wir finden nicht nur die Adresse, sondern sogar ein altes Foto des Gebäudes. So wie es auf dem Bild aussieht, liegt der Betrieb inmitten von landwirtschaftlichen Flächen. Ich kann nicht einmal eine geteerte Zufahrt, sondern nur einen Schotterweg darauf erkennen. Auch Google Maps zeigt seinen roten Punkt inmitten von Wiesen, Feldern und Wäldern.

»Ganz schön abgelegen«, meint Sepp und runzelt die Stirn.

Doch diese Feststellung entmutigt mich nicht. Vor ein paar Jahren hätte ich mich vielleicht ohne weitere Vorbereitung einfach auf den Weg gemacht und darauf gehofft, einen kundigen Ansässigen zu finden, der sich an die alte Stellmacherei erinnert. Aber heute bin ich schlauer. Mein Sohn Raphael hat sich nicht umsonst immer wieder Zeit genommen und mich in die Geheimnisse des World Wide Webs eingeführt. Wenn Google nicht mehr weiterweiß und auch die Satellitenbilder von Maps zu undeutlich sind, muss eben die haargenaue Darstellung vom Rauminformationssystem her. Mit ein paar Klicks suche ich mir auf DORIS die Lage des Grundstückes und atme erleichtert auf. Es gibt eine kleine Straße, die direkt zu dem Gebäude führt, aber anscheinend einige hundert Meter vorher zum Schotterweg wird. Nur wenige Minuten und Klicks später habe ich sogar in Erfahrung gebracht, dass Ludmilla noch immer als Eigentümerin des Grundstückes verzeichnet ist.

Es ist kurz vor vier. Bisher hat sich weder Andrea noch Kurt gemeldet. Nervös klappe ich das Notebook zu und lasse einen Seufzer los. Sepp lacht hinter mir.

»Ich sehe schon, dass wir mit unserer Ausfahrt nicht mehr besonders lange warten können. Aber ein Kaffee und ein Marmeladenkipferl müssen zeitlich noch drin sein. Vielleicht tut sich bis dahin auch noch etwas von den offiziellen Ermittlern«, meint er sarkastisch. Ich möchte gerade etwas erwidern, aber mein Magen macht mir einen Strich durch die Rechnung.

»Das ist eine gute Idee«, stimme ich Sepp zu und mache mich ans Werk, einen Kaffee zu kochen. Währenddessen holt er die alten Semmeln und Kipferl vom Vortag aus der Brotdose und stellt sie auf den Tisch. Butter und Marmelade gibt er ebenfalls heraus. Die Kapselmaschine zischt und gluckert. Ich fühle mich innerlich derart gehetzt, dass ich lieber die neumoderne Maschine angeworfen habe, anstatt in alter Manier langsam und gemächlich meinen Kopi Luwak zu brühen. Mein Kopf ist sich im Klaren darüber, dass ich eigentlich alle Zeit der Welt habe und es wahrscheinlich sogar vernünftiger wäre, auf Kurts oder Andreas Anruf zu warten, aber mein Bauch … Er drängt mich dazu, endlich selbst in die Gänge zu kommen und etwas zu bewirken. Ich will raus. Ich will etwas tun.

Es ist drei viertel fünf. Sepp hat für mein Gefühl bei seinem Frühstück viel zu viel Gemütlichkeit an den Tag gelegt. Wir fahren los. Endlich.

Bis zum letzten Tropfen

Dinkel- oder Weizenwickel
Getreide lässt sich wunderbar als Wärmespeicher verwenden. Dazu 1 kg Getreide weich kochen und noch warm zwischen zwei Leintücher geben. Darauflegen und sich zusätzlich in ein Handtuch wickeln. Hilft bei Kreuzschmerzen, Blasenschmerzen … Achtung, Verbrennungsgefahr!

Ich blinzle gegen die aufgehende Sonne. Um ein Haar hätten Sepp und ich die Einfahrt übersehen, obwohl ich dank Internet genau wusste, wo sie sich befindet. Mit einem scharfen Ruck reißt Sepp das Lenkrad herum, als ich »Hier!« schreie. Der Wagen schlingert kurz, und kleine Rollsplittsteine werden durch die Luft geschleudert. Dann hat Sepp das Auto wieder unter Kontrolle, und hinter uns wirbelt der Straßenstaub zu einer dichten Wolke auf.

Der Asphalt ist so bröckelig, dass Sepps Audi über den Straßenbelag rumpelt, als wären wir mit meinem alten Donald unterwegs. Ein scharfer Schmerz schießt mir ins Kreuz, und ich bin erleichtert, als sich nach drei relativ neu erbauten Einfamilienhäusern und einem großen Maisfeld die Straße in einen Schotterweg verwandelt. Sepp bremst endlich ab. Geradezu todesmutig ist er vorhin noch gerast, aber der Schotter macht das nun unmöglich. Langsam schieben wir uns zwischen den Getreidefeldern und einem kleinen, lichten Wald durch. Nach den Bäumen erblicke ich hinter einer leichten Linkskurve die alte Stellmacherei. Meine Hände beginnen zu schwitzen und meine Nase zu jucken. Obwohl die Liegenschaft völlig verlassen wirkt, bin ich mir im Innersten sicher, dass sich jemand hier befindet.

»Fahr schneller«, fordere ich Sepp auf, als mein Handy läutet. Ich hole es aus meiner Hosentasche hervor und spähe aufs Display. Andrea. Mehr als nur einen kurzen Moment überlege ich ernsthaft, den Anruf wegzudrücken und einfach allein das Gebäude zu durchstöbern. Andrea hält mich gewiss nur auf, und mein rasender Puls mahnt mich zur Eile. Doch es siegt mein Pflichtbewusstsein. Beim vierten Läuten nehme ich ab.

»Rosi, Gott sei Dank erreiche ich dich noch! Du bist hoffentlich nicht schon auf dem Weg zur Stellmacherei, oder?«, fragt sie ohne ordentliche Begrüßung.

»Und wenn?«, blaffe ich zurück. »Immerhin hatte niemand von euch den Anstand, mich anzurufen. Da kann es mir keiner verbieten, wenn ich einen kleinen morgendlichen Ausflug nach Altheim mache.«

»Hör zu, Rosi. Wir sind bereits auf dem Weg zur Stellmacherei. Die Ereignisse haben sich überschlagen. Bitte betritt auf keinen Fall das Gelände der Wagnerei!«

Ich vernehme im Hintergrund Motorengeräusch und weitere Stimmen. Anscheinend befindet sich Andrea tatsächlich schon in einem Polizeiauto und hat auch Verstärkung mit dabei. Sepp bremst währenddessen und parkt vor dem Eingang des Hauses. Ich starre durch die Windschutzscheibe, und mit einem Mal durchfährt mich ein Frösteln. Schnell steige ich aus und gehe zum Eingang.

»Andrea, die Tür steht einen Spaltbreit offen, und ich sehe Blut auf der Eingangstreppe.«

Fest presse ich mir das Handy ans Ohr und wage mich näher heran. Sepp tut es mir gleich.

»Rosi, nicht hineingehen! Wir sind in Kürze da. Bitte warte.«

»Nein!«, entgegne ich und mache mich schon auf den Weg. »Wieso sollte ich?«

»Weil Ludmilla entführt wurde. Aus ihrem Märchenschloss von zwei Typen verschleppt! Laut den Beschreibungen von Donacella Alba waren es Gottschalk und Klitschko. Wir konnten aber Ludmillas Handy orten. Es befindet sich in der Wagnerei, Rosi. Vielleicht sind Rasputins Schläger auch noch da.«

Ich bleibe stehen.

»Verdammt, Andrea«, fluche ich, was sonst ganz und gar nicht meine Art ist. »Renate weiß seit Stunden von meiner Entdeckung, und du hast dich nicht gemeldet! Ich geh da jetzt rein!«

»Nein. Rosi, es tut mir leid. Ich bin im Polizeiauto per

Funk auf die Station gerufen worden und habe das mit deiner Nachricht erst vor einer halben Stunde erfahren. Da ist Renate in purer Verzweiflung, weil ich nicht mehr bei ihr aufgetaucht bin, in die Direktion gestürmt. Sie hat mir das Handy gebracht. Ehrlich, wenn ich gewusst hätte, dass du mit so einer wichtigen Info angerufen hast, dann hätte ich natürlich bei dir durchgeklingelt.«

Ich höre ein Geräusch wie von einem wimmernden Baby.

»Für dein Beziehungschaos kann ich nichts, Andrea. Aber da drinnen ist jemand, und er hat offenkundig Probleme. Ich muss einfach!«, sage ich und lege auf. Dann werfe ich Sepp einen fordernden Blick zu. »Hörst du das?«, zische ich.

Er nickt. Sein Gesicht verliert ebenso schnell an Farbe, wie mir die Kälte in die Glieder fährt. Es ist keine äußerliche Kälte, sondern eine aus meinem tiefsten Inneren. Ich wappne mich. Sepp stößt die Tür auf. Beißender metallischer Geruch steigt mir entgegen und lässt mich würgen. Ich kenne den Gestank. Es ist wie früher in der Metzgerei, wenn gerade ein Kalb geschlachtet worden war. Blut. Warmes, zähes rotes Blut. Ich mach mich auf das Schlimmste gefasst und trete vorsichtig ins Vorhaus des Gebäudes. An der Wand des Flurs hängt ein großes Wagenrad mit glatt polierten Speichen und metallenen Beschlägen. Bilder von Bruno kommen in mir hoch. Die Übelkeit verstärkt sich. Das Wimmern. Da ist es wieder, und es kommt von weiter hinten, wo ich die Werkstatt vermute. Sepp überholt mich. Ich folge ihm und gucke auf den Boden. Deutlich kann ich am Rand des Fliesenbodens Staub und Dreck und auch einzelne Fußabdrücke ausmachen. Außerdem sehe ich eine Schleifspur. Mit aller Konzentration bemühe ich mich darum, in Sepps Fußstapfen zu treten und nicht noch zusätzlich die Spuren zu verwischen. Hier ist oder war zumindest jemand. Besser gesagt waren es mindestens zwei Personen, die sich durch die Staubschicht am Boden geschleppt haben.

»Los«, keucht Sepp und greift nach der Türklinke.

»Halt«, sage ich schnell, als ich das Blut auf dem Metall der Schnalle entdecke. Ich reiche Sepp mein Stofftaschentuch. Er drückt die Klinke und stößt die Tür auf. Mir wird heiß und kalt zugleich. Ich weiß nicht, ob mir mein Geist wirklich vorgegaukelt hat, dass das schlimmste Ereignis wäre, Ludmilla auf ein Rad geflochten vorzufinden. Doch das hier übertrifft alles, was ich mir in meinen Alpträumen ausgemalt habe. Ich stoße einen heiseren Schrei aus. Ludmillas Lider zucken. Nun hält mich nichts mehr. Ich stürme los und pfeife auf jede Vorsicht. Spuren hin oder her. Darum soll sich Andrea später kümmern. Jetzt gilt es, das bisschen Leben zu retten, das Ludmillas geschändeter Körper vielleicht noch in sich trägt. Ich lasse mich neben ihr in die riesige Blutlache fallen und reiße gleichzeitig meinen BH unter dem Shirtärmel hervor. Warum nur habe ich heute keinen Gürtel mit dabei? Der Büstenhalter ist das einzige hilfreiche Kleidungsstück, das hoffentlich seinen Zweck erfüllt. Ich starre auf die an ein Rad gebundene, aber nicht daraufgeflochtene Ludmilla und ihr linkes Handgelenk. Daraus ragt silbern glänzend eine Metallspitze, und das Blut sprudelt in kleinen Fontänen hervor. Ich ziehe das Metall heraus und drücke eine Hand darauf. Unter Zuhilfenahme meiner Zähne schlinge ich sogleich meinen Büstenhalter um Ludmillas Arm. So fest ich kann, binde ich den Stoff darum und verknote ihn.

»Sepp, hilf mir!«, keuche ich, weil ich nicht gleichzeitig die leblose Ludmilla vom Rad losbinden und weiter auf das offene Handgelenk drücken kann.

Er zieht sein Taschenmesser, um die Stricke an Ludmillas Händen und Füßen durchzuschneiden. Ludmilla plumpst in meine Arme. Ich halte sie und bin mir darüber im Klaren, dass ich wie Maria mit dem toten Jesus im Schoß aussehen muss.

»Lebt sie noch?«, fragt Sepp und geht neben mir in die Hocke. »Ja, sonst würde der Puls nicht das Blut rausdrücken. Ruf die Rettung, Sepp, und sorg dafür, dass sie gleich einen Hubschrauber schicken. Lange lebt sie nämlich nicht mehr! Und gib mir deinen Gürtel! Ich muss den Arm abbinden!«, befehle ich.

»Ja«, sagt Sepp, lässt sein Messer zurück in die Hosentasche gleiten, reißt sich den Gürtel vom Leib und holt das Handy hervor. Ich zurre ihn über Ludmillas Ellenbogen, so fest es geht, zu. Dann drücke ich wieder auf die Wunde. Währenddessen beschreibt Sepp routiniert die Situation und schüttelt dann verzweifelt den Kopf.

»Nein, kein Suizidversuch. Man hat ihr Blut abgelassen wie im finstersten Mittelalter. Die Frau ist quasi blutleer. Also schaffen Sie gefälligst einen Hubschrauber hierher, und zwar dalli!«, ruft er dem hörbar überforderten Rotkreuzler am anderen Ende der Leitung zu.

»Ein Aderlass«, sag ich mit krächzender Stimme. »Ein verdammter Aderlass des Todes!«

Ich schließe die Augen. Sirenen heulen in der Ferne. Andrea ist im Anmarsch. Ich kann nur hoffen, dass Ludmilla überlebt. Sonst habe ich das letzte Mal als Beraterin bei Ermittlungen mitgeholfen. So dilettantisch, wie Sepp und ich den Tatort verunreinigt haben, wird weder Kurt noch Andrea für meine weitere Mitarbeit argumentieren können.

»Ähmmm«, stöhnt Ludmilla. Sie schlägt die Augen auf, und ein Flackern zieht über ihre Pupillen. Dann verdreht sie die Augäpfel, und ich sehe nur noch das trübe Weiß.

»Bitte, Ludmilla, halte durch«, sage ich zu ihr. Andrea betritt den Raum. Das Entsetzen steht ihr ins Gesicht geschrieben.

»Rosi!«, sagt sie nur und strafft die Schultern. »Die Täter?«, fragt sie und stapft nun auch vorsichtig auf Ludmilla zu. Sie drückt auf Ludmillas Hals und nickt. »Puls noch da.«

»Wir haben die Täter nicht gesehen, sondern uns ganz auf Ludmilla konzentriert!«, sagt Sepp.

»Gelände und Gebäude absuchen!«, schreit Andrea ihren Kollegen im Vorraum zu. Ich schließe die Augen und höre mein Blut rauschen. Scht, scht, scht … macht es in beruhigender Gleichmäßigkeit. Dann endlich unterbricht das Knattern der Rotoren die Monotonie meines Blutstroms. Die Profis übernehmen. Ich kann endlich loslassen. Wie aus weiter Ferne beobachte ich das Geschehen. Ludmilla. Sie lebt. Das ist das Wichtigste.

»Ich friere so, Sepp«, sag ich und blicke zu ihm hoch. Eine dünne Aludecke liegt um meine Schultern.

»Das ist kein Wunder, Rosi. Nach diesen Ereignissen. Hier!«, murmelt er beruhigend und streckt mir ein Taschentuch entgegen.

Ich habe gar nicht bemerkt, dass ich nicht nur zittere, sondern auch weine. Dicke Tränen laufen mir über die Wangen. »Was ist nur los mit mir? Ich habe doch schon Ähnliches erlebt und noch nie so reagiert«, schimpfe ich mit mir selbst.

»Eine nackte, offensichtlich missbrauchte Frau an ein hölzernes Rad gebunden vorzufinden und mitanzusehen, wie ihr das Blut aus der Schlagader spritzt, ist mit nichts vergleichbar, das du bisher erlebt hast.«

Erst langsam erinnere ich mich an alle Details. Die Bilder in meinem Kopf sind so schrecklich, dass ich gar nicht glauben kann, sie wirklich gesehen zu haben. Das ganze Blut und die gefesselte Frau waren schon schlimm genug. Aber das, was ihr ihr Peiniger vor dem Aderlass angetan haben muss, ist noch schlimmer. Zwischen Ludmillas Beinen klebte Blut, das offensichtlich nicht aus der Wunde am Handgelenk stammte, und auf ihrer linken Brust war ein Herz eingeschnitten worden, aus dem drei blutige Striche ragten. Man hat ihr die Tarotkarte mit den drei Schwertern in die Haut geschnitten. Ich lasse den Kopf in meine Hände sinken und schluchze verzweifelt auf.

Sepp setzt sich zu mir auf die kleine Sonnenbank, die hinter der Wagnerei steht, und legt seinen Arm um mich. »Weine ruhig, mein Schatz!«, sagt er.

»Wir hätten früher losfahren sollen«, sage ich schließlich und mache mich von seiner Umarmung los.

»Und Rasputins Schlägern in die Arme laufen? Wer weiß, ob wir dann noch hier sitzen würden«, sagt Sepp mit tiefer Stimme.

Ich möchte etwas antworten, aber Andrea biegt ums Eck. Sie hat das Handy noch am Ohr und nickt. Mit einer schnellen Handbewegung legt sie auf.

»Ich muss euch als Zeugen vernehmen«, sagt sie und lächelt dabei traurig. »Dazu müssen wir auf die Direktion.«

»In Ordnung«, erwidere ich kraftlos.

»Aber vorher habe ich noch einen kleinen Hoffnungsschimmer. Man konnte Ludmillas Zustand im Hubschrauber stabilisieren. Es sieht nicht so schlecht aus für sie. Dank deinem schnellen Einschreiten, Rosi. Zugegebenermaßen deinem unautorisierten Einschreiten, aber dennoch. Wenn Ludmilla es schafft, dann nur deinetwegen.«

Eine Last, tonnenschwer wie ein Granitfelsen, fällt von meinen Schultern. »Du hast richtig gehandelt, mein Röschen«, bekräftigt Sepp.

Langsam, ganz langsam erhole ich mich, und die Wärme kehrt in meine Glieder zurück.

Kurt ist nicht da. Er war weder beim Einsatz in der Wagnerei, noch ist er nun in der Polizeidirektion. Vor mir steht eine Tasse dunkler, dampfender Kaffee. Neben mir sitzt Sepp. Er guckt zum dritten Mal innerhalb der letzten Minute auf die Uhr.

»Wann kommt Andrea endlich?«, fragt er heiser. Ich zucke die Schultern. Roland, ihr junger Kollege, hat mir dankenswerterweise eine große Thermoskanne schwarzes Gold gebracht, und ich bin gerade dabei, die dritte Tasse zu leeren. Trotzdem will die bleierne Schwere in meinen Beinen nicht weichen. Ich bin einfach nur froh, hier im Büro zu sitzen und keinen ausgebluteten Frauenkörper vor mir zu sehen. Die beruhigende Aufgeräumtheit von Andreas Schreibtisch, die übersichtlichen, fein geordneten Aktenstapel und das leise Surren des Ventilators im Zimmereck wirken wie Baldrian auf meine angespannten Nerven.

»Ich weiß nicht, wann sie kommt. Roland hat gemeint, es kann etwas dauern«, antworte ich Sepp, der gerade wieder aufs Ziffernblatt seiner Armbanduhr guckt.

»Und wo steckt überhaupt Kurt?«, fährt er mich nervös an. Ich runzle die Stirn. Sepp stöhnt und drückt das Kreuz durch. Er geht gerade um Andreas Schreibtisch, als die Tür aufspringt und ebendiese eintritt.

»Sorry. Ich musste zuerst Kurt auf den neuesten Stand bringen und ebenso seine bisherigen Ermittlungen erfragen«, sagt sie und drängt sich an Sepp vorbei.

Mein Mann schlurft zurück zu mir und lässt sich ächzend auf dem Stuhl nieder. »Und?«, frage ich nun doch neugierig.

Andrea lächelt. »Ich habe zwei gute Nachrichten. Ludmilla ist weiter stabil, und es sieht so weit gut aus …«

»Aber?«, hake ich nach, als Andrea stockt.

»Man hat ihr sehr zugesetzt. Sie wurde nicht nur misshandelt, sondern auch sexuell missbraucht. Die Ärzte haben in ihrer Vagina eine Tarotkarte gefunden.«

»Die drei Schwerter.«

Andrea fährt erstaunt mit dem Kinn hoch. »Woher weißt du das?«

»Ich habe die … ähm … Zeichnung auf Ludmillas Brust gesehen und musste sofort an diese Karte denken. Seit den Morden hab ich mich schlaugemacht und die Karten gegoogelt, als ich nicht schlafen konnte. Die drei Schwerter stehen für Kummer, Leid und Pein wegen einer vergangenen Beziehung.«

»Rasputin und Ludmilla«, meint Andrea.

»Oder Bruno und Ludmilla«, ergänze ich. »Auf jeden Fall hat Rasputin für das Leid gesorgt, das diese Dreiecksbeziehung heraufbeschworen hat.«

»Drei sind immer einer zu viel«, sagt Andrea und starrt dabei ins Leere.

»Du redest jetzt aber von Renate«, ermahne ich sie.

Sie wirft die Hände hoch. Schuldbewusstsein steht ihr ins Gesicht geschrieben, so offenkundig wie auf einem Verkehrsschild. »Ich hab so ein schlechtes Gewissen. Wenn ich mich nicht mit Renate gestritten hätte, dann wäre ich bei ihr gewesen, als du angerufen hast. Ludmilla wäre vielleicht noch unverletzt.«

»Andrea, das bringt nichts. Ich mache mir auch sinnlose Vorwürfe, weil ich nicht früher zur Stellmacherei aufgebrochen bin.«

»Genau!«, fällt mir Sepp ins Wort. »Wer weiß, ob ihr dann noch leben würdet. Rasputins Schergen waren zu allem bereit und sicher bewaffnet.«

Andrea und ich nicken gleichzeitig.

»Hoffentlich wacht Ludmilla bald auf und kann uns Informationen zu Rasputins Aufenthaltsort geben. Dann kommt auch Kurt weiter bei seiner Fährte. Womit wir bei der zweiten guten Nachricht wären. Kurt verfolgt mit seinem Team eine ganz heiße Spur, die ihn mit etwas Glück zu Ferdinand führt.«

»Ferdinand? Ihr wisst, wo er ist?«, fragt Sepp und verhaspelt sich vor lauter Aufregung fast.

»Ja, er war quasi direkt vor unserer Schnauze, und wir haben es nicht bemerkt, verdammt.«

»Wann?«, frage ich.

»Im Lustschloss. Aber das wissen wir auch erst, seit Alba uns von Ludmillas Verschleppung erzählt hat.«

»Oh nein. Er war im Haus, als wir sie verhört haben?«, sage ich entgeistert.

Andrea nickt. »Anscheinend hat er sich im Schloss versteckt und auf Instruktionen von Rasputin gewartet. Ludmilla wollte ihn zwar nicht im Haus haben, aber er hat sie dazu gezwungen, ihn zu beherbergen. Er hat mit seiner Stellung bei Rasputin gedroht und damit, dass nur er sie vielleicht vor Rasputins Zorn bewahren könne. Sie sei nämlich die Nächste auf der Abschussliste.«

»Das hat ja dann gut geklappt. So einen Schutzmann wünscht man nicht einmal seinem ärgsten Feind!«, meine ich sarkastisch.

»Alba sagt, Ferdinand habe tatsächlich mit aller Macht versucht, Klitschko und Gottschalk davon abzubringen, Ludmilla zu entführen. Aber er wurde schließlich mit einer Pistole bedroht und hat aufgegeben. Anscheinend haben die beiden Schläger nur gemeint, dass Ferdinand gefälligst spuren solle, weil Rasputin von seinem Versagen langsam die Schnauze voll habe. Die Rechnung müsse endlich beglichen werden, oder er sei gleich nach Ludmilla dran.«

»Was hat mein Bruder dann getan?«, fragt Sepp.

»Er hat aufgegeben und ist, als Ludmilla weg ist, mit einem ihrer Autos geflüchtet. Aber wir haben sowohl die Nummer als auch eine total aktuelle Fahrtrichtung. Ferdinand wurde auf der Autobahn nach Wien geblitzt. Kurt verfolgt ihn, und die Kollegen haben ein großes Planquadrat veranlasst. Er entkommt uns nicht!« Andrea schlägt siegessicher auf den Tisch.

»Also da steckt Kurt«, meine ich.

Andrea brummt zustimmend. »Die Lage spitzt sich zu. Wir müssen Rasputin aufhalten. Ich weiß zwar nicht, weshalb er gerade jetzt so durchdreht und die Hälfte seiner Mitarbeiter über die Klinge springen lässt, aber es muss enden.«

»Hmmm«, murmle ich.

Andrea klappt ihren Laptop auf. »Ich hab euch nun alles gesagt, was ich kann und darf. Jetzt brauche ich eure Aussage, bitte.«

Ich lasse die Schultern sinken, und auch Sepp wird ein gutes Stück kleiner. Die Ereignisse zu schildern ist mühevoll und die Erinnerung an Ludmilla so grausig, dass mich wieder ein Frösteln durchfährt. Die Vernehmung dauert eine gefühlte Ewigkeit, und als wir endlich fertig sind, ist mir erneut so kalt, als wäre tiefster Winter.

Sepp und ich gehen hinaus, und die sommerliche Hitze schlägt uns entgegen. Doch nicht einmal die tropischen Temperaturen helfen. Ich zittere. Sepp wirft mir einen besorgten Blick zu.

»Etwas zu essen wäre nicht schlecht«, meine ich.

»In Ordnung. Weiter hinten in der Alpenstraße steht ein McDonald's. Oder willst du lieber in ein Gasthaus?«

»Bloß nicht. Das dauert zu lange. Ich will nur schnell einen Happen essen und danach in die heiße Badewanne. Wenn ich es nicht besser wüsste, dann würde ich meinen, eine schlimme Sommergrippe bahnt sich an«, stöhne ich.

»Gut, wir nehmen den Schachtelwirt mit Pommes und Burger«, sagt Sepp in falschfröhlichem Tonfall. Er hilft mir ins Auto und quält sich selbst in den Fahrersitz.

»Schlimme Schmerzen?«

»Geht so. Ich hab mir heute Nacht auf dem Liegestuhl wohl das Kreuz verkühlt.«

»Zu Hause mache ich dir einen warmen Dinkelwickel. Das hilft«, verspreche ich und hoffe darauf, stark genug zu sein, einen großen Topf Dinkel zu kochen und Sepp in die warmen Tücher zu wickeln.

Momentan aber fehlt mir jegliche Kraft. Ich bin nur froh, dass der McDonald's nur einen Katzensprung von der Direktion entfernt liegt. Ächzend und stöhnend schleppen wir uns ins Innere und bestellen. Im Normalfall vermeide ich Fast Food. Matschige Burger mag ich nicht. Mein Körper ist jedoch derart ausgehungert, dass der Royal TS schmeckt, als wäre er direkt vom himmlischen Festmahl nach unten auf die Erde geflogen. Auch die Pommes sind so herrlich fettig und heiß, dass Sepp mir eine zweite Schachtel holen muss. Sogar die Cola ist köstlich, trotz der eisigen Kälte des Getränks. Ich nehme einen großen Schluck, und ein Zittern durchwandert mich von den Haar- bis zu den Zehenspitzen.

»Einen Kaffee und eine Esterházy, bitte«, krächze ich Sepp zu.

»Wird dir da nicht schlecht, Röslein? So eine Menge verschlingst du sonst in einem ganzen Jahr nicht«, fragt er besorgt.

»Bitte«, antworte ich nur.

Sepp steht auf und geht zur Theke des McCafés. Ich lehne mich zurück und spüre in mich hinein. Der Unterzucker in meinem Blutkreislauf muss derart bedrohlich gewesen sein, dass ich mich weder erwärmen noch ordentlich auf den Beinen halten konnte. Aber jetzt fühle ich mich trotz der ungesunden Kalorienbomben viel besser. Ich höre das Klacken der Tasse auf dem Tisch und öffne die Augen. Dieser Kaffee riecht um ein Tausendfaches besser als die starke Brühe vorhin in der Direktion. Roland hat sich bemüht, aber Kaffee ist eben nicht gleich Kaffee. Gierig schnuppere ich den köstlichen Duft. Die Pommes und den Burger habe ich notgedrungen in mich hineingestopft, aber die Torte und diesen Kaffee werde ich genießen. Wäre doch viel zu schade um das göttliche Aroma und den süßen Geruch der Torte.

Geschwisterliebe?

Rosis Rezept bei müden Augen
Rohe Kartoffeln in dünne Scheiben schneiden und für 15 Minuten auf die geschlossenen Lider legen. Ersatzweise helfen natürlich auch Gurken oder abgekühlte Teebeutel (schwarzer Tee oder grüner Tee).

Ich fühle mich schon fast wiederhergestellt, als ich mich erneut in Sepps Wagen setze. Aber ein kleines Frösteln lässt abermals meinen Körper erzittern. Sepp entgeht nichts. Er zieht eine Augenbraue hoch und meint besorgt: »Oje, du brauchst eine Decke oder eine Jacke.« Er lässt seinen Blick auf die Rückbank des Autos fallen, murrt aber enttäuscht. »Wir sind doch eh bald daheim.«

Vor ein paar Tagen habe ich schon keine Weste auf der Rückbank gefunden. Doch Sepp ist Sepp. Trotz seiner Schmerzen quält er sich für mich aus dem Fahrersitz und geht zum Kofferraum, um dort nach einer Decke zu suchen. Ich höre sein erstauntes Murmeln. Einen Moment später steht er mit einer mir wohlbekannten Lederjacke vor mir. »Hier, etwas anderes ist leider nicht da!«, sagt er und reicht mir das teure Designerteil.

Ich will nicht unhöflich sein und nehme Ferdinands Jacke. Mit mulmigem Gefühl schlüpfe ich in das Kleidungsstück. Sepp lächelt zufrieden. Endlich machen wir uns auf den Weg nach Hause. Die Aufregung des Tages drückt mir die Lider zu. Das Auto gleitet so geschmeidig und vorsichtig auf der Straße dahin, dass ich in eine Art Dämmerzustand verfalle.

»Du hast alles richtig gemacht, Rosi. Keine Sorge, alles wird gut. So wie immer alles gut wird, wenn du deinem Herzen und deinem Gespür folgst«, höre ich die Stimme meines verstorbenen Mannes in mir. »Du kannst dich ruhig zurücklehnen und entspannen«, fährt er fort, aber plötzlich ist es Sepp, der beruhigend auf mich einredet.

Ich seufze und sinke schwer in die weiche Polsterung zurück. Die Hände lasse ich in den warmen Taschen der Jacke verschwinden und gebe mich ganz dem Schaukeln und den monotonen Geräuschen des säuselnden Asphalts unter uns hin. Alles wird gut, alles wird gut, flüstere ich mir zu, während die Finger meiner rechten Hand immer wieder und wieder die scharfe Kante der Karte entlanggleiten. Ein Ruck, ich fahre erschrocken hoch.

»Entschuldige, Rosi. Das Schlagloch müssen wir wirklich demnächst mit Schotter auffüllen«, sagt Sepp.

Ich blicke mich verwundert um. Wir sind schon fast zu Hause. Der Starkregen hat meine kleine Zufahrtsstraße zuletzt derart zerstört, dass riesige Schlaglöcher den Weg säumen.

»Kein Problem«, keuche ich und will mir die vom Schweiß nassen Haare aus dem Gesicht streifen. Obwohl mir den ganzen Vormittag kalt war, habe ich geschwitzt. Ich hebe die Hand und halte inne. Die Karte. Erst jetzt wird mir bewusst, was ich die ganze Zeit wie in Trance gestreichelt haben muss.

Sepp hält an und parkt vor dem Haus. Er wendet sich mir zu, doch sein Lächeln gefriert im Gesicht. »Was ist los?«, will er wissen. Mit zitternden Fingern hole ich die Karte hervor.

»Die Sechs der Münzen!«, würge ich mit trockenem Hals. Plötzlich bin ich hellwach. Wie ein Schock durchfährt mich die Erkenntnis: Ferdinand hat eine Tarotkarte in seiner Jacke. Ich drehe sie um und zeige sie Sepp.

»Was bedeutet das? Ist Ferdinand wirklich auf der Abschussliste?«, will er sofort wissen.

»Ich hab mir nicht alles gemerkt. Immerhin habe ich nur vor dem Einschlafen ein wenig auf dem Handy gelesen.«

»Dann lass uns nachsehen. Schnell!«

Sepp holt in der Wohnstube das Notebook hervor und fährt es hoch. Ich lege die Karte neben den Computer auf den Tisch und richte einen Krug Hollersaft her. Sepp öffnet den Browser und tippt »Bedeutung Sechs der Münzen« ein. Ich dränge mich neben ihn auf die Bank und überfliege den Text. »Wenn die Karte richtig steht, dann bedeutet sie Wohlstand und Reichtum, auf dem Kopf aber Schulden und Mangel«, fasse ich den Text kurz zusammen.

»Heißt das, Ferdl steht bei Rasputin in der Kreide? Ich dachte, sein Geschäft läuft so gut. Er hat sich doch erst die Penthousewohnung und den Tesla gekauft«, stammelt Sepp. Er streicht sich über den immer kahler werdenden Kopf.

»Vielleicht, Sepp. Wir wissen nicht, ob die Karte richtig oder auf dem Kopf stehend übergeben wurde. Es kann auch sein, dass sie Ferdinand Reichtum verspricht, wenn er folgsam Rasputins Aufträge ausführt. Immerhin ist er Rasputins Manager für Neuzugänge.«

»Meinst du wirklich?«, zweifelt Sepp.

Ich zucke mit den Schultern. Eigentlich denke ich auch eher an die negative Bedeutung, aber ich will nicht jegliche Hoffnung zerschlagen. Sepp hebt die Karte auf und hält sie knapp vor sein Gesicht. Dann stöhnt er.

»Ich fürchte, sie stand auf dem Kopf. Zumindest wenn man sich die Zahlen auf dem Kartenrand ansieht. Da steht etwas in winziger Schrift. Hier neben der römischen Ziffer, über den drei senkrechten Münzen.«

»Tatsächlich?«, frage ich perplex und hole nun ebenfalls die Karte dicht an meine Augen. Ich verenge sie zu kleinen, schmalen Schlitzen, aber ich kann dennoch nicht alle Nummern lesen. Eines aber ist eindeutig. Sie stehen auf dem Kopf.

Sepp lässt seine Hand auf die Tischplatte krachen. »Der Idiot hat Schulden gemacht und in Saus und Braus gelebt. Ich habe immer meine Bedenken gehabt, dass sein Laden tatsächlich so eine Goldgrube ist, wie er mir weismachen wollte. Verdammte Scheiße!«, flucht er und steht auf. In diesem Moment klingelt das Handy.

Ich hole es hervor, gehe ran und stelle auf laut. »Kurt! Gut, dass du dich meldest. Habt ihr Ferdinand gefangen? Wir haben nämlich –«

»Er hat uns an der Nase rumgeführt. Wir haben den Wagen, aber darin saßen nur zwei von Ludmillas Mädchen. Anscheinend hat er die beiden heimlich mit ins Auto geschleppt und ist nur bis zum Park-and-Ride-Parkplatz in Anthering selbst gefahren. Dann hat er den Mädels jeweils fünfhundert Euro in die Hand gedrückt und sie dazu gebracht, auf der Autobahn in Höchstgeschwindigkeit Richtung Wien zu rasen. Er hat uns verarscht! Ferdl hat mit dem Radar gerechnet und damit, dass wir wie die Idioten der Spur folgen. Ich muss weiter, Rosi. Sag Daniela Bescheid, dass ich nicht heimkomme, ja? Ich wollte mich nur kurz direkt bei dir melden.«

»Kurt, halt! Wir haben in Ferdls Jackentasche eine Tarotkarte entdeckt.«

»Hilft uns die bei der Suche weiter?«, blafft er unfreundlich.

»Nein, aber –«

»Rosi, ich muss. Erzähl es Andrea. Aber ich glaube nicht, dass das der ausschlaggebende Hinweis sein wird.«

»Gut«, antworte ich resigniert, weil er wahrscheinlich recht hat. »Pass auf dich auf, Kurt. Du klingst erschöpft«, sage ich zum Abschied. Kurt legt nach einem kühlen Tschüss auf.

Ich sehe Sepp hilfesuchend an. Doch statt dass ich in seinen Worten Ermutigung finde, schreckt auch er mich mit einer unangenehmen Ansage.

»Schatz, ich muss nach Salzburg und ein paar Spelunken abkämmen, in denen Ferdl und ich früher abgehangen haben. Außerdem schau ich bei ein paar seiner alten Adressen vorbei. Vielleicht finde ich ihn.«

»Sepp, bitte, das ist gefährlich. Wenn Rasputins Schergen bei Ferdl sind, dann schwebt jeder in Gefahr, der sich ihnen nähert!«, sage ich und greife nach Sepps Hand. Liebevoll streicht er mit seinem Daumen über meinen Handrücken.

»Tut mir leid, Röslein. Er ist trotz allem mein Bruder. Ich werde gehen, und du hältst hier die Stellung.« Er beugt sich vor und drückt mir einen Kuss auf die Stirn. Ein Nicken ist alles, was ich zustande bringe. Sepp greift nach dem Autoschlüssel und humpelt nach draußen. Weder seine Kreuzschmerzen noch mein Bitten können ihn aufhalten. Wenn er liebt, dann liebt er bedingungslos. Und genau aus diesem Grund ist er in meinem Herzen. Zum ersten Mal in unserer Beziehung habe ich Angst um Sepp. Ich habe Angst, ihn zu verlieren. Er ist mein Herz, meine Liebe, meine Zukunft. Ich blicke ihm hinterher und fasse einen Entschluss. Wenn dieser Schlamassel hier überstanden ist, soll er seine Weltreise haben. Ein Flug über den Atlantik darf mir nicht mehr Angst bereiten, als eine halb tote Frau in Armen zu halten. Ich schüttle den Kopf und beschließe, mich selbst auf die Suche nach Rolof zu begeben. Wenn sich jemand derart für dieses esoterische Zeug interessiert, dann muss man diese Spur auch ernst nehmen. Offensichtlich hat Rasputin einen Vogel in Bezug auf historische Ereignisse und Tarotkarten. Ich nehme an, dass weder Andrea noch Kurt das Internet durchforstet haben. Doch ich habe jetzt Zeit dazu, und die will ich sinnvoll nutzen, während Sepp sich in den Salzburger Gassen herumtreibt. Aber vorher hinterlasse ich Andrea noch eine Nachricht. Ich fotografiere die Tarotkarte und schicke ihr eine MMS mit einer Erklärung. Extra in die Direktion bringe ich die Karte nicht. Wenn Andrea ihr mehr Beachtung zukommen lassen will, dann soll sie Roland oder einen anderen jungen Polizisten schicken. Ich habe heute schon genug Kilometer in einer fahrenden Blechdose verbracht. Ich lege das Handy beiseite und geh ins Netz. Es gibt Hunderte Foren und zig halbprofessionelle Infoseiten. Mir schwirrt der Kopf. Immer wieder greife ich zu meinem Glas Hollersaft und nehme einen Schluck.

Die Minuten werden zu Stunden, und ehe ich mich's versehe, ist es mitten in der Nacht. Mein Magen zieht sich rebellisch zusammen. Es ist schon lange nach zweiundzwanzig Uhr.

Eigentlich esse ich nach neunzehn Uhr nur in Ausnahmefällen. Ein voller Bauch spätabends führt bei mir vermehrt zu wirren Alpträumen.

Dennoch bereite ich mir eine meiner eingemachten Gulaschsuppen zu und esse noch ausgiebig. Nachdem mein Magen endlich wieder ruhig und zufrieden vor sich hin grummelt, spüle ich das Geschirr und horche auf. Kommt Sepp etwa doch schon nach Hause? Nein, leider nicht. Draußen braust der Wind. Ich gehe vor die Haustür und inspiziere den Himmel. Nach einem richtigen Unwetter sieht es glücklicherweise nicht aus. Vorsichtshalber schließe ich trotzdem alle Fensterläden. Dann mache ich mich auf ins Schlafzimmer. Ich bin nicht mehr vierzig, sondern gehe schnurstracks auf die siebzig zu. Da sollte man es mit dem Körperraubbau nicht übertreiben. Ich mache mich im Bad zurecht und schlüpfe dann unter die Decke. Ein letztes Mal werfe ich einen Blick auf mein Smartphone. Aber es liegt dunkel und stumm auf dem Nachtkästchen. Sepp wird wohl noch länger aus sein, und Andrea hat außer einem kurzen »Danke« auf meine MMS nichts erwidert. Ich kann also ruhig etwas Schlaf nachholen.

Ich träume. Und ich weiß es.

Vor mir auf einer hölzernen Pferdekutsche hockt Rasputin. Er ist fett wie eine ausgefressene Raupe kurz vor der Verpuppung. Und er isst. Er isst und isst und isst. Ein riesiger Topf, nein, vielmehr eine Gulaschkanone steht vor ihm, und mit einem großen Holzschöpflöffel schaufelt er Suppe in sich hinein.

»Weiter, zieh weiter!«, brüllt er plötzlich. Dabei schießen ihm Nudeln aus dem Mund. Plötzlich sind die Pferde vorne keine Pferde mehr, sondern vier Menschen. Ich blinzle verdutzt und reibe mir die Augen. Doch ich sehe richtig. Ferdinand und Maximilian stehen vorne. Beide in glänzender Rüstung und mit rosaroten Federn auf dem Helm. Es ist so ein absurdes Bild, dass ich lachen muss. Erschrocken schlage ich mir die Hand auf den Mund, aber Rasputin nimmt keine Notiz von mir. Es ist so, als wäre ich unsichtbar. Erneut brüllt Rasputin seinen menschlichen Zugpferden zu.

»Weiter auf zum Tod!«, plärrt er.

Ich verstumme und starre nun auf die beiden hinteren Männer im Gespann. Es sind Gottschalk und Klitschko, aber die echten. Nicht Dennis Malic und Mirko Radanovic, sondern Thomas Gottschalk und Wladimir Klitschko. Spätestens jetzt wüsste ich, dass ich träume. Aber irgendwie war es mir diesmal von Anfang an klar. Ich habe auch keine Angst. Nur Verwunderung macht sich in mir breit, und ich muss grinsen. Ein Wimmern erklingt plötzlich. Oh nein, denke ich nur erschrocken. Ludmilla und Bruno sind in die zwei großen Räder der Kutsche eingeflochten und schieben mit ihren Händen unter schmerzerfülltem Jaulen den Wagen voran.

»Was soll das bedeuten?«, rufe ich Rasputin zu. Jetzt erst bemerkt er mich. Er legt den Kopf schief und sieht mit einem Mal gar nicht mehr grausig oder bedrohlich aus. Vielmehr wirkt er wie ein großes, fettes Riesenbaby auf mich.

»Magst du Suppe essen?«, fragt er und hält mir den Löffel entgegen.

»Ich hasse Buchstabensuppe! Sag mir lieber, warum du so viele Menschen tötest!«, schnauze ich ihn an. Ich weiß nicht, warum, aber die Wut in mir nimmt überhand. Ich bin derart zornig, dass ich ihn niedertrampeln möchte. Mit großen Augen schaut er mich an. Ich werde zum Riesen. Mein Fuß ist so groß wie ein Schiff. Ich hebe ihn und möchte ihn auf Rasputin und seine dämliche Kutsche heruntersausen lassen.

»Ich will nur spielen. Es sind auch keine Buchstaben. Es sind die Zahlen.«

Verdutzt halte ich inne. Er streckt mir den Löffel entgegen, und ich erkenne, dass tatsächlich lauter Nudelzahlen in der trüben Brühe schwimmen.

»Warum? Erklär mir, warum?«, sag ich nur und merke, wie ich wieder auf Normalgröße zurückschrumpfe.

Rasputin zuckt die Schultern. »Nur ein Spiel. Ich muss jetzt los! Es ist mein Geschäft, und es sind meine Spielregeln«, meint er ungerührt und schnalzt mit der Zunge. Verdattert bleibe ich stehen. Die Kutsche rast in Windeseile auf eine überdimensionale Tarotkarte zu. Es ist die Welt. Die Karte verschlingt das seltsame Gespann, und mit einem Mal kommt Wind auf. Er bläst mir ins Gesicht und wirbelt mir Tarotkarten und Nudeln um die Wangen. Ich huste und verschlucke mich. Und dann bin ich wach. Mit einem Satz richte ich mich auf und öffne die Augen.

Sepp steht am offenen Fenster. Der Wind des Traums eben war echt. Eine kühle Brise weht mir um den Kopf.

»Sepp, ich hatte gerade einen abstrusen Traum.«

Er schließt das Fenster, lässt aber die Läden wie auch die Vorhänge offen. Dann kommt er zu mir und schlüpft unter die Decke. »Tatsächlich? Erzähl!«

»Du zuerst. Hatte deine Suche Erfolg?«

»Nicht wirklich. Aber vielleicht habe ich eine Spur. Ein Wirt hat Ferdinand gesehen und ist sich sicher, dass er mit einem seiner Stammgäste hinausgegangen ist. Dieser Gast soll morgen Abend wieder im Lokal sein. Da werde ich ihn fragen.«

»Das ist doch wenigstens eine kleine Hoffnung und wahrscheinlich mehr, als Kurt gerade in den Fingern hält«, antworte ich zuversichtlich. Sepp legt seinen Kopf an meine Schulter. Ich rieche Rauch und Schweiß und Alkohol und Erschöpfung. Ich beginne zu berichten. Mit aller Kraft erinnere ich mich an die Details des Nachtschrecks. Sepps Atem wird regelmäßiger und flacher. Ich beende meine Schilderung und bin mir sicher, dass er eingeschlafen ist.

»Eigene Welt mit eigenen Spielregeln«, murmelt Sepp leise.

»Was?«, frage ich.

»Das sagt mir dein Traum. Rasputin lebt in einem ganz anderen Universum wie wir, und sein Spiel läuft nach Regeln, die wir normale Menschen nicht verstehen.«

»Stimmt«, sage ich.

»Und die Zahlen. Wir müssen uns die Nummer ansehen, die auf der Karte steht. Vielleicht ist es eine Telefonnummer«, brummt er weiter.

»Du hast recht. Ich habe eine Lupe. Wir probieren es einfach und schauen, ob es eine vorhandene Nummer ist.«

»Später«, sagt Sepp.

»In Ordnung.«

Draußen beginnt sich der erste Schimmer des neuen Tages über den Wald zu schieben. Zuerst glaube ich noch, dass ich nie und nimmer zurück in den Schlaf finden werde, aber ich täusche mich. Mit fester und inniger Umarmung holt mich die Müdigkeit zurück ins Land der Träume. Nur dass mir diesmal keines der flüchtigen Nachtbilder in Erinnerung bleibt. Alles, was war, verschwimmt, wird unwichtig und zugedeckt von der Milde des Schlafes.

Von Spelunken und Halunken

Rosis Tipps beim Zahnen
Kamillentee auf die geschwollenen Stellen tupfen.
Kühle Beißringe.
Veilchenwurzel statt Beißring.

Sepp dreht sich grunzend auf die Seite. Leise schleiche ich mich aus dem Schlafzimmer und husche nach unten, vorsichtig darauf bedacht, die knarrenden Stufen der Treppe an der richtigen Stelle zu betreten, um keinen Lärm zu machen. Ich richte den Kaffee und stelle die große Kanne auf den Tisch. Ein Blick in den Brotkasten schafft schnelle Ernüchterung. Anscheinend hat Sepp gestern Nacht den letzten Rest Schwarzbrot vertilgt. Also muss ich wohl oder übel zum Bäcker. Ich schnappe mir die Einkaufstasche und Donalds Schlüssel und will gerade zur Haustür hinaus, als diese aufschwingt und Daniela schwer beladen mit Maxi-Cosi und einem großen Sack voller Brot und Wurst vor mir steht. Sie sieht verheult aus. Ich nehme ihr sofort die schwere Kindertrage ab. Joachim schlummert tief und friedlich.

»Ich wollte gerade zum Bäcker, aber du hast anscheinend genug für ein ganzes Regiment besorgt«, sage ich zur Begrüßung und trete zur Seite, damit Daniela schnell durch den Vorraum in die Stube gehen kann. Ich schleppe Joachim hinterher. Der Kleine ist ziemlich schwer, und seine speckigen Beine hängen bereits ein gutes Stück über den Rand der Schale hinaus. Ächzend und beinahe gleichzeitig legen Daniela und ich unsere Lasten ab. Ihr Sackerl landet auf dem Tisch, die Babytrage in der Eckbank.

Daniela macht einen tiefen Atemzug und setzt sich auf den Stuhl.

»Ich hoffe, es ist dir recht, dass wir einfach so aufkreuzen. Aber ich bin so etwas von fix und fertig. Joachim hat die ganze Nacht gebrüllt, und wenn er gerade einmal für eine Viertelstunde ruhig war, hab ich mir den Kopf wegen Kurt zerbrochen.«

»Ach, Herzchen. Ihr zwei Süßen seid mir immer willkommen«, sage ich liebevoll und gieße Kaffee in die Tassen. »Erzähl. Was hat der Kleine denn?«, frage ich und richte währenddessen den Frühstückstisch fertig her. Ich stelle die Teller hin, hole Besteck und gebe die Semmeln, Kipferl und Weckerl in die Brotschale. Den großen Laib Bauernbrot lege ich auf ein Holzbrett.

»Zähne. Aber das volle Programm. Mit Dünnpfiff hinten, Sabber vorne, Windelausschlag, Fieber und einem grantigen Gemüt, dass ich mich am liebsten vor ihm verstecken würde. Es passt ihm einfach gar nichts. Weder getragen noch geschaukelt werden oder sitzen. Nur beim Autofahren gibt er Ruhe. Ich kann kaum die ganze Nacht herumbrausen, nur damit Prinz Joachim zu seinem Schönheitsschlaf kommt.«

Ich lache. »Er kommt also ganz nach seiner Mama. Du warst beim Zahnen auch eine Katastrophe. Nimmt er die Veilchenwurzel?«

Dani nickt.

Ein paar letzte Handgriffe und Wurst, Käse, Butter und Marmelade stehen auf dem Tisch. Prüfend lasse ich meinen Blick über die Sachen schweifen und setze mich zufrieden hin. Ich hasse es, beim Essen aufstehen und etwas holen zu müssen, weil es fehlt. Aber es ist alles da. »Greif zu!«, sage ich zu meiner Tochter.

»Ja«, meint sie nur und schnappt sich eine Semmel.

»Danke für die leckeren Lebensmittel. Hast du es schon mit der Waschmaschine probiert?«

»Hä?«, meint Dani und zieht die Brauen hoch. Mein Gedankensprung war wohl einen Deut zu groß. Vom Frühstückstisch zur Babyberuhigung sind es doch ein paar Schritte mehr oder weniger logischer Überlegungen.

»Na ja. Wahrscheinlich mag er das Rütteln, die Geräusche und das Gefühl in der Babyschale. Stell das Ding doch einfach auf die Waschmaschine und schau, ob es ihm genauso gefällt wie das Autofahren. Dich hat das Neunzig-Grad-Programm mit extra Vorwaschgang am meisten beruhigt.«

Daniela, die gerade von ihrer Marmeladensemmel abgebissen hat, fällt die Kinnlade hinunter.

»Mund zu, sonst purzelt das Essen raus!«, sage ich.

Sie würgt den Bissen schnell hinunter.

»Du hast mich auf der Waschmaschine geparkt?«, fragt sie halb entsetzt.

Ich nicke bloß und richte mir selbst ein Brot her.

»Gut, ich versuche es!«, meint meine Tochter schließlich.

»Du kannst mir den Kleinen auch ruhig hierlassen und zwei, drei Stunden schlafen. Am Vormittag fahr ich nirgendwohin, und am Nachmittag muss ich schauen, ob Sepp mich bei seiner Suche nach Ferdl dabeihaben will.«

»Wirklich? Das wäre herrlich. Ich bin so müde«, sagt sie.

»Natürlich, mein Schatz. Und warum sorgst du dich so wegen Kurt?«

Daniela rinnen plötzlich unkontrolliert die Tränen über die Wangen. Ich greife über den Tisch und halte ihre Hand. »Kurt ist ein erfahrener Polizist und leitet nun sogar die Mordabteilung. Er bringt sich bestimmt nicht unnötig in Gefahr, Schatz«, versuche ich sie zu trösten.

»Das ist es ja gerade. Er hat die Leitung neu übernommen, und das hier ist sein erster großer Fall. Kurt will nicht versagen. Er gibt momentan alles, macht Überstunden, rast selbst durch halb Österreich und denkt gar nicht daran, dass ein Mann wie Rasputin einen ganzen Staat an Mitarbeitern und Sympathisanten hat. Leute wie er haben auch keine Hemmung, einen Bullen abzuknallen. Kurt unterschätzt das alles. Ich hab im Netz zu Rasputin recherchiert und nur Schreckliches gelesen. Er geht über Leichen, hat keine Moral und kein Gewissen. Kinder, junge Mädchen und Buben, verschleppte Frauen, Drogen … Er handelt mit allem, und seine Mitarbeiterschar ist organisiert wie die schlimmste Mafia. Rosi, ich habe Angst. Was, wenn ich meinen Kurt und Joachim seinen Papa verliert? Ich, ich …«

Sie bricht erneut in lautes Schluchzen aus. Joachim, der das Glucksen seiner Mutter hört, wacht auf und heult mit. Ich beuge mich schnell über die Schale und befreie den Kleinen aus seiner verzwickten Haltung.

»Scht, scht«, tuschle ich sanft und lege mir Joachim über die Schulter. »Alles ist gut, mein Kleiner. Deine Mama macht sich ganz umsonst Sorgen. Der Papa passt sicher gut auf. Er ist ein Profi.«

Sofort beruhigt sich das Kind und gurrt stattdessen leise vor sich hin. »So, und nun zu dir, Daniela!«, sage ich streng. »Du hast von Anfang an gewusst, welchem Beruf Kurt nachgeht und dass er eben nicht im Supermarkt Regale einräumt. Er versteht sein Handwerk, und er liebt euch. Vertraue ihm. Außerdem arbeitet er mit einem Spitzenteam. Du musst lockerlassen und dich entspannen. Jetzt isst du zu Ende und dann machst du wirklich ein Nickerchen. Klein Jo bleibt bei mir, und ich bring ihn dir erst am Mittag wieder.«

»Aber sein Vormittagsbrei!«, wendet Dani ein.

Ich schüttle den Kopf. »Das schaffe ich auch noch«, sage ich nur und schiebe mir ein Stück Brot in den Mund.

Daniela gibt auf. Ein klein wenig jammert sie noch darüber, dass sie Kurt selten zu Gesicht bekommt und sich manchmal so alleingelassen fühlt. Doch ihre Beschwerden sind nur noch halbherzig. Nachdem sie zu Ende gegessen hat, schleppt sie sich nach draußen und macht sich auf den Weg in ihr Haus.

»Wenn er Probleme macht, kommst du aber sofort rüber, ja?«, fragt sie.

»Ja, ja«, antworte ich und schließe schnell die Haustür. Joachim quietscht vergnügt und tatscht nach meinen Silberlocken.

»So, mein Kleiner. Jetzt machen wir es uns schön. Du darfst gleich mit zu den Hühnern. Das wird ein Spaß!«, verspreche ich dem Wonneproppen und mache mich sogleich ans Werk.

Nach getaner Arbeit wandern wir wieder hinein. Nun ist auch Sepp wach und räumt gerade die Reste vom Tisch weg.

»Gut geschlafen?«, frage ich ihn und drücke ihm einen Kuss auf die Wange.

»Ja, war in Ordnung. Wir haben heute ja lieben Besuch«, sagt Sepp und streicht Joachim über die Wange.

»Vor allem stinkt der Kleine und hat Hunger. Ich koch ihm Brei, und du machst ihn sauber«, sag ich grinsend und drücke Sepp den Jungen in den Arm. Sepp brummt sein Einverständnis.

Kurze Zeit später liegt Joachim satt und zufrieden auf einer Decke am Boden.

Sepp lehnt sich gegen den Türrahmen. »Ich fahre dann wieder nach Salzburg.«

»Tu das!«, sage ich. »Ich bringe in einer Stunde den Kleinen rüber zu Dani und suche dann weiter nach Infos im Internet. Es sei denn, du willst mich bei deiner Sache dabeihaben.«

Sepp schüttelt den Kopf. Er nimmt den Autoschlüssel vom Haken. »Bis später«, grüßt er, und ich winke ihm zu.

Es ist erstaunlich. Durch die Anwesenheit von Joachim hatte ich den ganzen Vormittag gar keine Zeit herumzugrübeln. Rasputin und die Morde sind doch glatt für ein paar Stunden in den Hintergrund gedrückt worden, und eigentlich fällt es mir nun schwer, den Kleinen wieder zu Dani zu bringen. Aber es ist so vereinbart.

Ich schnappe Joachim und setze ihn mir auf die Hüfte. Dann marschieren wir hinüber zu Danielas Haus. Wie gut, dass wir nun alle fußläufig nebeneinander wohnen. Jeden Tag freue ich mich aufs Neue darüber, erfolgreich gegen die anfänglichen Widerstände meiner Kinder angekämpft zu haben. Baugrund ist teuer, und ich habe rund um meinen Hof genug Platz für alle. Danis Haus liegt nun still und mit abgedunkelten Jalousien vor uns. Die Tür ist offen, und ich schleiche mich hinein. Dani liegt zusammengerollt unter einer großen rosa Decke auf der Couch und schnarcht leise. So unauffällig und still wie möglich husche ich mit Joachim in die Küche. Den Jungen setze ich in die Gehschule und gebe ihm seine Spielwürfel. Danach wende ich mich dem Kühlschrank zu und spähe hinein. Zufrieden nehme ich mir Zucchini, Paprika, Karotten, Champignons und eine Dose Tomaten. Es ist nichts Besonderes, was ich daraus machen kann, aber Spaghetti schmecken mit selbst gemachtem Gemüsesugo allemal besser als mit einer Soße aus dem Glas. Ich bin schon fast fertig, als ich ein surrendes Geräusch höre. Zuerst kann ich es nicht zuordnen. Als ich aber das leuchtende Display in der Glasvitrine sehe, reagiere ich blitzschnell. Ich nehme Danis Handy und gehe ran. Es ist Kurt.

»Hallo, Kurt. Dani schläft noch. Sie ist so besorgt um dich, dass sie kein Auge zugetan hat. Die ganze Nacht war sie wach!«, begrüße ich meinen Schwiegersohn aufgebracht. Angesichts meines immensen Wortschwalls herrscht erst mal Stille. Kurt atmet rasselnd aus.

»Tut mir leid, Rosi. Aber es geht mir gut. Ich rufe eigentlich auch an, weil ich Dani fragen wollte, ob ich was vom Chinesen mitbringen soll. Andrea übernimmt die nächste Schicht hier. Ich bin so k.o., dass ich einfach heimkommen und eine Runde schlafen muss.«

Sofort fühle ich mich schuldig, den armen Kerl so angefahren zu haben. Wenn es um meine Kinder geht, dann drehe ich manchmal durch.

»Tut mir leid, dass ich so schroff war. Du brauchst nichts mitbringen. Ich habe einen großen Topf Sugo à la Rosi gekocht. Es steht alles bereit. Ich wecke in ein paar Minuten Daniela auf, und dann könnt ihr in Ruhe essen. Joachim ist, wie ich gerade sehe, bereit für sein Mittagsnickerchen.«

»Danke, Rosi.«

»Gibt es Neuigkeiten?«, platze ich heraus.

»Ludmilla ist aufgewacht. Sie ist zwar noch nicht vernehmungsfähig, aber wird es wahrscheinlich heute Abend oder morgen Früh sein. Die Ärzte sind zuversichtlich. Und wir haben Meldung von einem kleinen Flugplatz in der Nähe von Ried. Angeblich hat ein Herr Sturmair den Platz in Kirchheim für Montagabend gemietet. Gegen viel Kohle, versteht sich. Wenn das nicht Ferdinand ist, fresse ich einen Besen. Und rate mal, wo die kleine Maschine herkommt, die dort landen will und nach einer Volltankung mit Sturmair an Bord weiterdüsen will?«

»Woher?«, keuche ich aufgeregt.

»Aus Smolensk, Russland!«

Mir läuft eine Gänsehaut über den Rücken. »Meinst du, Rasputin ist bereits in Russland und lässt Ferdinand abholen?«

»Keine Ahnung. Ich bin froh, die Info überhaupt erhalten zu haben. Wir wissen nur davon, weil ein pensionierter Kollege dort seine Maschine stehen hat und die Reservierung entdeckt hat. Er interessiert sich noch sehr für alle laufenden Ermittlungen und hört illegal unsren Funk. Die Personenfahndung ist ihm natürlich nicht entgangen.«

»Das ist ja interessant. Aber wieso hat er die Reservierung gesehen, wo er doch nur dort fliegt?«

»Bei so einem kleinen Flughafen läuft alles als Verein ab, und jeder, der fliegt, arbeitet auch im Schichtdienst mit.«

»Ach so«, sage ich und lasse mir die Neuigkeiten durch den Kopf gehen.

»Bis gleich«, höre ich Kurt, und dann klickt es in der Leitung.

Schnell mache ich mich ans Werk und bereite Joachim für sein Bettchen vor, bevor er in der Gehschule einnickt. Dann wecke ich Daniela. Noch ehe Kurt daheim ist, bin ich schon weg und wieder zu Hause. Zeit für einen Kaffee.

Mir schwirrt der Kopf. Da braut sich ordentlich etwas zusammen, so viel ist klar. Verschiedene Fäden beginnen sich zu einem Knoten zu verdichten, und ich fühle, dass der Knoten demnächst platzen wird. Mir ist schummrig zumute. Mit einer Fahrigkeit in den Händen, die ich so bei mir nicht kenne, balanciere ich das Tablett mit einer Portion Spaghetti mit meinem Sugo, einem Krug Wasser, einer Tasse Kaffee und einer Schokopraline nach draußen. Ich will mich zu meinen Hühnern unter den großen Kastanienbaum in den Schatten setzen und dort meine Nachmittagsmahlzeit einnehmen. Es ist schrecklich schwül, und die noch in der Ferne schwebenden Wolkentürme verheißen einen stürmischen Abend. Ich hocke mich zum kleinen Gartentisch, der noch von letzter Nacht mit Sepp draußen steht, und stelle die Lehne des Liegestuhls in die gerade Sitzposition. Um mich herum scharren meine Hennen und gackern begeistert, weil sie ahnen, dass von meinem Festmahl der eine oder andere Brocken für sie abfallen wird. Ich atme tief durch und beginne zu essen. In aller Deutlichkeit und Präzision lasse ich die Ereignisse der letzten Tage an mir vorüberziehen. Wie abstrus doch die vergangenen Stunden waren. Der Tod ist übers Land gezogen und hat seit meiner Hochzeit eine Schneise der Verwüstung und des Leides im Innviertel hinterlassen. Anscheinend ist Rasputin noch nicht mit seinen Machenschaften fertig. Er bedroht kleine Unternehmer wie Raphael und den Wimmer. Die Wut kocht so schnell und gewaltig in mir hoch, dass ich sie nicht unter Kontrolle halten kann. Mein Faustschlag donnert auf die wackelige Tischplatte, und der Rest Spaghetti fliegt hoch und landet in der Wiese. Auch ein guter Teil meines Kaffees wurde durch meinen Ausbruch verschüttet.

»Sch…!«, fluche ich und halte im letzten Moment an meinem Prinzip fest, nicht laut zu fluchen. Dann hole ich mir eben eine neue Tasse, denke ich sogleich und blicke den aufgescheuchten Pipperln hinterher. Ich hab dem gackernden Federvieh Angst gemacht. Doch viel zu verlockend sind die Nudelreste auf der Wiese. Ich seufze und kehre zu meinen Gedanken zurück. Noch immer brodelt es in mir. Diesmal aber zielgerichteter. Ferdinand. Es ist seine Schuld, dass Rasputin sich auf einmal auf so kleine Fische wie meinen Sohn und Hubert eingeschossen hat. Welcher Teufel hat Ferdinand nur geritten, dass er quasi seinen Bruder, dessen neue Familie und unsere Freunde ausgeliefert hat? Ist es Eifersucht? Gönnt Ferdinand Sepp seinen Frieden im Alter nicht? Eigentlich hat Ferdl sich uns gegenüber stets normal und freundlich verhalten. Aber vielleicht schwelt irgendein alter Konflikt zwischen den Brüdern. Mir fällt auf Anhieb nichts ein. Nur dass es seltsam ist, erst seit Kurzem von Ferdinand zu wissen. Es herrschte die ganzen dreieinhalb Jahre, in denen Sepp und ich ein Paar sind, Funkstille zwischen den Brüdern. Zumindest soweit ich es erinnern kann. Sepp hat ihn auch nie näher erwähnt, sondern immer nur gesagt, dass er den Kontakt zu seinem letzten verbliebenen Pflegebruder verloren hat. Aber warum? Gab es einen Auslöser? Ich muss Sepp danach fragen. Meine Nase juckt, und je mehr ich mich auf diesen Gedanken einlasse, desto mehr deutet darauf hin, auf einer Spur gelandet zu sein. Sepp hat sich doch selbst für seine Verhältnisse über die Maßen für seinen Bruder eingesetzt. Er hat extrem viel Zeit mit ihm verbracht und ist trotz erhärtetem Verdacht hinter ihm gestanden. Soll ich ihn anrufen und gleich danach fragen? Ich schüttle den Kopf. Am Telefon sehe ich Sepps Reaktion nicht. Es ist viel leichter, am Hörer etwas zu verheimlichen, als wenn man sich direkt gegenübersteht. Doch eine andere Idee kommt mir, als ich aufs schweigende Display des Handys starre. Ich könnte die auf die Tarotkarte gekritzelte Nummer probieren. So untätig herumsitzen tut mir nicht gut, und die Karte liegt noch immer von der Polizei unbearbeitet in meinem Küchenschrank. Durch den neuen Vorsatz beflügelt, mache ich mich mit dem ganzen dreckigen Geschirr zurück auf den Weg nach drinnen. Ich werde mit der Lupe das Geschmiere entziffern, mein Glück mit unterdrückter Nummer versuchen und danach Kurt die Karte rüberbringen. Stolz auf mich selbst, schreite ich schwungvoll voran. Rosi, du kannst nicht einmal eine halbe Stunde deine Füße stillhalten, höre ich die Stimme meines verstorbenen Mannes in mir. Ich lächle leicht und drücke den Knopf der Kaffeemaschine. Dann suche ich die Lupe. Irgendwo im Wohnzimmerschrank habe ich noch so ein altes, mit Marienkäfer verziertes Teil herumliegen. Ein Überbleibsel längst vergangener Sommer. Damals haben Raphael und Daniela damit Käfer und Würmer inspiziert. Jetzt kann das alte Glas nochmals seine Dienste tun und mir dabei helfen, die Geheimnisse der Zahlen zu entziffern. Ich suche und krame. Drüben gluckert die Maschine. Draußen zwitschern die Vögel. Es ist ein herrlicher Spätnachmittag, und ich sorge dafür, dass es auch ein aufschlussreicher wird. Die Suche gestaltet sich schwieriger als gedacht. Doch zwei Tassen Kaffee später stoße ich endlich das erlösende »Ha!« aus. Gefunden.

Ich gehe hinüber zur Stube und laufe Herta in die Arme. Sie japst und hechelt. Nein, schlimmer, sie ringt nach Luft und ist schon ganz blau angelaufen.

»Herta, du hyperventilierst ja!«, rufe ich entsetzt. Sie wedelt mit einer Karte herum und schwankt dabei bedrohlich. Ich lasse die Lupe fallen und greife ihr unter die Arme. »Mist, Herta! Hör auf, so schnell zu atmen!«, keuche ich und schleppe sie in die Stube. Zum Glück hängt am Haken neben der Tür noch meine Einkaufstüte, die ich nicht benötigt habe. Ein Lob auf die guten alten Plastiksackerl. Ich drücke Herta auf die Bank, reiße das Sackerl herunter und verkleinere es mit einer Hand auf die Größe einer Jausentüte. Dann presse ich Herta das Ding auf Mund und Nase.

»Atme hier rein. Langsam. Ruhig«, sage ich und bemühe mich darum, selbst gelassen zu bleiben.

Mit schreckgeweiteten Augen starrt Herta mich an. Die feinen roten Adern laufen quer durch den leicht gelblichen Augapfel, und ihre Pupillen sind erweitert, als wäre sie im Drogenrausch. Sie will die Tüte wegdrücken.

»Lass das!«, schimpfe ich und stemme mich stärker gegen sie. Da beginnt sie zu zappeln. Es reicht. Bevor mir die hysterische Frau noch das Gesicht zerkratzt und dann erst recht in Ohnmacht fällt, hole ich aus. Es patscht. Ich habe mich nicht zurückgehalten. Wenn ich schon eine Watsche verteilen muss, dann soll sie auch wirken. Und was soll ich sagen? Sie wirkt. Herta schnappt noch einmal nach Luft, blinzelt erschrocken und erstarrt mit dem Gesichtsausdruck eines mumifizierten Goldfisches.

»Geht's wieder?«, frage ich, weil sie sich gar nicht mehr regt.

»Ja. Sie haben meinen Hubert. Sie bringen ihn um. Sicher!«, sagt sie, und die Hysterie verwandelt sich in eine Tränenflut. Ich schiebe Herta ein Stück weiter die Bank hinunter und setze mich zu ihr. Nun braucht sie Trost und muss erst so weit zur Ruhe kommen, dass sie mir genau berichten kann, was geschehen ist. Ich lege meinen Arm um sie und greife mit der anderen Hand zur Taschentuchbox, die hinter mir am Fenstersims steht.

»Scht … scht. Was ist denn los?«, murmle ich immer wieder. Herta legt die Karte, die sie bislang verkrampft in ihrer Faust gehalten hat, auf den Tisch. Zitternd nimmt sie das Taschentuch und schnäuzt sich ausgiebig. Ich tätschle sie sanft und spähe gleichzeitig auf die Karte. Es ist der Gehängte. Schon wieder. Mir dreht es den Magen um. Trotzdem bleibe ich äußerlich gelassen.

»Mach dir keine Sorgen!«, sage ich monoton, als würde ich ein kleines Kind trösten.

»Aber mein Hubert. Er ist noch immer nicht zurück. Sie haben ihn sicher umgebracht.«

Hertas schreckliche Worte versetzen mich in Alarmbereitschaft. Es stellt mir die Nackenhaare auf. »Herta, du musst mir zuerst alles der Reihe nach erzählen. Ich habe doch keine Ahnung, was geschehen ist.«

Sie blickt auf und deutet schweigend auf die Karte. Erst jetzt wage ich es, genauer hinzusehen. Auf der verflixten Karte sind Blutspritzer.

»Waren Rasputins Schergen wieder bei euch?«, will ich wissen. Herta, der es die Sprache verschlagen hat, kommt endlich wieder zu sich.

»Ja. Aber schon gestern Abend«, sagt sie.

Ich springe auf. »Gestern? Und die Polizei weiß nicht Bescheid? Ich hole sofort Kurt. Wenn wir Glück haben, dann ist er noch drüben im Haus und nicht in die Polizeidirektion gefahren«, antworte ich entsetzt.

Herta packt mich voller Panik am Arm. »Nein, bitte nicht. Vielleicht … vielleicht … können wir ihn noch retten. Sie haben mir doch als Warnung diese Karte eben erst gebracht«, schluchzt sie.

Ich bin hin- und hergerissen. Einerseits ist es nur vernünftig, sofort Kurt einzuschalten, aber andererseits hat Herta vielleicht recht.

»In Ordnung. Erzähl mir die Vorkommnisse, und dann

entscheiden wir, ob Kurt einschreiten soll«, meine ich, obwohl mir der Entschluss im Bauch Schmerzen bereitet.

Herta strafft die Schultern und setzt sich gerade hin. Sichtlich angespannt will sie es richtig machen und kein Detail vergessen.

»Also gestern Abend standen plötzlich zwei maskierte Kerle bei uns im Swingerclub. Wir haben gerade für die interne Abschiedsparty die Getränke verräumt und offenbar nicht abgeschlossen. Auf jeden Fall waren die zwei Kerle unangekündigt da und haben sogleich ein Messer gezückt. Ich war wie versteinert, und Hubert hat nur gestottert, dass er das Geld nicht hier hat und er noch Zeit braucht. Die zwei sind ausgeflippt und haben ihn in den Magen geboxt und dann getreten. Ich wollte dazwischengehen, aber der Lange von den beiden hat mich so gegen die Wand gestoßen, dass ich mich nicht mehr rühren konnte.«

»Weiter«, dränge ich, als Herta mit einem Mal wieder verstummt und ins Leere stiert. Sie zuckt zusammen und blinzelt die Tränen weg.

»Hubert hat dann etwas von Schließung des Ladens gestammelt. Da hat der Kurze gemeint, dass man einem dreckigen Schwanz wie ihm nicht trauen kann und er bestimmt illegal weiter einen kleinen geheimen Fickclub betreiben würde. Genau die Worte hat er verwendet«, fügt Herta entschuldigend hinzu.

Sie muss gemerkt haben, dass mich die derbe Sprache kurz zusammenfahren ließ. Ich nicke nur und kommentiere nicht weiter.

»Dann haben sie meinem Hubert noch einen Faustschlag ins Gesicht verpasst, dass ihm das Blut aus der Nase gespritzt ist.«

»Oh nein«, sage ich.

Herta wimmert. »Und dann hab ich einen Fehler gemacht. Einen nicht verzeihlichen Fehler.«

»Ja?«, frage ich und nehme ihre Hand fest in meine.

»Ich hab den Kerlen von unseren Schließfächern erzählt

und dass dort ein wenig Bargeld und goldene Philharmoniker lägen. Eigentlich wollte ich sie dazu bringen, wieder zu gehen und am nächsten Tag wiederzukommen. Ich hab geschworen, das Geld und die Münzen zu holen, wenn sie uns nur danach für immer in Ruhe lassen würden. Mit irgendwelchen illegalen Mafiasachen wollen der Hubert und ich doch nichts zu tun haben. Wir hatten einfach nur Spaß mit unserem kleinen Etablissement. Freie Liebe unter Freunden und Bekannten im geschützten Rahmen sozusagen.«

Ich schüttle den Kopf. Herta tut mir leid, obwohl Rasputins Schläger mit einer Sache recht haben. Hubert und Herta würden weiter im Privaten ihr Ding abziehen, nur eben an der Steuer vorbei und im eigenen Hinterhaus und Keller.

»Dein Plan ist nicht aufgegangen?«

Herta lässt die Schultern sinken. »Nein, die zwei sind ganz hellhörig geworden und haben gemeint, da wäre es doch besser, wenn sie mit dabei wären, wenn die Schließfächer geöffnet werden. Sonst würden wir natürlich nicht alles bis zum letzten Taler rausrücken.«

»Das stimmt wohl so«, entgegne ich trocken.

»Blöd sind die beiden Kerle nicht. Sie haben also Hubert mitgenommen und versprochen, wenn er brav zahlt und seinen Fi… ähm, sexuellen Eskapaden abschwört, dann bekomme ich ihn in ein paar Stunden heil wieder.«

»Und das alles war gestern Abend?«, frage ich entsetzt nach. »Herta, da muss etwas grob schiefgelaufen sein!«

»Das ist mir auch klar, aber ich habe bis vorhin so darauf gehofft, dass der Hubert einfach wieder Probleme mit der Zahlenkombination der Geldkassette hatte, die im Schließfach liegt. Er ist doch so ein vergesslicher und verwirrter Kauz, was Zahlen anbelangt. Aber als es an der Tür geklingelt hat, war da nur diese Karte. Kein Hubert. Und auf der Karte ist Blut. Rosi!« Sie stützt den Kopf in die Hände.

»Ach Gott, Herta. Das ist ja alles schrecklich. Wir sollten wirklich Kurt hinzuziehen. Dem Ganzen sind wir nicht gewachsen, aber die Polizei kann –«

»Nein!«, ruft Herta erneut und wirft den Kopf zurück in den Nacken. Wie irre starrt sie mich dann aus finsteren Augen an. »Wenn Hubert noch nicht tot ist und diese Mafiosi mitkriegen, dass ich die Polizei eingeschaltet habe, dann …« Sie zeigt auf die Karte, wo der arme Gehängte am Strick baumelt.

»So eine verflixte Situation«, murmle ich. »Wo habt ihr eure Schließfächer?«, frage ich dann.

»Das eine mit dem wenigen Bargeld ist in Eggelsberg, aber das mit dem Gold und den Batzen Scheinen ist in Braunau.«

»Ich nehme an, Hubert hat beide Schlüssel mitgenommen? Und du hast noch die Ersatzschlüssel?«, hake ich nach.

Herta nickt.

»Gut, dann lass uns aufbrechen. Wir fahren zuerst bei der Bank in Eggelsberg vorbei und dann weiter nach Braunau. Aber wohl ist mir nicht bei der Sache, Herta. Sobald wir in die Nähe der Typen gelangen, müssen wir den Notruf wählen, in Ordnung?«

Herta nickt erneut.

»Gut, ich geh nach oben und ziehe mich anders an. Es wird wohl ein Gewitter geben«, sage ich.

»Danke, Rosi«, sagt Herta, und es klingt ehrlich.

Ich stehe auf und eile nach oben. Vor dem Kasten treffe ich die Entscheidung, mich warm und dunkel zu kleiden. Auch wenn es jetzt draußen noch taghell ist, wird sich das demnächst ändern. Die Wolken rücken unaufhaltsam näher, und mit ihnen kommt die Finsternis. So schnell ich kann, kleide ich mich um. Wie gut, dass Sommer ist. Im Winter sind meine Gelenke viel sperriger, und die Bewegungen fallen mir schwerer. Egal, wie gut man auf sich achtet und sowohl mit gesunder Ernährung als auch mit Heilkräutern arbeitet, das Alter hat seinen Preis. Und auch ich muss ihn bezahlen. Doch wer die Bürde des Alterns nicht spüren will, muss jung sterben.

»Das hast du versäumt, Rosi«, flüstere ich mir selbst zu, während ich mir die Haare zu einem Knoten zusammenfasse. Zufrieden betrachte ich mich vor dem Spiegel. Lange graue Jeans, dünner dunkelbrauner Pulli und eine graue Strickjacke.

Das scheint mir eine angemessene Kleidung für diesen Ausflug ins Ungewisse zu sein. Und die Haare werden zumindest leichten Sturmböen trotzen.

»Du packst das«, sage ich zu meinem Spiegelbild und drehe mich um. Unten wartet Herta bereits angespannt auf mich. »Los geht es«, meine ich mehr zu mir selbst als zu Herta. Meine Freundin schaut erschöpft und müde aus. Wenigstens weint sie nicht mehr und scheint sich auch so wieder besser im Griff zu haben. Hoffentlich klappt sie mir nicht auf dem Weg nach Braunau zusammen. Ich kontrolliere beim Hinausgehen noch meine Manteltasche. Das Handy hab ich mit. Außerdem das Pfefferspray aus meinem Hochzeitsgeschenkekoffer. Herta schlurft hinter mir her.

Ich hole meinen alten Citroën aus der Scheune, die nicht mehr für die alten landwirtschaftlichen Geräte benötigt wird, sondern als Garage dient. Herta steigt ein. Als würde der Himmel ahnen, dass sich mein Leben gerade um zig Nuancen verdunkelt, türmen sich nun auch die Wolken auf und verdüstern die Welt.

Braunauer Todeshauch

Rosis schnelle Wundsalbe
2 EL Bienenwachs, 2 EL Rapsöl, 2 EL Honig
Wachs und Öl im Wasserbad schmelzen und verrühren, Honig hinzugeben und zügig in kleine Schraubgläser füllen.

Wie vermutet ist das Bankschließfach in der Sparkasse in Eggelsberg leer geräumt.

»Weiter«, dränge ich Herta zur Tür hinaus. »Wir müssen nach Braunau und dort nachsehen.«

Sie gafft mich begriffsstutzig an. Seit wir zu Hause losgefahren sind, ist sie in eine Art lethargisches Zombie-Dasein verfallen. Langsam und fahrig sind ihre Bewegungen, und den Schlüssel hat sie vorhin nicht einmal in den Schlitz des Bankfaches stecken können. Auch jetzt schiebe ich sie wie ein Kleinkind vor mir her. Der Wind fegt uns draußen um die Ohren, und ich bin froh, als wir wieder im sicheren Innenraum von Donald sitzen. Ich lege den Rückwärtsgang ein und fahre los. Leider kann ich nicht richtig Gas geben. Der Sturm frischt immer mehr auf, und meine alte Ente hat weder den guten Schwerpunkt noch das Gewicht neuer Autos. Immer wieder lenke ich gegen den Wind und halte den Wagen so auf der Straße. Zum Glück ist das Unwetter aber noch nicht so stark, dass die Bäume ihre Äste verlieren.

»Wir sind gleich da«, versuche ich das Gespräch mit Herta zu beginnen. Sie wendet den Kopf. Mit wässrigen Augen starrt sie mich an.

»Es ist bestimmt zu spät«, murmelt sie.

»Unsinn!«, sage ich streng und stemme mich gleichzeitig mit dem Lenkrad erneut gegen eine Böe. »Wir stöbern sie auf und holen Hubert da raus. Unkraut vergeht nicht«, sage ich überzeugt.

Allein der Gedanke, dass ich zu spät kommen könnte oder Hubert nicht finde, scheint mir derart surreal, dass es gar nicht passieren kann. Seit Jahrzehnten sind Huberts und meine Existenz miteinander verwoben. Und egal, was ich persönlich von seinen Liebeseskapaden halte, irgendwie ist er einer meiner ältesten Freunde. Ja, er hat jede Menge Mist gebaut und mehr Herzen gebrochen, als mir lieb ist, aber er hat sich oftmals auch als echter Helfer in der Not erwiesen. Durch ihn ist meine Tochter Daniela schlussendlich Mutter geworden. Er hatte damals die Idee mit der Leihmutterschaft. Ohne ihn wäre Dani in der Depression verharrt und nicht die glückliche Ehefrau und Mutter geworden, die sie nun ist. »Wir retten unseren Hubert!«, sage ich mit absoluter Bestimmtheit und fahre durch die Salzburger Vorstadt in Braunau. Der Stadttorturm mit seiner engen Durchfahrt ragt schon vor mir auf. Mit einem großen, breiten Auto ist das Durchschlängeln eine Kunst, und ich bin froh, meinen Citroën und nicht Sepps Audi zu fahren. Immer wieder schrammen Autos die Innenseite des Tors. Hin und wieder bleibt sogar ein übereifriger Lkw-Fahrer im Bogen stecken. Das Ganze hat dadurch aber eine positive Seite. Der Turm kann gar nicht verfallen. Er muss dauernd ausgebessert und restauriert werden.

»Welche Bank?«, frage ich Herta. Sie deutet nach rechts. Gleich nach dem Turm parke ich in der Kurzparkzone vor der Bank neben dem Rathaus. Ich steige aus und sehe mich um. Die Stadt ist so gut wie menschenleer. Der starke Wind hat die Leute in die Häuser getrieben. Am anderen Ende des Stadtplatzes huscht gerade ein Pärchen in die Sicherheit des Wirtshauses. Aber sonst ist niemand zu sehen. Ich gehe um den Wagen herum und mache die Beifahrertür auf. Herta steigt aus. Sie hält mir sogleich den zweiten Schlüssel entgegen. Offenbar soll ich diesmal von vornherein das Schließfach öffnen. Ich nehme den Schlüssel und schnappe ihre Hand. »Komm mit!«, sage ich und ziehe an ihr. Wir betreten die Bank. Herta stapft neben mir her. Wir bleiben abrupt vor den Schließfächern stehen. Den Schlüssel brauchen wir gar nicht, da das Türchen sperrangelweit offen steht. Die darin liegende Schatulle und die Geldkassette fehlen.

»Herta, wir müssen Kurt verständigen. Die Bank ist videoüberwacht, und wir können dadurch feststellen, wann sie da waren und das Schließfach geöffnet haben!«, dränge ich Herta. Sie packt mich mit unerwarteter Kraft an den Schultern und schüttelt wild den Kopf.

»Nein. Niemals. Sie sind bestimmt ganz in der Nähe. Haben sich einen ruhigen Platz gesucht, und Hubert quält gerade seine Hirnwindungen, um die Zahlenkombination der Geldkassette herauszufinden!«, sagt sie mit einer plötzlichen Klarheit, die mich verblüfft.

Mit einem Mal ist die Lethargie von ihr abgefallen, und Hoffnung schimmert in ihrem Gesicht auf.

»Aber …«, will ich einwenden, überlege es mir jedoch anders. »Du hast recht. Vielleicht schindet Hubert auch extra Zeit und gibt die falschen Zahlen ein. Immerhin weiß er, dass du die Karte erhalten hast.«

Herta nickt aufgeregt. »Er nimmt gewiss an, dass ich zu dir geeilt bin und wir ihn retten kommen.«

»Aber wo sind sie hin? Gibt es einen Unterschlupf, wo Hubert die Kerle hingelotst haben könnte? Wo ist es ruhig und abgeschieden zugleich?«

Herta überlegt und fährt ruckartig mit dem Kopf hoch.

»Das alte Badhaus!«, ruft sie.

»Das Museum? Wieso in Gottes Namen im Museum?«, frage ich. Herta wird rot und zuckt die Schultern.

»Na ja, da ist nie jemand, und es ist schön gruselig. Hubert und ich haben uns dort hin und wieder zurückgezogen und ein wenig im mittelalterlichen Ambiente herumgeschmust.«

»Ihr habt was!?«, fahre ich sie entsetzt an.

»Wir sind nicht bis zum Äußersten gegangen, haben nur so ein wenig gefummelt und geknutscht. Wir haben doch Kostüme zu Hause. Ich war dann die Badefrau oder er der Bader und der andere jeweils die Kundschaft.«

»Das ist nicht euer Ernst, oder? Dort gibt es doch Kameras, soweit ich weiß!«

»Und tote Winkel. So richtig zur Sache gekommen sind wir aber dann immer im Gebüsch am Innbach, am Inn oder an einem anderen abgeschiedenen Ort.«

Ich schaffe es nicht einmal mehr, etwas zu erwidern. Stattdessen drehe ich mich um und renne zur Tür hinaus. Herta saust mir nach. Obwohl ich weiß, in welche Richtung ich laufen muss, brauche ich einen Moment zur Orientierung. Am kürzesten ist der Weg durch die Passage der VKB, aber vielleicht ist sie durch das Gitter versperrt. Also bleiben als sichere Alternativen nur der Rathaus-Durchgang oder die engen Gassen zurück zur Badestube. Ich gucke nach rechts und nach links, in beide möglichen Richtungen. Wie ein Mahnmal sticht mir die Figur vom Steininger mit seinem langen Bart ins Auge. Ich schlucke. Viel zu deutlich sind die Erinnerungen an den armen Bruno, der gerädert und verkleidet keine dreihundert Meter entfernt auf der Stiege gelegen hat. Mir wird flau im Magen, und irgendwie schiebt sich das Bild des toten Wimmer über das des Langbärtigen.

»Hier entlang!«, nimmt mir Herta die Entscheidung ab und rennt auf das Rathaus zu. Nun folge ich ihr mit einem Meter Abstand und kann den Blick nicht vom Steininger über mir lösen, bis ich endlich in das Dunkel des Durchganges eintauche. Herta läuft wie vom Teufel getrieben. Ich komme kaum hinterher. Die Schaukästen mit den Stadtneuigkeiten, den Todesanzeigen und den Stellenausschreibungen huschen an mir vorbei. Wenn ich sonst an einem Mittwochvormittag mit meinem Sepp gemütlich auf die Schranne gehe, am Markt einkaufe und hier entlangschlendere, um das Obst und Gemüse zum Auto zu bringen, studiere ich die Ausschreibungen gern. Dann und wann sind sogar interessante Beiträge dabei. Ein nettes Kräuterseminar, eine kleine Fußpilgerreise oder die Trauerparte eines Verstorbenen, den ich von früher kenne. Aber diesmal verschwimmen die Aushänge zu einem milchigen Durcheinander. Ich hetze weiter und hole endlich meine Freundin ein. Wir biegen rechts ab und eilen an der Bibliothek, die sich in der alten Kirche vor dem ehemaligen Gefangenenhaus befindet, vorbei. Der Asphaltbelag wechselt, und ich stolpere fast über die ersten Pflastersteine, die den Weg bis zur Badestube auf der rechten Seite säumen. Wie froh bin ich darüber, mich für die flachen, unauffälligen Turnschuhe entschieden zu haben. In meinen Sandalen, die zwar auch nur einen kleinen Absatz haben, würde ich bei der Geschwindigkeit, die Herta an den Tag legt, am Klopfsteinpflaster hängen bleiben und mir beim Sturz vielleicht noch das Genick brechen. Es blitzt über uns, und einen Wimpernschlag später donnert es ohrenbetäubend.

»Auch das noch«, schimpfe ich und halte mir den Mantel zu. Es wird nicht mehr lange dauern und der Regen wird vom Himmel prasseln, um die Erde unter sich zu ertränken. Wie zum Beweis donnert es abermals. Wir haben die niedrigen Stufen hinunter zum Eingang der Badestube erreicht. Daneben gibt es einen sandigen Weg für jene, die die Stiege lieber vermeiden wollen. Ich halte mich am silbernen Metallgeländer fest und steige die paar Stufen schnell nach unten. Der Eingang des Museums ist modern und kommt gänzlich ohne Personal an einer Kassa aus. Es ist ein rundes Gebäude, dessen Fassade mit senkrechten Holzspreißeln verkleidet ist. Diese Optik sieht man im Moment fast überall. Die Leute bauen ihre Carports, Holzhütten und Hausvorbauten auf diese Art. Vor der Glastür befindet sich eine elektronische Kassa, die stark an einen Parkscheinautomaten erinnert. Herta durchsucht hektisch ihre Hosentaschen nach Münzgeld. Hilfesuchend dreht sie sich zu mir. Ich greife in meine Westentasche und fische eine Zwei-Euro-Münze heraus.

»Wir brauchen eigentlich zwei für den Eintritt!«, sagt Herta.

»Ich glaub es nicht. Du und Hubert habt in einem öffentlichen Museum keine Hemmung, euer Gspusi zu betreiben, aber du hast ein schlechtes Gewissen, wenn wir uns beide für einen Eintritt ins Innere einlassen«, sage ich und werfe die Münze ein. Der Türöffner surrt, und ich drücke die Tür auf.

»Komm, Herta, ich überweise der Stadt die zwei Euro später, wenn es dich beruhigt!«, blaffe ich und beiße mir sogleich auf die Lippe.

Ich rede viel zu laut. Wenn Hubert und die beiden Mafiosi tatsächlich im Museum sind, haben sie mich vielleicht gehört.

Ich lausche. Doch das Dröhnen des Windes ist bereits so heftig, dass unsere Entdeckung unwahrscheinlich ist. Wir huschen nach innen. Ich presse meinen Zeigefinger auf den Mund und bedeute Herta, auf Zehenspitzen zu schleichen. Sie brummt zustimmend. Dann schleiche ich vor. Herta folgt mir. Die Kälte des alten Gemäuers schlägt mir mitsamt der Feuchtigkeit und dem leicht modrigen Geruch entgegen. Alles liegt dunkel vor uns. Ich wage mich Meter für Meter nach vorne und bleibe dann stocksteif stehen. So ein verdammter Mist. Lichtschranken und die automatische Beleuchtung schalten sich überall dort ein, wohin ich vordringe. Ein unbemerktes Vorankommen ist dadurch nicht möglich, und die Täter, sofern sie da sind, werden auf alle Fälle vorgewarnt. Ich greife erneut in meinen Mantel und reiche Herta das Handy.

»Kurzwahltaste eins, Polizei«, tuschle ich ihr zu und angle als Nächstes die einzige vielleicht hilfreiche Verteidigung heraus, die ich mitführe. Das Pfefferspray. Mit der Hand umklammere ich die kleine Dose und lege den Finger auf den Druckknopf. Gleich fühle ich mich ein wenig sicherer. Wenn ich tatsächlich weiterhin solche Aktionen in meinem Leben betreiben will, dann brauche ich eine richtige Waffe und einen Waffenschein. Sofort schiebe ich den Gedanken zur Seite. Nein, wenn das hier vorbei ist, mach ich Urlaub. Richtig lange. Ich höre ein Rascheln links vor mir in einer Nische und fahre herum. Schon drücke ich wie von selbst den Knopf. Es zischt. Die arme Ratte stößt einen herzzerreißenden Fieps aus und fällt wie tot nach unten. Hinter mir beginnt Herta zu husten, und auch mir brennt es in Augen und Lunge. Nun hält mich nichts mehr zurück. Zuerst stolpere und dann renne ich durch den Rest des Museums. Meine Augen tränen, aber ich schaffe es dennoch, in jeden Erker der Badestube hineinzusehen. Fast beim Ausgang angelangt bleibe ich stehen. Herta stößt gegen meinen Rücken. Sie hustet noch immer.

»Was ist?«, fragt sie röchelnd. Ich gehe ganz nahe an den Rand des Metallsteges, der im ganzen Museum den Weg ausmacht.

»Da, ein Hemd. Gehört es Hubert?«, will ich wissen und beuge mich über das Geländer. Aber ich kann das Kleidungsstück nicht erwischen. Innerlich fluche ich. Dann klettere ich hinüber auf die alten Ziegel. Wackelig und unsicher stehe ich da und presse die Lippen fest aufeinander. Mit einer Hand halte ich mich an dem Geländer fest und versuche zuerst mit der anderen Hand den Stoff zu erwischen. Ich schwitze, mir ist schwindlig und schlecht. Das Pfefferspray brennt auf jeder Schleimhaut. Ich strecke mich, so gut es geht, nach unten. Das verflixte Hemd bleibt in unerreichbarer Weite. Es klappt einfach nicht. Ich muss das Geländer loslassen und mich ein paar Schritte auf den bröckeligen Ziegeln in Richtung des Schachtes bewegen. Alles wackelt unter mir, und ich beschließe, mich auf alle viere zu begeben. Meine Beine sind länger als meine Arme. Darum krieche ich rückwärts Stück für Stück die alte Mauer entlang. Das Problem ist weniger, dass ich nach unten stürzen könnte, denn es ist nicht besonders tief, sondern die Zerstörung, die mit einem Sturz einhergehen würde. Ich wage gar nicht, den Gedanken aufkommen zu lassen. Aber die Wahrscheinlichkeit besteht leider, dass ich historisch wertvolle Struktur ganz einfach zum Einsturz bringe. Ich bin weder eine federleichte Gazelle noch eine sportliche und trittsichere Fünfundzwanzigjährige. Aber ich bin glücklicherweise auch nicht ungeschickt. Das Hemd rückt in erreichbare Nähe. Also angle ich mit dem Fuß danach. Ich schiele unter meinem Bauch durch, als würde ich beim Seniorenturnen in Liegestützposition verharren. So weit ich kann, strecke ich mein rechtes Bein nach dem Gewandstück aus. Mein Fuß schlüpft in einen der kurzen Hemdsärmel. Ganz langsam hebe ich das Bein. Das Hemd bleibt am Fuß hängen. Ich lege mich stöhnend auf den Bauch und winkle das Bein an, um den Stoff mit der Hand zu erwischen. Geschafft. Ein Gottessegen, dass Sommer ist und ich im Moment so beweglich wie selten zuvor bin. Wahrscheinlich ist meine zurückliegende Hochzeit schuld daran. Nicht, dass ich extra eine Diät gemacht hätte, aber der Stress und die vielen Termine davor haben ein paar Pfunde schmelzen lassen. Erleichtert halte ich nun ein zart türkisfarbenes Männerhemd in meinen zitternden Händen und reiche es Herta. Sie beugt sich über das Geländer und greift es.

»Ja, das ist seins«, sagt sie leise und drückt es an sich. »Es ist voller Blut«, schluchzt sie auf.

Ich kämpfe mich zurück auf den sicheren Weg, keuche erst einmal vor Anstrengung und gehe in die Hocke. Als mir nicht mehr schwarz vor Augen ist und auch der leichte Drehschwindel aufhört, richte ich mich ganz auf. Das Brennen in den Augen hat zum Glück nachgelassen, aber mir ist nun klar, warum diese Sprays unter das Waffenschutzgesetz fallen. Ich habe den Auslöser nur eine Sekunde lang gedrückt, aber die Wirkung war entsetzlich.

»Zeig her!«, sage ich. Herta gibt mir das Hemd. Tatsächlich. Am Kragen klebt Blut. Es ist dunkelrot und feucht.

»Das liegt noch nicht lange hier«, sage ich. »Hubert ist ganz in der Nähe. Wahrscheinlich haben wir die Kerle wirklich von hier vertrieben. Gib mir das Telefon. Wir brauchen Hilfe!«, sage ich streng und drücke ihr das Hemd in die freie Hand zurück. Herta, geschockt vom Anblick des blutigen Hemdkragens und der daraus resultierenden Erkenntnis, ist zu keiner Gegenwehr mehr fähig. Sie reicht mir mein Smartphone. Ich drücke die Kurzwahl, aber der Empfang ist weg.

»Raus!«, keife ich und laufe voraus, ohne auf Herta zu warten. Draußen tobt der Sturm mit voller Kraft. Der Regen peitscht vom Himmel. Blitze zucken, und der Donner grollt, als würde die Welt demnächst im Schlund der Hölle versinken.

Endlich bekomme ich ein Freizeichen, und es läutet. Zum Glück habe ich Roland in der Leitung. Ich erzähle ihm in Schlagworten, was los ist, und dass er Kollegen hierherschicken soll.

»Bleib in der Leitung, Rosi. Ich verstehe nicht ganz!«, meint er, schickt aber trotzdem gleich die Braunauer Polizei los. Sie befinden sich ja quasi ums Eck. Ich will Roland gerade noch mal erklären, was geschehen ist und warum wir nun Hubert suchen, aber da fasst mich Herta an der Schulter.

»Jemand schießt!«, sagt sie voller Entsetzen. Ich lasse das Telefon sinken und horche.

»Das ist nur das Un…«, sage ich und erstarre mitten im Wort. Tatsächlich, dieser Knall war kein Donner. Woher ist er gekommen? Ich schaue mich hektisch um und versuche, mir das Geräusch und die Richtung, aus der es gekommen ist, zurück ins Gedächtnis zu holen. »Da lang! Zum Palmpark!«

Das Handy stecke ich zurück in die Manteltasche. Ein erneuter Schuss. Ich laufe los. Unter mir platscht das Wasser. Wo vorhin noch Klopfsteine waren, ist nun ein richtiges Rinnsal, das in Richtung des Stadtbaches rauscht. Noch schlimmer ist aber der Asphalt der Straße. Es reißt mir beinahe die Füße vom Boden, so rutschig und glitschig ist der Straßenbelag. Ich spüre, wie sich die Nässe meine Socken und auch die Hose hochsaugt. Von oben werde ich wie unter einer eiskalten Dusche getränkt und von unten durch die Pfützen und Rinnsale gewässert. Ich renne trotzdem weiter, achte nicht darauf, ob Herta mir nachfolgen kann, sondern setze einen Fuß vor den anderen. Mir ist kalt und heiß gleichzeitig. Der Regen rauscht und prasselt unerträglich laut. Endlich bin ich zwischen den Bäumen angelangt.

»Wo? Wo?«, frage ich mich selbst. Die Schüsse kamen ganz bestimmt aus diesem Park. Obwohl ich dieses Plätzchen Erde in Braunau so gut kenne, weiß ich nicht, wohin ich laufen soll. Auf der linken Seite ist der Kinderspielplatz, rechts hinter der Straße die Kirche mit der Bibliothek darin und das alte Gefängnis. Dieser verdammte Sturm. Er raubt mir die Sicht. Alles ist laut, dunkel und bedrohlich. Und nun höre ich weder Schüsse noch sonst eine Menschenseele. Ich blinzle gegen die Wassermassen, und mir ist so, als würde ich dort hinten eine Bewegung ausmachen. Ich habe keinen besseren Plan, also gehe ich darauf zu. Ein mulmiges Gefühl beschleicht mich. Ich stapfe den Weg entlang, schmatzend, spritzend, saugend. Das Palmdenkmal. Wie durch einen Schleier erkenne ich den Sockel mit der Inschrift und der gegossenen Bronzestatue des hingerichteten Buchhändlers

Palm. Und unten auf den beiden Stufen, die das Denkmal umgeben, da liegt …

»Hubert!«, schreie ich und renne, so schnell ich kann. Ich stürze vor ihm auf die Knie und berühre ihn, schüttle sanft seine Schulter. Hubert rührt sich nicht. Er sieht nicht so aus wie sonst. Sein massiger Oberkörper steckt in einem viel zu kleinen Mantel. Das Kleidungsstück sieht dem, das der Bronze-Palm auf dem Denkmal trägt, verblüffend ähnlich. Huberts Speckbauch quillt heraus. Er röchelt plötzlich und schlägt seine Augen auf.

»Hubert, was hast du? Bist du verletzt?«, frage ich. Er zittert, hält mir aber mit verkrampfter Hand einen Stofffetzen und eine halbe Tarotkarte entgegen. Ich kann mit den Dingen nichts anfangen und stopfe sie mir in die Manteltasche.

»Warte, ich helfe dir!«, sage ich zu Hubert und will ihn etwas aufrichten. Doch er krampft und gurgelt. Ein Schwall Blut spritzt aus seinem Mund. Er verdreht die Augen, dass nur noch das trübe Weiß zu sehen ist, und wird wieder ohnmächtig. Verdammt! Irgendwo muss er verletzt sein. Die Schüsse! Eine Kugel wird ihn getroffen haben. Ich fasse unter seinen schweren Körper und versuche, ihn von den Stufen herunter in die stabile Seitenlage zu drehen. Aber er ist zu schwer.

»Mein Hubert!«, kreischt da Herta neben mir.

»Hilf mir doch!«, rufe ich, aber es ist zwecklos. Herta fasst sich ans Herz und fällt wie ein Sack Mehl zu Boden. Das Wasser und der Dreck spritzen mir ins Gesicht.

»Hilfe!«, brülle ich gegen den Sturm an. »Hilfe!«

Dann versuche ich erneut Hubert zu drehen. Ich schiebe die Hand unter ihn und drücke und ziehe, so stark ich kann. Er bewegt sich keinen Zentimeter. Erschöpft greife ich mir an die Stirn und sehe nur noch Blut. Der Rücken! Man hat Hubert in den Rücken geschossen und wahrscheinlich die Lunge getroffen. Mit einem Mal wird mir klar, was das bedeutet. Er wird an seinem eigenen Blut ertrinken. Was soll ich nur tun? Das Handy! Roland! Ich greife in die Manteltasche, als wie durch Zauberei zwei Beamte neben mir stehen. Eine Polizistin und ein älterer Uniformierter.

»Hubert wurde angeschossen! Ich habe nicht gesehen, wo die Täter hin sind. Aber es sind Rasputins Schergen. Und Herta ist umgefallen!«, schreie ich hysterisch. Die Frau beginnt zu telefonieren und wendet sich Herta zu. Der ältere Polizist hilft mir dabei, Hubert in die richtige Position zu drehen. Jetzt wird das volle Ausmaß von Huberts Verletzung offensichtlich. Der Stoff des Mantels ist blutgetränkt, obwohl der Regen alles durchnässt und verwässert. Ein roter Bach bildet sich unter Hubert und rinnt die Stufen hinab. Nun wird auch mir schlecht. Alles dreht sich. Ich kralle meine Finger in die feuchte Erde unter mir. Welch ein Desaster.

Ein heilloses Durcheinander an Personen, Polizisten und mit einem Mal auch Rettungskräften schwirrt um mich herum. Irgendjemand hat eine Frage an mich gerichtet. Ich kann nicht erkennen, wer es war. Vor mir sind gesichtslose Gestalten, die alle reden, schreien und sich unnatürlich schnell bewegen, während ich mich in einer Blase aus zäher, gallertartiger Masse befinde. Meine Zeit läuft in anderen Dimensionen ab als die der Außenstehenden. Sie wuseln, laufen, hetzen und quietschen wie aufgescheuchte Insekten. Ich aber sitze in der ruhigen, dumpfen Masse und höre meinen eigenen Herzschlag. Ich schließe die Augen. Vielleicht synchronisieren sich die Welten dann wieder. Ich hocke in einem Riss der Wahrnehmung und der Zeit. Hubert wird gerade abtransportiert, und ich sitze unerklärlicherweise nicht länger auf dem Boden, sondern auf der Parkbank. Eine Aludecke liegt über meine Schultern gebreitet, und eine Sanitäterin misst gerade den Blutdruck.

»Was ist passiert? Wo ist Herta? Was ist mit Hubert?«, frage ich und merke, wie mein Herzschlag sich beschleunigt.

»Ruhig, nur ruhig«, sagt die Frau vor mir und liest die Anzeige auf dem Blutdruckarmband. »Alles kommt wieder in Ordnung. Sie hatten nur ein kleines Blackout. Ihre Freundin ist bereits auf dem Weg ins Krankenhaus, und ihr Freund wird gerade in den Krankenwagen verladen. Wir kümmern uns um alle.«

Das Gefühl habe ich nicht. Vielmehr scheint es mir, als würde gar nichts wieder gut werden. Die Rotkreuzlerin lächelt mich sanft an. Ich würde ihr am liebsten eine Ohrfeige verpassen und sie anschreien, dass hier alles im Argen liegt. Wie kann sie da lächeln und etwas von Ruhe daherreden?

»Hubert wurde angeschossen! Wo sind die Banditen hingelaufen?«, schreie ich. Meine Stimme überschlägt sich dabei.

»Wenn Sie sich weiter so aufregen, müssen Sie auch ins Spital. Ihr Blutdruck ist zu hoch«, meint die Sanitäterin. Ich hole tief Luft und atme langsam aus. Sie hat recht. Ich muss mich zusammenreißen.

»Ich verstehe nur nicht, was gerade vorgeht. Haben die Polizisten die Schützen geschnappt? Kommt Hubert durch?«

Wieder lächelt die Frau und zuckt die Schultern. »Ich bin nur eine ehrenamtliche Sanitäterin bei der Rettung und kein Arzt. Aber eine Festnahme habe ich nicht mitbekommen.«

Ich merke, wie ein Zittern durch meinen Körper fährt.

»Sie müssen ins Trockene. Glauben Sie, dass Sie aufstehen können?«, fragt sie besorgt. Ich will schon Nein sagen, weil ich mich so schwach und mutlos fühle. Doch da höre ich eine mir vertraute Stimme.

»Ich übernehme die Dame hier, danke!«, sagt Andrea. Froh, endlich jemanden vor mir zu haben, der sich auskennt, stehe ich auf und stolpere ihr in die Arme. Sie drückt mich kurz, löst sich aber sofort wieder. Angespannt sieht sie sich um. Ihr ist offenbar nicht wohl dabei, hier herumzustehen und nichts zu tun, außer mich zu trösten.

»Komm mit, Rosi! Du musst in meinen Wagen. Ich habe hoffentlich eine trockene Jacke, die dir passen könnte.« Verdattert blicke ich an meinem pitschnassen Mantel hinunter, und mir fällt etwas Wichtiges ein.

»Warte!«, sage ich und greife in die Tasche. Ich ziehe den Stoff und die Karte hervor. »Das hatte Hubert vorhin in der Hand.«

Andrea holt sogleich Handschuhe und einen Plastikbeutel hervor. Mit Fingerspitzen nimmt sie die Sachen und tütet sie ein. Erst jetzt erkenne ich, dass es sich bei dem Stoff um eine Skimaske handelt. Wimmer muss einem der beiden Kerle die Maske vom Kopf gerissen haben.

»So ein verdammter Scheiß! Kurt, Roland und die Kollegen vor Ort versuchen die Kerle zu finden, aber der Regen hat alle Spuren weggespült. Es läuft eine Großfahndung«, sagt Andrea und deutet zur Straße. Ich nicke. Mein ganzer Körper schmerzt. Jeder Schritt fährt mir stichartig wie ein elektrischer Schlag von der Sohle bis oben zum Scheitel. Ich folge Andrea. Sie öffnet die Wagentür, und ich setze mich auf die Beifahrerseite.

Im Labyrinth des Grauens

Rosis Betthupferl-Tee
15 g Hopfen, 40 g Melisse, 40 g Pfefferminze, 15 g Brombeerblätter, 20 g Baldrian.
Zutaten gut mischen. 1 TL Tee pro Tasse, 8–10 Minuten ziehen lassen.

Die Welt dreht sich. Die Stube, die Eckbank, das Fenster. Alles verschwimmt. Ich fixiere die Kaffeetasse. Sepp ist da. Nachdem Andrea mich in der Polizeistation genau zu den Abläufen des Abends befragt hat, hat Sepp mich abgeholt und nach Hause gebracht. Er war außer sich vor Sorge und Wut. Sein Vorwurf, dass ich mich dauernd in gefährliche Situationen begebe und wohl nicht an meinem Leben hängen würde, hallt noch immer in mir nach.

Er lässt sich neben mir auf der Bank nieder und legt seinen Arm um mich.

»Was hast du wegen Ferdinand herausgefunden?«, frage ich ihn. Er zuckt die Schultern und schweigt.

Ich seufze. »Sepp, ich hab dir doppelt und dreifach alles erzählen müssen. Jetzt bist du dran.«

»Leider nichts Gutes. Der Kerl aus der Spelunke hat sich tatsächlich mit Ferdl getroffen. Aber er konnte ihm Gott sei Dank nicht weiterhelfen.«

»Wie soll ich das verstehen?«

Sepps Kehlkopf hüpft nervös auf und ab. Ich boxe ihn in die Seite. Verlegen nuschelt er: »Es hat einige Biere lang gedauert, bis der Mann mit der Sprache herausrücken wollte. Ferdinand hat ihn um eine Schusswaffe gebeten.«

»Was? Weiß Kurt Bescheid?«, herrsche ich ihn entsetzt an und rücke ein Stück von ihm ab.

Erst vor wenigen Stunden habe ich selbst miterlebt, welch schreckliche Auswirkung eine Pistole haben kann. Ich bete und hoffe inständig, dass Wimmer durchkommt. Und nun erzählt mir Sepp, dass sein Bruder illegal eine Kanone kaufen wollte.

»Natürlich hab ich Kurt nichts gesagt!«, blafft Sepp mich an. »Der Typ aus der Kneipe hat Ferdl keine beschaffen können, weil er seit der Geburt seiner Tochter versucht, sauber zu bleiben. Ferdl ist verzweifelt und zornig von dort abgehauen. Mehr weiß der Kerl auch nicht.«

»Du musst Kurt Bescheid sagen!«, verlange ich vehement. »Immerhin hat Ferdinand vor, sich zu bewaffnen, und wird nicht nur den einen Kontaktmann haben. Stell dir vor, Kurt oder einem seiner Kollegen passiert etwas, weil sie nicht Bescheid wissen.«

Sepp steht auf und geht zum Wasserhahn. Er lässt sich ein Glas Wasser ein und trinkt. »Es sind Polizisten, Rosi. Es ist deren Job, auf bewaffnete Verbrecher vorbereitet zu sein.«

»Aber Sepp, ich erkenne dich nicht wieder. Sag mir endlich, weshalb du dich deinem Pflegebruder so verpflichtet fühlst. Ich verstehe es nicht. Familienbande, ja … das ist mir auch wichtig. Aber du vergisst dich selbst und all deine Prinzipien, wenn es um Ferdinand geht. Was um Gottes willen treibt dich dazu?«

Sepp umfasst das Glas so fest, dass seine Fingerknöchel weiß hervortreten. Ich stehe auf und lege meine Hand auf seine.

»Verdammt, Rosi. Es ist meine Schuld, dass Ferdinand so abgestürzt ist und sich mit Rasputin eingelassen hat.«

»Deine Schuld?«, frage ich.

»Ja. Es war vor sechs Jahren, also bevor wir uns kennengelernt haben. Da hat Ferdinand wieder einmal bei mir auf der Matte gestanden und mich um Geld gebeten. Ich hab ihm schon einige Male ausgeholfen. Aber damals hat es mir gereicht. Das Herzkasterl ist immer ganz gut gelaufen, aber große Sprünge konnte ich mir auch nicht leisten. Ferdl hat mit seinem Luxuspuff, der Wohnung und den Autos meiner Meinung nach immer übertrieben. Er hat über seine Verhältnisse gelebt, verstehst du? Ich hatte doch keine Ahnung, dass Ferdinand damals schon Schutzgeld an Rasputin zahlen musste. Um einen weiteren Monat einigermaßen frei zu bleiben, hätte er mein Geld gebraucht. Aber er hat es mir damals nicht erzählt. Weil er nicht bezahlen konnte, ist er dann bei Rolof voll eingestiegen und hat die Rekrutierung neuer Lokale übernommen. Hätte ich ihm damals aus der Patsche geholfen, wäre er weiter nur ein Schutzgeldzahler unter vielen geblieben.«

Im ersten Moment bin ich perplex. Aber ich fasse mich schnell wieder. »Du hättest das Ganze damit nur hinausgezögert. Das ist dir schon klar, oder?«, frage ich ihn.

»Wirklich? Vielleicht hätte Ferdinand mir schließlich gestanden, dass er erpresst wurde. Er hätte bei mir im Laden einsteigen können. Kleine Bordelle waren immer uninteressant für Rasputin. Wir wären schon über die Runden gekommen, er und ich. Aber so hab ich ihn in die Welt der Mafia getrieben. Er wusste keinen anderen Ausweg. Und als ich schließlich herausgefunden habe, dass er nun große Sache mit dem Russen macht, war es zu spät. Wir haben uns derart überworfen, dass ich jahrelang nichts von ihm gehört habe. Erst wegen der Hochzeit sind wir wieder miteinander warm geworden. Ich war froh, Rosi, dass Ferdinand auf meine Einladung reagiert hat.«

»Das glaube ich dir.« Mir ist dabei ganz flau im Magen.

»Ich habe gedacht, er und ich bekommen unsere Beziehung wieder in den Griff. Wir waren als Jungs und junge Männer sehr miteinander verbunden. Ferdinand hat auf mich auch so erfolgreich und glücklich gewirkt. Da hatte ich ernsthaft Hoffnung, dass ihm die Zusammenarbeit mit Rasputin nicht schadet.«

Es fällt mir wie Schuppen von den Augen. »Also wusstest du von Anfang an, dass die beiden miteinander im Bunde waren, und du hast trotzdem immer auf Ferdinands Seite gestanden? Sepp! Du hast uns alle in Gefahr gebracht! Ferdinand hat unter meinem Dach gelebt und ist dann wahrscheinlich vor lauter Frust und Wut auf die glorreiche Idee gekommen, Raphi und Wimmer an Rasputin auszuliefern.«

»Es tut mir so leid!«, stammelt er. »Zuerst war ich wirklich von Ferdinands Unschuld überzeugt. Ich wollte nicht glauben, dass er mit Maximilians Tod in Verbindung steht. Erst als Rasputins Kerle im Herzkasterl aufgetaucht sind, ist mir klar geworden, dass er –«

»Ein riesiger Arsch ist, der sich wegen damals an dir rächen will!«, platzt es aus mir heraus.

»Rache? Glaubst du wirklich, er will sich rächen?«

Ich stemme die Hände in die Hüften. »Natürlich, was denkst du denn? Er ist sauer, weil du dein Leben lang in Frieden mit deiner Arbeit verbringen konntest und jetzt auch noch eine Familie hast, die … die dich liebt!« Heiße Tränen laufen mir die Wangen hinab. Sie fließen nicht nur wegen des Streites, sondern wegen allem, was war. Raphael, der mit seiner Familie geflohen ist, Wimmer, der angeschossen im Krankenhaus liegt, Kurt, der sich wegen Sepps Naivität in Gefahr befindet, Ludmilla, die schwer verletzt im Krankenhaus ist, ganz zu schweigen von den Toten. Es ist einfach zu viel. Noch nie zuvor war mein Leben so zerstört und aussichtslos. Und das nun, wo ich doch mit Sepp einen Neuanfang gewagt habe und meine Kinder alle im sicheren Hafen angekommen sind. Eigentlich hätten diese letzten Jahre meines Daseins auf Erden die schönsten werden können. Aber nun stehe ich vor einem riesigen Scherbenhaufen und weiß gar nicht, wo ich anfangen soll, sauber zu machen.

Sepp will mich umarmen. Zuerst sträube ich mich, aber dann lasse ich die Nähe doch zu.

»Es tut mir so leid, Rosi. Ich war ein Rindvieh. Wie kann ich es nur wiedergutmachen? Ich liebe dich doch. Ich liebe euch alle.«

»Ich liebe dich auch, du Idiot!«

»Und nun?«

»Du machst eine Aussage. Wir rufen gleich bei der Direktion an und fragen, wer Zeit hat. Kurt und Andrea müssen wissen, dass Ferdinand so verzweifelt ist, dass er sich eine Pistole zulegen will.«

Sepp nickt. Obwohl ich hundemüde bin und kaum mehr stehen kann, greife ich zum Handy und wähle. Andrea nimmt ab. »Gut, dass du anrufst. Ich wollte mich schon bei dir melden. Wimmers Operation ist nicht so gut verlaufen.«

»Ist er etwa tot?«

»Nein, aber sein Gesundheitszustand ist mehr als kritisch. Er ist ins Koma gefallen, und die Ärzte sind sich nicht sicher, ob er die Nacht übersteht.«

»Oh nein! Und Herta?«, frage ich.

»Herta geht es wieder gut. Sie hatte nur einen Kreislaufkollaps und ist eigentlich wieder entlassen. Aber sie will bei Hubert im Krankenhaus bleiben.«

»Okay«, sage ich und komme nach einer kurzen Schweigepause zu unserem Anliegen. »Sepp hat etwas über Ferdinand herausgefunden. Anscheinend ist sein Bruder drauf und dran, sich eine Knarre zu besorgen.«

»Mist! Ist aber auch irgendwie logisch. Gibt es dazu noch mehr Infos?«

»Ja, Sepp hat sich mit einigen Leuten unterhalten, die Ferdinand in den letzten Tagen getroffen haben.«

Mit harter Stimme fragt Andrea: »Kann Sepp zu mir in die Station kommen? Ich darf den Platz nicht verlassen. Eine Person, die sich mit dem Fall auskennt, muss vor Ort bleiben, und weil Kurt, Roland und die anderen schon auf Verfolgungsjagd sind, bleibt dieser Part an mir hängen.«

»Er fährt gleich los«, sage ich und bedeute Sepp, dass er sich auf den Weg machen soll.

Als hätte mich jemand geschlagen, schrecke ich hoch. Mein Herz rast. Ich muss doch tatsächlich vor dem Fernseher eingeschlafen sein. Es läuft gerade irgendein alter Tatort. Ich blinzle auf den Bildschirm. Offenbar hat mich ein Schuss aus dem Fernsehkrimi hochfahren lassen. Langsam richte ich mich auf und strecke meine verrenkten Knochen. Vor der Flimmerkiste einzuschlafen ist der Tod eines jeden Muskels. Mein Nacken schmerzt, und auch das Kreuz macht sich bemerkbar. Ich stehe auf und mache den Fernseher aus. Da fällt die Haustür ins Schloss. Sepps müder, schlurfender Gang ist unverkennbar.

Ich gehe in den Flur. »Alles erledigt?«, frage ich.

Er nickt und hängt seinen Hut an den Haken der Garderobe.

»Andrea war sehr erbost, aber sie wird alles tun, dass mein Schweigen kein Nachspiel hat.«

»Gut«, sage ich und biete ihm noch einen Schlaf-ruhig-Tee an. Auch mir wird die beruhigende Mischung dabei helfen, wieder ins Land der Träume zu entschwinden. Gemeinsam gehen wir in die Stube, und ich setze das Teewasser auf. Ich hole die Tassen hervor, als mir Ferdinands Tarotkarte entgegenfällt. Es klirrt. Tausend kleine Porzellanscherben liegen auf dem Boden, und dazwischen befindet sich die verdammte Karte. Gedankenblitze durchzucken mich. Die Ziffern. Die Lupe. Mein Vorhaben, die Nummern mit dem Telefon zu probieren, kommt mir wieder in den Sinn. Ich bücke mich und hebe die Karte auf. Wie ferngesteuert dränge ich mich an Sepp vorbei und hole die Lupe, einen Zettel und einen Kugelschreiber. Dann setze ich mich zum Tisch.

»Ich mach mal schnell den Tee fertig«, meint Sepp.

Ich brumme nur und drehe die Karte so unter das Licht der Deckenlampe, dass ich die Zahlen einigermaßen erkennen kann. Dann nehme ich die Lupe zur Hand. Sorgfältig und darauf bedacht, keine Ziffer zu übersehen oder doppelt zu schreiben, notiere ich Zahl für Zahl auf das Blatt Papier. Danach kontrolliere ich die Abfolge noch einmal. Sepp stellt die Tassen mit dem heißen Tee auf den Tisch.

»Und? Ist es eine Telefonnummer?«, fragt er schließlich.

Ich runzle die Stirn. »4817695 Schrägstrich 1312235, und dann steht da noch SA14«, lese ich vor und blicke auf. »Das vorne könnten zwei Nummern sein, aber die Vorwahl fehlt, und das hinten bedeutet vielleicht Samstag.«

Sepp nickt. »Samstag ist morgen«, sagt er und beugt sich über das Papier. Er studiert einen Moment die Nummern und meint: »Von der Länge her sind es auf jeden Fall Mobilfunknummern. Welche Vorwahlen gibt es da?«

»Alleine ich kenne schon fünf verschiedene, die meine

Freunde und Bekannten so verwenden. Und das sind bestimmt nicht alle. Jeder Supermarkt betreibt sein eigenes Produkt, und dazu kommen noch die Getränkefirma sowie diverse andere große Firmen. Ich habe schon lange den Überblick verloren.«

»Wir probieren alle durch«, meint Sepp und nippt an dem heißen Tee. »Morgen Früh fangen wir an. Um diese Zeit jetzt ruft man keinen mehr an.«

Ich muss lachen. »Man ruft vielleicht unsereins nicht an. Aber Mafiatypen arbeiten doch vornehmlich zu später Stunde.«

Sepp wischt sich müde über das Gesicht.

»Schon gut«, sag ich beschwichtigend, »wir machen das morgen. Wenn die Nummern mehrfach mit unterschiedlichen Vorwahlen vergeben sind, dann wecken wir sonst vielleicht eine übernächtigte Mutter auf, die gerade noch ihren Sprössling aus der Disco abgeholt hat.«

Sepp lächelt. »Du sprichst wohl aus Erfahrung«, sagt er.

Ich zucke die Schultern und betrachte Sepp. Seine Wangen sind grau, und tiefe dunkelblaue Ringe zeichnen sich unter seinen Augen ab.

»Geh ins Bett. Ich google nur schnell die unterschiedlichen Vorwahlen und notiere sie für morgen. Dann komm ich nach«, verspreche ich. Sepp brummt, steht auf und schlurft hinaus. Ich höre, wie er sich die Treppe nach oben schleppt. Aber ich kann nicht sofort ins Bett gehen. Das Auftauchen der Karte und das Abschreiben der Zahlenfolge haben mich frisch werden lassen. Ich brauche noch eine Beschäftigung, bevor ich mich ins Bett begebe. Zum Glück ist es einfach, die Vorwahlen herauszufinden. Obwohl es weit über dreißig Anbieter in Österreich gibt, sind da nur drei Netzbetreiber, und einige Anbieter teilen sich die Vorwahl.

Dennoch kommt eine beträchtliche Liste zustande, die ich morgen durchrufen muss.

Ich trinke den Tee leer und warte auf seine beruhigende Wirkung. Es dauert einige Zeit, und ich hänge meinen Gedanken nach. Wie sehr wünsche ich mir, dass nun ein Schlussstrich unter diesen schrecklichen Fall gezogen werden kann. Hoffentlich werden Rasputin, Ferdinand und die ganzen Konsorten endlich dingfest gemacht, denn langsam, aber sicher geht mir die Kraft aus. Noch einmal lese ich mir leise die notierten Nummern durch. Vielleicht beschleunigen diese Zahlen die Festnahme. Leider hat Kurt bisher die Schützen vom Palmpark nicht aufgreifen können. Also bleibt nur die Hoffnung auf den Flugplatz und dass sich dort die ganze verbrecherische Bande sammelt. Angesichts der Vorstellung, wie viel kriminelle Energie und Boshaftigkeit sich dann an einem einzigen Ort aufhalten werden, wird mir schlecht. Angst kriecht mir die Kehle hoch. Ich muss an Kurt denken, an Andrea, an Roland. Gott, bete ich still, es hat schon genug Tote und Verletzte gegeben. Lass nun alles zu einem guten Ende kommen. Ich will mein Leben zurück, bitte.

»Probier gleich die nächste!«, fordert Sepp mich auf.

Ich tippe die neue Vorwahl ein. Bei den ersten drei Versuchen hat vor Nervosität mein Herz gerast. Immer wieder habe ich mich versichert, mit unterdrückter Nummer anzurufen, und bin aufrecht wie ein Leitpfosten dagesessen. Aber nun, nachdem ich bereits fünfzehnmal die Bandansage »Leider ist uns kein Teilnehmer unter dieser Nummer bekannt« gehört habe, ist Resignation an die Stelle der Aufregung getreten. Aber endlich klingelt es. Sofort setze ich mich auf. Jeder Muskel in meinem Körper verhärtet sich, und ich drücke auf die Lautsprechertaste, damit Sepp mithören kann. Beim vierten Läuten hebt jemand ab.

»Kerstin, bist du das, Mäuschen?«, fragt eine Frau mit der Stimme einer Neunzigjährigen.

Hektisch blicke ich Sepp an. Er beginnt in förmlichem Hochdeutsch zu sprechen.

»Guten Tag, Frau Sachs, hätten Sie Zeit für eine kurze Telefonumfrage bezüglich Ihres Trinkverhaltens? Sie erhalten für Ihre Mühen einen Weingutschein im Wert von fünfzehn Euro«, plappert er den schon so oft von mir gehörten Text herunter. Immer wieder nervt mich diese verdammte Weinfirma mit ihren Anrufen.

»Sie sind falsch verbunden«, krächzt die alte Frau am anderen Ende.

»Spreche ich nicht mit Frau Hiltrudis Sachs, Krämergasse 15, Salzburg?«

»Nein. Hier ist die Lindner Berta. Streichen Sie mich endlich aus Ihrer Liste. Ich will Ihren verdammten Fusel nicht«, blafft sie und legt auf.

Ich lache auf. Anscheinend nervt diese Firma nicht nur mich.

»Frau Lindner und diese Nummer können wir wohl auch streichen«, meint Sepp lapidar.

Ich nicke. Die Stubentür geht auf, und Daniela streckt ihren Kopf herein.

»Hast du Zeit, einen Kaffee zu trinken?«, fragt sie.

»Freilich. Komm rein!«, sage ich.

Sepp nimmt ihr Joachim ab, und der Kleine greift sogleich nach Sepps Haarsträhnen. Er findet es lustig, die langen Haare, die Sepp sich neuerdings über die kahler werdende Stirn drapiert, auf der Halbglatze hin und her zu schieben. Sepp lässt den Kleinen gewähren und beginnt gurrend, mit ihm zu plauschen.

Ich schiebe die Notizen zur Seite und mache Platz für Daniela. »Ist Kurt schon wieder weg, oder ist er gar nicht heimgekommen?« Ich werfe die Kaffeemaschine an.

»Er war kurz daheim, musste aber gleich nach dem Schlafen in die Direktion. Sie bereiten gerade den großen Zugriff vor, und dann kehrt endlich wieder Ruhe ein, hat er mir versprochen.«

Ich denke an die Reservierung des Flugplatzes. Es ist klar, dass Kurt sich nun völlig auf diese Möglichkeit versteift. Immerhin ist es der einzige Anhaltspunkt, der momentan Grund zur Hoffnung gibt. Die Telefonnummern haben bisher auch keine weitere Fährte ergeben. Wie gern würde ich das Aufeinandertreffen am Flughafen verhindern. Mein Gefühl sagt mir, dass dieses Unterfangen unverhältnismäßig gefährlich werden wird. So ein Flugplatz gibt kaum Möglichkeit zur Deckung, und Rasputin ist nicht blöd. Wenn er tatsächlich dort auftaucht, verheißt das nichts Gutes. Eine andere Option ist, dass Rasputin nur eine Maschine von Russland nach Österreich schickt, um Ferdinand abzuholen. Ferdl ist einer seiner engsten Mitarbeiter. Doch egal, was auch passiert, es werden jede Menge kriminelle Menschen vor Ort sein, die keine Skrupel kennen. Rolof wird genaue Anordnungen gegeben haben, was zu tun ist, wenn etwas schiefgeht. Er wird keine Sekunde zögern, jeden abknallen zu lassen, der ihm und seinem Imperium im Weg steht.

»Geht ihr wandern?«, fragt Daniela plötzlich. Ich stelle den Kaffee ab und frage sie verwundert, wie sie auf den Gedanken kommt. Sie deutet auf den Zettel mit den durchgestrichenen Nummern.

»Ach, nein. Das sind Telefonnummern, die auf eine Tarotkarte gekritzelt sind. Ich habe die Karte in Ferdls Jacke gefunden und telefoniere mich gerade durch.«

Dani runzelt die Stirn. »Bist du dir sicher, dass es sich um Telefonnummern handelt? Ich kenne diese Schreibweise nur von so Schnitzeljagd-Wanderungen für Erwachsene. Man trifft sich am Samstag um vierzehn Uhr bei diesen Koordinaten. Da liegt wieder ein Hinweis bereit, und man macht sich zum nächsten Punkt auf. Das geht so lange, bis man bei irgendeinem Wirtshaus ankommt und sich lustig betrinkt.«

»Ernsthaft?«, frage ich und bin hellwach.

»Gib mir doch mal dein Handy, und ich gucke auf Maps, wo das ist. Vielleicht ist es in der Nähe.«

Schnell reiche ich ihr mein Handy. Sie öffnet eine App und tippt die Zahlenkombination ein. Dann grinst sie.

»Dort waren wir sogar schon mit Joachim. Wenn er einmal älter ist, wird es ihm sicher gefallen, zwischen den Hecken herumzutollen.«

Sie hält mir das Display vors Gesicht. Selbst war ich noch nie dort, aber ich habe schon von dem riesigen Heckenlabyrinth gehört, das sich in der Nähe des kleinen Ortes Uttendorf befindet.

»Sepp, guck doch nur! Das ist ein Treffpunkt! Diese Karte ist eine Einladung an Ferdl!«

Sepp reißt die Augen auf. Ich blicke auf die Uhr. Kurz nach Mittag. Wenn der heutige Samstag gemeint ist, dann findet das Treffen in nicht einmal zwei Stunden statt. Sofort wähle ich Kurts Nummer, aber er geht nicht ran. Ich versuche es mit der Durchwahl seines Büros. Nichts. Auch Andrea ist nicht erreichbar. Schließlich rufe ich einfach die Vermittlung an.

»Tut mir leid. Ich richte ihm aus, dass er Sie anrufen soll. Alle sitzen gerade in der Besprechung mit der Cobra-Einheit.«

»Nein, es ist wichtig! Ich weiß wahrscheinlich, wo sich der gesuchte Ferdinand Sturmair in neunzig Minuten befinden wird!«, erkläre ich.

»Dann stelle ich Sie zu einem Mitarbeiter durch«, sagt die Dame von der Vermittlung. Der »Donauwalzer« erklingt, und eine gefühlte Ewigkeit hänge ich in der nervigen Warteschleife der Polizeidirektion.

»Bamberger am Apparat. Sie haben Hinweise zu einem Verdächtigen?«, höre ich die Stimme einer Frau.

Schnell versuche ich zu erklären, worum es geht, merke aber, dass die gute Beamtin keinen blassen Schimmer hat. »Tut mir leid. Ich bin mit dem Fall nicht vertraut, aber ich lege dem Chef ein Zettelchen hin. Ja?«, fragt sie mich, als bräuchte sie dafür meine Erlaubnis.

»Ja, tun Sie das. Und schreiben Sie, dass Rosi sich auf den Weg zum Labyrinth macht!«

Ich lege auf und springe hoch. »Komm, Sepp, wir ziehen uns um und marschieren los!« Meine juckende Nase, mein klopfendes Herz und meine schwitzenden Hände deuten darauf hin, dass wir uns endlich auf der richtigen Fährte befinden.

Wir sitzen gerade im Auto, als schon mein Handy läutet. Es ist Kurt. Offenbar hat diese Bamberger das Zettelchen so vor ihm platziert, dass er es gelesen hat.

»Was ist mit Ferdl und dem Labyrinth?«, will er wissen.

Ich erkläre unsere Entdeckung zum dritten Mal. Kurt schweigt und hört zu.

»In Ordnung. Es ist zwar eine etwas abstruse Geschichte, aber einen Versuch ist es wert. Wir kommen dorthin, und du bleibst weg von dem Ort, verstanden?«

»Wir sind schon fast da, und ihr braucht noch eine halbe Ewigkeit. Vielleicht können Sepp und ich Ferdinand abfangen, bevor die anderen auftauchen.«

»Rosi! Ferdinand ist wahrscheinlich bewaffnet!«, sagt Kurt.

»Wir passen auf«, antworte ich knapp und lege kurzerhand auf. Sepp drückt aufs Gaspedal. Um keinen Preis der Welt lasse ich mir diese Chance entgehen. Dieses Desaster muss ein Ende haben. Ich balle die Hände zu Fäusten und atme tief durch.

Ein riesiger SUV und ein kleiner, schäbiger VW Golf parken mitten am Feld. Natürlich könnten die Autos auch Wanderern oder einer Familie gehören, die durch die Natursehenswürdigkeit spazieren, aber ich bin mir sicher, dass es sich um Ferdinand und seine Verabredung handelt. Sepp stellt seinen Audi daneben ab. Nun habe ich doch ein flaues Gefühl im Magen, und mir wäre es recht, wenn Kurt schon hier wäre. Sepp und ich steigen aus und blicken uns um. Vögel zwitschern, der Wind streicht rauschend über die Felder, und das Labyrinth liegt still und friedlich vor uns. Bei dieser Geräuschkulisse und der schalldämpfenden Wirkung der Büsche und Blätter ist es unwahrscheinlich, dass man uns gehört hat.

»Und jetzt?«, fragt Sepp.

Ich zucke die Schultern. »Wir pirschen uns an. Immerhin ist es ein Heckenlabyrinth. Wir spähen einfach um jedes Eck und schleichen uns den ganzen Weg durch. Uns wird niemand entdecken, und wenn doch, ergreifen wir die Flucht«, schlage ich vor. Sepp runzelt die Stirn.

»Warten wir lieber auf Kurt«, sagt er.

»Nein. Wir gehen. Das hier muss ein Ende haben. Ich kann und will nicht mehr länger in Angst leben. Kurt taucht sicher gleich auf und kann die Kerle dann festnehmen.«

Ich mache mich in geduckter Haltung auf durch das Labyrinth. Vielleicht liegt es an der Hoffnung, endlich zurück in die Normalität kehren zu können, meine Furcht ist wie weggeblasen. Schritt für Schritt taste ich mich vor. Das Adrenalin strömt durch meine Adern und verschafft mir ein Hochgefühl. Plötzlich trägt mir der Wind einen Schmerzenslaut zu, und ich glaube, auch einen Schlag zu hören. Ich verlangsame meine Schritte, ganz nahe drücke ich mich an die Hecke und wage mich noch näher an die Mitte des Irrgartens.

»Bitte, nein!«, höre ich Ferdinand.

Sepp will nach vorne preschen, aber ich halte ihn zurück und schiebe ihn wieder hinter mich. Endlich sind wir am Zentrum angelangt, und ich luge nach vorne. Oh Gott, schießt es mir durch den Kopf. Ferdinand kniet mit gefesselten Händen im Dreck und wimmert. Vor ihm stehen zwei Männer, und obwohl ich sie nie zuvor gesehen habe, weiß ich auf Anhieb, dass es Rasputins Schläger sind. Schon donnert der lange Blonde seine Faust gegen Ferdinands Kopf. Blut und Speichel spritzen in hohem Bogen, und ich meine, auch einen Zahn fliegen zu sehen. Schnell gehe ich ein kleines Stück zurück in Deckung und luge nur noch minimal zwischen den Blättern nach vorne. »Eine verdammte Pistole! Du Hund wolltest uns austricksen!«, schreit nun der kleinere, stämmigere Kerl und tritt Ferdinand in den Magen. Dieser krümmt sich und fällt seitlich auf den Boden.

»Bitte«, keucht er, »ich habe die Waffe nur zur Verteidigung. Wegen der Polizei. Ich bin Rasputin treu ergeben. Das weiß er«, jammert Ferdinand.

Der Wind steht so günstig, dass ich jedes Wort glasklar vernehmen kann.

»Ich will nur in Sicherheit sein. Bitte, bringt mich weg aus Österreich! Alle Welt fahndet nach mir!«, keucht Ferdl weiter.

»Du Trottel hast den Flugplatz auf deinen Namen reserviert.

Die Bullen wissen längst Bescheid, dass Rolof eine Maschine dorthin gechartert hat. Das hast du absichtlich gemacht, du Idiot!«, keift der Gottschalk-Doppelgänger Malic und tritt erneut gegen Ferdls Bauch.

Nun treten beide auf ihn ein. Ferdinand stöhnt und schreit. Blut spritzt immer wieder aus seinem Mund. Wenn sie nicht bald aufhören, schlagen sie ihn tot, fährt es mir durch den Kopf, und ich will schon aufspringen und die Aufmerksamkeit auf mich lenken, als ich ein Tippen an der Schulter spüre. Ich drehe mich um und starre in Kurts wütendes Gesicht. Er bedeutet mir, dass ich zurückkriechen soll. Ich presse die Zähne aufeinander, bis sie knirschen, und robbe zurück hinter die Ecke der Hecke. Kurt nimmt nun meine vorherige Position ein.

»Eigentlich wollte dich Rasputin genauso elend zugrunde gehen lassen, wie er es mit Bruno und Maximilian getan hat. Aber leider haben wir dafür keine Zeit. Du darfst dem Herrgott danken, dass du nur eine Kugel abbekommst, du Stück Scheiße!«, höre ich erneut Malics Stimme.

»Waffe fallen lassen. Sie sind umstellt!«, brüllt Kurt.

Ein Schuss fällt. War es Kurt oder der Schläger, der geschossen hat? Ist Ferdinand tot? Ich springe auf. Alles geht unglaublich schnell. Aus jeder Heckenöffnung springen Beamte nach vorne. Schon liegt der stämmige Radanovic bäuchlings auf dem Boden, und Andrea kniet auf ihm. Sie legt ihm Handschellen an die nach hinten verdrehten Hände an. Malic aber hockt am Boden und hält sich die Hand auf die Schulter. Sein Hemd verfärbt sich in Windeseile rot. Also hat Kurt geschossen. Schon ist ein Polizist an seiner Seite und fesselt ihn trotz der Verletzung. Kurt ist bei Ferdinand und ertastet seinen Puls. Dann ruft er Verstärkung und den Krankenwagen. Sepp will an mir vorbei.

»Bleib. Kurt hat alles im Griff!«, sage ich.

»Mein Bruder«, sagt er heiser.

»Er lebt«, antworte ich erleichtert, denn ich sehe, wie Ferdinand unter Kurts Berührungen zusammenzuckt und auch kurz die Lider hebt. Es ist der einzige Trost, den ich Sepp spenden kann, aber meine Worte verpuffen in der Luft wie Rauch.

»Warum nur?«, fragt Sepp. Er sieht richtig krank aus. Ich trete ganz nah an ihn heran und schließe ihn in die Arme.

»Keine Sorge, jetzt hat die Polizei Rasputins Handlanger und wird auch ihn schnell festnehmen. Dann kommt alles wieder in Ordnung.«

Zweifel und Furcht sprechen aus seinen Augen. »Aber Ferdinand wird hinter Gitter wandern.«

»Ja, das wird er. Und irgendwann kommt er wieder frei. Dann gibt es vielleicht einen Neuanfang. Ihr seid trotz allem Brüder.«

Im Krankenhaus

Rosis Schlafkissen gegen Angst
Ein Leinenkissen mit Hopfen, Heublumen und Lavendelblüten (alles gut getrocknet) füllen und ins Bett legen. Lindert Angst und Alpträume.

Es hat sich nichts daran geändert, dass ich die Atmosphäre im Krankenhaus kaum ertragen kann. Wobei sich sowohl das Aussehen der Gänge und Zimmer als auch der früher penetrante alkoholisch-medizinische Gestank in den letzten Jahren stark verbessert haben. Trotzdem ist dieser Ort für mich eine Höllenqual. Doch diesmal bin ich wenigstens nicht selbst als Patientin hier, und es gibt neben der ermittlerischen Aufgabe, die ich Kurt zuliebe erfüllen werde, auch einen erfreulichen Grund meines Hierseins. Herta hat mich angerufen und gesagt, dass Hubert zeitweise aus dem Koma aufwacht und sogar etwas sprechen kann. Vielleicht kann ich dem alten Haudegen einen Besuch abstatten, nachdem ich bei Ferdinand fertig bin. Sepp habe ich, trotz seiner Einwände, zu Hause gelassen. Kurt hat ausdrücklich gesagt, dass nur ich kommen soll, um mit Ferdinand zu reden. Nun erwartet mich mein bulliger Schwiegersohn wie verabredet vor der Krankenhaus-Cafeteria. Als er mich sieht, schlendert er in seinem Cowboygang auf mich zu. Diese Art zu gehen ist ein gutes Zeichen. Wenn Kurt angespannt ist, dann läuft er eher nach vorne gebeugt, wie ein Braunbär, der zum Angriff bereit ist. Nur wenn es keine akuten Probleme gibt, verfällt er in die lässig lockeren Knie und die leicht nach hinten geneigte Körperhaltung. Ich winke ihm zu.

»Gut, dass du da bist. Lass uns einen Kaffee trinken. Dann bring ich dich auf den letzten Stand der Dinge.«

Ich nicke, obwohl mir vor dem grässlichen Automatengebräu der Cafeteria mehr graut als vor einem Zahnarztbesuch. Meines Erachtens gehören diese Automaten, die schlechtes Kaffeepulver mit ranzigem Kaffeeweißer und entkalktem Wasser mischen, aus gesundheitlicher Sicht verboten. Dass diese eklige Maschine seit Jahrzehnten die Patienten und Besucher vergiftet, ist eine Frechheit und wird wahrscheinlich von der Pharmaindustrie bezahlt. Ich kann mir gut vorstellen, dass allein aufgrund des Kaffees um ein Viertel mehr Magenschonertabletten verschrieben werden müssen als ohne das Teil. Kurt stapft dennoch zielgerichtet auf die Maschine zu und drückt auf die Cappuccino-Taste. Ich lehne dankend ab und nehme stattdessen eine Cola. Da steckt auch Koffein drin, und dieses Gesöff wird wenigstens standardisiert stets mit den gleichen Giftstoffen vollgefüllt.

Ganz hinten ist ein kleiner Tisch frei, und es sitzen auch keine neugierigen Mithörer in unmittelbarer Nähe. Ich steure darauf zu und setze mich. Kurt tut es mir gleich.

»Also, Rosi. Wir sind so kurz vor dem Erfolg!«, sagt er und deutet mit Zeigefinger und Daumen einen millimeterkleinen Spalt an. »Die zwei Kerle bei uns in der Direktion schweigen erwartungsgemäß und lassen nur ihren Anwalt reden, aber Ferdinand ist kooperativ. Er hat uns alles gestanden und auch erklärt, wie es so weit gekommen ist, dass er in Rasputins Machenschaften dermaßen tief verstrickt ist.«

Ich nicke und nehme einen großen Schluck Cola.

»Erpresst wurde Ferdinand wohl schon seit Jahrzehnten, aber er hat sich vor einigen Jahren derart bei Rasputin verschuldet, dass er vom einfachen Schutzgeldzahler zum direkten Mitarbeiter befördert wurde. So sollte er seine Schuld begleichen, die er durch den Ausbau seines Bordells aufgenommen hatte.«

»So ähnlich hat Sepp es mir schon erzählt«, sage ich.

»Rasputin hat wohl schnell erkannt, dass Ferdl ein Talent dafür hat, neue Betriebe aufzustöbern und anzuwerben. Dadurch ist Ferdinand immer höher im System aufgestiegen. Schließlich war er für ganz Westösterreich zuständig. Die beiden Schläger Malic und Radanovic haben ihn tatkräftig beim Eintreiben der Schutzgelder unterstützt. Das hätte auch noch so weitergehen können, aber Maximilian wollte aussteigen. Das musste verhindert werden. Ferdinand hat zugegeben, genau aus diesem Grund auf eurer Hochzeit gewesen zu sein, um Maximilian in die Finger zu bekommen. Er hat extra einen Streit mit ihm angefangen, um Kovanic vom Fest wegzutreiben. Er selbst ist dann abgehauen und hat Klitschko und Gottschalk die Drecksarbeit machen lassen. Die beiden sind die Kerle fürs Grobe. Er war immer nur der Zuspieler.«

»Das heißt, Ferdinand hatte nie Interesse an Sepp und mir, sondern hat nur die Situation ausgenutzt, die durch unsere Heirat entstanden ist?«

Kurt nickt. »So ist es wohl. Tut mir leid für Sepp. Anscheinend war Kovanic sehr vorsichtig und hat sich nur selten unter Menschen begeben. Ferdinand musste die Gunst der Stunde nutzen, um seinem Boss den Aussteiger auszuliefern. Rasputin wollte ja verhindern, dass Kovanics Aussteiger-Vorhaben die große Runde unter seinen braven Schutzgeldzahlern macht. Genützt hat es freilich nicht viel.«

»Verdammt«, fluche ich.

»Eigentlich hätte Kovanics Tod Ludmilla und Bruno abschrecken sollen. Aber das hat nichts gebracht. Die beiden hatten nach Maximilians Hinrichtung sogar vor, noch schneller ihre Zelte abzubrechen. Gemeinsam. Doch Rasputin hat es natürlich erfahren. Immerhin sind einige der Frauen, die in den Bordellen der beiden arbeiten, Rolofs Spitzel.« Kurt macht eine kurze Pause und nippt an dem Kaffee. »Zudem war Rasputin erbost über die Liebesbeziehung der beiden. Dass sie sich nun gemeinsam absetzen wollten, hat ihren Untergang besiegelt.«

»Und das alles hat dir Ferdinand erzählt?«, will ich wissen.

»Ja, das hat er. Ich vermute, er steht selbst zwischen den Stühlen. Um Rasputin weiter seine Treue zu beweisen, musste er das Herzkasterl ausliefern. Aber genau das hat ihm wohl ein schlechtes Gewissen bereitet. Danach hat er auf seinen eigenen Namen den Flugplatz reserviert und darauf geachtet, dass ja alles genau aufgeschrieben wird. Er wusste wohl, dass ein ehemaliger Polizist dort Mitglied ist, und wollte uns einen Tipp zukommen lassen.«

»So hat er es dir zumindest verkauft«, sage ich trocken. Kurt zuckt mit den Schultern und trinkt erneut das Ekelgebräu, ohne auch nur den Mundwinkel zu verziehen. Seine Geschmacksnerven müssen durch den Bürokaffee abgestorben sein.

»Ich glaube ihm irgendwie. Aber jetzt kommst du ins Spiel, Rosi.«

»Ja?«, sage ich und lehne mich gespannt vor.

Kurt atmet tief ein. »Es ist nur ein Gefühl von mir, aber Ferdinand verheimlicht uns etwas Wichtiges. Der Termin am Flugplatz ist geplatzt, aber ich bin mir sicher, dass Ferdinand dennoch eine Ahnung hat, wo wir Rasputins habhaft werden können. Ich sag dir, Rosi ... Der Schuft befindet sich noch nicht in Russland. Er hockt in irgendeinem Versteck in Österreich und wäre mit dieser Maschine gemeinsam mit Ferdinand getürmt.«

»Was bringt dich darauf?«, frage ich skeptisch.

»Nenn es Instinkt oder von mir aus juckende Nase ... Ich kann es dir nicht genau sagen, aber da schwingt eine Angst in Ferdls Stimme mit, die mir sagt, dass er etwas weiß.«

»Hmm«, brumme ich nicht wirklich überzeugt. Kurt lehnt sich zurück und hebt die Hände.

»Wir haben nichts zu verlieren, Rosi, und ich glaube, dass du bei Ferdinand die richtigen Knöpfe drücken kannst. Wenn er auch nur den Hauch einer Ahnung hat, wo Rasputin steckt, dann kriegst du das raus.«

Ich seufze leise. Wie oft habe ich genau das schon für Kurt getan? Immer wenn die Polizei nicht weiterkommt, holen sie mich. Einmal soll ich die liebe Mutti und Omi sein, die das Wissen aus den Verdächtigen oder Zeugen rausstreichelt, und ein anderes Mal das verkörperte Gewissen. Ich ahne bereits, in welche Richtung es bei Ferdinand gehen soll.

»Gut, ich versuche mein Glück und drücke auf die Moral- und Gewissensknöpfe«, sage ich.

Kurt grinst zufrieden und schüttet in einem Zug den restlichen Kaffee in sich hinein. Auch ich leere meine Colaflasche, und dann machen wir uns auf den Weg in Ferdls Krankenzimmer.

Vor der Tür sitzt eine Polizistin in Uniform. Als sie Kurt erkennt, steht sie schnurstracks auf und richtet sich Hemd und Hose gerade.

»Chef«, sagt sie und nickt Kurt zum Gruß zu.

»War zwischenzeitlich etwas Erwähnenswertes, Claudia?«, erkundigt sich Kurt.

»Es war nur die Ärztin kurz drinnen bei ihm, sie hat ihm eine neue Infusion gegen die Schmerzen angehängt. Das ist nun vielleicht zwanzig Minuten her, Chef.«

Kurt nickt und meint dann in meine Richtung: »Das ist bestimmt gut. So kann sich Ferdinand nicht auf irgendwelche Wehwehchen hinausreden.«

Ich entgegne nichts, wobei die Nierenquetschung, die Rippenbrüche, die Ödeme und kleinen Risse bestimmt schreckliche Schmerzen verursachen, zumal ich miterlebt habe, mit welcher Brutalität die zwei Schläger auf ihn eingetreten haben. Dennoch halte ich mich zurück. Nicht, dass ich der Ansicht bin, Ferdl hätte seine gerechte Strafe für seinen Bruderverrat und die schrecklichen Taten erhalten, aber echtes Mitleid kann ich auch nicht für ihn empfinden. Kurt reißt, ohne anzuklopfen, die Tür auf. Seine ganze Körperhaltung hat sich im Laufe unseres Weges nach oben verändert. Das kleine bisschen Gelassenheit, welches er vorhin an den Tag gelegt hat, ist der Angriffshaltung eines Raubtieres gewichen. Kurt ist eindeutig im Dienst, und ich sollte das auch sein. Aber ich habe meine Gefühle und Gedanken nicht so unter Kontrolle wie gewöhnlich. Das Gespräch mit Kurt und die Erkenntnis, welch falsches Spiel Ferdl die ganze Zeit mit uns gespielt hat, trifft mich härter, als mir lieb ist.

Ferdinand schreckt durch Kurts plötzliches Eintreten hoch und stößt einen schmerzerfüllten Schrei aus. Ein kleines gemeines Grinsen stiehlt sich einen Sekundenbruchteil auf meine Lippen.

»Rosi«, keucht Ferdinand entsetzt, als er mich erblickt. Noch erschrockener sucht er den Raum hinter mir ab, ob auch Sepp hier ist.

»Sepp wollte nicht kommen, nachdem er erfahren hat, was du getan hast!«, lüge ich ihm eiskalt ins Gesicht.

Schon dränge ich mich an Kurt vorbei, der sich dezent zurückhält und die Tür hinter mir schließt. Ich gehe zackig an Ferdinands Bett, rücke den Besucherstuhl an seine Seite und setze mich, ohne Ferdinand auch nur einen Moment lang aus den Augen zu lassen. Meine Ansage hat ihn getroffen. Schuldig im Sinne der Anklage, sagen sein eingefallenes Gesicht und seine zuckenden Mundwinkel.

»Es tut mir leid. Das musst du ihm ausrichten, bitte, Rosi.«

»Du hast unsere Hochzeit und deine Beziehung zu Sepp ausgenutzt, um Maximilian an Rasputin auszuliefern«, entgegne ich kalt.

Ferdinand schluckt schwer. Er wagt es nicht, mich direkt anzusehen. »Das stimmt. Aber eines musst du mir glauben, Rosi. Als ich diesen Plan gefasst habe, wusste ich nicht, dass Sepp und ich uns je wieder so nahekommen könnten. Ich hab gedacht, ich erscheine schnell auf der Hochzeit, sorge für die nötige Ablenkung und locke Maximilian von dort in die Falle. Damit wäre meiner Meinung nach der Auftrag erledigt gewesen, und ich wäre wieder aus eurem Leben verschwunden.«

»Ferdl! Du hast unsre Hochzeit durch einen Mord versaut! Hast du ehrlich gedacht, danach wäre alles so wie vorher, und niemand würde dich in Verbindung mit Rasputin und Maximilian bringen? Für wie blöd hältst du die Polizei?«

Ferdinand funkelt mich an. Wut glimmt in seinen Augen.

»Mein Plan war gut, und hätte sich Rasputin mit Kovanic zufriedengegeben, dann wäre jetzt alles vergessen.«

Ich schüttle ungläubig den Kopf.

»Du warst aber von Beginn an ein Verdächtiger«, wende ich ein.

»Mein Anwalt hätte mich rausgehauen, und ich wäre nun schon in meinem neuen Einsatzgebiet. Aber Rasputin musste es mit seinem Rachefeldzug übertreiben und gleich darauf Bruno das Licht auslöschen. Das war unnötig. Rolof ist einfach nur ein eifersüchtiger Irrer, der Spaß daran gefunden hat, einen nach dem anderen über die Planke springen zu lassen.«

»Du hast ihm dabei brav zugearbeitet. Ich verstehe nicht, wie du sogar Ludmilla ausliefern konntest. Sie hat dich versteckt und dir geholfen unterzutauchen.«

»Dass Ludmilla auf der Abschussliste stand, wusste ich nicht. Ich dachte, Rasputin wollte sie für sich selbst zurückholen und nur Bruno auslöschen. Er hat immer so getan, als läge ihm etwas an Ludmilla und an dem Lustschloss. Immerhin ist dieses Etablissement die reine Goldgrube. Aber Rasputin hat den Bezug zur Realität verloren. Er hat mich sogar dazu gezwungen, das Herzkasterl in unsere Liste der Schutzgeld-Häuser aufzunehmen. So ein kleiner Puff wäre ideal für den Menschenschmuggel, hat er gemeint.«

»Und du hast deinen Bruder und dessen neue Familie herzlos ausgeliefert. Nur um dich zu rächen, weil Sepp dir vor Jahren den Geldhahn zugedreht hat.«

Ferdinand schaut weg. Er ballt die Hände zu Fäusten und schweigt. Ich sehe, wie seine Kieferknochen mahlen und sich seine Muskeln anspannen.

»Schämst du dich gar nicht, Ferdinand Sturmair?«, frage ich beißend. »Ist dir klar, dass du damals deinem Bruder nur die Wahrheit hättest sagen müssen, und Sepp wäre dir erneut zu Hilfe gekommen? Er hätte dich rausgekauft und als Teilhaber beim Herzkasterl durchgefüttert, verdammt! Du bist meiner Meinung nach nur ein gewissenloser und krimineller Bastard! Dass du Sepp und den Wimmer ans Messer geliefert hast, das verzeih ich dir nie!«

Ferdinand reißt den Kopf herum. Am liebsten würde er wohl aus dem Bett springen und mir an die Gurgel gehen. Aber die Schläuche und die Schmerzen halten ihn zurück. Ich strafe ihn mit dem verächtlichsten Blick, den ich zustande bringe, und lehne mich zurück.

»Du hast keine Ahnung! Und Sepp auch nicht. Rasputin hat mich in der Hand, verdammt! Und diesen blöden Wimmer hab ich nicht verraten!«

»Aber das mit Sepp gibst du zu!«, rufe ich ebenso wütend wie er.

Ferdinand verzerrt das Gesicht zu einer Fratze. »Wenn du glaubst, es ist mir leichtgefallen, Sepp ans Messer zu liefern, dann täuschst du dich. Ich wusste es bis vor einer Woche selbst nicht, aber ich liebe ihn. Er ist wirklich mein Bruder. Familie ist das Allerwichtigste ... Aber ...« Ferdinands Stimme bricht.

Seine Wut verpufft, und mit einem Mal sehe ich den gebrochenen, verletzten alten Mann in ihm, der er in Wirklichkeit ist. In meinem Gehirn setzen sich einige Gedankenfetzen zu der einzig logischen Erklärung zusammen, die es für Ferdinands Verhalten gibt.

»Du liebst Sepp, aber es gibt jemanden, den du noch mehr liebst«, schlussfolgere ich.

Ferdinand sackt in sich zusammen.

»Wen hat Rasputin in seiner Gewalt?«, frage ich. Ich kann spüren, wie Kurt hinter mir vor Nervosität und Anspannung platzt, aber ich konzentriere mich nur auf Ferdinand. Langsam beuge ich mich nach vorn und nehme seine Hand. Er sieht mich das erste Mal direkt an. Feucht schimmern seine Augen. »Erzähl es mir, Ferdl. Das ist die einzige Chance, die diese Person vielleicht noch hat.«

»Er bringt sie um, wenn er erfährt, dass ich ihn verraten habe. Das mit dem Flugplatz war schon ein Risiko. Aber jetzt! Er tötet sie!«

»Tut er das nicht sowieso, wenn Kurt ihn festnimmt? Glaube mir, Ferdinand, Rasputin wandert in den nächsten Wochen ins Gefängnis. Ganz Europa sucht nach ihm, und auch in Russland gibt es ein Gesetz. Er kann nicht ewig von der Bildfläche verschwinden. Wenn er auftaucht, wird er geschnappt. Und er wird immer annehmen, dass der Tipp, der zu seiner Festnahme geführt hat, von dir stammt. Und dann wird er spätestens diese Person, die du jetzt schützen willst, töten.«

Ferdinands Widerstand bricht wie ein spröder Zahnstocher. »Er hat meine Tochter und mein Enkelkind«, sagt er.

»Du hast eine Tochter?«, frage ich erstaunt.

Ferdinand verzieht die Mundwinkel. »Ich wusste selbst lange nichts von ihrer Existenz. Aber es ist so. Vor einundzwanzig Jahren habe ich mit einer Prostituierten ein Kind gezeugt. Meine Tochter heißt Anna, und Rasputin ist ihrer habhaft geworden. Und den kleinen Felix hat er auch in seinen Fängen.«

»Wie das?«

Ferdinand zuckt die Schultern. »Das ist eine etwas komplizierte Geschichte«, meint er.

»Jetzt wollen wir sie schon hören!«, blafft Kurt hinter mir.

Ferdinand fährt vor Schreck zusammen, und auch mich durchfährt es. Durch die unerwartete Wendung des Gesprächs war ich so auf Ferdinand konzentriert, dass ich Kurts Anwesenheit glatt verdrängt habe. Nach einem Augenblick des Schweigens spricht Ferdl weiter.

»Annas Mutter Corinna hat nach der Geburt unserer Tochter wieder in diesem Gewerbe gearbeitet. Irgendwann ist sie in einem von Rasputins Läden gelandet und hat den Puff nach einiger Zeit als Geschäftsführerin übernommen. Rolof hat dann herausgefunden, dass ihre Tochter die Frucht meiner Lenden ist. Anna ist ein kluges Mädchen. Sie ist Buchhalterin, wurde aber früh schwanger. Ihr Freund hat sie sitzen lassen, und sie stand finanziell ziemlich arm da. Da hat Rolof ihr das Angebot gemacht, die Buchhaltung seiner Geschäfte zu übernehmen. Die freie Zeiteinteilung, die Nähe zu Corinna und Rasputins falsche nette Art haben sie überzeugt. Am schlimmsten aber ist, dass Anna nicht einmal Bescheid weiß, dass sie als Druckmittel verwendet wird und sich in Gefahr befindet. Rolof schreckt gewiss nicht davor zurück, Anna und Felix im Falle meines Ungehorsams zur Strecke zu bringen.«

»Aber warum sagst du deiner Tochter nicht einfach, was Sache ist?«

»Sie hat keine Ahnung, dass ich ihr Vater bin. Rasputin hat sie mir einmal vorgestellt und mir danach den Vaterschaftstest und ein mitgeschnittenes Gespräch von Corinna vorgelegt.«

»Gott, ist das verworren!«, rufe ich aus.

Ferdinand nickt bloß und greift mit zitternder Hand nach dem Wasserglas auf dem Beistellkästchen. Ich reiche ihm das Glas. Hastig trinkt er ein paar Schlucke und beginnt sogleich zu husten. Er war zu gierig. Offenbar ist das in einigen Bereichen sein Charakterproblem. Erneut greife ich ein und nehme das Glas entgegen, bevor er alles verschüttet und die Schwester ihm beim Umkleiden helfen muss. Das Letzte, was ich will, ist, dieses Gespräch zu unterbrechen. Wer weiß, ob ich Ferdinand wieder so redebereit hinbekomme.

»Also, Ferdl, ich sag dir was. Deine, Annas und Felix' einzige Chance besteht darin, Rolof schnell hinter schwedische Gardinen zu bringen. Solange sich die zwei mehr oder minder in seiner Gewalt befinden, schweben sie in Gefahr. Wenn du sie retten willst, dann erzähl jetzt alles, was du weißt. Jede Kleinigkeit, die der Polizei bei der Ergreifung helfen kann, ist wichtig.«

Er überlegt. Die kleinen Zahnräder in seinem Gehirn fassen ineinander, sorgfältig wägt er das Für und Wider ab. Er lässt sich verdammt viel Zeit dafür. Schließlich macht er einen tiefen Atemzug und beginnt zu reden.

»Gut«, meint er leise, »der private Flugplatz in Kirchheim ist für Rasputin gestorben. Mit seiner Privatmaschine kommt er nicht mehr von hier weg. Aber ...«

»Aber?«, fragen Kurt und ich gleichzeitig.

»Jeden dritten Mittwoch im Monat hebt ein Frachtflugzeug von Salzburg ab, das mit seinen Waren beladen ist.«

»Seine Waren?«, fragt Kurt.

»Offiziell sind es Maschinenteile für den Anlagenbau in Russland. Diese befinden sich natürlich immer in den Fliegern, aber es sind auch andere Dinge dabei. Rasputin sammelt Kunstschätze. Seine Villa in Russland ist voller Gemälde, Statuen, alter Waffen und Rüstungen. Es befindet sich oft Diebesgut bei der Fracht. Hin und wieder fliegt auch jemand mit, oder ein Sackerl Kokain, ein paar Kalaschnikows ... Was man eben gerade braucht oder was bestellt ist.«

»Und diesen Mittwoch ist es wieder so weit!«, stelle ich fest. Ferdinand nickt.

»In der Maschine ist Platz für einen Passagier, und die Kontrollen sind durch langjähriges Einschleusen der richtigen Mitarbeiter im Bereich des Frachtflughafens keine echte Gefahr mehr. Ein Hunderter hier, ein Hunderter da, und schon werden ein paar Augen zugedrückt.«

»Wie sicher bist du dir, dass Rolof auf diesem Weg außer Landes kommen will?«, fragt Kurt. Er ist so nah an uns herangerückt, dass er nun neben mir steht.

»Entweder er versucht es so oder über den Landweg. Wobei Rasputin es hasst, unkomfortabel über Stunden herumzufahren.«

Kurt nickt. »Wir werden bereit sein!«, sagt er streng.

»Und meine Tochter? Mein Enkelkind? Ich habe euch jetzt alles gesagt. Wer schützt sie?«

»Mach dir keine Sorgen. Rasputin hat keine Ahnung, dass du uns etwas erzählt hast. Deine Familie ist in Sicherheit. Rolof hat keinen Grund, ihnen etwas anzutun.«

»Außer er erfährt von meinem Verrat. Er hat überall seine Spitzel eingeschleust. Auch bei der Polizei.«

»Ich werde das Team sorgfältig auswählen, Ferdinand. Dann haben wir den Mistkerl endlich, und deine Anna ist außer Gefahr.«

»Und ich bin ein toter Mann«, meint Ferdinand, »im Gefängnis wird man mir den Garaus machen. Ihr werdet schon sehen.«

»Eines nach dem anderen!«, antwortet Kurt. »Jetzt fassen wir zuerst den Bastard, und danach zerstören wir seine Maschinerie. Schlussendlich bleibt niemand mehr übrig, der dir oder deiner Tochter etwas antun könnte.«

»Das bleibt zu hoffen«, meint Ferdinand und sinkt müde in die Kissen. Grau und blass sind seine Wangen. Sein ganzes Gesicht sieht wächsern aus.

Vor der Tür hält Kurt mich zurück und führt mich in einen stillen Winkel des Flurs. »Rosi, hör zu, du darfst mit niemandem über kommenden Mittwoch reden. Ich kann mir trotz aller Vorsicht nicht sicher sein, nicht doch einen Maulwurf im Getriebe zu haben.«

Ich nicke und will schon gehen, aber Kurt fährt fort.

»Am besten ist sogar, du erzählst niemandem irgendetwas davon, was Ferdinand eben offenbart hat.«

»Aber für Sepp wäre es eine Erleichterung, zu wissen, dass ihn sein Bruder nicht grundlos verraten hat. Herta würde sich dadurch vielleicht auch besser fühlen«, wende ich ein.

Kurt zischt erbost. »Rosi. Warte bis Mittwoch. Bitte. Es ist wichtig.«

»Sepps Gefühle sind auch wichtig«, sage ich leise, nicke aber als Zeichen meines Einverständnisses.

»Danke. Ich muss jetzt sofort zur Direktion und mein Team zusammensetzen. Sag Daniela, dass es später wird.«

Draußen atme ich tief durch. Ich fühle mich zu müde und erschöpft, um nun Wimmer einen Besuch abzustatten, und beschließe stattdessen, nach Hause zu fahren und Herta anzurufen. Es wird besser sein, wenn ich morgen noch einmal ins Krankenhaus komme. Dann habe ich auch den Kopf für Hubert frei. Der arme Kerl kämpft sich gerade aus dem Koma zurück und hat nichts davon, wenn ich mit meinem schlechten Gewissen ringe. Sepp würde es wirklich eine große Erleichterung verschaffen, zu wissen, dass Ferdinand weder herz- noch grundlos derart skrupellos gehandelt hat. Obwohl ich Ferdl böse bin, verstehe ich ihn nun besser. Wiedergutmachen kann er sein Handeln nicht. Aber für ihre Kinder tun Eltern alles. Ich bin da nicht anders. Genau dort liegt auch der Knackpunkt der Geschichte. Mit seinem Verhalten hat Ferdinand das Wohl meiner Kinder gefährdet. Es bleibt die Hoffnung, dass dieses böse Spiel am Mittwoch tatsächlich beendet werden kann. Sonst befinden sich Raphael und seine Familie weiter in Gefahr. Ich sauge erneut die warme Luft in meine Lungen und schwöre mir im Stillen, dass ich kein Wort verraten werde. Sepp wird darunter leiden. Aber nur einige Tage. Danach, wenn alles vorüber ist, wird er mich verstehen. Ich steige ins

Auto und fahre los. Meine Gedanken kreisen weiter um den vertrackten Fall, und irgendwie verfalle ich in ein stilles, monotones Gebet. Bitte, lieber Gott, mach, dass es endet. Mach, dass es gut endet und Rasputin gefasst wird. Bitte, Gott … murmelt ein innerer Singsang in meinem Gehirn und kommt auch nicht zum Schweigen, als ich Sepp wiedersehe. Natürlich will er alles wissen und stochert nach der Wahrheit. Aber ich bleibe hart. Ich schweige oder lüge. Kurz bevor ich ins Bett gehe, rufe ich Herta an und vereinbare, dass ich gleich morgen Vormittag nach Hubert sehen werde.

Meine Nacht verläuft so wirr, dass ich dauernd aufwache. Traumfetzen plagen mich und hetzen mich von einem kurzen Nickerchen ins nächste. So mies war mein Zustand schon lange nicht mehr.

Schlimmer Wimmer

Maronihonig nach Hildegard von Bingen
500 g Bienenhonig gut erwärmen und mit 120 g Maronimehl mischen: hilft bei Einschlafschwierigkeiten.

Herta sitzt an Wimmers Bett. Sie hält seine Hand und flüstert beruhigend auf den alten Kerl ein. Schrecklich sieht er aus, mehr tot als lebendig. Zig Schläuche und Kabel ragen aus seinem Körper unter der dünnen Decke hervor, und eine Sauerstoffmaske bedeckt seinen Mund. Ich tapse auf Zehenspitzen durchs Zimmer, weil ich mir nicht sicher bin, ob Hubert wach ist oder schläft.

»Komm her, Rosi. Hubert wartet schon auf dich«, sagt Herta mit tiefer, besänftigender Stimme.

»Tatsächlich? Ich dachte, er schläft«, antworte ich und rücke mir einen zweiten Stuhl ans Bett. Direkt neben Herta nehme ich Platz. Sie sieht mich an. Ihre Augen liegen in tiefen Höhlen und sind geschwollen, als hätte sie stundenlang geweint. Wahrscheinlich ist dem auch so.

»Nein, es ist nur zu anstrengend für ihn. Das Licht, die Geräusche, das Atmen … alles erschöpft ihn so, dass er die Lider nicht hochnehmen kann. Aber er ist wach. Nimm seine Hand. Er zuckt mit dem Finger. Einmal für Ja und zweimal für Nein.«

Skeptisch mache ich, was Herta sagt, und beobachte dabei genau Huberts Gesicht. Ein Zucken wandert über seine Stirn, als ich meine Hand in seine schiebe.

»Hubert, hörst du mich?«, frage ich zaghaft. Sein Finger bewegt sich. Ja, er hört mich, aber sein graues Gesicht bekommt einen schmerzverzerrten, traurigen Zug.

»Willst du, dass ich wieder gehe?«, frage ich deshalb. Zwei Rucke durchfahren den Finger. Ich werfe Herta einen Blick zu.

Sie verfolgt genau das Geschehen und lächelt mich an. »Ich hab ihm versprochen, dass du ihm alles erzählst, was passiert ist. Du kannst das besser als ich. Außerdem rege ich mich immer so auf, wenn ich es probiere. Dann muss ich wieder weinen und kann mich gar nicht mehr einkriegen.«

»Aber Herta!«, wende ich ein, weil mir Huberts Zustand gar nicht gefällt, »das hat doch Zeit. Hubert soll sich erholen. Wichtig ist nur, dass er in Sicherheit ist.«

Sofort schnellt Wimmers Puls hoch in bedrohliche Sphären. Sein Finger ruckt und zuckt wie verrückt auf meiner Hand, und er öffnet sogar die Augen einen Spalt. Sofort beugt sich Herta über ihn.

»Nein, nein. Reg dich nicht auf, Liebling. Rosi ist da, und sie wird dir alles berichten. Ich hab es dir doch versprochen.«

Sein Puls geht zurück, und er schließt die Lider. Auch seine Hand liegt wieder ruhig und schlaff auf meiner.

»Siehst du, Rosi. Du musst ihm erzählen, was war. Er ist gestern fast wieder kollabiert, als ich ihn auf heute vertröstet habe.«

Ein beklemmendes Gefühl der Panik schnürt sich um mein Herz. Ich habe nicht damit gerechnet, die Überbringerin der Geschehnisse zu sein. Eigentlich wollte ich nur eine halbe Stunde an Wimmers Bett sitzen und ihm lauwarme Sätze des Trostes und der Zuversicht zumurmeln. So wie man es eben am Bett von Schwerkranken normalerweise macht. Mit dieser Situation hier bin ich überfordert. Aber es hilft alles Jammern nichts. Also beginne ich zu erzählen.

»Hubert, mein Lieber. Du brauchst dir keine Sorgen machen. Die Männer, die dir das angetan haben, sitzen schon hinter Gittern«, sage ich leise.

Hubert atmet tief ein, und ich sehe, dass er sich entspannt. Vielleicht ist es doch eine gute Idee, ihm den ganzen Hergang zu erzählen. Etwas beruhigter rede ich weiter. Ich fange mit der aufgelösten Herta an, die sich mit einer blutigen Karte in der Hand in meine Arme gestürzt hat. Dann erzähle ich von unserer Suche nach ihm. Ich lasse nichts aus, verpacke die Ereignisse aber in sanfte, vorsichtige Worte. Immer wieder versichere ich mich, Hubert nicht aufzuregen. Sowohl sein Puls als auch seine Atmung gehen gleichmäßig und ruhig.

»Und dann haben wir die Schüsse gehört. Leider sind Rasputins Schergen entkommen. Ich habe sie nicht einmal mehr flüchten sehen, sondern bin gleich dir zu Hilfe geeilt. Später hat man dann aber diese zwei Mafia-Schläger verhaftet. Sowohl Malic als auch Radanovic sind keine Bedrohung mehr für dich. Jetzt fehlt nur noch Rasputin, und dann sind alle hinter Gittern.«

Mit einem Mal reißt Hubert die Augen auf und starrt mich entsetzt an. Er zieht seine Hand von meiner weg und wischt sich die Maske vom Gesicht.

»Nei… Nei…«, keucht er.

Herta ist sofort bei ihm und will ihm die Sauerstoffzufuhr über den Mund ziehen, aber er wehrt sich. Dann krallt er erstaunlich fest seine Finger in meinen Unterarm. Ich stöhne erschrocken auf. Was ist nur in ihn gefahren?

»Raspu… Nein!«, krächzt er.

»Rasputin wird auch bald gefasst sein. Kurt ist ganz nah dran«, sage ich besänftigend und hoffe, dass meine Worte ihn erreichen. Doch es hilft nichts. Er zittert, verdreht die Augen. Der Alarm geht los. Herta drückt auf den Notfalltaster. Rotes Licht leuchtet. Herta schreit hysterisch um Hilfe. Wimmer zieht mich an sich heran. »Nei… MA…! Maaa! Maaaaaa… RRRRFFFF…«, röchelt er und bricht krampfend zusammen.

Ich werde zurückgerissen und nach hinten geschleudert.

»Raus hier!«, brüllt eine Ärztin.

Herta steht mit einem Mal neben mir. Das Gewimmel, Geschrei und Blinklicht im Krankenzimmer überfluten meine Sinne. Ich ziehe Herta hinaus.

»Defibrillator!«, höre ich aus dem Lärm heraus. Ich muss mit aller Kraft Herta zum Gehen bewegen. Sie zieht immer wieder in Richtung Hubert.

»Komm mit, Herta. Wir stören nur!«

Wie zum Beweis drängt sich ein weiterer Arzt zur Tür herein. Ich schaffe es endlich, Herta hinauszuschieben. Die Tür fällt hinter uns ins Schloss, aber die hektischen Geräusche dringen ungehindert zu uns auf den Flur.

»Was ist nur passiert? Warum? Mein Hubert!«, stammelt

Herta und bricht in Tränen aus. Ich blicke mich um. Ein paar Meter den Gang entlang stehen bei einem kleinen runden Tisch zwei rote Stühle. Bestimmt führe ich meine Freundin dorthin und setze sie auf einen der Sessel. Ohne ihre Hand loszulassen, nehme ich auf dem anderen Platz.

»Atme tief durch, Herta. Hubert packt das. Er ist ein Kämpfer. Du wirst schon sehen«, rede ich ihr gut zu, obwohl mir jedes Wort fast im Hals stecken bleibt.

Herta antwortet nicht. Stattdessen flüstert sie in monotoner Wiederholungsschleife leise »Hubert, warum, Hubert …« vor sich hin.

Das Blut rauscht in meinen Ohren. Dennoch bemühe ich mich darum, gefasst zu bleiben. Immer wieder blicke ich zu Huberts Zimmer. Zweimal ist jemand raus und jemand anderes ins Zimmer hinein. Aber ich konnte am Gesichtsausdruck der Personen nichts ablesen. Wie hypnotisiert streichle ich im ewigen Auf und Ab Hertas Hand und starre dabei weiter zur Tür. Herta hingegen hockt in sich zusammengesunken und vor sich hin murmelnd auf ihrem Sessel.

Wieder öffnet sich die Tür, und nun strömt eine ganze Gruppe Ärzte und Schwestern heraus. Einem Impuls folgend springe ich auf. Herta schreckt hoch und japst nach Luft. Ich merke, wie der Schmerz meine Kehle hochkriecht. Einer der Ärzte kommt auf uns zu. Seine Körperhaltung sagt mir alles, was ich wissen muss. Noch bevor er bei mir ist, strömen mir heiße, salzige Tränen über die Wangen. Endlich steht auch Herta auf, und ich fasse schnell nach ihr und ziehe sie die zwei Schritte näher zu mir. Ich lege meinen Arm um sie und drücke ihren schmalen Körper an mich. Sie zittert. Ich werde innerlich starr und hart. Nur die Tränen fließen weiter. Der Arzt bleibt stehen. Er schüttelt traurig den Kopf.

»Es tut mir leid, Frau Wimmer. Augenscheinlich hatte ihr Mann einen plötzlichen Schlaganfall. Wir konnten ihn nicht zurück ins Leben holen.«

»Aber, aber …«, stammelt Herta. »Warum? Wie ist das möglich? Er war doch am Weg der Besserung.«

Der Doktor räuspert sich. »Ich kann nur annehmen, dass sich irgendwo im Körper ein Gerinnsel gelöst hat. Trotz medikamentöser Behandlung und ständiger Überwachung kommt das leider hin und wieder vor. Es tut mir aufrichtig leid, Frau Wimmer.«

»Nein!«, schluchzt Herta auf und fällt zurück auf den roten Stuhl.

Der Arzt wendet sich mir zu.

»Ich schaue gleich nach dem Krankenhausseelsorger oder einer Psychologin für Frau Wimmer. Bleiben Sie solange bei ihr?«, fragt er mich. Herta bibbert am ganzen Körper.

»Natürlich«, verspreche ich und setze mich wieder hin. Sanft lege ich erneut meine Hand auf Hertas. Sie weint und zittert wie ein kleines Kind. Besorgt mustert der Doktor sie.

»Oder ich veranlasse lieber gleich, dass sie ein Beruhigungsmittel bekommt.«

Ich nicke zustimmend. Herta steht knapp vor einem Nervenzusammenbruch, und ich habe im Moment kaum die Kraft, sie aufzufangen. Ich weiß nicht, was schwerer wiegt. Die Trauer und das Leid in meiner Brust oder der Hass. Wenn Kurt diesen verdammten Rolof nicht schnell zur Strecke bringt, dann dreh ich dem Kerl eigenhändig den Hals um. Ich presse die Zähne aufeinander, bis mein Kiefer wehtut. Es ist einfach zu viel. Auch eine Rosi hat eine Grenze. Meine ist erreicht. Nur noch ein i-Tüpfelchen, und mein Schalter kippt in die andere Richtung. Dann ist es vorbei mit der lieben, hilfsbereiten und gütigen Rosi. Eine rachsüchtige wartet bereits hinter der Tür, um endlich Ruhe und Frieden zurückzubringen. Ja! Das erste Mal in meinem Leben bin ich an einem Punkt angelangt, wo ich in mir diese mörderische Energie spüre, die jedem Menschen innewohnt. Wenn Rasputin mir vor die Füße läuft und ich die Möglichkeit habe, ihn auszuschalten, dann werde ich das tun. Ich werde über Leichen gehen. Zumindest über seine.

Niemand kann es wirklich glauben. Obwohl ich selbst darum kämpfe, auf den Beinen zu bleiben, pilgert das halbe Dorf zu mir auf den Hof. Es hat sich herumgesprochen, dass ich dabei war, als Hubert zusammengebrochen ist. Herta will niemand belästigen. Einzig die Tierärztin und die Krämer-Christl sind bei ihr, während sie auf ihre Kinder wartet. Die beiden Wimmer-Sprösslinge hat es in die weite Welt hinausgetrieben. Barbara, die so alt ist wie Daniela, lebt in Chicago und Ludwig in Berlin. Beide haben sich gleich auf den Weg nach Hause gemacht, aber das dauert, und so unterstützen nur Hertas beste Freundinnen sie in der schweren Stunde. Ich habe mich, nachdem Herta sich beruhigt hatte und im Krankenhaus alles so weit geklärt war, zurückgezogen, als Christl und Maria beide aufgetaucht sind.

Zu Hause hatte ich gerade einmal eine knappe Stunde Zeit, mich in Sepps Armen auszuweinen. Dann hat der stete Strom an Wissbegierigen und Trauernden begonnen. Die stille Post des Ortes war wieder schneller als alles andere. Irgendwie gibt es für mich unergründliche Nachrichtenwege, die schneller als jede E-Mail und jede WhatsApp funktionieren. Es dämmert bereits, als zu guter Letzt noch Bauer Hias vor der Tür steht. Doch diesmal sucht er weder meine Hilfe noch die neuesten Neuigkeiten. Stattdessen trägt er einen großen, schweren Topf und stellt ihn auf den Tisch. »A Reisfleisch für di und an Sepp. Mei Frau hot gmoant, du host koa Zeit zum Kocha, so lästig, wia die Leit san«, sagt er nur und tätschelt mit seiner großen, stets schmutzig grauen Hand meine Schulter.

Ich will schon automatisch meine Floskeln und Erzählungen von mir geben, als er einwendet: »Loss bleiben, Rosi. Es weiß jeda im Ort scho ois. Wir wolltn eich wirklich nur a Essn bringa. Rast di a bisserl aus. I, mei Frau und meine Fackerl brauchen di nu gonz lang. Wir mögn di narrisch gern«, sagt er.

Ich lehne meinen Kopf an seine Schulter. Seltsam, nie hätte ich gedacht, dass der süßliche Geruch von Schweinemist einmal derart tröstend sein könnte.

»Danke«, sag ich schließlich und richte mich auf.

Hias nickt, steht auf und schlurft in seinen dreckigen Gartencrocs hinaus aus meiner Stube. Ich bleibe am Tisch sitzen und starre den Topf an. Noch verspüre ich keinen Hunger, aber dieser Topf ist das Liebste, was mir heute widerfahren ist, und ich weiß, dass ich etwas später jeden Bissen genießen werde. Nicht, weil das Reisfleisch besonders gut schmecken würde, sondern weil echte Freundschaft darin steckt. Die Tür geht auf, und ich möchte schon den nächsten Besucher hinausschicken, aber es sind Kurt und Sepp. Kurt sieht gestresst, nein, besser gesagt abgehetzt und verärgert aus.

»Rosi, wir müssen reden!«, sagt er und schiebt sich energisch an Sepp vorbei. Sepp schlendert zur Kaffeemaschine und wirft sie an. »Kurt, lass dir Zeit und stress meine Rosi nicht. Ich hab es dir vorhin im Hof schon gesagt … Wenn du so hektisch und aufgebracht bist, dann redest du heute gar nicht mehr mit ihr. Siehst du nicht, wie geschafft sie ist?« Den ganzen Nachmittag hat Sepp den Besucherstrom gemanagt und dafür gesorgt, dass keine ganzen Familien meine Stube stürmen, und auch jetzt versucht er, mich zu beschützen.

Ich hebe die Hand. »Schon gut, Sepp. Es geht in Ordnung. Was ist los, Kurt?«

Kurt lehnt sich zurück und bemüht sich sichtlich um Gelassenheit und Ruhe.

»Tut mir leid, Rosi, dass ich dich damit belästigen muss … Aber ich habe ein Problem.«

»Das dachte ich mir schon«, sage ich und verziehe den Mund zu einem traurigen Lächeln.

»Klitschko und Gottschalk sind geständig«, beginnt er.

»Das ist doch gut!«

Kurt schüttelt den Kopf. »Sie gestehen, im Auftrag von Rasputin gehandelt zu haben. Maximilians Tod, Brunos Räderung und auch Ludmillas … ähm … Folter … das alles haben sie zugegeben. Auch, dass sie bei Raphael im Herzkasterl waren und diesen Betrieb in Rasputins Maschinerie eingliedern wollten …«

»Ja?« Worauf will er hinaus?

»Sie wollen nichts mit den Wimmers zu tun haben und behaupten sogar, ihn und den Swingerclub gar nicht zu kennen.«

»Wie bitte?«

Kurt zuckt mit den Schultern. »Ich verstehe die Welt nicht mehr. Immerhin geben die zwei zu, die anderen Verbrechen verübt zu haben. Aber beim Wimmer sind sie sich einig, nichts mit seiner Entführung zu tun zu haben.« Er lehnt sich nach vorne und starrt mich an. »Du warst beim Hubert, kurz bevor er gestorben ist, und hast ihm vom Abend seiner Verletzung erzählt, nicht wahr?«

Ich nicke. »Er hat alles ganz ruhig hingenommen, und ich hatte das Gefühl, er bestätigt meinen Bericht. Er ist erst ausgeflippt, als er gehört hat, dass Rasputin noch frei ist und seine Schergen in Haft sind. Er hat, kurz bevor er starb, ›Raspu… Nei… Nei… Maaaa…‹ gesagt und ist dann gurgelnd und röchelnd zusammengebrochen.«

»Okay«, meint Kurt und setzt sich wieder aufrecht hin. »Das heißt wahrscheinlich, dass er Angst vor Rasputin hatte. ›Raspu… Nei…‹ Hmmm … so hat er gerufen?«

Ich nicke. »Und ein langes ›Maaaa‹, welches in einem Brodeln in der Kehle geendet hat«, vervollständige ich.

»Was bedeutet das dann?«, fragt Kurt.

Ich überlege kurz. »Wahrscheinlich Mafia«, schlage ich vor.

»Das könnte als Identifizierung vielleicht herhalten. Hubert hat das Gesicht eines Täters gesehen, weil er die Maske abgerissen hat.«

»Ihr lasst die Skimütze doch auf Spuren untersuchen, oder?«

»Sind dabei!«, meint Kurt und seufzt. »Die Gerichtsmedizin und die Forensik sind durch die Leichenflut total überlastet. Alles dauert Ewigkeiten. Auf so eine Verbrechenshäufung sind wir nicht vorbereitet. Aber die Skimaske wird priorisiert.«

»Ihr findet bestimmt Hautpartikel oder Haare in dem Teil, dann könnt ihr nachweisen, dass die beiden auch diese Tat begangen haben.«

Kurt klopft sich auf die Oberschenkel. »Ich schau einen Sprung zu Dani und dem Kleinen rüber. Du hast mir sehr weitergeholfen, Rosi, danke. Wir werden bestimmt herausfinden, warum die zwei diesen Angriff nicht gestehen.«

»Hmm«, brumme ich. »Seltsam ist es schon.«

Kurt hat es mit einem Mal ziemlich eilig und stapft hinaus.

Sepp setzt sich zu mir und blickt mich fragend an. »Woran denkst du?«

»Mir ist nur eingefallen, dass Ferdinand bei unserem Gespräch behauptet hat, Rasputin nichts von Wimmers kleinem Liebesnest erzählt zu haben.«

Sepp zieht die Brauen hoch. »Also hat mein Bruder doch einige Details zu den Verbrechen ausgesagt!«, meint er halb vorwurfsvoll.

»Tut mir leid, Sepp. Ich kann und darf dir nichts erzählen, was den Ermittlungen schaden könnte. Aber glaub mir, wenn sich alles so entwickelt, wie wir es voraussehen, dann hat der Schrecken in ein paar Tagen ein Ende.«

Jetzt ist Sepp erst recht hellhörig. Neugierig lehnt er sich vor und mustert mich eindringlich.

»Derart wichtige Informationen hatte Ferdl also zu berichten«, stellt er fest. Doch diesmal klingt es nicht vorwurfsvoll. Stattdessen schwingt Hoffnung in seinen Worten.

»Ja. Wir können nur beten, dass es so kommt, wie wir nun meinen.« Einer starken Gefühlsregung folgend greife ich nach Sepps Armen.

»Ich will keine Angst mehr haben müssen. Weder um dich noch um Raphael oder Kalina. Das alles ist mir zu viel, Sepp. Ich fühle mich erschöpft und ausgelaugt. Versprich mir, dass alles gut wird und wir dann eine wunderschöne Zeit rund um den Globus miteinander verbringen. Ja?«

»Ja. Auch wenn das heißt, jetzt nicht mehr neugierig nachzufragen. Denn glaub mir, mich zerfrisst es innerlich fast, so sehr möchte ich wissen, was Ferdinand ausgesagt hat.«

Er nimmt meine Hände fest in seine. »Alles wird gut, mein Röslein«, sagt er leise, und ich will ihm glauben. Bei Gott, ich will ihm unbedingt glauben.

Die halbe Nacht grüble ich und komme schließlich zu einer einzigen nachvollziehbaren Erklärung für die Aussagen von Rasputins Schlägern und Ferdinand. Und diese Erkenntnis wird Sepp freuen. Am liebsten würde ich ihn aufwecken und ihm sagen, welches Ergebnis meine nächtlichen Gedankenspiele hervorgebracht haben, aber ich lasse ihn schlafen. Seelenruhig atmet er ein und aus. Wie ein Baby schlummert er, zur Seite gedreht und mit angewinkelten Beinen. Ich streiche sanft über seinen Rücken und lehne mich dann selbst wieder zurück in das Kissen.

Zufrieden gehe ich noch mal alles durch und nicke. Wahrscheinlich hat Ferdinand Rasputin tatsächlich nichts vom Wimmer erzählt. Aber Malic und Radanovic haben wohl nebenher ihr eigenes Ding gedreht und versucht durch Hubert ein wenig nebenher zu verdienen. Damit ihr Verrat nun nicht auffliegt, lügen die beiden natürlich. Es würde mich auch nicht wundern, wenn sie diese Masche in der Vergangenheit schon bei anderen kleinen Betrieben abgezogen hätten. Rasputin hat seine Männer und seinen Laden nicht so im Griff, wie er vielleicht meint. Schon allein die Tatsache, dass innerhalb kürzester Zeit gleich drei große Bonzen aus dem Milieu ausscheiden und sich absetzen wollten, spricht Bände. Rasputins Maschinerie zerbricht, und er ahnt es. Darum reagiert er auch brutal und skrupellos. Gut ist aber, dass Ferdl wenigstens den Wimmer nicht hingehängt hat. Die zwei Schläger werden ihrerseits jedenfalls einen Teufel tun und Huberts Entführung zugeben. Sie haben bestimmt viel zu viel Angst vor Rolofs Rache. Wenn Ferdinand recht hat, dann reichen die Arme des Russen bis in die Gefängnisstrukturen hinein. Kurt muss dafür sorgen, dass Ferdinand später im Knast beschützt wird. Ferdinand ist jedenfalls nicht durch und durch schlecht. Er hatte seine Motive, so zu handeln, wie er es getan hat. Morgen, denke ich müde, morgen erzähl ich es Sepp. Ein traumloser Schlaf der Erschöpfung überfällt mich und deckt mich mit seinem Vergessen zu.

Das Dorf trägt Schwarz. Egal, auf wen ich treffe, tiefe Trauer zeichnet sich in seinen Zügen ab. Wimmers Dahinscheiden hat den ganzen Ort in eine düstere graue Stimmung versetzt. Am Dienstag soll er beerdigt werden. Die Obduktion hat bestätigt, was der Arzt vermutet hatte. Hubert ist an einem Schlag gestorben, der durch ein Gerinnsel ausgelöst worden war. Die Stunden und Tage vergehen nur schleppend, und auch ermittlungstechnisch tut sich nichts Neues auf. Sepp und Kurt haben beide auf meine Theorie die zwei Schläger betreffend positiv reagiert. Sepp, weil damit ein etwas besseres Licht auf Ferdinand fallen würde, und Kurt, weil er auch keine bessere Erklärung liefern konnte. Ich weiß, dass im Verborgenen die Räder auf Hochtouren arbeiten und rattern, aber ich fühle mich außen vor. Es ist Montagabend, und ich sitze im Garten unter dem Kastanienbaum. Brütend heiß ist es, und selbst meine Henderl bewegen sich nur im Zeitlupentempo. Vor mir auf dem Tisch stehen der obligatorische Krug gefüllt mit Hollerkracherl und zwei Gläser. Sepp hat sich leider zurückgezogen, um beim alten Sacherl in Mettmach weiterzuarbeiten. Auch wenn Ferdinand nicht mehr hier ist, um die Renovierungen voranzutreiben, müssen die Löcher im Dach gestopft werden. Sonst schwimmt beim nächsten Starkregen die gesamte Hütte wie eine marode Arche davon. Sepp fühlt sich dafür verantwortlich. Ich kann es ihm nicht verdenken. Er ist dort aufgewachsen, und zig Erinnerungen stecken in dem alten Gemäuer.

Die Bienen summen. Selbst dieser Ton klingt traurig in meinen Ohren. Morgen ist das Begräbnis, und ich weiß nicht, wie ich es überstehen soll. Bis zu Huberts Tod war mir nicht bewusst, dass er trotz seiner nervigen und anstrengenden Art mein bester Freund gewesen ist. Ehrlich gesagt war Hubert sogar mehr als das. Er war auf seltsam verworrene Weise Teil der Familie. Morgen werden alle anwesend sein. Sogar Kurt hat sich trotz des anstehenden Großeinsatzes freigenommen und zwischenzeitlich Andrea zur Leiterin erklärt. Es freut mich, dass er mich konsequent auf dem Laufenden hält, obwohl ich nicht Teil dieses Einsatzes sein werde. Nur eine handverlesene Truppe arbeitet daran, und es herrscht höchste Geheimhaltungsstufe. Auch ich halte mich daran und habe kein Wort darüber verloren, was am Mittwoch passieren wird, obwohl mir Daniela Löcher in den Bauch fragt. Sie merkt Kurts Anspannung und ahnt, dass etwas Großes ansteht. Ich schließe die Augen und halte das Gesicht in die warme Abendsonne. Am liebsten würde ich die Zeit um drei Tage nach vorne drehen, Wimmer ruhig schlafend unter der Erde und Rasputin fest verschlossen hinter Gittern wissen, aber die Zeit ist erbarmungslos. Sie vergeht immer gleich. Auch wenn es sich anders anfühlt, zieht der Zeiger der Uhr tickend seine Runden, egal, ob es gerade herzzerreißend schön oder schrecklich im Leben zugeht.

Ich warte also ungeduldig und freue mich darauf, Raphael am Telefon bald eine gute Nachricht überbringen zu können. Ich werde ihm sagen, dass er und seine Familie zurück nach Hause kehren können. Die Sicherheit wird zurückkommen und mit ihr der wohlig gleichtönige Alltag. Und vielleicht schafft Kurt es dann auch, mehr Arbeit an Andrea abzugeben. Sie ist kompetent und klug, sodass er ihr ruhig mehr Verantwortung übertragen könnte. Und als hätte mein Geist sie hierhergeholt, steht sie mit einem Mal vor mir und lächelt verlegen.

Ich zucke zusammen.

»Entschuldige, ich wollte dich nicht erschrecken. Kurt ist schon wieder im Büro und hat mir aufgetragen, beim Nachhausefahren bei dir vorbeizuschauen«, sagt sie.

Ich bedeute ihr, auf Sepps Stuhl Platz zu nehmen, aber sie schüttelt den Kopf.

»Nein, ich fahre noch zu Renate. Wir wollen unseren Beziehungsstatus klären, und ich bin nur hier, um dir die neuesten Ermittlungsergebnisse mitzuteilen. Kurt konnte dich nicht erreichen und hat sich Sorgen deswegen gemacht.«

»Okay«, sag ich verwundert und blicke mich nach dem Handy um. Es ist doch noch gar nicht lange her, dass Kurt mich persönlich gesprochen hat. Was kann sich in der Kürze schon Neues ereignet haben? »Anscheinend hab ich mein Telefon drinnen liegen lassen«, entschuldige ich mich. »Was gibt es für Neuigkeiten?«

Andrea stemmt die Hände in die Hüften. »Etwas sehr Seltsames hat sich ergeben. Wir bekamen vorhin gerade den Anruf von der Forensik. Die haben sich echt ins Zeug gelegt und gearbeitet wie die Wiesel. Diese Skimaske, die Hubert dir in die Hand gedrückt hat ...«

»Ja?«, frage ich nervös.

»Sie ist quasi spurenfrei. Keine Haare, keine verwertbaren Hautschuppen. Es ist einfach nicht zu erklären.«

»Verdammt«, fluche ich und balle die Hände zu Fäusten. »Dann haben wir keinen Beweis, der belegt, dass die beiden Kerle auf Hubert geschossen haben. Eine Waffe habt ihr ja noch immer nicht sichergestellt, oder?«, hake ich nach.

Andrea schüttelt bedauernd den Kopf.

»Wir haben die Wohnungen, die Büros und auch die Etablissements auf den Kopf gestellt. Aber es war nichts zu finden. Rasputin und seine Mitarbeiter arbeiten einfach zu sauber.«

Es donnert in der Ferne. Das nächste Gewitter steht an. Noch sind die Wolken weit entfernt, und das Grollen des Gewitters klingt nach einem leisen Brummen. Aber es wird zu uns herüberziehen. Ich spüre es bereits am aufkommenden Wind. Auch Andrea blickt nach oben.

»Ich mache mich lieber auf den Weg, dann komm ich nicht in den Sturm«, sagt sie und dreht sich mit einem freundlichen »Bis demnächst, Rosi« auf den Lippen um. Ich bleibe noch einen Moment still sitzen und beobachte, wie Andrea meinen Hof verlässt und mit dem Polizeiauto die schmale Straße davonbraust. Was für eine bescheidene Situation, denke ich mir und kaue auf der Unterlippe. Diese miese Beweislage wird es schwer machen, Huberts Ermordung als die Tat der beiden Schurken nachzuweisen. Und das wird Herta und ihren Kindern zu schaffen machen. Egal, wie schlimm der Tod eines Menschen auch ist, am schlimmsten sind ungeklärte

Umstände. Eine Böe zieht an mir vorbei und wirft den leeren Stuhl um. Besser, ich breche meine Zelte im Garten ab, sperre die Hühner in den Stall und schließe die Fensterläden. Mutter Natur grollt uns weiter. Wieder und wieder wäscht sie mit brutaler Hand Straßen, Wiesen und Felder, lässt Bäche über die Ufer treten und ganze Siedlungen überfluten. Die Erde ist zornig, und ich kann es ihr nicht verdenken.

Ich stehe auf und mache mich an die Arbeit. Gerade als ich ums Haus gehe, um die Fenster zu schließen, fährt Sepp mit viel zu viel Schwung die Einfahrt hoch. Ich öffne ihm das Scheunentor, und er quetscht seinen Audi neben meine Ente. Er steigt aus und grinst. Im Gegensatz zu mir sieht er zufrieden aus.

»Das Dach ist wieder dicht«, sagt er statt einer Begrüßung.

»Gerade rechtzeitig«, meine ich und deute hoch zum sich verdunkelnden Himmel. Er nickt.

»Ich hab uns Abendessen mitgebracht. Chinesisch diesmal«, sagt er und öffnet den Kofferraum.

»Gute Idee!«, lobe ich ihn und bin insgeheim froh, dass er keine Pizzen mitgebracht hat. Viel zu deutlich steht mir noch das letzte Pizzaessen in Erinnerung, und ich kann kaum glauben, dass es gerade einmal neun oder zehn Tage her ist, dass Sepp, Ferdinand und ich beim Sacherl direkt aus dem Karton gegessen haben. Dankbar nehme ich nun das Plastiksackerl mit den kleinen durchsichtigen Behältern entgegen. Wir gehen hinein, und ich entschließe mich kurzerhand dazu, eine Flasche Wein aus der Speis zu holen. Es gibt zwar nichts zu feiern, aber der gute Tropfen wird mir das Einschlafen erleichtern.

Glücklicherweise hat Sepp viel von seinen Reparaturarbeiten zu berichten, und ich kann für eine Stunde die Ereignisse verdrängen. Nur ein Mal kommt er auf Ferdinand zu sprechen. »Glaubst du, er würde mir das Häuschen verkaufen, wenn ich ihn darum bitte? Ich meine, er wird wohl länger im Gefängnis sitzen, und ich möchte das Sacherl nicht wieder verlieren. Es ist zwar dumm, in meinem Alter in ein weiteres Haus zu investieren, zumal ich keine Kinder habe, die es bewohnen könnten ...« Er stockt und starrt ins Leere. Mir wird mit einem Mal klar, dass Sepp sich vielleicht immer eigene Kinder gewünscht hat und sich dieser Traum nie erfüllt hat. Ferdinand seinerseits hat eine Tochter, aber ob sie Interesse an einem kleinen Bauernhaus im Nirgendwo hat, wage ich zu bezweifeln. Ich strecke mich und tätschle Sepps Rücken.

»Wir zwei haben Enkelkinder, da kann man nie genug Rückzugsorte haben.«

Sepp lacht.

»Genau, und wenn die alte Hütte nur zu Joachims Partylocation wird, ist es mir auch recht. Hauptsache, sie verfällt nicht und es herrscht wieder Leben in ihr. Weißt du, Rosi, meine Kindheit war weder reich noch besonders schön, aber ich habe dennoch so viele gute Erinnerungen daran. Vor allem mit Ferdl hat mich so viel verbunden. Wir waren lange Zeit wie Zwillinge unterwegs. So eng, dass es für Außenstehende bereits seltsam gewirkt hat«, sagt er.

Ich nicke, und es fällt mir extrem schwer, ihm nicht alles, was ich über Ferdinand weiß, zu erzählen. Dann aber grinst er und berichtet, wie ihn heute ein Siebenschläfer im Gebälk derart erschreckt hat, dass er beinahe vom Dach gefallen wäre.

Wir essen zu Ende. Draußen donnert und blitzt es, und es dauert nicht lange, da fällt der Strom erneut aus. Dieser Sommer hat es in sich.

Totentanz

Bibernellentee
1 TL getrocknete Bibernellenwurzel mit 300 ml kaltem Wasser ansetzen, aufkochen, kurz ziehen lassen, abseihen. Hilft bei Bronchitis, ist verdauungsfördernd.

Ich habe es geschafft. Die ganze Beerdigung habe ich keine einzige Träne vergossen. Doch jetzt ist der Kloß in meinem Hals so groß und schwer, dass ich kaum noch schlucken kann. Sepp legt seinen Arm um mich. In einer langsamen Prozession ziehen wir vom Friedhof hinüber zum Wirtshaus. Herta geht vor mir, links und rechts gestützt von ihren beiden Kindern. Klein und zerbrechlich sieht sie aus und so schmal, als hätte sie seit Huberts Tod keinen einzigen Bissen zu sich genommen. Gekrümmt schlurft sie voran, die Schultern eingezogen, als würde alle Welt auf sie einschlagen wie auf einen Hund. Es zerreißt mir das Herz, Herta so zu sehen. Die Erinnerungen an den Tod meines eigenen lieben Mannes werden so lebendig, dass ich Hertas Schmerz tief in mir fühle.

»Komm, Röslein«, sagt Sepp, und ich merke, dass ich stehen geblieben bin und mir ans Herz fasse. Ich nicke und straffe die Schultern. Wir betreten das Gasthaus. Im Saal ist bereits alles für den Leichenschmaus aufgedeckt. Herta dreht sich zu mir um und winkt Sepp und mich richtiggehend hektisch zu sich. Wir sollen uns zu ihr setzen. Obwohl ihre Kinder bei ihr sind, hat sie sich die Beerdigung über ganz in meiner Nähe aufgehalten. Nun sind wir beide Witwen. Ich habe zwar erneut die Liebe gefunden, aber der Schmerz des Verlustes bleibt dennoch stetiger Teil meiner Seele. Das verbindet. Herta fühlt diesen unsichtbaren Faden, der unser gemeinsames Schicksal vernetzt, ebenso wie ich. Sie braucht mich. Ich kann mich gut an die Zeit nach Horsts tödlichem Unfall erinnern. Damals hatte ich keinen sehnlicheren Wunsch, als jemanden zu finden, der mich verstehen würde. Doch es gab niemanden. Herta hat mich gefunden, und ich will ihr zur Seite stehen, so gut ich kann. Erneut hebt sie die Hand und zeigt auffordernd auf den Tisch.

Sepp und ich nehmen direkt neben Herta Platz. Rechts sitzen ihre Kinder und links wir. Sie lächelt mich dankbar an, und ich erwidere es.

»Du schaffst das«, sage ich sanft, als ich erkenne, unter welcher Spannung Herta steht. Die Serviette, die eigentlich neben der noch leeren Suppenschale liegen sollte, hält sie zerknüllt in ihrer Hand. Sie drückt das weiche Papier so stark, dass ihre ganze Hand weiß ist und sich sowohl die Adern als auch die Knochen grell und scharf abzeichnen.

»Es ist so schwer. Ich möchte eigentlich nach Hause«, seufzt sie heiser.

»Das verstehe ich. Wenn das Essen vorbei ist, begleiten Sepp und ich dich heim. In Ordnung?«

Sie sieht sich um und zuckt mit den Schultern.

»Aber die Leute …«, wendet sie ein.

»Die saufen ohne dich weiter«, wirft Sepp kühl ein. Ein kurzes ehrliches Grinsen flackert auf Hertas Gesicht auf. Dann wendet sie sich wieder ihren Kindern zu, die bereits die kleine Essenskarte studieren.

Schnell füllt sich der ganze Saal, und es herrscht sogleich ein ziemlicher Geräuschpegel. Ich blicke mich um und atme erleichtert auf, als ich sehe, dass Daniela, Kurt und Joachim einen Tisch neben uns Platz gefunden haben. Das ganze Dorf ist zur Beerdigung gekommen. Weiter hinten sitzt Hias mit seiner Familie, und natürlich sind auch die Dorflehrer, die Krämer-Christl mit ihrer Schwester, der Gemeindearzt, der Pfarrer und auch die Tierärztin da. Zudem haben sich alle großen Bauern mit ihren Angehörigen, die Feuerwehr, der Kameradschaftsbund und die Blaskapelle eingefunden. Der Saal platzt aus allen Nähten, und schon schleppt die Wirtin ein paar zusätzliche Stühle herein. Überall wird zusammengerückt und Platz geschaffen. Jetzt bin ich heilfroh, an der Tafel der nächsten Angehörigen zu sitzen. Hier wird nichts herumgeschoben und drapiert.

Die Luft vibriert von den Gesprächen, Gerüchen und Menschen.

Die Kellnerinnen eilen herbei und nehmen die Wünsche für den Hauptgang auf. Ich wähle das gekochte Rindfleisch mit Semmelkren und geröstete Erdäpfel, Sepp die obligatorische Bratwurst, und Herta bestellt sich die vegetarische Alternative, ein Gemüseschnitzel mit Kartoffel und Sauerrahmsoße. Wenn ich in ihr fahles Gesicht sehe, bezweifle ich, dass sie überhaupt einen Bissen zu sich nehmen kann. Ich versuche noch mal, ein Gespräch mit ihr zu beginnen, aber sie starrt nur mit vom Heulen geröteten Augen ins Leere. Einen zweiten Anlauf schaffe ich nicht, denn schon schwirren die Kellnerinnen mit den Getränken und den großen Suppenschüsseln herbei. Es gibt Fridatten, Leberknödel oder Nudeln als Einlage.

Als jeder Gast seine Schale mit Suppe gefüllt hat, herrscht einen Moment Ruhe im Saal. Der Pfarrer spricht ein Gebet, und alle denken eine Minute still an den Verstorbenen. Doch so leise, wie diese kurze Besinnung auch war, so laut ist es gleich darauf. Die Leute klirren mit den Gläsern und dem Besteck, und es beginnen bereits die Ersten damit, sich unverhältnismäßig laut zu unterhalten.

Ich löffle lustlos meine Fridattensuppe. Viel zu häufig habe ich den Hergang solcher Leichenschmäuse als Kellnerin in jungen Jahren miterlebt. Es dauert nur selten bis zur Nachspeise, dass die ersten Trunkenbolde herumschreien, immer auf der Suche nach Bestätigung, Streit oder dem nächsten Glas Bier.

Besorgt luge ich zu Herta hinüber. Wie erwartet steht ihre Suppe unangetastet vor ihr auf dem Tisch. Die Ärmste sinkt inmitten des Trubels noch mehr in sich zusammen. Am schlimmsten aber ist, dass ihre Kinder es nicht bemerken, sondern sich ihrerseits mit gehobener Stimme über irgendwelche Anlageformen streiten. Vehement schüttle ich den Kopf und beschließe, zügig den Ort des Geschehens zu verlassen. Vielleicht quartiere ich Herta sogar eine Nacht bei uns im Gästezimmer ein. Diese Beerdigung nimmt sie fast stärker mit als der Todestag. Wobei sie damals Unterstützung von Christl und Maria hatte. Ich suche die beiden in den Reihen der Gäste und halte stutzig inne. Maria kippt gerade in einem Zug ein großes Glas Bier hinunter. Sie sieht entsetzlich aus. Fast so schlimm wie Herta. Ich will Sepp darauf aufmerksam machen, als mich plötzlich von hinten jemand anrempelt.

»Rosi, schnell, komm!«, zischt Kurt, und schlimmste Bedrängnis spricht aus seinen Augen.

Blitzartig stehe ich auf und folge ihm. Er rennt richtig, und ich schwitze wie ein Schwein, als ich draußen vor dem Wirtshaus ankomme. Aufgebracht wirft er die Hände hoch. »Du musst Dani alles erzählen, denn ich muss weg. Rolof ist am Flughafen. Der Flugplan wurde geändert, weil für morgen wieder ein Unwetter vorausgesagt ist. Dani ist außer sich, aber ich habe keine Zeit, mit ihr zu diskutieren. Erklär ihr alles, ja?«

»Wie bitte? Jetzt? Wieso? Kurt!«, japse ich nur. In meinem Kopf beginnt ein Film abzulaufen, und es ist kein schöner Streifen. »Seid ihr überhaupt darauf vorbereitet? Ist dein Team klar?«

Kurt verzieht das Gesicht, antwortet aber nicht. »Bis später. Es wird schon alles gut gehen«, sagt er.

Ich keuche. Er wendet sich ab und eilt davon.

»Kurt!«, rufe ich hinterher, »wenn ihr mich braucht … ich bin rund um die Uhr erreichbar!«

Demonstrativ halte ich mein Handy hoch. Kurt ruft mir über die Schulter ein »Ist gut« zu und rennt los. Ein ganz ungutes Gefühl beschleicht mich und windet sich meine Eingeweide hoch. Mir wird schlecht, und ich muss würgen. Doch ich kann den Brechreiz unterdrücken. Schwer atmend halte ich mich am Stiegengeländer des Eingangs fest. Von drinnen schallt mir Lachen entgegen. Mir aber drückt es die Magensäure und die Tränen hoch. Ich ringe um Luft und kralle meine Finger fest um das sonnengewärmte Metall. Ganz langsam komme ich wieder zur Ruhe. Alles wird gut gehen, sage ich mir selbst, und meine innere Stimme klingt stark wie mein verstorbener Horst. Dann wird mir klar, dass ich schnell zurück in den

Saal muss, um mit Daniela zu reden. Die Ärmste ist bestimmt voller Sorge. Also raffe ich mich auf und eile hinein. Wie ich es vorausgesehen habe, steht Daniela bereits mit dem kleinen Joachim am Arm im Vorhaus des Gasthauses und trippelt nervös von einem Bein auf das andere. Ich nehme sofort ihren Arm und ziehe sie in das kleine Nebenzimmer, wo die Wirtin anscheinend Teller und Besteck zwischengelagert hat.

Ich schließe die Tür, und Daniela fährt mich auch schon aufgelöst an: »Was ist los, Mama? Kurt hat gesagt, er schnappt Rolof.«

»Setz dich, mein Kind«, sage ich, weil Daniela fast umkippt. Zum Glück widerspricht sie nicht, sondern lässt sich auf einen Stuhl sinken. Ich ziehe einen weiteren nah an sie heran und beginne ihr flüsternd zu erzählen. Danielas Entsetzen wächst mit jedem Wort.

»Oh nein, oh nein«, jammert sie. »Das ist jetzt alles ganz ohne Planung. Was, wenn Kurt erschossen wird? Dieser Rasputin ist bestimmt bewaffnet. Ich … ich …«, keucht sie und schnappt nach Luft wie ein Fisch an Land.

»Das stimmt so nicht, Dani. Die gesamte Aktion ist geplant und vorbereitet. Kurt versteht seinen Job. Er wird alles gut erledigen, und dann haben wir endlich Ruhe. Es wird gut ausgehen. Du wirst schon sehen«, beruhige ich sie. Joachim beginnt laut zu quengeln, und ich nehme den Kleinen auf den Schoß. Vom Geplärre des Kindes angelockt, guckt die Wirtin plötzlich zur Tür hinein.

»Alles gut!«, versichere ich ihr. »Wir brauchen nur einen ruhigen Ort für den Kleinen«, sage ich und deute auf Joachim, dann auf Danis Busen. Die Wirtin stutzt einen Moment, nickt und zieht die Tür wieder hinter sich zu. Zum Glück war sie so von dem Anblick des kleinen Jungen vereinnahmt, dass sie nicht auf Dani geachtet hat. Dicke Rinnsale haben sich auf ihren Wangen gebildet, und ihre Unterlippe zittert.

Behutsam lege ich meine Hand auf ihr Knie.

»Glaubst du wirklich, dass alles gut geht?«, fragt sie.

»Aber freilich!«, antworte ich und halte einen kurzen Vortrag, was Kurt schon alles geschafft hat. Etwas beruhigter wischt sie sich schließlich das Gesicht ab und setzt sich aufrecht hin.

»Wenn du keine eiskalte Bratwurst essen willst, dann müssen wir wieder rein. Du wirst sehen, wenn der ganze Trubel hier vorüber ist, dann hat Kurt seinerseits den Job auch erledigt.«

Vom Saal gegenüber dröhnt gerade lautes Grölen zu uns. Ich lege den Kopf schief und zwinge mich zu einem Schmunzeln.

»Wahrscheinlich ist es für uns sogar anstrengender als für ihn.« Dani schenkt mir ein halbherziges Lächeln. Ich reiche ihr Joachim, stehe auf und gehe hinaus. Im Gang stoße ich auf den Schreihals von vorhin, der gerade drohend seine Faust schwingt, um seinem Nachbarn eine ordentliche Watsche zu verpassen. Natürlich handelt es sich wieder einmal um einen ewig dahinschwelenden Nachbarschaftskonflikt. Der Maierbauer und der Sindlbauer streiten seit Generationen um einen Brunnen, der blöderweise genau auf der Grenze der beiden Grundstücke geschlagen wurde. Anscheinend hat es in früheren Zeiten einmal Frieden zwischen den beiden Familien gegeben. Ich stemme die Hände in die Hüften und stelle mich zwischen die zwei Streithähne.

»Habts ihr zwei Bauernschädel denn überhaupt jeden Anstand verloren? Der Hubert ist gerade einmal eine Stunde unter der Erde, und ihr wollts schon für das nächste Begräbnis sorgen? Wer von euch schlägt wohl als Erster den Schädel des anderen ein, hmmm?«, frage ich und merke, wie sich meine angestaute Wut und Anspannung entlädt. Sofort tritt der Mair einen Schritt zur Seite und senkt die Hand.

»'tschuldigung«, murmelt er schuldbewusst.

Ich zische ein verächtliches »Hmm« und halte Daniela die Tür zum Saal auf. Sie schiebt sich an mir vorbei zu ihrem Tisch. Nun gehe auch ich zurück zu unserer Tafel. Tatsächlich wurde die Suppe bereits weggetragen, und mein Rindfleisch liegt lauwarm am Teller. Die meisten haben sogar schon den Hauptgang hinter sich und wenden sich gerade diversen alkoholischen Spezialitäten zu. Mir wird klar, dass diese Beerdigung noch schneller in einem allgemeinen Besäufnis enden wird als gewöhnlich. Die Menschen sind nervös und verängstigt. Das macht sich am Alkoholkonsum bemerkbar. Wo sonst oft bis nach der obligatorischen Biskuitroulade, Sachertorte und Malakofftorte mit den Schnapserl gewartet wird, stehen jetzt schon etliche Stamperl auf den Tischen.

»Alles in Ordnung?«, fragt Herta mich heiser, als ich mich zu ihr setze.

Auch Sepp mustert mich interessiert. Ich darf nichts verraten, und ich weiß, dass ich eine schlechte Lügnerin bin. Daher nicke ich nur und wende mich dem Rindfleisch zu.

»Was ist mit Kurt?«, flüstert Sepp in mein Ohr. Ich werfe ihm nur einen bösen Blick zu. Er versteht. Hier an diesem Ort in dieser Gesellschaft kann ich nichts sagen. Frustriert rührt Sepp in seinem Kaffee. Auch er hat seinen Hauptgang bereits vertilgt.

Ich bin gerade dabei, mir den letzten Bissen in den Mund zu schieben, als mich ein Aufschrei zusammenfahren lässt. Ich lasse den Blick über die Reihen der Gäste schweifen und erstarre. Maria, die Tierärztin, führt sich gerade auf, als hätte sie den Verstand verloren.

»Lasst mi! Ihr Deppn!«, plärrt sie ganz undamenhaft. Ich stoße Sepp an, und dieser folgt mit den Augen meinem Fingerzeig.

»Was hat sie nur?«, will er wissen.

Ich zucke die Schultern. Maria springt hoch. Der Stuhl fällt polternd um. Sie schlägt mit der Hand nach dem Glatzkopf neben sich. Dieser greift aber nach ihrem Arm und hält sie fest. Währenddessen stellt ein weiterer Kerl, der mindestens in meinem Alter ist, den Stuhl wieder auf.

»I wollt des net. Lassts mi! Mei Hubert, mei!«, plärrt sie hysterisch.

Der Glatzkopf setzt sie wieder auf den Stuhl. »Beruhig dich, Mariandl!«, sagt der Mann. Maria blickt auf und schüttelt den Kopf.

Resigniert starrt sie nach vorne auf die Schnapsflasche. Sie greift nach dem Getränk und setzt direkt an. Mit tiefen Zügen trinkt sie. Dann stellt sie die Flasche derart fest ab, dass der ganze Tisch wackelt.

»Reiß di zam«, höre ich den älteren Mann sagen.

Ich stupse erneut Sepp an und frage: »Kennst du die Männer bei Maria? Sollen wir eingreifen? Ich glaub, die Frau Doktor hat schon zu tief ins Glas geschaut.«

Sepp runzelt die Stirn. »Nein. Lass mal lieber. Wir beobachten die Situation noch. Maria ist nicht die Einzige, die gerade die Nerven verliert«, meint er und zuckt mit dem Kinn in Danielas Richtung.

Diese ist gerade dabei, hektisch Joachim anzuziehen. Anscheinend will sie nach Hause, und das kann ich ihr nicht verdenken. Aber ihre Bewegungen sind so fahrig und zittrig, dass sie die Sandalen einfach nicht an Joachims Füße bekommt. Ich lasse nun endgültig das kalte Rindfleisch kaltes Rindfleisch sein und stehe auf, um meiner Tochter zu helfen.

»Ich muss heim, Mama. Wenn Kurt sich meldet … bei dem Wirbel hier überhöre ich das Handy. Außerdem halte ich die Leute nicht aus. Ich hab solche Angst.«

»In Ordnung«, sag ich und stecke das kleine Babybeinchen in den Schuh. Dann greife ich mir Joachim und schnalle ihn in die Babyschale. Schon ist Sepp an meiner Seite und übernimmt den Kleinen.

»Soll ich dich lieber nach Hause fahren, Dani?«, bietet er an.

Meine Tochter überlegt einen Moment und nickt. Ich bin froh, dass Sepp ihr helfen will, aber die Furcht, dass Dani sich verplappert und vom Flughafen erzählt, nimmt überhand. Streng schaue ich ihr in die Augen, aber sie blinzelt nur, und ich muss mir verzweifelt eingestehen, dass ich nichts daran ändern kann. Wenn sie Sepp von Kurts Einsatz berichtet, dann muss ich wohl oder übel mit den restlichen Details herausrücken.

»Bis später, Schatz!«, sage ich nur und winke den dreien. Ich selbst will mich zurück auf den Weg zu Herta machen, aber ich komme nicht weit. Schon hat die Krämer-Christl mich geschnappt und beginnt, eifrig über die besoffene Maria herzuziehen.

»Gott, wie sie sich aufführt. So Stadtleut halten einfach nix aus. Wer san die zwoa Kundn an ihrer Seite?«, will nun auch sie wissen.

»Wenn du sie nicht kennst, dann wird dir wohl niemand sagen können, wer sie sind!«, antworte ich.

Erneut schaue ich zu der Ärztin hinüber und stelle erschrocken fest, dass der Alkohol ihr das Licht ausgeknipst hat. Schwer besoffen liegt sie mit dem Kopf auf der Tischplatte, und Sabber läuft ihr aus dem Mundwinkel. Ihre Augen sind abstruserweise weder geschlossen noch geöffnet. Wie ferngesteuert laufe ich auf sie zu, denn irgendwie schaut sie so leblos aus, als wäre sie am Schnaps erstickt.

»Maria?«, frage ich laut, noch ehe ich ganz bei ihr bin.

Der Glatzkopf drängt sich zwischen mich und sie und will Maria hochziehen. Erst jetzt erkenne ich, dass der Mann nicht nur kahl, sondern gänzlich haarlos ist. Seine Augenbrauen sind tätowierte Striche. Schnell lasse ich meinen Blick über ihn streichen. Auch auf den Unterarmen sehe ich kein einziges Härchen. Wenn er schon einmal im Dorf gewesen wäre, dann hätte ich sicher davon erfahren. So ein Typ fällt auf wie ein kunterbuntes Einhorn im Tutu, und die Leute im Ort sind alles andere als freundlich einem Exoten gegenüber. Ein Mann wie er spricht sich schneller herum als Fake News auf Facebook.

»Hilf mir! Wir schaffen die Schnapsdrossel heim. Sonst speibt sie noch alles voll«, sagt der Kerl neben dem Glatzkopf. Dieser will mich noch weiter zurückdrücken.

»Halt!«, rufe ich und fasse dem Mann an die Schulter. Er dreht sich um und betrachtet mich so kühl und abschätzig, als wäre ich ein Stück Dreck.

»Mischen Sie sich nicht ein«, sagt er und packt Maria wieder unsanft unter den Armen. Da wacht sie auf und verpasst ihm eine Ohrfeige. Sie springt auf und wackelt furchterregend.

»Mei Hubert! Rosi, hilf mir! Na. Mei Hubert. Toooottt!

Des wollt i doch net!«, stößt sie gurgelnd aus und greift nach mir. Der ältere Herr hält sie fest und verhindert so, dass sie vornüber auf den Boden fällt.

»Tut mir leid! Meine Frau ist so geschockt von den ganzen Ereignissen. Dieses Begräbnis war ihr einfach zu viel. Sie hat sich so um Herta gekümmert, aber es geht ihr zu nahe!«, sagt er.

»Sie sind ihr Ehemann?«, frage ich baff.

»Ja. Maria und ich leben zeitweise getrennt. Ich bin Hannes und arbeite eigentlich für eine Automobilfirma in Asien. Das ist mein Bruder Achim. Wir sind extra aus Shanghai gekommen, weil sich diese schrecklichen Dinge zugetragen haben«, erklärt er und umklammert dabei weiterhin seine Frau.

Maria öffnet wieder die Augen und verdreht sie sogleich. »Anneeesss. Heim. Tot!«, jammert sie.

»Ich helfe euch!«, biete ich sofort an und packe ein Bein. Achim nimmt das zweite, und zu dritt schaffen wir die betrunkene Maria hinaus auf den Parkplatz. Dort steht zum Glück gleich in der ersten Reihe Marias Kleinbus. Achim zieht den Schlüssel aus der Hosentasche und drückt den Knopf der Verrieglung. Dann lässt er Marias Bein ganz los. Auch ich beende keuchend die Schlepperei. Hannes hält Maria weiterhin unter den Achseln fest und schnauft wie eine Dampfwalze. Rot und glänzend ist sein Gesicht. Achim öffnet den Kofferraum, und dann ziehen die beiden Männer Maria in den Laderaum. Diese rollt sich wie ein Embryo am Boden zusammen und murmelt unverständlich vor sich hin.

»Gott im Himmel«, klagt nun Hannes, »ich hätte ihr nie erlauben dürfen, allein hierher aufs Land zu ziehen. Sie hätte mit mir mitkommen sollen. Ich verdiene genug. Das, was sie hier erleben muss, ist für sie unerträglich. Meine Mariandl ist so sensibel.«

»Tatsächlich?«, frage ich verwundert. Eigentlich hatte ich stets den Eindruck, dass die Tierärztin sowohl selbstbestimmt als auch selbstbewusst ist. Ich hätte sie sogar in die Kategorie »robuste Frau« gesteckt.

»Ja, ja!«, antwortet Hannes seufzend. »Gut, dass wir da sind. Stellen Sie sich nur vor, ich musste sogar diesen Astro-Kanal im Sat-Fernsehen umprogrammieren, damit Maria ihn nicht mehr findet. Immer wenn diese verschrobene Kartenlegerin ihre Tarotkarten ausgepackt hat, dann hat meine Frau zum Weinen begonnen. Erst recht, wenn der Gehängte aufgedeckt wurde. Einmal ist sie mir sogar umgekippt, weil sie hyperventiliert hat. Meine arme Frau. Aber jetzt ist es genug. Sie kommt mit mir mit nach Shanghai.«

»Will sie das denn?«, frage ich.

Hannes zuckt nur mit den Schultern. »Sie muss. Danke für Ihre Hilfe, Frau …« Er runzelt die Stirn, als ihm auffällt, dass er meinen Namen nicht kennt.

»Ich bin die Rosi«, stelle ich mich vor. Nun schnellen seine Augenbrauen hoch.

»Ah. Die Kräuterrosi. Danke!«, sagt er nur und weist in Richtung Maria.

Achim hat sich zu ihr auf den Boden der Ladefläche gesetzt. »Danke«, brummt auch er, blickt aber dabei an mir vorbei, als wäre ich gar nicht da. Schließlich greift er nach den Kofferraumtüren.

»Wir fahren jetzt heim«, sagt Hannes. Ich nicke und trete ein paar Schritte zurück, damit er gut aus der Parklücke herausfahren kann. Mir brummt der Kopf. Dieses Begräbnis ist so ein Wirbel, wie es Huberts gesamtes Leben war. Aber vielleicht muss das auch so sein. Ein unruhiger und aufgeweckter Geist wie der Wimmer hätte wohl einen gediegenen Abgang verabscheut. Ich blicke dem Bus hinterher und muss mit einem Mal lächeln. Wenn Hubert diesen Leichenschmaus sehen könnte, er hätte seine wahre Freude daran. Mein Handy klingelt. Welch ein Glück, dass ich gerade auf dem stillen Parkplatz stehe. Ich hole es hervor. Es ist Kurt. Ich schlucke und merke, dass mir eines bewusst wird. Die Aufregung um Maria war wohl nicht die letzte an diesem Dienstag.

»Kurt? Was ist passiert?«, frage ich.

»Rosi! Daniela darf keinesfalls den Fernseher oder das

Radio anmachen oder am Handy gucken!«, brüllt er in den Apparat. Ich will nachfragen, höre aber nur das leise Klicken.

»Verdammt!«, fluche ich und ärgere mich gleichzeitig über Kurt und über mich. Über Kurt, weil er mir einfach so einen Brocken Information entgegenwirft und mich damit allein lässt, und über mich, weil ich gegen meine eigenen Prinzipien verstoße und seit Tagen schimpfe und fluche wie ein Rohrspatz. Doch es ist nicht der richtige Moment, um in Ärger und Wut aufzugehen wie ein Germteig. Ich muss zu Dani, und ich muss unbedingt die Nachrichten hören. Was in Gottes Namen ist nur geschehen? Hinter mir höre ich eine Traube Menschen das Wirtshaus verlassen. Es ist Herta, die von ihren beiden Kindern und der Krämer-Christl begleitet wird. Herta wirft mir einen fragenden Blick zu. Hin- und hergerissen, was ich tun soll, gehe ich ein paar Schritte auf sie zu.

»Dani braucht mich. Wie geht es dir?«, frage ich geradeheraus.

»Ich will nur heim und mich hinlegen. Passt scho!«, sagt sie.

»Gut, ich melde mich bei dir«, verspreche ich und sause endlich los. Zum Glück biegt gerade Sepp mit seinem Audi ums Eck. Ich springe ihm vor den Wagen, renne herum und werfe mich richtig ins Auto. »Fahr los. Wieder zu Daniela!«, rufe ich und mache das Radio an.

»… spitzt sich die Lage zu. Angeblich hat die Rotlichtgröße eine Geisel genommen. Moment … ich bekomme gerade die Nachricht, dass es sich tatsächlich um eine Geiselnahme handelt. Opfer sind eine junge Mutter und ihr Kind. Es wimmelt von Einsatzkräften am Flughafen. Doch es ist weder der Leiter der Polizei noch ein Angestellter des Flughafens dazu bereit, uns ein Interview zu geben. Seit vor einer halben Stunde die Schüsse gefallen sind und ein verletzter Beamter abtransportiert wurde, haben wir auch keinen Sichtkontakt mehr. Das Gelände ist großflächig abgeriegelt. Sobald es wieder Neues vom Flughafen gibt, hält Sie Radio SuperSalzWelle auf dem Laufenden. Für Sie vor Ort: Cecilia Kornspitz.«

»Scheiße«, schimpfen Sepp und ich wie aus einem Munde.

»Hoffentlich ist Kurt nicht der angeschossene Polizist. Vielleicht konnte er deshalb nicht länger mit mir reden«, sage ich zu Sepp. Er antwortet nicht, sondern braust los, dass die Reifen quietschen.

»Was macht Daniela gerade?«, japse ich und halte mich am Bügel über dem Seitenfenster fest.

»Sie legt Joachim ins Bettchen. Der Kleine war total müde«, antwortet Sepp und schneidet die nächste Kurve, dass es mich gegen die Autotür drückt.

Ein entgegenkommender Radfahrer weicht gerade noch rechtzeitig aus, weil Sepp plötzlich beide Fahrstreifen braucht, um nicht von der Straße zu gleiten und an der Hausmauer der Bäckerei entlangzuschrammen. Ich sehe im Rückspiegel, wie uns der Radler Gift und Galle spuckend den Mittelfinger zeigt. Sepp fährt unbeeindruckt weiter. Ich hoffe inständig, dass Joachim sich Zeit lässt mit dem Einschlafen. Daniela mag die Stille nicht, und sobald es zu ruhig ist, schaltet sie zumindest das Radio an. Ich traue mich nicht, aufs Handy zu blicken. Dort überschlagen sich die Meldungen gewiss und werden wahrscheinlich von schlimmen Bildern untermauert. Schon sind wir durchs Dorf gebrettert und sausen die kleine Landstraße weiter. Ohne wirklich zu bremsen, reißt Sepp dann das Lenkrad herum, und wir schlittern in die kleine Zufahrtsstraße, an deren Ende unsere Häuser liegen. Der Asphalt verwandelt sich in Splitt und Schotter. Wir rumpeln durch die Löcher, und einmal kracht es unter uns so, dass ich kurz Angst bekomme, dass wir einen wesentlichen Teil des Autos am Weg verloren haben. Ich drehe mich um und schaue aus dem Rückfenster. Weder der Auspuff noch ein Blech liegen auf dem Schotter. Hinter mir befinden sich nur die beiden Gehöfte meiner nächsten Nachbarn. Das Auto schaukelt hin und her. Mir wird schlecht. Trotzdem bin ich erleichtert, weil das Auto kein wichtiges Teil verloren hat, und ich wende mich wieder um. Zum Glück kann ich mich gerade noch rechtzeitig anspannen, um bei Sepps Vollbremsung nicht gegen die Frontarmatur geschleudert zu werden.

»Los«, sagt er nur und zuckt mit dem Kinn.

Ich reiße die Autotür auf, gleichzeitig öffnet sich die Haustür, und eine totenblasse Daniela fällt heraus. In der Hand hält sie ihr Handy. Sie fuchtelt damit herum, krümmt sich nach vorne und übergibt sich. Ich springe aus dem Wagen. Mein Wirbel hinten im Kreuz verpasst mir einen schmerzhaften Stich. Ich ächze, halte aber nicht an, sondern bin mit einem Satz bei Daniela. Ich halte ihren Kopf, während sie würgt und keucht, als hätte sie die ganze Nacht in einer Disco getrunken. Erinnerungen aus früheren Tagen blitzen bei mir auf. Wie oft musste ich meine beiden Kinder aus irgendwelchen Spelunken abholen und ihnen dabei helfen, nicht an ihrer eigenen Kotze zu ersticken. Ich kann es gar nicht zählen, geschweige denn sagen, wie oft ich das Auto oder das Bad deswegen putzen musste. Doch jetzt würde ich gern tauschen. Eine Daniela mit halber Alkoholvergiftung wäre mir lieber als meine leidende Tochter. Als nur noch Wasser und Galle kommen, keucht sie noch einmal auf, wischt sich die Haare aus dem Gesicht und richtet sich auf.

»Mama, am Flughafen. Es gibt Geiseln. Kurt ist dort. Mama!«, stöhnt sie und krallt ihre Finger in meine Unterarme.

»Mein Schatz. Mein lieber Schatz«, sage ich nur. Meine Gedanken drehen sich im Kreis. Mir ist schwindlig, obwohl ich für meine Tochter fest wie ein Felsen sein müsste. Doch ihre Verzweiflung schnürt mir das Herz in der Brust zu. Ich schließe die Augen, versuche mich zu beruhigen und fasse einen Entschluss.

»Ich fahre dorthin«, sage ich mit fester Stimme.

»Ich auch«, keucht Daniela, aber ich schüttle vehement den Kopf.

»Das geht nicht. Denk an Joachim. Es ist zu gefährlich.«

»Mama, ich muss zu Kurt. Was, wenn er angeschossen wurde? Auf ›Moment‹ steht, ein Polizist wurde lebensbedrohlich verletzt.«

Ich trete einen Schritt zurück und nehme fest ihre Hände in meine.

»Dani, hör mir zu. Kurt hat mich selbst angerufen und mir gesagt, dass ich dich von den Medien fernhalten soll, weil diese Schmierfinken wieder maßlos übertreiben. Auf dieses Internetschundblatt solltest du gar nicht achten.«

»Aber«, will sie einwenden, doch ich unterbreche sie rüde. »Kein Aber. Kurt ist wohlauf, und ich mache mich jetzt auf den Weg zum Flughafen und werde dir aus erster Hand berichten. Du schaltest alle Informationsquellen ab und wartest auf meinen Anruf. Verstanden?«

Ich mache eine ruckartige Handbewegung. Jetzt ist eine starke, entschlossene Rosi gefragt. Auch wenn das, was ich sage, nicht hundertprozentig die Wahrheit ist, so handelt es sich auch nicht um eine Lüge. Ich habe Kurt am Telefon gehört, und er klang fit. Meine Annahme, dass er wohlauf ist, wird bestimmt gerechtfertigt sein. »Schluss jetzt!«, kommandiere ich streng. »Sepp, du bleibst bei Daniela und Joachim. Koch ihr einen Melissen-Johanniskraut-Tee und pass auf, dass sie nicht aufs Handy guckt.«

Jetzt will doch glatt Sepp einen Einwand einbringen. Ich zische verärgert. Er verstummt abrupt.

»Pass bitte auf dich auf«, sagt er nur und fasst Daniela sanft am Arm, um sie zurück ins Haus zu führen. Dann wirft er mir den Autoschlüssel zu. Als die beiden hinter der Tür verschwunden sind, lasse ich endlich die Schultern sacken. Die Anspannung sitzt in jedem Muskel, und ich muss aufpassen, dass ich morgen keinen steifen Nacken habe. Kurz lasse ich die Schultern kreisen und denke nach. Es hilft aber alles nichts. Egal, wie ich es drehe und wende, das kurze schwarze Sommerkleid ist zwar für eine Beerdigung angemessen, aber nicht für eine Geiselnahme. Ich muss mich noch schnell umziehen. In Windeseile setze ich mich ins Auto und fahre die paar Meter zu meinem Häuschen. Ich stürme nach oben ins Schlafzimmer, wo auch der Kleiderschrank steht, und reiße eine Jeans, ein Unterhemd, Socken und ein Shirt heraus. Das Kleid lasse ich achtlos am Boden liegen. Unten steige ich in meine Turnschuhe, und schon bin ich auf dem Weg. Obwohl ich es bestimmt zehnmal bei Andrea und Kurt probiert habe, bekomme ich niemanden ans Telefon. Schließlich gebe ich auf und konzentriere mich auf den Verkehr. Meine Abneigung gegen Autobahnen und enge Stadtstraßen ist leider ungebrochen. Trotzdem steige ich aufs Gaspedal und fahre, was das Zeug hält. In der unglaublich kurzen Zeitspanne von einer halben Stunde stehe ich schließlich auf dem Parkplatz der Spielhalle, die sich direkt neben dem Flughafen befindet. Näher komme ich nicht heran. Jetzt gilt es, mit der Überzeugungskraft meiner Worte die Absperrung zu durchbrechen. Ich kann nur hoffen, dass sich unter den Aufpassern ein bekanntes Gesicht befindet. Ich dränge mich zwischen Reportern und Schaulustigen durch und scheue mich nicht, auch die Ellbogen zu nutzen.

»He, Oma, net so brutal, Mann!«, motzt mich eine Jugendliche an, die den Weg nach vorn einfach nicht freigeben will. Breitbeinig stellt sie sich hin und will keinen Millimeter abrücken. Ich mustere sie kurz und wundere mich, wie schrecklich die Mode geworden ist. Bauchfrei hatte während meines Lebens immer wieder einmal seine Hochphasen. Dieses Teil ist zwar unten ohne Stoff, aber dafür ist das kurze Shirt über der Brust derart weit, dass es nur schlapp wie ein zusammengefallenes Zelt über dem mächtigen Busen des Mädchens hängt. Zudem hat das kurzärmlige Shirt eine Kapuze, die die Jugendliche überflüssigerweise auch noch auf dem Kopf hat. Es ist so unvorteilhaft geschnitten, dass das Mädchen um zwanzig Kilo schwerer aussieht, als es eigentlich ist. Ich pikse ihr in den schwabbligen Bauch. »Geh lieber zur Seite. Die Oma kann richtig böse werden. Da vorn ist mein Sohn in Gefahr. Also aus dem Weg!«, fauche ich sie an. Sie hopst erschrocken keuchend zur Seite und hält sich das Speckwamperl.

»Schon guat!«, zischt sie.

Ich schiebe mich vorbei und ignoriere geflissentlich die Verwünschungen der jungen Frau. In einer normalen Situation hätte ich diesen Konflikt auch anders gelöst, aber ich stehe unter Stress. Mein Puls rast, meine Ohren rauschen. Endlich bin ich direkt vor der Absperrung angelangt und will auch dieses Hindernis überwinden. Der Polizist vor mir schüttelt aber nur den Kopf. »Ich darf Sie nicht durchlassen.«

»Ich bin aber die Rosi. Kurts Schwiegermutter. Ich helfe der Polizei!«, wende ich erneut ein. Er bleibt stur und schaut an mir vorbei. Wieder versuche ich ihm zu erklären, wer ich bin, doch es hilft alles nichts. Da sehe ich hinter ihm Roland vorbeihetzen.

»ROOOOOOLAND!«

Der Polizist vor mir ist derart überrascht, dass er unwillkürlich einen Schritt ausweicht. Ich nutze die Chance und laufe weiter. »Polizei! Stehen bleiben oder ich schieße«, ruft der Aufpasser hinter mir. Ich renne weiter und stolpere Roland entgegen. Dieser hat beim Ausruf seines Kollegen automatisch die Waffe gezogen.

»Rosi!«, schreit nun er und starrt mich verwirrt an. Ich bleibe wie versteinert stehen und kann nur noch die Mündung der Pistole sehen. Langsam hebe ich die Hände.

»Steiner, Waffe runter«, befiehlt Roland dem Polizisten hinter mir, während er selbst ganz langsam die Pistole wieder im Halfter verschwinden lässt.

Ich verharre in meiner Position, wie eine Statue mit erhobenen Händen.

»Du kannst sie wieder runternehmen. Steiner, das geht in Ordnung. Frau Beingruber ist polizeiliche Beraterin. Wir haben ihre Unterstützung angefordert.«

»Aber sie hat keinen Ausweis!«, wendet der Beamte ein. Ich drehe mich um und stelle voller Entsetzen fest, dass bestimmt zwanzig Handys auf mich gerichtet sind. Anscheinend filmt jeder mit, und ich werde wohl in Echtzeit zum TikTok-, YouTube- oder Was-weiß-ich-alles-Internet-Star.

»Ich wurde auf der Beerdigung meines Freundes von der Anfrage überrascht!«, antworte ich. Ich klinge fester und wütender, als ich mich fühle. Eigentlich habe ich Angst, und meine Knie zittern, aber offenbar hat mein Körper die Kontrolle übernommen und lässt mich stärker aussehen, als ich bin. Der Polizist schweigt, tippt sich an die Kappe und geht dann wieder auf Position. Ich wende mich zu Roland um und spüre genau die vielen kleinen Kameraaugen, die mich im Rücken durchlöchern.

»Komm mit«, zischt Roland und eilt voraus die Zufahrt zum Flughafen entlang. Vor dem Eingang zieht er mich zur Seite. Seine Miene verfinstert sich.

»Was denkst du dir dabei, einfach über die Absperrung zu springen? Bist du lebensmüde? Steiner hätte dich erschießen können, verdammt!«, schimpft er.

»Ich hab dich gerufen«, verteidige ich mich lasch. Das schlechte Gewissen nagt an mir. Roland hat recht, und ich weiß es.

»Tsss!«, zischt er und ballt die Hände zu Fäusten. »Was tust du überhaupt hier? Kurt wird mir den Kopf abreißen, wenn er erfährt, dass ich dich reingelassen habe.«

»Ihr habt mich doch angefordert«, sage ich im Unschuldston.

»Himmel! Mit dir hat man es nicht einfach.«

»Ich musste herkommen, sonst wäre meine Tochter losgefahren. Nur so konnte ich es verhindern. Sie muss von jemandem vor Ort auf den neuesten Stand gebracht werden. In den Medien heißt es, ein Polizist wurde lebensgefährlich angeschossen. Daniela ist außer sich. Sie hat keine starken Nerven. Kurt weiß das«, erläutere ich.

Roland lockert endlich seine Fäuste und verzieht nur noch resignierend den Mund. »Gut, ich bringe dich zur Rollbahn und erklär es dem Chef. Wenn er mich aber nach diesem Einsatz feuert, dann fütterst du mich durch.«

»Abgemacht!«, sage ich erleichtert, im Innersten sicher, dass es nicht so weit kommen wird. Ich kenne Kurt. Auch wenn er im ersten Moment zornig sein wird, so wird sich das spätestens ändern, wenn er erfährt, dass ich wegen Daniela hier bin.

»Du kannst deiner Tochter schon mal sagen, dass mit Kurt alles in Ordnung ist. Andrea hat einen Streifschuss am Oberschenkel abbekommen, aber es ist nichts Tragisches. Sie wird im Krankenhaus zusammengeflickt«, sagt Roland.

Schlimm oder nicht schlimm liegt immer im Auge des Betrachters. Meine Erfahrung hat gezeigt, dass gerade Polizisten dazu neigen, Verletzungen zu bagatellisieren.

»Wie ist das passiert?«, will ich wissen.

Roland bedeutet mir, ihm zu folgen. »Komm mit. Ich erzähl es dir auf dem Weg zum Flugzeug«, meint er und dreht sich um. Ich gehe ganz knapp neben ihm, froh darüber, nun endlich auf den neuesten Stand gebracht zu werden.

»Rasputin hat neben dem Piloten, der augenscheinlich auch sein Bodyguard ist, eine junge Frau und ein kleines Kind mit zum Flughafen gebracht. Wir wissen nicht, wer die beiden sind. Nur Kurt hat angedeutet, dass er eine Vermutung hat, und lässt von der Zentrale einen Namen überprüfen. Mehr hab ich nicht mitbekommen. Es hatte für mich jedenfalls den Anschein, dass die Frau freiwillig mit Rasputin mitgekommen ist. Zumindest so lange, bis er ihr die Pistole an die Schläfe gehalten und sie als Schutzschild verwendet hat.«

Noch während Roland erzählt, kommt mir der schlimme Verdacht. Ich glaube zu wissen, wer die Frau ist, behalte meine Vermutung aber noch für mich. Mit zwei schnellen Schritten schließe ich wieder zu Rolands Höhe auf und nicke ihm zu.

»Als Rasputin bemerkt hat, dass die Polizei hier ist, hat er die Frau gepackt und sie bedroht. Die Arme hätte fast ihr Baby fallen lassen vor Schreck. Ich denke also, dass sie wirklich keine Ahnung hatte, was hier im Hintergrund läuft. Auf jeden Fall wollte Andrea die Situation entschärfen. Sie ist unbewaffnet und mit erhobenen Händen auf Rasputin zu. Dieser stand bereits ganz oben auf der Einstiegstreppe des Flugzeugs. Er hat Andrea gar nicht zu Wort kommen lassen, sondern auf sie gefeuert. Danach hat er geschrien, dass wir nun sehen, er meine es ernst. Er wolle freien Abflug, sonst sterbe zuerst die Frau und dann das Kind. Er habe nichts zu verlieren.«

»Oh nein«, stöhne ich und beschließe, nun doch zu reden. »Ich glaube, die Geisel heißt Anna. Sie ist wahrscheinlich die Tochter von Ferdinand. Mit ihr wurde er erpresst.«

Roland bleibt stehen und stößt einen Pfiff aus. »Das könnte

passen. Wir haben nun leider eine sehr dumme Situation. Das Überraschungsmoment, das zu Beginn noch auf unserer Seite war, ist verspielt, und wir stecken in einer Geiselnahme-Situation fest. Kurt führt die Verhandlungen, aber bis jetzt gibt es kein Entgegenkommen von Rasputin. Er wollte sich nicht auf einen Austausch der Geiseln einlassen. Und Aufgeben kommt für den Typen gar nicht in Frage.«

»Er wäre auch blöd, ein wehrloses Kind und eine junge Buchhalterin gegen einen Polizeibeamten auszutauschen«, antworte ich. Roland zuckt die Schultern. Wir sind bei den Polizeiautos angekommen, die den Weg zur Rollbahn absperren. Ich sehe Kurt. Er steht als Einziger vor den Autos und telefoniert. Dabei vollführt er große Gesten, und ich begreife, dass Rasputin ihn wohl durch die Scheibe des Flugzeugs beobachtet.

»Sie müssen uns entgegenkommen. Wenn wir Anna und das Kind nicht in Sicherheit wissen, werden wir Sie nicht abfliegen lassen. Die Sicherheit der Geiseln ist unsere Bedingung«, trägt mir der Wind Kurts Baritonstimme zu.

Damit ist mein Verdacht bestätigt. Es ist tatsächlich Ferdls Tochter, die Rasputin bedroht. Kurt legt auf und geht rückwärts bis hinter die Autos. Dann dreht er sich um und erstarrt, als er mich sieht. Schnell hebe ich die Arme und lächle.

»Daniela wäre nicht aufzuhalten gewesen, wenn ich nicht hierhergekommen wäre«, sage ich schnell. Er flucht und wirft Roland einen Blick der Vernichtung zu.

»Wie ist die Lage?«

Kurt presst die Zähne aufeinander, dass sein ganzes Gesicht wie eine verzerrte Grimasse wirkt. »Nicht gut. Wir kommen nicht weiter, und das Schussfeld ist nicht frei. Rasputin achtet genau darauf, in Deckung zu gehen oder Anna vor sich zu halten.«

»Die Geisel ist also tatsächlich Ferdls Tochter?«, frage ich sicherheitshalber.

»Ja, die Identität wurde soeben bestätigt. Ferdinand hatte leider recht. Rasputin verwendet sie als Druckmittel, und er hat uns gezeigt, dass er es ernst meint. Andrea wurde angeschossen.«

»Ich weiß«, antworte ich.

»Wen habt ihr als Austausch angeboten?«, frage ich.

»Ich habe mich oder auch Silke vorgeschlagen«, sagt Kurt und deutet auf eine ältere Polizistin, die ebenfalls hinter den Wägen steht. Dann winkt Kurt uns, ihm zum Einsatzwagen zu folgen. Der umgebaute Bus bietet alles, was ein kleines Büro ausmacht. Drinnen sitzt ein Cobra-Polizist und schaut gespannt auf, als wir einsteigen.

»Müssen wir stürmen?«, fragt der Cobra-Beamte.

Kurt verzieht den Mund. Die drei stellen sich eng zusammen, und ich setze mich auf den kleinen Hocker vor dem Computer. Kurt und Roland diskutieren mit dem Cobra-Polizisten das weitere Vorgehen und wie man am besten das Flugzeug stürmt. Ich überlege.

»Und wenn ihr mich schickt? Ich bin nur eine einfache Oma und mindestens so ungefährlich für Rolof wie Anna und das Kind. Er kann ja eigentlich kein Interesse daran haben, einen quengelnden Fratz mit nach Russland zu schleppen.«

Kurt schüttelt den Kopf. »Ich glaube nicht, dass er darauf eingehen wird. Außerdem ist es zu gefährlich. Du bist trotz allem eine Zivilistin.«

»Bin ich nicht. Ich bin Beraterin der Polizei. Wenn ich Rasputin dazu bringe, mich statt Anna zu nehmen, dann lässt du mich gehen, oder?«

Kurt legt den Kopf schief. »Wie willst du das anstellen?«, fragt er zweifelnd.

»Ich schaff das. Besorg mir bitte nur ein Tarotspiel und einen Klapptisch, ja? Und ich muss mit Rolof telefonieren.«

»Du bist wahnsinnig, Rosi«, sagt Kurt.

Ich lächle. »Hast du einen besseren Vorschlag? Ich werde diesem Esoterikfuzzi die Karten legen, und er wird mich als Geisel nehmen, davon kannst du überzeugt sein. Ruf ihn an. Sag, die Polizeiwahrsagerin ist da und möchte als Geiselaustausch fungieren.«

»Aber wie willst du ihm die Karten so legen, dass …?«

»Himmel, Kurt! Ich habe dreißig Jahre im Wirtshaus gearbeitet. Wenn ich etwas kann, dann Karten spielen, mischen und so auflegen, dass ich bekomme, was ich will. Leute wie ich haben nach einmaligem Besuch in jedem Casino Hausverbot. Jetzt schaff die Karten ran, mein Sohn. Ich will, dass dieses Desaster endlich endet.«

Kurt ist baff. Auch ich bin über meine eigene Wut erschrocken, aber irgendwann reicht es einfach. Kurt nimmt das Funkgerät und beginnt zu reden. Ich schließe die Augen und atme tief durch. Ich schaffe das. Dieses Mantra schwingt in meinem Gehirn hin und her wie ein großes, langsames Pendel, und mit jedem Schwung werde ich etwas zuversichtlicher. Nach einer gefühlten Ewigkeit kommen zwei Polizisten mit einem Klapptisch und einem neu verpackten Tarotspiel angelaufen. Zufrieden inspiziere ich die Karten und sortiere sie in meiner Hand. Dann entsinne ich mich aller Dinge, die ich über die Bedeutung der Symbole gelesen habe, und lege mir eine Strategie zurecht. Kurt nimmt das Telefon zur Hand und wählt Rolofs Nummer. Er erklärt, dass ich mich gegen Anna und das Baby austauschen lassen möchte. Ich höre das zornige Gerede des Russen durch das Handy.

»Rolof, sprechen Sie doch mit unserer Rosi. Sie ist unsere Beraterin und unser letztes Angebot«, sagt Kurt und reicht mir das Telefon.

Ich atme tief ein, nehme das Handy und stelle auf Lautsprecher.

»Guten Tag, Herr Rolof«, sage ich mit tiefer Stimme. »Ich bin Rosi.«

»Warum soll ich dich nehmen? Ich habe Geiseln.«

»Mit diesen Geiseln kommen Sie hier nicht weg. Mit mir schon.«

»Das ist ein Trick«, murrt er.

»Vielleicht kann ich Sie überzeugen, mich zu nehmen, wenn die Karten für mich sprechen.«

»Die Karten?«, fragt Rolof.

»Ja, ich bin Beraterin. Ich lege die Karten, deute die Zeichen der Mutter Erde und helfe so sonst der Polizei. Das ist meine Aufgabe.«

Rasputin schweigt. Ich verharre auch still.

»Sie sind bewaffnet«, meint er dann.

»Ich kann gar nicht schießen«, antworte ich kühl.

»Pah«, zischt er, »das sagen alle. Und schlussendlich ziehen sie unter ihren Sommerkleidern eine Pistole hervor.«

Der Kerl ist misstrauisch. Wahrscheinlich hat ihn das Leben einige Überraschungen gelehrt. »Wenn es Sie beruhigt, dann komme ich meinetwegen nur in Unterwäsche. Sie begutachten mich, und wenn ich Sie überzeuge, wagen wir den Versuch, die beste Lösung für die Zukunft zu finden.«

Er schweigt. Ich höre seinen Atem durch das Telefon. Weil er anscheinend nichts zu sagen hat, rede ich weiter.

»Ich setze mich auf die Straße vor dem Flugzeug, lege die Karten, und Sie entscheiden, ob es zum Austausch kommt oder nicht. Sie haben nichts zu verlieren. Die Karten lügen nicht«, erläutere ich.

»Wie sehe ich, dass es mit rechten Dingen zugeht? Ich bin nicht so blöd und komme raus.«

Ich lache auf. »WhatsApp-Videoanruf?«, sage ich dann und merke endlich, dass ich den Russen an der Angel habe. Jeder Mensch hat seine Schwachstelle. Rasputins wunder Punkt ist sein kindlicher Glaube, durch rituellen Schnickschnack das Schicksal beeinflussen zu können.

»Ich muss überlegen«, sagt er nachdenklich.

»Gut. Ich rufe Sie in fünf Minuten wieder an. Wenn Sie meine Unterstützung wollen, ist es in Ordnung. Wenn nicht, fahre ich nach Hause und überlasse dem Einsatzkommando alles Weitere«, sage ich und lege schnell auf.

Ich schwitze. Obwohl ich das ganze Telefonat über kühl und gefasst geklungen habe, bin ich im Innersten aufgewühlt wie die Nordsee.

Kurt nimmt mir das Handy ab. »Er wird darauf eingehen. Aber wie stellen wir es an, dass wir ihn festnehmen?«, fragt er.

Ich versinke ins Grübeln, hole alle Informationen aus meinen grauen Gehirnwindungen hervor, die ich bislang zusammengetragen habe. Meine Rolle ist mir klar. Ich werde die Karten mischen und so legen, dass für Rasputin nur ein Schluss dabei herauskommen kann. Er muss Anna und das Kind gehen lassen und mich stattdessen als Geisel nehmen. Die Polizei wird vor Ort und schussbereit sein.

»Ich weiß noch nicht, wie, aber ich werde dafür sorgen, dass ihr auf ihn feuern könnt. Beim Geiselaustausch. Wenn ich zu ihm gehe und Anna von ihm weg, dann müsst ihr bereit sein«, sage ich.

»So sicher bist du dir also, dass er auf das Kartenspiel eingeht«, sinniert Kurt. »Aber auch wenn du recht hast, ist es zu gefährlich. Du wirst immer irgendwie in der Schusslinie sein.«

Ich hebe den Blick und sehe ihm fest in die Augen. »Kurt, ich kann und will so nicht weitermachen. Ihr werdet die Chance, jede Chance, die sich euch bietet, nutzen. Egal, ob ich in irgendeiner Linie stehe oder nicht. Verstanden? So geht es nämlich nicht mehr. Ich will mein Leben zurück. Glaubst du etwa, ich möchte weiter in dieser ewigen Anspannung und Angst dahinsiechen? Nicht wissend, ob und wann dieser Verrückte wieder zuschlägt? Mir reicht es! Und zwar total! Also tu deine Arbeit und bring ihn zur Strecke.«

Kurt knirscht mit den Zähnen. »In Ordnung. Erzähl uns genau, was du vorhast«, sagt er.

Ich erkläre meine Idee. Kurt nickt, und auch der Cobra-Beamte murmelt zustimmend. Die fünf Minuten sind fast um. Manchmal hat die Zeit Knicke, oder sie wirft Falten, die die Geschehnisse so übereinanderlappen lassen, dass sie ruckzuck vergeht. Jetzt fühlt sie sich an, als würde sie springen. Dazwischen sind nur vereinzelte Bilder. Gerade noch in die Diskussion mit Kurt vertieft, halte ich bereits das Handy in der Hand.

Rasputin ist einverstanden.

»Okay, ich lege auf und rufe Sie per Video wieder an.

In der Zwischenzeit wird ein unbewaffneter Beamter den Klapptisch auf den Asphalt vor den Flugzeugeingang stellen. Schießen Sie nicht auf ihn. Ich bin nur eine alte Frau und kann das Tischchen nicht schleppen, ohne mir das Kreuz so zu verreißen, dass ich tagelang nicht mehr hochkomme«, jammere ich.

»Beeilen Sie sich. Ich habe nicht ewig Zeit!«, murrt Rasputin und legt auf. Ich nicke Roland zu. Kurt und der Cobra-Polizist haben aufmerksam zugehört. Kurt beugt sich zu mir herüber und reicht mir eine kleine Wanze, die ich mir ins Ohr setzen muss. Ich kenne die vermaledeiten Dinger bereits von früher. Getarnt in der Optik eines Hörgerätes, verbindet es mich mit den Beamten vor Ort. Ich hasse das unangenehme Gefühl, dass etwas in meinem Gehörgang drückt, aber es hilft nichts. Das Handy ist durch den Anruf von Rasputin belegt, und irgendwelche Gruppenschaltungen über WhatsApp, ohne den Russen damit vor den Kopf zu stoßen, bekommt Kurt nicht hin. Seufzend setze ich mir das kleine Teil ins Ohr und erlebe einen richtigen Flashback. Wie um mehr als ein Jahr zurückversetzt fühle ich mich. Ich muss an die junge Sängerin denken, die ich damals blutüberströmt in einem Lokal gefunden habe. Diese Geschichte ist nicht so gut ausgegangen, wie ich es mir gewünscht hätte. Bis heute liegt die arme Beate in einer Art Wachkoma, und vom einstigen Glanz und Glamour ist wenig übrig.

Ich hoffe nur, dass ich diesmal mehr Erfolg haben werde. Kurz flackert Angst in mir auf. Es ist nicht so, dass ich der Gefahr total kalt gegenüberstünde. Wenn Kurt sagt, es ist lebensbedrohlich, in der Schussbahn zu sein, dann nehme ich das ernst. Aber welche Wahl bleibt mir? Ich rufe mir Raphael, Kalina und die kleine Mariella ins Gedächtnis. Auch meine Tochter Daniela und Joachim. Für sie muss ich das Risiko eingehen. Denn durch meine Heirat habe ich unbewusst Gefahr in die Familie gebracht. Weder Sepp noch ich konnten ahnen, welche Folgen die Einladung von Ferdl nach sich ziehen würde. Doch es ist nun einmal geschehen, und nun sitzen wir in dem Schlamassel drinnen. Rasputin wird uns nicht mehr aus seinen Fängen lassen. Nun, da wir im Netz seines Verbrechersyndikats gelandet sind, bleiben wir, solange er frei herumläuft, darin gefangen. Ich spanne all meine Muskeln an. Dieses Kartenspiel wird das wichtigste meines Lebens werden. Und ich weiß, wofür ich dieses Risiko eingehe. Die jungen Leben meiner Kinder und Enkel sind jedes Opfer wert. Auch Ferdinands Tochter Anna hat es nicht verdient, ins Kreuzfeuer zu geraten. Gefasst trete ich aus der mobilen Einsatzzentrale heraus und beobachte, wie Roland den kleinen Klapptisch nach vorne trägt. Neben mir redet Kurt auf mich ein. Ich höre gar nicht zu. Es wurde alles gesagt.

»Gut, Rosi. Ich bespreche mich noch mit dem Kollegen Spindler. Wir haben exzellente Präzisionsschützen.«

Er deutet auf den Cobra-Beamten. Ich nicke. Jetzt hab ich doch glatt noch den Namen des Polizisten erfahren, der dafür verantwortlich sein wird, im Falle des Falles die richtige Person ins Visier zu nehmen und auszuschalten. Roland klappt den Tisch auf. Ich starre nach vorne zum Flugzeug, ohne zu erkennen, ob Rasputin gerade das Gleiche tut. Aber ich nehme es an. Hinter den Glasscheiben wird er gewiss stehen und alles mit Adleraugen betrachten. Roland richtet den kleinen Hocker vor dem Tisch zurecht, kommt aus der Hocke hoch und zieht sich rückwärtsgehend zurück. Kurt, der nun mit Spindler redet und dabei ein ernstes Gesicht macht, deutet Roland. Dieser stellt sich zu mir.

»Fertig?«, fragt er.

Ich fische das Tarotspiel aus meiner Jeanstasche und streichle über die Kanten des Stapels. »Und wie!«, sage ich nur.

»Rosi«, meint nun Kurt, »wenn Rolof zum Austausch bereit ist, dann musst du dich irgendwie ducken, wenn die Gelegenheit zum Feuern gekommen ist. Wir haben, wie besprochen, drei ausgezeichnete Scharfschützen positioniert.«

»Ich weiß«, sag ich bestimmt. »Sag, wenn es losgeht.«

»Die Männer sind auf Position«, brummt Spindler.

»Der Einsatz kann beginnen. Es liegt nun alles an dir, Rosi.

Verschaff uns den Hauch einer Chance, und wir schalten den Mistkerl aus.«

»Das werde ich!«

Ich wähle über Video Rasputins Nummer. Das erste Mal sehe ich das hässliche Gesicht des Verbrechers in Echtzeit vor mir. In den Zeitschriften und Berichten wurden nicht nur die Texte geschönt, sondern auch seine Visage. Am schlimmsten aber sind die Augen. Sie glitzern kalt, berechnend und herzlos.

»Rosi! So hab ich Sie mir vorgestellt«, sagt er zufrieden und legt dabei grinsend eine ganze Reihe Goldzähne frei. Himmel, bin ich froh, ihn nur über den Bildschirm zu sehen. Gott hatte schon einen Grund dafür, die Zähne weiß zu machen. Diese goldenen Beißer in Rasputins Mund sind mindestens so eklig, als wären es lauter verfaulte braune Stummel.

»Schön, Sie zu sehen. Bitte zeigen Sie mir die Geiseln. Ich muss wissen, dass sie wohlauf sind«, sage ich und komme damit Kurts Forderung nach. Rasputin lacht.

»Ich bin ein Ehrenmann. Keine Tricks. Anna und dem Kind geht es gut.«

»Beweisen Sie es«, sage ich kühl.

Er lacht erneut auf. »Welch selbstbewusste Oma! Das gefällt mir!« Er schwenkt das Handy um. Neben ihm hockt gefesselt und geknebelt Anna. Mit schreckgeweiteten Augen starrt sie in die Kamera. Ich kann ihre Angst fast riechen. Schweiß glänzt auf ihrer Stirn, Tränen schimmern auf ihren Wangen.

»Wir holen euch da raus, Anna!«, sage ich.

Die Kamera ruckt etwas nach unten, und der Kleine kommt ins Bild. Sein Gesicht ist ganz rot und aufgedunsen. Ich nehme an, er hat so lange geweint und geschrien, bis er schließlich vor Erschöpfung am Schoß seiner Mutter eingeschlafen ist. Sein Kopf ruht auf den Schenkeln von Anna, und er saugt an seinem Daumen, als wäre dies der einzige Trost, den die schreckliche Welt für ihn bereithält. Und wahrscheinlich ist es auch so. Durch die Fesseln kann Anna das Kind nicht einmal in die Arme nehmen und wiegen. Mein Herz sticht vor Schmerz.

»Alles kommt in Ordnung!«, sage ich sanft und hoffe, dass Anna mich gut hören kann.

Schnell ruckt das Bild, und ich sehe kurz die Waffe in Rolofs Hand, die weiter mit dem Lauf auf Annas Kopf gerichtet ist. Dann hat er das Handy wieder so gedreht, dass er mir gegenübersitzt.

»Danke. Ich gehe jetzt zum Klapptisch vor«, sage ich.

»Moment, ich habe auch einen Wunsch. Zeigen Sie mir das Tarotspiel! Fächern Sie es auf!«

Ich habe die ursprüngliche Sortierung beibehalten. »Es ist ganz neu und wurde vor ein paar Minuten von einer Polizistin im Shoppingcenter gekauft. Soll ich die Quittung in die Kamera halten, oder glauben Sie einer harmlosen, fast Siebzigjährigen?«, frage ich schnippisch.

»Ich sehe, dass Sie mich nicht betrügen. Gestatten Sie mir dennoch, misstrauisch zu sein. Der Vorschlag, in Unterwäsche die Karten zu legen, hat mir gleich gefallen. Gehen Sie nach vorn zum Tisch. Legen Sie die Karten und das Handy darauf. Stellen Sie es so hin, dass ich Sie sehen kann. Danach treten Sie vier Schritte zurück und ziehen sich aus. Ich will weder Kabel noch eine Schutzweste sehen. Nur Unterwäsche ist erlaubt. Verstanden?«

Er schmatzt so anzüglich, dass mir die Magensäure hochschießt. Der Mann ist ein Schwein. Ein echtes Dreckschwein. Wahrscheinlich hat er ein Problem mit Frauen und hält deren Anblick nur nackt oder in Slip und BH aus. Aber wenn er denkt, mich damit brüskieren zu können, dann täuscht er sich. Ich bin eine selbstbewusste und starke Frau. Um ihn über den Tisch ziehen zu können, brauche ich weder Jeans noch Shirt. Meine Geschicklichkeit und mein Köpfchen sind allemal genug, um einen Perversling wie Rolof auszuschalten.

»In Unterwäsche. Kein Problem, ich halte mein Wort.« Einzig und allein mein gutes Gedächtnis und meine flinken Finger sind die Versicherung, die ich benötige. Von ihnen hängt unser ganzes Gelingen ab.

Ich tue, was er gesagt hat. Am schwierigsten gestaltet es sich, das Handy so zu positionieren, dass es nicht umfällt. Das verflixte Ding hat weder eine Schutzhülle noch einen Ständer, den ich verwenden kann. Doch da kommt mir die rettende Idee. Ich ziehe mir das T-Shirt aus und lege es hinter das Telefon. Dann trete ich zurück und entledige mich auch der Jeans und der Schuhe. So stehe ich nun in Unterhose und Unterhemd vor ihm.

»Das Hemd!«, plärrt Rasputin.

»Figurformend mit integriertem BH. Das ziehe ich nicht aus«, antworte ich, rolle aber demonstrativ den strengen und starken Stoff ein Stück hoch.

»Okay. Langsam mit erhobenen Händen drehen!«, kommandiert er weiter.

Ich drehe mich. »Zufrieden?«, schnauze ich ähnlich unfreundlich zurück, wie er mit mir redet.

»Etwas in die Jahre gekommen, aber noch ganz fit, wie es scheint.«

»Beginnen wir«, sag ich nur, schreite nach vorn und nehme den Stapel in die Hand.

»Meine Regeln: zwei Fragen, zwei Karten, zwei Antworten. Kein Schnickschnack mit Vergangenheit, Jetzt und Zukunft, verstanden? Ich will kein Persönlichkeitsprofil, sondern nur einen Tipp. Und keine Tricks, kapiert? Ich sehe, was du machst!«, mault er.

»Natürlich«, sage ich und beginne die Karten zu mischen. Rolof sieht zu, dann hält er meine monotonen Bewegungen nicht länger aus.

»Was passiert, wenn ich Anna und den Kleinen hierbehalte?«, platzt Rasputin heraus.

Ich mische die Karten, sehe dabei aber strikt in die Kamera. Meine Finger tun ihre Arbeit. Gezielt hebe ich ab und lege die Karte verdeckt auf den Tisch. Eine Antwort bleibe ich Rasputin schuldig. Die Karten sollen sprechen, und wenn ich mich nicht täusche, werden sie es auch tun.

»Was wird sein, wenn ich dich stattdessen nehme und die Maus hier laufen lasse?«, fragt Rasputin weiter.

Ich wiederhole das Spiel, hebe ab, lege eine Karte hin.

»Fertig«, meint Rasputin und lehnt sich zurück.

»Sie behalten Anna«, sage ich und drehe die Karte um, ohne selbst hinzublicken. Stattdessen fixiere ich Rasputin. Es ist nur ein Zucken, eine minimale Regung seines Mundwinkels, aber ich habe sie bemerkt. »Sie nehmen mich«, sage ich und drehe die zweite Karte um.

Ich lese es in seinem Gesicht und atme auf. Wie es scheint, habe ich die richtigen Karten gewählt. Ein kleiner Schrecken durchfährt mich. Als zweite Karte liegt, wie von mir beabsichtigt, das Ass der Münzen auf dem Tisch. Doch bei der ersten Karte, die Annas Verbleib bedeutet, habe ich mich offenbar trotz aller Übung vergriffen. Eigentlich sollte dort der Tod liegen, aber stattdessen sehe ich fünf Schwerter. Verdammt. Und mir fällt im Moment nicht ein, was diese verflixten Schwerter aussagen. Wenn man mich nach der Wirkung von Bibernelle, Belladonna und Echinacea fragt, dann kann ich darüber referieren und gleich drei Rezepte pro Pflänzchen nennen, aber Karten? Dennoch bewahre ich die Fassung und setze ein Lächeln auf, als ich mich erneut dem Bildschirm und damit Rolof zuwende.

»Sie sehen es selbst. Die Karten sprechen eine eindeutige Sprache. Mit mir als Geisel greifen Sie zum Ass der Münzen. Gesundheit, Zufriedenheit und Reichtum werden weiterhin Bestand haben in Ihrem Leben. Und hier …« Ich winke lässig über die Schwerter.

Rasputin zieht scharf die Luft ein. »Die fünf Schwerter. Meine Niederlage und das Scheitern sind vorprogrammiert. Verdammte Scheiße!«, brüllt er. Das Bild wackelt. »Ich hatte wirklich den Verdacht, dass die Bullen mir eine falsche Wahrsagerin vorsetzen würden, die mir dann schön brav den Gehängten oder den Tod präsentiert, aber so ist es nicht.«

Mir bricht der Schweiß aus. Heiß und kalt. Beides gleichzeitig. Ich bemühe mich um Ruhe und räuspere mich. »Ich bin echt. Und die Karten sind es auch. Nun sind Sie an der Reihe, Rolof.«

Er flucht auf Russisch. Ich verstehe kein Wort, aber es müssen Flüche sein, die den Teufel erröten lassen würden, so giftig, derb und anstößig klingen sie in meinen Ohren.

»Die Schwerter!«, stößt Rasputin wieder aus, und auch das hört sich nach einer Verwünschung an. »Das ist die schlimmste Karte von allen.« Er wirft die Hände hoch. »Gut, ich tausche die Schlampe und das Kind gegen dich ein, du Hexe. Aber wenn du mir querkommst, bist du tot. Kapiert?«

»Kapiert«, sage ich und rede gleich weiter. »Ich hole den Einsatzleiter. Ich bin wie gesagt nur eine einfache Beraterin und nicht befugt, einen Austausch zu organisieren.«

Rasputin erhebt keinen Einwand. Ich stehe auf und winke Kurt. Dieser marschiert sogleich auf mich zu und kommt hinter mir zum Stehen.

»Es läuft wie folgt ab, Rolof«, beginnt er mit fester Stimme. »Sie öffnen die Tür und lassen die Geiseln an die Öffnung treten. Anna wird mit dem Kind gleichzeitig mit Rosi losgehen und –«

»Niemals«, unterbricht Rasputin. »Ich geb mein Schutzschild nicht ohne Ersatz her. Die Oma kommt zur Treppe und rauf zur Öffnung. Erst wenn ich sie vor mir habe, lass ich das Mädchen mit dem Kind laufen. Verstanden?«

»Rolof, so geht das nicht!«, wendet Kurt ein.

»So oder gar nicht!«, brüllt Rasputin und will das Handy ausmachen.

»Gut, ich bin einverstanden«, rufe ich schnell dazwischen. Rasputin zieht seine Hand zurück.

»In Ordnung. Schicken Sie diesen Bullen weg. Und ziehen Sie ihre verdammten Scharfschützen ab. Ich bin nicht blöd. Weg mit den drei Cobra-Arschlöchern, die ihr hinter dem Einsatzwagen, am Turm und auf dem Gebäude hocken habt. Nur du, du Hilfssheriff, darfst bleiben.«

»Aber …«, sagt Kurt. Ich drehe mich zu ihm um und nicke. Tonlos forme ich das Wort »Schieß!«.

Kurt ballt die Hände zu Fäusten. »Woher weiß der Arsch, wo wir die Schützen sitzen haben?«, zischt er.

»In zehn Minuten sind die Bullen weg, sonst war's das! Ich melde mich dann wieder. Oma, du bleibst am Stuhl sitzen, und kein weiteres Blabla mit dem Cop.«

Mein Hals ist so trocken, als hätte ich einen Schwamm in der Kehle stecken, der jeden Tropfen Feuchtigkeit aus meinen Schleimhäuten zieht. Der Bildschirm wird schwarz. Kurt flucht und kramt das Funkgerät hervor. Brav setze ich mich auf den Stuhl und nehme die Schwerter-Karte zwischen die Finger. Daheim muss ich unbedingt die Bedeutung der Karte googeln. Aber wie es scheint, hat mir dieses Tarot die nötige Glaubwürdigkeit verliehen. Wenn Rasputin wüsste, dass meine ganze Wahrsagekunst auf dem Lesen einer Frauenzeitschrift und zehn Minuten Recherche im Internet beruht, würde er sich die Haare raufen. Es ist lustig, wie hörig der Russe den Karten ist.

Hinter mir tut sich einiges. Männer rücken ab. Kurt aber bleibt, und ich meine, auch Roland hinter einem Wagen zu entdecken.

Die zehn Minuten ziehen sich, als hätte jemand ein Filmband mit Zeitlupe eingelegt. Ich schwitze. Mein Hintern klebt am Kunststoff des verdammten Klappstuhls fest. Jeder Knochen tut mir weh. Ich würde mich so gern umdrehen und sehen, ob wirklich alle Schützen abgezogen werden. Dauernd heult ein Automotor auf, und ich vernehme das Tuscheln und Rufen der Mannschaft. Gott, wie nervös ich plötzlich werde. Immer wieder lasse ich den Daumen über die scharfe Kante der Schwerter-Karte gleiten. Das Gefühl beruhigt mich. Wie der Karton fast unmerklich an meiner Haut kratzt und schabt, hat etwas seltsam Entspannendes. Es ist fast so, als wäre dieser kleine Fastschmerz mein einziger Anker in der Realität. Es wird ruhig hinter mir. Ich starre auf das dunkle Display des Handys und versuche, in der Spiegelung zu erkennen, was da ist. Fast unmerklich neige ich den Kopf einmal nach rechts, dann nach links. Dennoch kann ich nur einen Bruchteil sehen. Doch was ich erblicke, ernüchtert mich. Die Autos sind bis auf eines alle verschwunden. Neben diesem übrig gebliebenen

Wagen steht Kurt. Da scheppert das Telefon. Ich gehe ran. Rasputin grinst mir entgegen.

»Wie meine kleinen Helfer mir verraten, war der Bulle brav und hat seine Leute abgezogen«, sagt er.

»Natürlich. Wir wollen die Frau und das Kind heil aus dieser Situation bekommen.«

Er lacht sein trockenes, böses Lachen. »Nun denn, Frau Rosi. Steh auf und heb die Hände. Dann drehst du dich nochmals im Kreis und kommst auf die Treppe zu. Sobald du oben bist, lass ich die Kleine laufen.«

»Ich will dein Wort, Rolof. Als Ehrenmann!«, sage ich.

»Versprochen, beim Leben meiner Mutter!«, antwortet er, und seine Augen leuchten dabei gespenstisch.

Ich stehe auf. Das Plastik unter mir schmatzt ekelerregend, und ich spüre, dass sich rote Abdrücke an meinen Oberschenkeln abzeichnen. Langsam hebe ich die Hände und drehe mich.

»Gut, komm!«, höre ich Rasputin.

Ich gehe los. Oben am Ende der Treppe öffnet sich die Tür. Doch nur dunkle Schwärze erscheint. Ich gehe weiter, die Hände erhoben. Schritt für Schritt marschiere ich über den heißen Asphalt. Meine Fußsohlen verbrennen fast. Doch ich halte nicht an. Bilder aus meinem wirren Alptraum blitzen auf. Ich setze den Fuß auf das glühend heiße Metall der Treppe und stöhne. Es tut so weh, dass ich aufschreien möchte, aber ich reiße mich zusammen. Krampfhaft blinzle ich die Tränen weg. Da, endlich. In der Tür steht Anna. Sie hat den Kleinen an sich gedrückt und starrt mich voller Panik an.

»Keine Sorge!«, sage ich und gehe weiter. Ich bin oben angelangt. Eine Männerhand schnappt nach meinem Oberarm und zieht mich ein Stück zum Eingang. Ich spüre den Lauf der Pistole an meinem seitlichen Rücken. Er will mich hineinziehen. Ich bleibe stehen und versperre mich seinem Zug. Er ruckt an mir. Gleichzeitig stolpert Anna nach vorne. Plötzlich geht alles ganz schnell. Ich habe es nicht geplant, und doch vollführt mein Körper die Bewegung wie von allein. Ich drehe mich ein Stück und sehe Rasputin. Dann gebe ich seinem Drängen nach, wirble aber weiter und ziehe ihm die Kante der Karte übers Gesicht.

»Deine Schicksalskarte, Arschloch!«, schreie ich. Er wankt. Ich greife nach ihm, reiße ihn zur Tür hinaus und springe eine Millisekunde später nach vorne. Dabei erwische ich irgendwie Annas Arm. Ich nehme sie und den Jungen im Fall mit mir nach unten. Die beiden schreien. Sie fallen neben mich auf den heißen Asphalt. Es donnert plötzlich. Meine Sinne schwinden nur einen Moment. Schmerzen. War es ein Schuss? Der Aufprall? Der Körper über mir? Anna und der Bub sind doch neben mich gestürzt. Warum liegt nun jemand so schwer auf meinem Brustkorb? Mir bleibt die Luft weg. Dann wird es leichter. Der Druck auf meinem Brustkorb lässt nach. Ich ringe nach Luft und blinzle. Roland ist da. Kurt auch. Und Rasputin. Kurt und Roland zerren den Russen hoch. Wieder ein kurzer Filmriss. Die Umgebung verdunkelt sich und flammt erst wieder auf, als es von Cobra-Beamten und Polizisten nur so wimmelt. Ich spüre, dass jemand meinen Kopf hält.

»Alles in Ordnung, Rosi?«, fragt Roland.

»Ja«, antworte ich und klinge dabei wie ein Rabe im Stimmbruch.

»Du bist ziemlich schlimm auf den Asphalt gestürzt und wurdest schier zerquetscht. Darum fällt dir das Atmen schwer!«, meint er.

Ich stöhne. Vorsichtig richte ich mich auf. Roland hilft mir. Endlich sitze ich. Roland zieht wie ein Zauberer eine kleine Flasche Wasser aus seiner hinteren Hosentasche.

»Warm, aber frisch!«, sagt er.

Ich trinke in gierigen Schlucken. Mit jedem Tropfen kehrt etwas mehr Lebensgeist in mich zurück. Langsam sondiere ich die Lage. Einige Meter neben mir sitzen Anna und das Kind in eine Aludecke eingehüllt auf dem Boden. Zwei Sanitäterinnen kümmern sich um die beiden. Gerade wird auch der Pilot von Polizisten abgeführt. Von Rasputin und Kurt aber fehlt jede Spur. Habe ich es etwa nur geträumt? Oder ist der Russe tatsächlich auf mir gelandet und hat mich halb zerquetscht?

»Was ist passiert?«, frage ich. Roland lächelt. »James Bond ist ein Milchbubi im Vergleich zu dir.«

»Ja?«, sage ich verdattert.

Er nickt. »Du hast Rasputin aus der Deckung geholt, ihm mit dieser Tarotkarte das Gesicht zerkratzt und dich dann mit einem Hechtsprung in Sicherheit gebracht.«

»Ich habe Anna mitgerissen!«, bemerke ich panisch und blicke erneut zu der jungen Frau.

»Sie war bereits auf der letzten Stufe unten und ist nur noch gestolpert. Ihr ist nichts passiert. Dem Kleinen auch nicht«, beruhigt Roland mich. Ich seufze auf und leere den letzten Schluck Wasser in meinen Mund. Noch immer quält mich brennender Durst, aber ich muss zuerst erfahren, was weiter passiert ist.

»Kurt hat geschossen, als die Bahn frei war. Aber Rolof trägt anscheinend Schutzkleidung.«

»Er ist entkommen?«, japse ich entsetzt.

»Nein. Der Aufprall der Kugel hat ihn fallen lassen. Er ist auf dir gelandet und war kurz bewusstlos. Wir haben ihn, Rosi. Alles ist gut. Du hast es geschafft.«

»Gott sei Dank«, sage ich und merke, wie sich meine Verzweiflung endlich löst. Ich weine. Roland nimmt mich in den Arm.

»Bring mich nach Hause«, bitte ich.

»Aber sicher, Rosi. Das mache ich. Aber willst du dich nicht vorher von den Sanitätern oder dem Arzt durchchecken lassen?«, fragt er.

»Nein. Ich will heim, eine Flasche Bier trinken und schlafen. Einfach nur schlafen. Es ist doch wirklich zu Ende, oder?«

»Das ist es. Jetzt kommt alles wieder ins Reine«, sagt Roland und hilft mir hoch. Ich bin so froh und dankbar, dass ich gar nicht erfassen kann, was die Polizisten beim Vorbeigehen alles zu mir sagen. Nur den Klang ihrer Stimmen kann ich deuten. Sie hören sich bewundernd, freundlich und mitfühlend an. Eine Polizistin reicht mir eine Decke, als ich an ihr vorüberstolpere. Ich wickle mich darin ein. Endlich gelangen wir zum

Auto. Roland öffnet mir die Tür und schließt sie hinter mir wieder. Dann setzt er sich auf den Fahrersitz und lässt den Wagen an. Wir fahren los und verlassen den Ort des Grauens.

»Ich halte dich aber nicht von wichtigeren Aufgaben ab, oder?«, frage ich ihn, als wir die Stadtgrenze hinter uns gelassen haben.

»Nein. Kurt hat mich ausschließlich für dich abgestellt. Er ist so stolz auf dich und dankbar. Du hast diesem Desaster die nötige Wendung verschafft, Rosi. Wir stehen in deiner Schuld.«

»Ich hab es vorrangig für mich getan«, sage ich und lasse den Kopf gegen die kühle Scheibe sinken.

Es stimmt, was ich zu ihm gesagt habe. Ich bin wieder frei. Sepp ist es, meine Kinder sind es. Jetzt können wir wieder leben, und ich kann meinem Sepp in die weite Welt folgen. Hier im Innviertel ist es einfach mordsgefährlich für mich. Vielleicht entgehe ich dieser Gefahr, wenn ich mit Sepp Australien, Asien oder Afrika bereise.

Sepp fängt mich auf und stützt mich. Roland, der mir bis zur Haustür gefolgt ist, verabschiedet sich und meint, dass er nun gleich zu Andrea schauen und dann in die Direktion müsse. Ich kann nichts darauf entgegnen, so müde und erschöpft fühle ich mich. Trotzdem muss ich Sepp einen kurzen Bericht erstatten. Ich hänge mehr auf der Eckbank, als dass ich sitze. Sepp schiebt mir bereits den zweiten Radler zu. Die Bier-Limo-Mischung beruhigt meinen aufgekratzten und heiseren Hals. Ich erzähle alles knapp und zügig. Auch auf Anna komme ich zu sprechen. Sepp schüttelt den Kopf.

»Mein Bruder hat eine Tochter. Jetzt wird mir einiges klar«, sagt er nur und lächelt. »Du bist eine Heldin, Rosi. Sogar in der ›Zeit im Bild‹ feiern sie dich als weiblichen James Bond des Innviertels. Ich habe den Sprung gesehen, den du dort auf der Treppe hingelegt hast.«

»Wie denn das? Kein TV-Sender durfte drehen!«, will ich wissen.

Sepp zuckt die Schultern. »Anscheinend hat jemand die Überwachungskameras des Flughafens gehackt. Es waren ziemlich unscharfe Bilder. Aber man konnte deutlich erkennen, was du getan hast. Rosi, es tut mir leid, das sagen zu müssen, aber du hast einen ziemlichen Vogel.« Sepp tippt sich an die Stirn. Ich blinzle ihn an.

»So einen Sprung legt sonst vielleicht eine Dreißigjährige hin. Aber du bist doppelt so alt. Du hättest dir das Genick brechen können.«

»Es war die einzige Chance. Zum Glück hatte ich die Karte. Die hat ihn überrascht«, sage ich.

Sepp gurgelt lachend. »Du hast ihn überrascht. Eine siebzigjährige Ninja-Braut. Himmel, Rosi!«

Ich kann nichts antworten. Stattdessen trinke ich den letzten Rest aus dem Glas und lasse den Kopf auf die Tischplatte sinken. Meine Gedanken wabern hin und her wie der Wolfgangsee bei leichtem Wind.

»Du musst ins Bett«, meint Sepp.

»Nein, ich muss Kurt Bescheid sagen. Wenn dieser Hacker die Überwachungsbilder dem Fernsehen zugespielt hat, dann hatte Rasputin vielleicht durch seine Hilfe Zugriff auf die Position der Schützen. Gib mir mein Handy!«

Sepp stöhnt, tut aber, was ich verlange. Kurt ist nicht erreichbar.

Aber Roland geht ans Telefon. »Ja, Rosi. Das wissen wir auch schon. Danke. Es gibt bei der Sicherheitsmannschaft im Tower und auch unter den Flughafenmitarbeitern Maulwürfe. Wir haben bereits vier Verdächtige aufgespürt.«

»Das ist gut«, meine ich lallend.

»Du klingst müde, Rosi. Leg dich hin. Wir räumen den ganzen entstandenen Dreck schon alleine auf. Mach dir keine Sorgen mehr.«

»Okay«, sage ich und lege auf.

Sepp streicht mir sanft über den Rücken. »Darf ich dich nun endlich ins Bett bringen?«, will er wissen.

Ich murmle etwas Unverständliches. Schon greift er mir

unter die Arme und trägt mich nach oben. Ich schaffe es gerade noch, aufs Klo zu gehen und mir Hände und Gesicht zu waschen. Umziehen oder gar duschen ist nicht mehr drin. Ich falle ins Bett, mitsamt der verschwitzten Unterwäsche. Irgendwie landet die Decke auf mir und hüllt mich ein. »Schlaf gut, ich halte dir die Leute vom Hals«, höre ich Sepps Stimme.

Welche Leute, will ich fragen, doch im Getöse nicht erkennbarer Stimmen von draußen versinke ich im Land der Träume. Morpheus legt seinen Mantel über mich. Ich schlafe.

Weltuntergang

Rosis Tipps gegen Prellungen
Sofort kühlen! Gut eignet sich dafür kalter Topfen, den man als Umschlag auf die betroffene Stelle gibt. Topfen ist entzündungshemmend.
Als Salbe eignet sich eine Arnikasalbe.
Bei bereits älteren Prellungen nimmt man eine Mischung aus 3 EL Honig und 1 EL gehackter Majoranblätter.

Hias, Sepp, Daniela, Christl … So viele Menschen. Sind es Stimmen von draußen oder Stimmen aus meinen Träumen? Ich kann es nicht unterscheiden. Immer wenn ich knapp unter der Oberfläche des Wachseins gleite und nach oben greife, dann zieht mich die bleierne Schwere der Erschöpfung erneut nach unten. Es ist seltsam. Ich weiß, dass ich schlafe, und kann dennoch nicht erwachen. Ich drehe mich um, spüre die Matratze und schwebe wieder weg. Weg von der Oberfläche, hinein in die Tiefe des Schlafes.

Ich blinzle. Neben mir sitzt plötzlich Herta. Wir schauen TV. Es läuft ein Krimi. Der Alte nimmt gerade einen Mann fest. Er legt ihm die Handschellen an. Doch da platzt dessen Haut, und darunter entschlüpft eine neue Gestalt. Sie sieht aus wie Rasputin. »Du hast mich!«, sagt er, und der Kommissar lässt erneut die Fesseln zuklappen. Doch auch Rasputins Haut platzt. Darunter kommt mit einem Mal dieser Schlägertyp zum Vorschein.

Der Alte lacht. »Haben wir auch dich, du Schurke! Ihr könnt euch nicht hinter dem Russen verstecken. Auch wenn ihr mit mir Matroschka-Püppchen spielt. Ich entlarve euch alle!« Er stülpt dem Gottschalk-Typen eine Skimaske über.

»Aber das ist nicht meine! Ich bin unschuldig wie eine Jungfer im Frühling!« Der Film reißt abrupt ab, und eine lachende Frau hält eine Waschmittelflasche in die Kamera. »Frühlingsduft, und blütenrein wird durch Tarot das ärgste Schwein.« Tatsächlich, auf der Flasche steht statt »Lenor« oder »Ariel« groß »Tarot«.

»Ich hasse Werbung«, sagt da Herta und wechselt schnell durch die Kanäle. Sie hält inne.

»Guck, deine Zukunft, Rosi!«, sagt Herta und zeigt auf den Bildschirm.

Eine Frau, gekleidet in bunte Tücher und Fetzen, legt die Karten. Sie mischt. Sie grinst. »Frau Beingruber. Ihr Schicksal ist …«

Sie hält eine Karte hoch. »Nein! Mein Hubert, mein Hubert, das wollt ich net, mein Hubert!«, plärrt Herta plötzlich. Doch ihre Stimme klingt anders. Seltsam irgendwie. Ich starre abwechselnd auf den Bildschirm, wo mir der Gehängte entgegenprangt, und auf Hertas Gesicht. Obwohl sie herzzerreißend heult, lächelt sie dabei und schaut glücklich aus.

»Seid ihr alle total deppert? Das stimmt doch alles nicht!«, sagt plötzlich der Kommissar, der vorhin noch im Fernsehen war. Er steht nun neben mir und drückt mir die Gehängten-Karte und die Skihaube in die Hand.

»Was soll ich damit?«, frage ich.

»Ich dachte, du bist hier die Ninja-Braut? Ich bin nur der Alte!«, sagt er.

Ich fahre hoch. Schweißgebadet, aufgeregt und mit rasendem Herzen. Die Welt hat mich wieder. Der Gott des Schlafes hat mich aus seinen Fängen entlassen und mir ein Rätsel mitgegeben, das ich lösen muss.

»Es stimmt nicht! Etwas stimmt nicht!«, murmle ich zu mir selbst. Mein Kreuz versetzt mir einen heftigen Stich, der mir fast den Atem raubt. Ich beiße die Zähne aufeinander und schiebe langsam die Beine zur Seite. Der Holzboden unter mir ist kühl, aber dennoch brennen meine Fußsohlen wie Feuer. Mein ganzer Körper schmerzt. Trotzdem darf ich mich jetzt nicht diesem Gefühl hingeben, sonst gehe ich darin unter und kann keine logischen Schlüsse ziehen. Denn genau das muss ich jetzt tun. Ich muss meine Gehirnwindungen anstrengen und ihnen die Antwort auf die letzte noch verbleibende Frage abringen.

Welches Puzzleteil passt nicht ins Bild? Wo liegt der Fehler?

Mühsam quäle ich mich hoch und schleppe mich zum Fenster. Die Nacht ist fast am Höhepunkt angelangt. Hoch oben steht der Mond. Ich lasse den Traum Revue passieren und krame alle Fakten zusammen. Dann plötzlich blitzt der Fehler vor mir auf, und es durchzuckt mich wie ein Stromschlag. Herta, ich muss mit Herta reden, und zwar sofort. Die Schmerzen sind vergessen. Ich eile zum Kasten und werfe mir das erstbeste Kleid über, das ich zu fassen bekomme. Es ist eine bunte Abscheulichkeit, die mir Raphael einmal von einem Hawaiiurlaub mitgebracht hat. Aber egal. Gewandet in flatternde Blütenblätter und grüne Palmwedel hetze ich die Treppe hinunter und stoße mit Sepp zusammen.

»Rosi! Du bist wach. Ich bin gerade eben die lästige Christl und den Hias losgeworden. Das ganze Dorf will dich sehen und feiern. Geh zurück ins Bett!«, sagt er streng.

»Nein! Ich muss zu Herta. Sepp, versteh doch! Rasputin und der Wimmer! Das stimmt nicht!«

»Wie? Was? Rosi, du bist verwirrt. Das Bier war vielleicht zu stark!«

»Pfeifendeckel!«, schimpfe ich. »Hilf mir oder sei wenigstens nicht im Weg. Ich weiß, was ich tu!« Ich reiße mich los. In Windeseile dränge ich mich an ihm vorbei und schlüpfe in meine rosa Gartencrocs. Richtige Schuhe würde ich nicht ertragen. Sepp hetzt mir hinterher.

»Rosi«, plärrt er und wirft die Hände hoch. Ich drehe mich um und funkle ihn an.

»Fährst du mich zur Wimmerin, oder muss ich selbst in Crocs und Hawaiihemd hinters Steuer?«, frage ich. Sepp schüttelt den Kopf. Ich verstehe, dass er nichts kapiert, aber mir fehlt die Zeit für große Erklärungen.

»Ich chauffiere dich!«, sagt Sepp schließlich und lässt die Schultern fallen.

»Gut, fahren wir los. Und wenn ich dir sage, dass du Kurt herholen sollst, dann machst du das. Erklärungen gibt es später, in Ordnung?«, blaffe ich weiter.

Ja, ich bin unfreundlich und gar nicht so Rosi-nett wie sonst, aber ich stehe unter Stress. Der Traum hat mir die Augen geöffnet, und wenn ich recht behalte, gibt es noch eine böse Überraschung. Ich steige ein. Ein neuerlicher Stich fährt mir die Wirbelsäule hoch. Ich ignoriere ihn.

»Du weißt schon, dass es mitten in der Nacht ist, Rosi?«, versichert sich Sepp, als er über den Schotterweg in Richtung Dorf braust.

»Ja«, antworte ich knapp. Innerlich sortiere ich meine Gedanken. Wir sind vor dem Haus der Wimmersleute. Ich springe aus dem Wagen und läute Sturm. Es dauert eine Ewigkeit, bis endlich Licht angemacht wird. Das Fenster im ersten Stock öffnet sich, und Hertas Tochter späht heraus.

»Was ist?«, fragt sie erbost.

»Hol Herta her, aber schnell! Es ist wichtig!«, rufe ich hoch.

»Rosi?«, fragt sie.

»Ja, bitte tu, was ich dir sage. Es geht um den Mörder deines Vaters.«

»Rasputin? Ist er entkommen?« Herta schiebt ihren Kopf ebenfalls zum Fenster hinaus. Angst leuchtet mir entgegen, und ich meine sogar, sie zittern zu sehen.

»Nein, nein. Aber ich hab etwas herausgefunden. Herta, hast du mit irgendjemandem im Dorf über die Karte gesprochen?«

»Welche Karte?«, fragt Herta heiser.

»Die Tarotkarte! Hast du jemandem erzählt, was auf Huberts Karte war?«, hake ich nach.

»Die Polizisten haben sie gesehen. Und du ...«

»Ja, schon. Aber sonst? Hast du es meinetwegen der Christl erzählt oder dem Pfarrer? Der Maria vielleicht?«

Herta schüttelt den Kopf.

»Kurt hat das doch verboten. Ich –«

»Danke, Herta, du kannst wieder ins Bett!«, sage ich und drehe mich zu Sepp. »Ich muss zur Tierärztin. Ruf Kurt dorthin und Verstärkung.«

»Aber ...«, höre ich Herta von oben.

Auch Sepp schaut mich verwirrt an.

»Bitte! Wimmers echter Mörder ist dort«, sag ich nur und renne los.

Ich bin so aufgeregt, dass ich die Blasen an meinen wunden Fußsohlen nicht mehr spüre. Die Praxis von Maria befindet sich in ihrem Wohnhaus. Und das liegt nur eine Straße weiter. Hinter mir höre ich lautes Schreien. Ich kann nicht stehen bleiben, denn ich bin mir sicher. Alles ergibt endlich Sinn. Darum hat man keine DNA in der Skimaske gefunden. Ich laufe. Adrenalin spült durch meinen ganzen Körper. Jeder Schritt fühlt sich an, als würde ich fliegen. Die Häuser sausen an mir vorbei, und ich glaube, noch nie im Leben so schnell gewesen zu sein. Ich spüre mich selbst nicht mehr richtig. Es ist so, als würde ich mit der Welt verschmelzen. Die Klarheit der Erkenntnis, die mich eben getroffen hat, hat mich verändert. Ich biege ums Eck. Ich fühle mich seltsam, geradeso, als würde mich das Haus von Maria magnetisch anziehen. So als wäre ich ein Pol, und dort drinnen in Dr. Schreiners Praxis würde sich der zweite befinden. Ich stürme auf die Tür zu und bin mir sicher, sie unverschlossen vorzufinden. Ohne anzuhalten, reiße ich an dem Türknauf, und tatsächlich! Die Tür schwingt auf, und ich stolpere ins Innere des Hauses. Das Licht geht automatisch an, und plötzlich stehe ich im hell erleuchteten Vorraum der Tierärztin. Ich kenne das Gebäude von früher. Als der alte Doktor noch lebte und meine Kinder jünger waren, musste ich öfter mit einem verletzten Wildtier bei ihm aufkreuzen. Einmal hat Daniela sogar ein Eichhörnchen von der Straße aufgesammelt. Das junge Tier war so abgemagert und hilflos, dass mir damals der Anblick des kleinen Elends das Herz zerrissen hat. Erstaunlicherweise hatte das Hörnchen sich an Daniela festgeklammert, als wäre sie seine Mutter. Ich war mir sicher, dass das Tier verenden würde. Aber Doc Halvar hat es noch in der Praxis aufgepäppelt und meiner Daniela die richtige Milch mitgegeben, um das Hörnchen großzuziehen. Puschel, wie wir das Eichhörnchen nannten, lebte ganze sechs Jahre bei uns im Garten und war bis zu seinem Ende so zahm, dass wir ihm per Hand Nüsse füttern konnten. Die warme Erinnerung an frühere Zeiten verblasst ebenso schnell, wie sie aufgeflammt ist. Ich blicke mich um. Offenbar hat die Schreiner nichts im Haus verändert, außer die Bilder an der Wand. Auf einem hält sie strahlend ihr Diplom in die Höhe, auf einem weiteren steht sie neben ihrem Mann, der einen riesigen Karpfen an der Angel hat, und auf dem letzten sieht man sie mit Achim und Hannes in einem Rotwildgehege. Von diesen Schnappschüssen kannte Wimmer Hannes und Achim wahrscheinlich.

Ich trete ein paar Schritte weiter in den Vorraum. Rechts geht es wie früher in zwei Räume. Einer ist zum Warten und der andere die eigentliche Praxis. Linker Hand sind ebenfalls zwei Türen, wovon eine zu einem kleinen Bad mitsamt Toilette und die andere in einen Raum mit Käfigen und kleinen Stallungen führt. Ich horche in die Stille. Ganz hinten führt eine Treppe in die eigentlichen Wohnbereiche der Ärztin. Mit einem Mal komme ich mir vor wie eine Einbrecherin, die unerlaubt inmitten der Privaträume steht. Ich schüttle die Beklemmung ab. Ich habe einen guten Grund, hier zu sein. Ein Quietschen ertönt. Nun bin ich mir sicher, Schritte und Stimmen von oben zu vernehmen.

»Rosi«, zischt es nun auch hinter mir. Ich fahre herum. Sepp steht da und hält mir das Handy entgegen. Ich schüttle den Kopf.

»Kurt! Er will eine Erklärung.«

Ich blecke die Zähne und greife nun doch nach dem Telefon.

»Kurt! Ich erzähle es dir später genau. Komm schnell mit Verstärkung zum Haus der Tierärztin. Rasputin hat Wimmer nicht auf dem Gewissen, das war Marias –«

Weiter komme ich nicht, denn plötzlich schlägt jemand nach dem Handy. Es fliegt im hohen Bogen auf den Boden. Sepp springt nach vorn und wirft mich zur Seite. Ich pralle gegen die Wand. Einen Augenblick brauche ich, um die Situation zu erfassen. Da ist Sepp, und er ringt mit einem wesentlich kleineren, aber stämmigen Mann. Am meisten schockiert mich das seltsame Aussehen des Mannes.

»Achim!«, rufe ich. »Bitte. Hören Sie auf.«

Doch nicht Marias Schwager reagiert auf mein Rufen, sondern Sepp. Und das ist sein Fehler. Offenbar ist Achim nicht nur kahl und bullig wie ein enthaarter Pitbull, sondern auch kampferprobt. Achim verpasst ihm einen Kinnhaken, und Sepp verdreht die Augen. Er geht zu Boden. Achim aber lässt nicht von ihm ab. Er beugt sich über ihn und reißt ihn halb hoch. Mit Wucht lässt er Sepps Kopf auf den Boden donnern. Ich spüre das Knacksen, als wäre es mein Schädel, der gerade bricht.

»Neiiin!« Ich stürze mich auf Achim. Dieser aber braucht nur einen Wink mit seiner Hand, und ich falle erneut zurück gegen die Wand. »Du hast ihn umgebracht! Du Mörder!«, schreie ich. Achim erstarrt. Es ist, als ginge ein Stromschlag durch ihn durch. Mit einem Mal starrt er mich an.

»Nein, nein. Das wollte ich nicht. Scheiße. Nicht schon wieder. Ich, ich …«, stammelt er und weicht einen Schritt zurück. Schritte poltern. Hannes steht an der untersten Stufe der Treppe. Er ist leichenblass.

»Achim, du Trottel. Was hast du getan?«, blafft er seinen Bruder an.

»Die beiden. Ich habe gehört, wie sie mit der Polizei geredet hat. Sie weiß alles. Sie hat uns verraten. An die Bullen. Wir sind erledigt!«

»Was, wieso?«, fragt Hannes und kommt näher. Ich rutsche unwillkürlich ein paar Schritte an der Wand entlang nach hinten.

»Ihr habt den Wimmer getötet! Es war nicht der Russe. Ihr wart es«, sage ich.

»Verdammt! Woher weißt du das? Maria hatte doch keine Gelegenheit, es dir zu sagen! Ich hab aufgepasst wie ein Haftelmacher, dass sie nichts verrät.«

Entsetzen spiegelt sich in den Tiefen seiner Augen wider. Ich weiß nicht, was ich antworten soll. Stattdessen starre ich erneut auf Sepp. Blut tropft aus seinem Ohr.

»Er braucht einen Notarzt!«, sag ich und deute auf ihn.

»Wir müssen hier weg! Schleunigst verschwinden!«, schreit Achim. Er wirkt jetzt gar nicht mehr wie ein gefährlicher Kampfhund, sondern wie ein verängstigter Chihuahua, den man gerade getreten hat. Stattdessen beginnt er zu wimmern und zu weinen. Zu meinem Entsetzen schlägt der Hundert-Kilo-Kerl mit Kraft den Kopf an die Wand. Immer wieder und wieder. Hannes läuft nun zu seinem Bruder.

»Alles gut, Achim. Ich bin ja da. Alles gut.«

Achim hört auf, sich den Schädel zu zertrümmern, und lehnt sich an die Brust seines großen Bruders. Hannes streichelt seinen Rücken. »Ich will nicht in den Knast. Ich will keinen töten. Ich bin ein guter Junge«, stammelt Achim. Oh Gott, durchfährt es mich, und mir wird klar, dass die total haarlose Gestalt wohl mit irgendeiner Beeinträchtigung zusammenhängen muss. Achim ist auf dem geistigen Stand eines Riesenbabys. Und er kann gewaltig ausflippen.

»Hier, setz dich hin und mach die Augen zu. Ich bring alles wieder in Ordnung«, sagt Hannes ruhig zu seinem Bruder.

Achim tut wie ihm geheißen. Wimmernd schließt er die Lider und beginnt damit, sich selbst hin- und herzuwiegen.

»Scheiße, Scheiße, Scheiße!«, flucht Hannes dann, springt auf und rauft sich die Haare. »Es war doch alles geregelt. Woher weißt du Hexe, dass Rasputin nicht hinter Wimmers Ermordung steckt?« Mit großen Schritten steigt er über Sepp. Dieser blinzelt.

Erleichterung durchfährt mich. Sepp lebt. Ich möchte zu ihm und ihm helfen, aber da hat mich Hannes am Kragen gepackt und drückt mich gegen die Wand.

»Du alte Schachtel sagst mir jetzt sofort, woher du das weißt!« Er presst mir die Gurgel zu. Ich schnappe nach Luft, aber sein Griff ist zu fest. Punkte tanzen vor meinen Augen, und ich merke, dass ich gleich ohnmächtig werde. Hilflos versuche ich zu antworten, aber nur ein elendes Krächzen entweicht meiner Kehle. Endlich wird auch Hannes klar, dass ich gar nichts sagen kann, selbst wenn ich möchte. Er lässt locker.

»Es ist vorbei. Ihr habt euch selbst verraten. Niemand außer der Polizei, mir und Herta wusste, was auf der Tarotkarte war. Und dann auch noch die Skimaske. Ganz ohne ein Haar darin …«

Hannes blinzelt verständnislos.

»Karte?« Er lässt noch mehr locker, und ich kann endlich wieder tief atmen.

»Ja. Die Tarotkarte, die der Wimmer erhalten hat. Sie war geheim. Nur der oder die Täter können auch wissen, dass der Gehängte darauf war. Und du hast erzählt, dass Maria immer ausflippt, wenn …«

Er erkennt seinen Fehler und erschlafft in dem Moment, als ich die Wahrheit ausspreche.

»Ich bin so blöd!«, sagt er und stolpert zurück an die gegenüberliegende Wand. »Jetzt gehen wir alle in den Knast, und alles nur, weil ich so ein eifersüchtiger verliebter Trottel bin. Maria! Maria! Warum muss ich dich nur so lieben?«, schreit er und sieht nach hinten zur Treppe.

Ich folge seinem Blick, und mir wird schlecht. Da steht Maria und hält eine Waffe in der Hand. Nicht schon wieder, denke ich mir und gehe ihr entgegen.

»Maria, meine Liebe. Nimm die Waffe herunter. Es kommt gleich die Polizei und nimmt deinen Mann und deinen Schwager fest«, sage ich und hebe dabei die Arme, um meine friedliche Absicht zu zeigen.

Maria weint. Dicke Tränen laufen ihr die Wangen hinab. Die Pistole in ihrer Hand zittert, als wollte sie mit ihrem Lauf Fliegen in der Luft verscheuchen.

Doch sie bleibt auf uns gerichtet. »Bitte, Maria. Gib mir die Pistole«, versuche ich es erneut. Ich stehe nun unmittelbar vor Sepp. Nur zu gern möchte ich mich zu ihm beugen und nachsehen, wie schwer er verletzt ist, aber ich muss mich auf Maria konzentrieren.

»Es kommt alles in Ordnung, ganz sicher!«, verspreche ich.

»Achim hat meinen Hubert abgeknallt. Und schuld ist mein Ehemann. Ich hasse euch! Du weißt, dass ich dich schon lang nicht mehr liebe, Hannes. Ich bin vor dir und deiner krankhaften Eifersucht geflohen. Keinen Tag halt ich es länger mit dir aus.«

Ein Schuss knallt. Doch Maria ist eine miserable Schützin. Mauerwerk splittert mehr als zwei Meter neben Hannes ab.

»Hubert, mein Hubert!«, heult Maria wieder auf.

»Aber Schatz. Du weißt, ich liebe dich. Ich wollte dich nur zurückgewinnen und Hubert einen Schreck einjagen. Sein Tod war ein Unfall. Mein Bruder wollte ihn nicht erschießen. Aber der Idiot hat ihm die Maske heruntergerissen. Da ist Achim in Panik geraten und hat gefeuert. Du weißt doch, dass er manchmal sonderbar reagiert. Er ist –«

»Behindert! Von dir abgerichtet! Achim kann nur, was du ihm antrainiert hast. Ihr seid beide das Allerletzte auf Gottes Erden! Achim hat meinen Hubert erschossen!«

Maria stürzt auf Achim zu, der noch immer am Boden kauert und nach vorne und zurück schaukelt wie ein traumatisierter Zweijähriger. Schon steht sie vor ihm. Auch Maria wankt unsicher hin und her. Doch den Lauf der Pistole drückt sie nun Achim an die Schläfe.

»Ich war glücklich hier. Ich wollte hier weiterleben. Mit Hubert, mit Herta, mit den neuen Freunden, die ich gefunden habe. Und du hast alles kaputtgemacht. Stirb, du Missgeburt!«

Achim blickt verständnislos nach oben. »Ich bin ein guter Junge!«, sagt er. Maria lädt nach. Der Schlitten der Pistole gleitet wieder nach vorn. Sie beißt die Zähne aufeinander. Entschlossenheit zeigt sich in ihren Zügen. Maria ist zu allem bereit, das erkenne ich.

»Tu es nicht!«, rufe ich verzweifelt. »Es sind zu viele Menschen gestorben!«

Endlich rafft sich Hannes auf und hechtet zu ihr hinüber. Er lässt sich neben seinen Bruder auf den Boden fallen und zieht ihn in seine Arme, ohne auf die Waffe zu achten, die sich nur zentimeterweit vor ihm befindet.

»Maria!«, stöhnt er auf. Maria blinzelt, doch sie senkt den Lauf nicht, sondern zielt jetzt auf die Stirn ihres Mannes.

»Achim wollte das alles doch nicht! Er hat in Panik reagiert! Ich bin schuld, Maria. Ich habe ihn dazu angestiftet, mir zu helfen. Ich liebe dich. Ich wollte dich nur zurückholen. Du bist alles in meiner Welt. Und ich weiß, dass du mich im Innersten auch noch liebst. Dieser Hubert war doch nur ein notgeiler alter Bock, der dich wie ein Tier bestiegen hat. Eine amüsante Abw–«

»Nein!« Maria drückt ab.

Ich halte mir instinktiv die Ohren zu. Doch nichts passiert. Der erwartete Schuss bleibt aus.

Stattdessen ertönt das vertraute: »Waffe runter! Polizei!« Maria lässt die Waffe fallen. Jetzt sinkt auch sie zu Boden. Stimmengewirr ertönt in dem nun viel zu engen Vorhaus. Ich schleppe mich zu Sepp, gehe vor ihm in die Knie.

»Einen Notarzt! Die Rettung, schnell!«, rufe ich in das Getöse.

»Ist unterwegs, Rosi!«

Roland steht neben mir und lehnt sich ebenfalls über Sepp. Seine Kollegen und Kolleginnen nehmen Maria, Hannes und Achim fest. Auch Kurt entdecke ich. Er ist gerade dabei, Hannes hochzuziehen. Sepp stöhnt. Sofort richte ich meine Aufmerksamkeit wieder auf ihn. Er sieht gar nicht gut aus. Grau und bleich ist sein Gesicht, und seine Wangen wirken seltsam eingefallen. »Mein Sepp«, flüstere ich.

Roland nickt besorgt in Sepps Richtung.

»Er atmet! Aber ich glaube, er hat einen Schädelbruch«, sage ich und deute auf die kleine Blutlache, die sich unter seinem linken Ohr gebildet hat.

»Wir dürfen ihn nicht bewegen«, sagt Roland.

»Du schaffst das, Liebling. Und dann erkunden wir die weite Welt«, flüstere ich heiser. Ich blicke zu Roland hoch und stelle erleichtert fest, dass sich seine besorgte Miene etwas gelegt hat.

Hinter uns schreit Achim: »Guter Junge. Ich bin ein guter Junge.«

Er widersetzt sich der Beamtin, die ihm die Handschellen anlegen will.

»Die beiden Männer haben Wimmer getötet. Achim hat offenbar abgedrückt«, erkläre ich automatisch.

»Wissen wir. Das Handy hat alles übertragen«, bemerkt Roland.

»Mitkommen, Herr Schreiner. Sonst müssen wir Gewalt anwenden!«, sagt die Polizistin streng. Ich sehe aus den Augenwinkeln, wie sie versucht, Achim am Ellenbogen zum Hinterausgang zu führen. Er hat die Hände in Handschellen, aber nur vorne am Bauch und nicht hinten am Rücken, wie man es oft im Fernsehen sieht. Ein weiterer Beamter kommt der Polizistin zu Hilfe und ergreift Achims zweiten Ellenbogen. Gemeinsam ziehen sie an ihm. Maria und Hannes wurden offenbar schon nach draußen gebracht, und nur noch Achim ist da. Wild blickt sich der bullige Mann um, dann reißt er sich plötzlich los und springt überraschend leichtfüßig über Sepp hinweg und an mir vorbei. Aber der Ausgang ist versperrt. Achim reißt die Ordinationstür auf und hetzt hinein. Doch keine Sekunde später steht er wieder im Gang. Er hat erkannt, dass kein Weg aus dem Zimmer führt.

»Lasst mich gehen«, schreit er verzweifelt. In seinen gefesselten Händen blitzt ein Skalpell auf.

»Legen Sie das Messer weg, Achim!«, fordert nun Roland. Er hat wie seine Kollegen die Waffe gezogen.

»Herr Schreiner. Messer runter!«, mahnt er erneut. Doch Achim reißt die Klinge hoch, um sie sich selbst in den Hals zu stechen. Es knallt mit einem Mal.

»Nein«, schreie ich in den ohrenbetäubenden Schuss hinein.

Die Wirklichkeit wird zerfetzt. Zeit und Raum lösen sich im tosenden Lärm auf. Ich sehe alles. Und doch ist es, als würde ich es nicht aus meiner Position wahrnehmen. Vielmehr stehe ich irgendwie außen und beobachte die Situation, obwohl ich mittendrin bin. Achim fällt. Er stürzt in meine Richtung. Metall blitzt auf. Scharf, hell, schneidend. Es kommt auf mich zu. Es wird mich treffen. Ich weiß es einfach. Instinktiv reiße ich die Arme hoch und versuche, mich zu einer Kugel zu krümmen, um Kopf und Eingeweide zu schützen. Doch zu spät.

Achim prallt auf mich. Die Klinge saust auf mich zu, direkt auf dem Weg, meine Nieren zu durchbohren. Mir wird schlecht. Ich huste. Die Sicht verschwimmt vor meinen Augen. Grelle Lichter tanzen vor dunkellila-roten Schlieren. Die Luft bleibt weg. Ich versinke. Wieder. Schon wieder. Ich kann es nicht fassen. Ein letztes Mal versuche ich, meine Lungen zu füllen, aber es funktioniert nicht. Ich gebe auf. Irgendwann ist es genug.

Die Todeskarte

> Rosis Tipp bei Reiseübelkeit
> *Bei leichter Reisekrankheit hilft Ingwer. Entweder kandierte Ingwerstücke kauen oder die getrocknete Wurzel lutschen. Auch ein Ingwertee hilft gegen die Übelkeit.*

»Rosi, Rosi! Schlag die Augen auf!«

Es rauscht. Die Stimme ist nur ein Wispern in dem lauten Sausen. »Gott, was hat sie denn? Ist sie doch verletzt?«

»Sepp?«

Aber Sepp ist doch selbst schwer verwundet. Ist er etwa wieder gesund? Oder sind wir beide tot und das alles hier ist nicht mehr als ein geschmackloser Scherz der Todesengel? Ich dachte immer, wenn ich sterbe, schwebe ich schwerelos auf ein Licht der Liebe zu. Aber alles, was ich nun fühle, sind bodenlose Mattheit, Schmerzen im Rücken und Verwirrtheit. Ich bemühe mich, die Lider zu heben, aber sie sind zu schwer.

»Sie hat einen Schock erlitten. Wir müssen sie ins Krankenhaus bringen. Deckt sie noch besser zu.«

Die Frau, die diese Worte spricht, ist mir gänzlich unbekannt.

»Aber es fehlt ihr doch nichts. Oder ist das etwa doch ihr Blut?«

Sepps Stimme hat sich verändert, und ist da Kurt? Um jeden Preis möchte ich sehen, wer hier spricht. Ich strenge mich an, und kurz meine ich, ein Flackern zu sehen. Aber es erlischt, bevor ich die Welt um mich herum aufnehmen kann.

»Keine Sorge, sie kommt wieder in Ordnung. Das Blut gehört zum Täter. Zum Glück hat sie das Hemd getragen. Sonst hätte die Klinge …«

Fest und unnachgiebig zieht mich der Wirbel der Erschöpfung wieder mit sich. Wie gern würde ich Sepp seine Angst nehmen. Jeder Ton seiner Lippen hat vor Furcht vibriert. Oder kommt diese Empfindung durch mein Ohrensausen? Wieso klingeln sie eigentlich so? Achim hat doch meine Nieren durchstochen, nicht mein Trommelfell … Die Gedanken werden schwer, unsagbar schwer und zäh. Ich atme tief ein und erfreue mich einen kurzen Moment daran, Luft zu schmecken, dann ist alles schwarz.

Piep. Piep. Piep. Dieser Klang ist nun deutlich und derart penetrant, dass er gegen die bleierne Müdigkeit kämpft. Wenn ich etwas tun könnte, würde ich die Müdigkeit unterstützen. Aber ich kann nichts tun. Erbarmungslos zieht und zerrt das Piep … Piep … an meinen Nerven. Sosehr ich mich auch bemühe, wieder ins Dunkel zu tauchen, es geht nicht. Verdammt. Ich sauge die Luft in meine Lungen. Wenigstens das funktioniert. Der frische Sauerstoff ist wie eine Droge. Kraft durchflutet mich, und ich reiße die Augen auf. Ein Fehler. Tausend Nadelstiche aus grellem Licht bohren sich in meine Netzhaut. Ich schreie. Nein, das ist falsch. Ich quieke und klappe schnell die Lider herunter.

»Rosi, ruhig. Ganz ruhig. Alles ist gut.«

Himmel, nein! Gar nichts ist gut. Meine Nieren brennen wie Feuer, meine Augen stechen, und meine Lunge fühlt sich an, als würde sie gleich platzen.

»Du musst ruhig atmen, Rosi. Ganz langsam.«

Ich spüre, wie mir etwas auf den Mund gedrückt wird, und befürchte zu ersticken. »Es ist nur ein Sackerl, Rosi. Du hyperventilierst, aber wir bekommen das ohne Beruhigungsmittel hin, nicht wahr?«

Ich will nicken, aber nur ein Zucken und Rütteln bahnt sich seinen Weg die Wirbelsäule hinab.

»Atme ruhig ein und aus. Ein und aus. Ein und aus. So ist es gut. Sehr gut. Weiter so.«

Ich folge den Anweisungen, und langsam entzerrt sich die Realität wieder. Es ist, als würde man einen undurchsichtigen Klumpen Strudelteig vorsichtig lang ziehen, bis darunter die Buchstaben der Wirklichkeit sichtbar werden.

»Ich nehme die Tüte jetzt weg, aber du atmest weiter so ruhig, ja?«

Jetzt gelingt mein Nicken. Ich spüre, wie sich der Kunststoff von meinem Gesicht löst und der Druck nachlässt. Kurz möchte ich dem Impuls, schnell Luft in mich hineinzupumpen, nachgeben, aber ich nehme mich zusammen und atme zitternd und langsam.

»Super. Jetzt kannst du vorsichtig die Augen öffnen.« Zögernd hebe ich die Wimpern einen Spalt. Wieder blendet mich das Licht, aber es ist nicht mehr so schrecklich wie vorhin. Vielmehr zupft und pikst es mich unangenehm. Ich wage etwas mehr, blinzle, drücke die Tränenflüssigkeit heraus und lasse einen winzigen Teil der Anspannung los, die mich fest und starr zusammenhält. Stück für Stück setzt sich das Draußen zusammen. Ein Krankenzimmer, ein Herzmonitor, ein Mensch und daneben ein weiterer. Roland. Erstaunlicherweise erkennt mein Gehirn zuerst ihn. Sein breites Gesicht schwebt vor mir, und er grinst. In seiner Hand hält er das Plastiksackerl, mit dem er mich ins Hier und Jetzt zurückgeholt hat.

Danke, möchte ich sagen, aber die Worte stecken in meiner Kehle fest. Nur ein seltsam zischendes Stöhnen verlässt meine Lippen. Dennoch scheint er mich verstanden zu haben.

»Alles okay«, sagt er und macht einen Schritt zurück. Ich presse erneut kurz die Augen zu, um die Feuchtigkeit zu vertreiben, die sich so hartnäckig bildet.

»Mama! Gott sei Dank! Du bist wieder hier.« Daniela. Ich möchte meine Hand nach ihr ausstrecken, aber ich bin zu schwach. Doch schon hat sie ihrerseits die warme Hand auf meine gelegt. Tränen laufen ihr übers Gesicht.

»Du hast es geschafft, Mama. Jetzt ist wirklich alles wieder in Ordnung. Die Täter sind gefasst, niemand ist gestorben, und Kurt kümmert sich um den Abschluss des Falles. Du hast ihn aufgeklärt, Mama.«

»Niemand ist gestorben«, wiederhole ich still im Inneren. Aber wie schwer ist Sepp verletzt? Das letzte Bild, das sich von ihm in mein Gehirn eingebrannt hat, zeigt einen leblosen, aus dem Ohr blutenden, halb toten Mann. Ich muss es wissen. Mit aller Kraft forme ich nur ein einziges Wort. Es ist nur ein Krächzen, aber Daniela versteht mich.

»Seeebbb«, keuche ich.

»Es geht ihm gut. Er war sogar vor dir wieder bei Bewusstsein.« Ich bin verwirrt, und offenbar sieht man es mir an.

»Er hat keinen Schädelbruch, Mama«, sagt Daniela.

Aber das Blut, will ich ihr antworten, schaffe es aber nicht.

»Sepp war nur bewusstlos. Er hatte am Hinterkopf einen Riss in der Kopfhaut. Er ist beim Sturz gegen die Wand an einem kleinen Nagel hängen geblieben. Dieser hat ihm hinter dem Ohr ein Stück Haut herausgerissen. Das hat so geblutet.«

Erleichterung macht sich in meinem Brustkorb breit.

»Gut«, krächze ich.

Daniela tätschelt meine Hand.

»Und dich hat diese abscheuliche Reizwäsche gerettet. Das schusssichere Unterhemd hat die Klinge abprallen lassen. Wenn du es nicht getragen hättest, dann wärst du nun schwer verletzt. Aber so konnte Achim dir nichts antun.«

»Gut«, keuche ich erneut, zu schwach, um eine andere Erwiderung zu finden. Doch im Stillen danke ich Gott und dem Polizeikollegium für das lebensrettende Hochzeitsgeschenk. Nicht auszudenken, was tatsächlich ohne das Hemd geschehen wäre. Seit meinem Einsatz am Flughafen habe ich die verstärkte Wäsche getragen.

Ich merke, wie mir die Sinne langsam wieder schwinden. »Schlaf, Mama. Es war so anstrengend für dich. Aber nun ist es vorbei. Wirklich und wahrhaftig.«

»Stimmt«, kommentiert Roland. »Nun haben wir für jeden Mordfall einen passenden Täter. Jetzt kann alles wieder so werden wie zuvor.«

Nein, denke ich mir, so wird es nie mehr sein. Es muss sich etwas ändern. Und vor meinem inneren Auge tauchen Palmen auf. Das Rauschen in meinen Ohren verwandelt sich in Meeresbrandung, und Rolands Stimme wird zu Sepps Liebesgeflüster. Ich schlafe wieder ein, in der Hoffnung, dass diese Phantasie die Zukunft abbildet.

Fest umklammere ich den Griff des kleinen Trolleys. »Du brichst auf diese Weise noch die ausziehbare Stange ab«, sagt Sepp halb im Scherz. Er hat leicht lachen. Ihm schmelzen nicht die Knie weg wie Butter in der Sommerhitze. Aber ich stehe nun schon seit mehr als zwanzig Minuten in der Abflughalle, mit Beinen wie Gummi und Händen so nass wie zwei Badeschwämme.

»Ich hab Angst. Flugzeuge sind Höllenmaschinen.«

Sepp legt seinen Arm um mich. »Du hast dich zweimal innerhalb von vierundzwanzig Stunden auf einen Mörder geworfen, um Leben zu retten. Du solltest dich wirklich nicht von einem kleinen fliegenden Wunderwerk einschüchtern lassen.«

»Teufelswerk«, zische ich und presse die Lippen fest aufeinander. Egal, wie schlimm und beängstigend die Festnahmen von Rasputin, Achim und Hannes auch gewesen sein mögen, ich würde ein erneutes Durchleben dieser Stunden der Furcht, die mich gerade eben überfällt, vorziehen.

Doch ich habe mir, Gott und auch Sepp das Versprechen gegeben, auf Weltreise zu gehen und die Innviertler Mordsgeschichten fürs Erste hinter mir zu lassen.

»Hast du eigentlich noch etwas von Ferdl gehört?«, frage ich Sepp, mehr um mich abzulenken als aus echtem Interesse. Doch zu meinem Erstaunen bejaht er meine Frage.

»Tatsächlich hat er mich heute Früh noch aus dem Gefängnis angerufen und uns einen guten Flug gewünscht.«

»Ehrlich? Wie hat er sich angehört?«, erkundige ich mich.

Sepp runzelt die Stirn. »Er ist natürlich nicht darüber erfreut, die nächsten Jahre hinter Gittern zu verbringen. Aber er ist zuversichtlich, dass er mit Anna eine verspätete Vater-Tochter-Beziehung aufbauen kann. Sie hat ihn gestern zum ersten Mal besucht und war anscheinend entsetzt und gleichzeitig gerührt davon, dass er aus Liebe zu ihr zu all den Verbrechen fähig war.«

Ich lache kurz und gehässig auf. »Nun ja, den ersten Schritt in den Sumpf der Kriminalität hat dein Bruder immerhin selbst getan.«

Sepp zuckt die Schultern.

»Wohl wahr, aber so richtig tief hineinbegeben hat er sich erst, als Anna und Felix von Rasputin bedroht wurden. Dadurch hat er mich und die anderen an Rolof verkauft. Er liebt eben seine Tochter, was ich zum Teil nachvollziehen kann. Du hast immerhin auch aus Liebe zu deinen Kindern dein Leben aufs Spiel gesetzt.«

»Das ist etwas ganz anderes. Ohne mein Zutun hätten Raphael, Kalina und Mariella nicht ins gewohnte Leben zurückkehren können. Wobei sie sich nun ja für ein anderes Dasein entschieden haben.«

Kurz taucht vor mir in Gedanken die seltsame Szene wieder auf, die sich nach meiner Entlassung bei mir daheim in der Stube abgespielt hat. Ohne groß eine Erklärung abzuliefern, hat Raphael verkündet, das Herzkasterl zu verkaufen und stattdessen gemeinsam mit Kalina die kleine Greißlerei im Ort zu übernehmen. Sepp und ich waren einen Moment lang wie vor den Kopf gestoßen, aber Raphael hat nur gemeint, die letzten Wochen hätten ihm gezeigt, dass sein Dasein als Puffvater kein geeignetes Umfeld für seine kleine Tochter sei. Und die Krämer-Christl habe ihm den Laden angeboten, weil sie nun endlich in Rente gehen wolle. Da habe er zugreifen müssen. Auf meine Frage, wie lange er diesen Plan schon hege, hat Raphael nur schief gelächelt. Eigentlich habe er das Herzkasterl noch bis zu Mariellas Kindergarteneintritt weiterführen und etwas Geld verdienen wollen. Aber diese Geschichte mit Rasputin habe seinen Entschluss beschleunigt. Ich weiß noch, dass ich nur sprachlos auf der Ofenbank gesessen habe und meinen Sohn wie einen Außerirdischen angestarrt habe. Sepp hat dann das Schweigen mit einem lauten Klatschen unterbrochen.

»Das ist eine sehr gute Entscheidung, Raphael. Ich würde es genauso tun. Gratuliere!« Bis jetzt ist mir Sepps Reaktion nicht ganz geheuer. In den letzten Jahren hat er mehr als einmal gezeigt, wie sehr er an dem kleinen Bordell hängt. Aber anscheinend hat sich in seinem Inneren auch einiges gewandelt.

Ich greife nach seiner Hand und drücke sie. »Ich liebe dich, Sepp. Für dich bin ich sogar bereit, gleich abzustürzen.«

Sepp lacht lauthals. »Das freut mich. Ich liebe dich auch von ganzem Herzen, aber verzeih, wenn ich lieber nicht abstürzen will. Jetzt, wo wir sogar mit einem anderen Kontinent unsere Reise beginnen. Vielmehr freu ich mich auf Südafrika und die Safaris. Was glaubst du, welch tolle Tiere wir dort sehen werden. Ganz Ibm wird uns beneiden. Ja sogar die Schreiner hat Nashörner, Elefanten und Löwen nur im Zoo und in Büchern während ihres Studiums gesehen. Wir werden sie in freier Wildbahn erleben.«

Ich nicke. »Da hast du recht. Ob die Maria tatsächlich ihre Praxis wieder aufmacht, wenn der Prozess vorüber ist?«, frage ich in Gedanken an die Tierärztin versunken.

»Mag sein. Außer dem Schuss in die Wand hat sie sich nichts zuschulden kommen lassen. Sie war eigentlich auch nur ein Opfer in diesem Eifersuchtsdrama.«

»Genau wie Achim. Genau genommen gehört Hannes lebenslang eingesperrt. Er hat in seinem Wahn seinen Bruder dazu angestiftet, Hubert zu entführen, ihm Geld abzunehmen und ihn mit der Waffe zu bedrohen. Dass Achim Hubert dann tatsächlich in Panik angeschossen hat, kann man dem minderbegabten Kerl schwer vorwerfen. Meiner Meinung nach hat Achim bis zum Schluss nicht kapiert, was er eigentlich getan hat. Er folgt nur seinen Impulsen und der Stimme seines Bruders.«

»Leider«, meint Sepp, und ich höre leise das Schuldbewusstsein heraus, das ihn seit Langem plagt. Ich klopfe Sepp auf die Schulter.

»Du hast es gut gemeint mit Ferdl. Wir alle konnten nicht wissen, dass er so tief im Milieu drinhängt und uns sogar die Hochzeit mit seiner Mittäterschaft verpfuscht. Mach dir keine Vorwürfe mehr.«

Sepp nickt. »Trotzdem. Ich hätte mehr auf dich hören sollen. Du hast einfach das richtige Gespür für Menschen.«

»Tja, und auch für Flugzeuge. Ich sage dir, wir müssen los,

denn dieser Flieger wird uns sicher durch die Luft tragen. Vorausgesetzt, wir versäumen ihn nicht.« Ich zeige auf die Anzeigetafel, wo unser Flug endlich aufscheint.

»Dann los. Lassen wir dieses mörderische Land hinter uns!«, meint Sepp und schreitet aus. Ich folge ihm kopfschüttelnd. Ist meine Heimat tatsächlich so blutrünstig, wie er gerade gesagt hat? Nun gut, dass eine fast siebzigjährige Oma gleich zwei ineinander verwobene Verbrechenslinien entwirren und aufklären muss, ist vielleicht doch ein wenig heftig. Aber nur ein wenig. Mit schnellen Schritten haste ich Sepp hinterher und einer Zukunft entgegen, die Palmen, Strand und wilde Tiere für mich bereithält.

Danksagung

Ich danke meiner Familie, meinen Freunden und Arbeitskolleginnen, den Mitarbeitern und Mitarbeiterinnen des Emons Verlags und meiner Lektorin.

Doris Fürk-Hochradl
KRÄUTERROSI, LEDIG, SUCHT ...
Broschur, 304 Seiten
ISBN 978-3-95451-522-6

Kräuterrosi, 62, ledig, sucht ... eigentlich nichts. Sie ist zufrieden mit ihrem Leben und ihrer Tätigkeit als Kräuterhexe des Dorfes, auch wenn ihre beste Freundin der festen Überzeugung ist, dass Rosi einen Mann braucht. Doch dann lernt sie den »Bumshüttensepp« kennen, ihre beiden Kinder machen schwere Zeiten durch, und schließlich wird auch noch eine Leiche im Moor gefunden. Für Rosi ist das ruhige Leben ab jetzt vorbei, und sie beginnt ihre ganz eigenen Ermittlungen.

»Ein Wohlfühlkrimi mit einem spannenden Kriminalfall, mehreren amourösen Verwicklungen und einer privaten Ermittlerin mit Herz. Für alle Krimi-Liebhaber, Kräuter-Liebhaber und Liebhaber der Regional-Literatur ist diese Lektüre Pflicht.« Tips

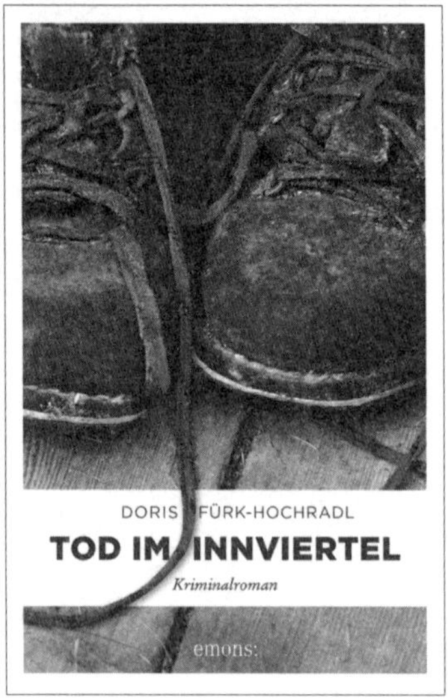

Doris Fürk-Hochradl
TOD IM INNVIERTEL
Broschur, 240 Seiten
ISBN 978-3-7408-0317-9

Eine Leiche in den Wipfeln des Kopfinger Baumkronenweges hätte Rosi als Allerletztes erwartet. Eigentlich wollte sie nur einen entspannten Spaziergang zwischen den Waldriesen machen. Jetzt muss Rosi ihre Spürnase doch wieder in Polizeiangelegenheiten stecken. Wenn das mal gut geht ...